grafit

Chemnitzer Str. 31, 44139 Dortmund
Internet: http://www.grafit.de
E-Mail: info@grafit.de

Umschlagfoto: una.knipsolina / photocase.com
Druck und Bindearbeiten: CPI – Clausen & Bosse, Leck
ISBN 978-3-89425-427-8
1. 2. 3. / 2015 14 13

Andreas Hoppert

Die Mandantin

Kriminalroman

grafit

Andreas Hoppert wurde 1963 in Bielefeld geboren. Nach dem Jurastudium war er zunächst Wissenschaftlicher Mitarbeiter an der Uni/GHS Siegen, seit 1990 ist er Richter am Sozialgericht in Detmold.

Mit dem Politthriller *Der Fall Helms* debütierte Hoppert im Jahr 2002 als Schriftsteller. Es folgten weitere Fälle für Marc Hagen: *Erbfall*, *Die Medwedew-Variante*, *Zug um Zug*, *Menschenraub*, *Der Thule-Code* und *Schwanengesang.*

Teil 1

Kapitel 1

»Ich bin vergewaltigt worden.«

Marc Hagen starrte sein Gegenüber an. Mit einer derart direkten Eröffnung hatte er nicht gerechnet. Vor fünf Minuten hatte sie ohne Termin seine Anwaltskanzlei betreten und sich als Larissa Braun vorgestellt.

Marc war sofort aufgefallen, wie attraktiv sie war: Ein ovales, ebenmäßiges Gesicht mit hohen Wangenknochen und hoher Stirn bildete den Hintergrund für zwei grüne Katzenaugen. Sie war sehr schlank und hatte braune Haare, die sie lang und mit Pony trug. Marc schätzte sie auf ein Alter von Ende zwanzig und eine Größe von knapp ein Meter achtzig. Bekleidet war sie mit einem Rock und einem T-Shirt. Darüber trug sie trotz der seit Tagen anhaltenden Hitzewelle eine langärmelige Jacke.

Marc hatte sie in sein Büro geführt, ihr einen Stuhl und etwas zu trinken angeboten und sie dann gefragt, was sie zu ihm geführt habe. Und diese Antwort erhalten.

»Das … äh … das tut mir leid«, stotterte er unbeholfen. »Wollen Sie mir erzählen, was passiert ist?«

Larissa Braun setzte sich etwas aufrechter hin, dann begann sie mit leiser, aber fester Stimme zu erzählen: »Das Ganze begann vor etwa vier Monaten. Ich habe damals noch in Kassel gelebt. Vor vier Wochen bin ich dann nach Bielefeld gezogen, weil ich hier zum Wintersemester ein Psychologie-Studium beginnen will. Ich habe in einer Kasseler Diskothek einen jungen Mann namens Fabian Borchert kennengelernt.

Er war mir sofort sympathisch, hatte Manieren, war nicht aufdringlich und sah auch noch sehr gut aus. Wir haben uns dann noch zwei- oder dreimal in der Diskothek getroffen und irgendwann hat er mich gefragt, ob er mich zum Essen einladen dürfe. Er meinte, er wolle sich gerne etwas ungestörter mit mir unterhalten und das sei in einer Disko ja schlecht möglich. Ich habe zwar zuerst so getan, als würde ich zögern, aber innerlich war ich total aufgeregt. Ich hatte mich schon bei unserer ersten Begegnung in ihn verliebt. Wir haben uns dann für Samstag, den 4. Mai, verabredet. Borchert hat mich abends mit seinem Porsche von zu Hause abgeholt. Das hat mich nicht sonderlich gewundert, weil ich schon wusste, dass er aus einer sehr wohlhabenden Familie stammt. Seine Eltern haben ein Unternehmen, in dem irgendwelche Partyartikel hergestellt werden. Na ja, auf jeden Fall saßen wir etwa drei Stunden bei einem Italiener, haben etwas gegessen und uns unterhalten. Der Abend war eigentlich ganz nett, aber nachdem ich Borchert näher kennengelernt hatte, hatte ich nicht mehr das Gefühl, dass aus uns mehr werden könnte. Anschließend hat Borchert mich wieder nach Hause gebracht. Bevor ich ausgestiegen bin, saßen wir noch ein paar Minuten in seinem Wagen. Auf einmal hat er mich gefragt, ob er noch kurz mit zu mir könne, er müsse dringend auf die Toilette. Ich habe mir nichts dabei gedacht und war einverstanden. Aber sobald wir in meiner Wohnung waren, ist er über mich hergefallen. Zuerst war ich vor Angst wie gelähmt, dann habe ich versucht, mich zu wehren, aber er war viel stärker als ich. Er hat mich festgehalten und mir gesagt, dass er mir sehr wehtun werde, wenn ich weiter Widerstand leisten oder schreien würde. Ich habe ihn angefleht, mich in Ruhe zu lassen, aber er war auf einmal ein vollkommen anderer Mensch. Als ob er sich von einer Sekunde auf die andere in eine wilde Bestie verwandelt hätte. Er hat mir befohlen, mich auszuziehen. Ich hatte wirklich Angst um mein Leben, deshalb habe ich es gemacht. Dann hat er mich aufs Bett geworfen und mir die Hände auf dem Rücken gefesselt. Und dann ...«, Larissa Braun geriet zum ersten Mal ins Stocken, »... dann hat er mich vergewaltigt. Als er endlich von mir abgelassen und sich wieder angezogen hatte, sagte er mir, er werde mich umbringen, falls ich ihn anzeigen würde. Er wisse ja jetzt, wo ich wohne. Das hat er noch mindestens zweimal wiederholt und es auch genauso gemeint. Das habe ich in seinen Augen gesehen. Dann ist er endlich gegangen. Irgendwann ist es mir gelungen, die Fesseln an den Handgelenken mit einem Küchenmesser durchzuschneiden. Ich wusste nicht, was ich tun sollte, ich stand vollkommen unter Schock. Ich habe erst einmal eine Stunde lang geduscht, dann bin ich ins Bett gegangen, konnte aber kaum schlafen. Am nächsten Morgen habe ich all meinen Mut zusammengenommen, bin zur Polizei gegangen und habe ihn angezeigt. Einige Zeit später habe ich von der Staatsanwaltschaft erfahren, dass ein Haftbefehl gegen Borchert erlassen wurde und er jetzt in Untersuchungshaft sitzt.«

Als Larissa Braun fertig war, herrschte fast eine ganze Minute Schweigen.

Marc hatte ihr die ganze Zeit wie gebannt zugehört, ohne sich auch nur eine einzige Notiz zu machen. Für das, was ihr widerfahren war, hatte Larissa die schrecklichen Ereignisse sehr emotionslos, ja beinahe nüchtern geschildert. Wahrscheinlich hatte sie stundenlang eingeübt, was sie sagen sollte, um die Tat einigermaßen sachlich wiedergeben zu können und nicht sofort in Tränen auszubrechen. Dafür hatte Marc absolutes Verständnis.

»Das muss ein traumatisches Erlebnis für Sie gewesen sein«, begann er, weil er nicht wusste, was er sonst sagen sollte. »Und was kann ich jetzt genau für Sie tun?«

»Mir wurde gesagt, dass ich in dem Prozess gegen Fabian

Borchert als Nebenklägerin auftreten kann. Und jetzt suche ich einen Rechtsanwalt, der meine Interessen wahrnimmt.«

Marc nickte langsam. Etwas Ähnliches hatte er sich bereits gedacht. »Da sehe ich grundsätzlich kein Problem«, antwortete er. »Sie sind zur Nebenklage befugt und können sich auch schon vor der Anklageerhebung durch einen Rechtsanwalt vertreten lassen. Ich müsste natürlich zunächst Akteneinsicht nehmen. Und dazu würde ich Sie bitten, mir diese Vollmacht zu unterschreiben.«

Er schob einen Blankovordruck auf ihre Seite des Tisches und beobachtete Larissa Braun, wie sie mit einer großen, geschwungenen Mädchenhandschrift ihren Namen auf die gestrichelte Linie schrieb. Wirklich äußerst attraktiv, dachte er.

Als Larissa ihm das Formular zurückgab, schien sie einen Moment zu zögern.

»Ja?«, versuchte Marc, ihr auf die Sprünge zu helfen.

»Es gibt da noch ein Problem«, gestand sie schließlich. »Ich telefoniere regelmäßig mit dem zuständigen Staatsanwalt in Kassel, um mich nach dem Stand des Verfahrens zu erkundigen. Vor drei Stunden hat Rüther, so heißt er, mir mehr oder weniger beiläufig mitgeteilt, dass morgen früh beim Amtsgericht Kassel auf Antrag von Borcherts Verteidiger ein mündlicher Haftprüfungstermin stattfindet. Ich war wie vor den Kopf geschlagen, weil ich nicht darüber informiert worden bin. Aber der Staatsanwalt meinte, das sei nach der Strafprozessordnung auch nicht vorgesehen.«

»Das ist richtig«, bestätigte Marc. »Der Gesetzgeber geht davon aus, dass die Kontrollfunktion über gerichtliche Haftentscheidungen allein der Staatsanwaltschaft obliegt.«

»Das hat mir Rüther auch erzählt und mir versprochen, alles dafür zu tun, dass Borchert in Untersuchungshaft bleibt. Aber ich bin trotzdem in Panik geraten. Wenn Borchert morgen entlassen werden sollte, bin ich mir meines

Lebens nicht mehr sicher. Also bin ich sofort losgerannt, um mir einen Anwalt zu suchen. Sie waren der erste, dessen Schild mir aufgefallen ist. Borcherts Freilassung muss unter allen Umständen verhindert werden! Und deshalb möchte ich, dass Sie morgen den Termin in Kassel für mich wahrnehmen.«

Marc runzelte die Stirn. »Das wird nicht möglich sein«, sagte er vorsichtig. »Abgesehen davon, dass ich die Akten nicht kenne und bis morgen auch keine Gelegenheit mehr haben werde, mich einzuarbeiten, haben der Nebenkläger und sein Vertreter bei einer mündlichen Haftprüfung kein Teilnahmerecht. Die Gerichte meinen, dass eine Haftentscheidung allein den Beschuldigten betrifft und der Nebenkläger dadurch in seinen rechtlichen Interessen keinen Nachteil erleidet.«

»Keinen Nachteil?« Larissa Braun hatte die Worte fast geschrien. »Wer außer mir hat denn einen Nachteil, wenn dieses Schwein laufen gelassen wird? Borchert hat mir mindestens dreimal gesagt, er werde mich umbringen, wenn ich ihn anzeige.«

»Nun mal langsam«, versuchte Marc, sie zu beruhigen. »Der Staatsanwalt wird bei der Haftprüfung anwesend sein. Er wird schon dafür sorgen, dass Borchert im Knast bleibt. Das hat er Ihnen ja bereits versprochen. Und mehr als der Staatsanwalt könnte ich auch nicht ausrichten.«

»Ich möchte aber trotzdem, dass Sie als mein Interessenvertreter ebenfalls anwesend sind!«

Marc seufzte. »Wie ich Ihnen bereits erklärt habe, gibt es darauf keinen Anspruch.«

»Aber es ist doch auch nicht verboten, oder?«

Marc war für einen Moment verblüfft. »Nein, verboten ist es nicht«, bestätigte er dann. »Es müssten dann aber alle Beteiligten mit meiner Anwesenheit einverstanden sein. Beim Richter und beim Staatsanwalt sehe ich da keine Probleme. Sie können allerdings Gift darauf nehmen, dass Borchert und sein Verteidiger alles daran setzen werden, um zu verhindern, dass das Opfer bei der Haftprüfung quasi mit am Tisch sitzt. Zumindest würde ich das tun, wenn ich Borcherts Verteidiger wäre.«

Tränen traten in Larissa Brauns Augen. »Sie haben einfach keine Lust, nach Kassel zu fahren, stimmt's?«, sagte sie. »Ist es, weil Sie denken, dass ich kein Geld habe? Ich kann für alles bezahlen!« Sie holte ihr Portemonnaie aus der schicken Handtasche und legte es demonstrativ auf den Tisch. »Ich bin keine mittellose Studentin! Ich habe mein Elternhaus geerbt und bin gerade dabei, es zu verkaufen. Außerdem arbeite ich seit Jahren erfolgreich als Model.«

»Als Model?«, fragte Marc überrascht, um dann sofort ins Stottern zu verfallen. »Äh … nicht, dass Sie mich falsch verstehen, Sie sehen fantastisch aus. Aber ich habe gehört, als Model sei spätestens mit Anfang zwanzig Schluss. Darf ich fragen, wie alt Sie sind?«

»Ich bin einunddreißig«, antwortete Larissa. »Aber für Models gibt es eigentlich keine Altersgrenze, allenfalls für die Haute-Couture-Modenschauen in Paris und Mailand. Ich habe mich auf Katalog- und Prospektfotos spezialisiert. Haben Sie sich nie gefragt, was das für Frauen sind, die sich auf den Sofas in den Hochglanzbroschüren der Möbelhäuser räkeln?« Sie zeigte mit ihren langen, schlanken Fingern auf sich. »Ich bin eine von ihnen. Und ich lebe nicht schlecht davon. Sie sehen also, Sie müssen sich um Ihr Honorar keine Sorgen machen.«

»Darum geht es nicht«, widersprach Marc schnell, obwohl sie damit eines der zentralen Probleme eines jeden Anwalts angesprochen hatte. »Ich denke nur, dass eine Fahrt nach Kassel reine Zeitverschwendung ist.«

»Aber Sie können es doch wenigstens versuchen! Wenn Sie nicht in den Saal gelassen werden, fahren Sie eben wieder zurück. Wie gesagt, ich komme für alle Kosten auf. Oder haben Sie morgen schon Termine?«

Marc dachte kurz nach. Nein, die hatte er nicht. Aber es wäre trotzdem ein Leichtes gewesen, Larissa Braun unter Hinweis auf angeblich wichtige Besprechungen abzuwimmeln. Andererseits imponierte Marc die Beharrlichkeit seiner neuen Mandantin. Er mochte es, wenn Menschen für ihre Rechte kämpften.

»Okay«, sagte er also. »Ich werde für Sie nach Kassel fahren. Aber ich kann nichts versprechen.«

Kapitel 2

Als Marc am nächsten Morgen vor dem Saal eintraf, in dem die mündliche Haftprüfung stattfinden sollte, warteten dort bereits vier Personen. Zwei Wachtmeister, die unschwer an ihren Uniformen auszumachen waren, und – einige Meter davon entfernt – ein junger Mann Mitte dreißig und ein etwas älterer in den Fünfzigern, die auf einer Bank saßen und sich leise unterhielten. Und diesen älteren, etwas untersetzten Mann mit dem militärischen Haarschnitt, dem kantigen, für sein Gesicht überproportional großen Unterkiefer und der Brille mit dem Stahlgestell erkannte Marc sofort: Rechtsanwalt Dr. Harald Klenk aus Hamburg.

Marc musste unwillkürlich schlucken, als ihm bewusst wurde, wer sein Gegner im Prozess sein würde: Dr. Klenk war ein aus Presse, Funk und Fernsehen bekannter Starverteidiger, der durch die ganze Republik reiste, um seine vornehmlich reichen oder prominenten Mandanten zu verteidigen. Sein letzter Coup lag noch keine zwei Monate zurück, als es ihm gelungen war, für einen berühmten Schauspieler, der des versuchten Totschlags an seiner Geliebten angeklagt gewesen war, einen Freispruch zu erreichen.

Der jüngere Mann, auf den Klenk gerade einredete, musste Fabian Borchert sein, wie Marc messerscharf aufgrund der Handschellen schloss, die er trug. Entgegen seiner Erwartung machte Borchert auf Marc allerdings keinen unsympathischen Eindruck. Er wirkte nicht wie der hochnäsige Sprössling einer Millionärsfamilie, sondern eher wie ein kalifornischer Surfer, den es aus San Diego unvermittelt hierher verschlagen hatte. Borchert trug einen grauen Anzug und ein weißes Hemd ohne Krawatte. Seine blonden Haare waren mit viel Gel aus dem Gesicht nach hinten gekämmt. Er hatte strahlend weiße Zähne, ein markantes Kinn mit Grübchen und die blausten Augen seit Paul Newman. Und er hatte Angst, wie Marc selbst aus einer Entfernung von einigen Metern erkennen konnte. Panische Angst, wieder in die Knasthölle zurückzumüssen, der er jetzt zumindest kurzzeitig entronnen war. Sexualstraftäter standen in der Gefängnishierarchie ganz weit unten. Und dass Borchert Millionärssohn war und zudem aussah wie ein potenzieller Kandidat für die Fernsehserie *Der Bachelor*, machte ihm das Leben in der JVA mit Sicherheit nicht leichter. Marc wusste, dass in der Untersuchungshaft selbst die abgebrühtesten Berufsverbrecher weichgekocht werden konnten und viele Häftlinge bereits nach wenigen Tagen gebrochen waren. Borchert schien da keine Ausnahme zu sein. Er hing wie gebannt an den Lippen seines Verteidigers und nickte ergeben zu allem, was der ihm erzählte.

Marc fasste seinen Mut zusammen, dann nutzte er eine Atempause Klenks in seinem Monolog und trat auf die beiden zu.

»Wenn ich kurz stören dürfte«, sagte er mit seinem wärmsten Lächeln und streckte dem verdutzten Klenk eine Visitenkarte entgegen, die ihn als Rechtsanwalt auswies. »Frau Larissa Braun hat mich gestern damit beauftragt, ihre Interessen als Nebenklägerin wahrzunehmen.« Er holte die

Vollmacht aus seiner Aktentasche und ließ Klenk einen Blick darauf werfen, bevor er sie wieder einsteckte. »Ich weiß natürlich, dass ich keinen Anspruch darauf habe, aber ich würde gerne als Vertreter von Frau Braun an dem Haftprüfungstermin teilnehmen. Wie Sie sich sicherlich vorstellen können, ist Frau Braun sehr daran interessiert zu erfahren, zu welcher Entscheidung der Richter kommt.«

Nun war es heraus und Marc sah Klenk gespannt an.

Der hatte sich inzwischen von seiner Überraschung erholt. »Herr ...«, ein kurzer Blick auf die Visitenkarte, »... Hagen!«, sagte er mit einem milden Lächeln. »Wie Sie eben sehr richtig festgestellt haben, ist der Nebenkläger nach der herrschenden Meinung am Haftprüfungsverfahren nicht beteiligt. Und ich werde einen Teufel tun und Ihnen die Anwesenheit gestatten, nur damit Sie gleich Stimmung gegen meinen Mandanten machen können.«

»Nichts liegt mir ferner«, beeilte sich Marc zu versichern. »Ich bin davon überzeugt, dass der Herr Staatsanwalt allein in der Lage ist, das zu sagen, was erforderlich ist. Ich bin praktisch unsichtbar und möchte den Termin nur als stummer Beobachter verfolgen. Ich verspreche Ihnen, mich nicht einzumischen.«

Klenk schüttelte den Kopf, schon bevor Marc den Satz zu Ende gesprochen hatte. »Das kommt überhaupt nicht infrage!«, sagte er entschieden. »Bereits die bloße Anwesenheit eines Vertreters der Nebenklage ist dazu geeignet, den Richter zu beeinflussen. Bei Sexualstraftaten stehen die Haftrichter sowieso schon unter einem immensen Druck der öffentlichen Meinung, weil sie befürchten müssen, dass ein Sturm der Entrüstung losbricht, wenn ›so einer‹ freigelassen wird. Dem ist leider nicht jeder Richter gewachsen, zumal wenn er Angst haben muss, dass der Nebenklägervertreter nach dem Termin sofort zu den Medien rennt und der Richter sich am nächsten Morgen mit einem großen Foto auf der ersten

Seite der *BILD* wiederfindet. Ich sehe den Aufmacher schon vor mir.« Klenk malte mit großen Gesten Schlagzeilen in die Luft: »*Justizskandal! Richter lässt Vergewaltiger laufen! Denkt denn niemand an die Opfer?* Außerdem …« Klenk unterbrach sich erstaunt, als er merkte, dass sein Mandant ihm eine Hand auf den Unterarm gelegt hatte.

»Herr Dr. Klenk, bitte, auf ein Wort«, sagte Borchert.

Klenk musterte seinen Mandanten, als wundere er sich, dass der überhaupt sprechen konnte, dann richtete er den Blick auf Marc. »Wenn Sie uns allein lassen würden«, sagte er. »Ich möchte mich mit meinem Mandanten unter vier Augen besprechen.«

Marc nickte und zog sich ein paar Meter zurück. Von dort aus beobachtete er, wie Klenk und Borchert sich miteinander unterhielten. Marc konnte zwar nicht verstehen, was gesagt wurde, aber es handelte sich um eine durchaus heftige und kontroverse Diskussion.

Nach fünf Minuten winkte Klenk Marc wieder zu sich heran. »Also gut«, sagte er. »Gegen meinen ausdrücklichen anwaltlichen Rat«, er warf Borchert einen scharfen Blick zu, »ist mein Mandant damit einverstanden, dass Sie bei der mündlichen Haftprüfung anwesend sind. Aber nur unter der Bedingung, dass Sie sich raushalten.«

»Versprochen«, nickte Marc erleichtert und wandte sich Borchert zu. »Vielen Dank für Ihr Entgegenkommen«, sagte er. »Ich weiß das zu schätzen.«

Auf Borcherts Lippen erschien ein schwaches Lächeln. »Schon gut. Ich bin einverstanden, weil Larissa mir irgendwie auch leidtut. Ich habe sie zwar nicht vergewaltigt, habe aber inzwischen eingesehen, dass ich moralisch an der gegenwärtigen Situation eine gewisse Mitschuld …«

»Kein Wort mehr!«, zischte Dr. Klenk seinen Mandanten an. »Sie werden jetzt schweigen, oder ich lege auf der Stelle das Mandat nieder!« Er fixierte Marc. »Sie haben es ja gehört: Sie können teilnehmen, wenn das Gericht und die Staatsanwaltschaft einverstanden sind. Und jetzt würde ich gerne weiter allein mit meinem Mandanten sprechen.«

Kapitel 3

Wie erwartet, hatten weder Richter Sievert noch Staatsanwalt Rüther etwas gegen Marcs Anwesenheit einzuwenden gehabt.

Und so saß er jetzt auf den Zuschauerbänken des kleinen Saals und wartete gespannt darauf, dass es losging.

Im Grunde genommen, war eine mündliche Haftprüfung fast so etwas wie eine kleine Hauptverhandlung. Alle rechtlichen und tatsächlichen Argumente konnten vorgebracht werden, es konnten sogar Zeugen vernommen werden und am Ende fällte der Richter eine Entscheidung. Allerdings gab es auch Unterschiede: Der Haftprüfungstermin war grundsätzlich nicht öffentlich und die beteiligten Juristen trugen keine Roben, da es sich um ein formfreies Verfahren handelte.

Hauptziel einer jeden Haftprüfung war natürlich die Aufhebung des Haftbefehls und sie konnte sich sowohl inhaltlich gegen den dringenden Tatverdacht richten oder gegen die Haftgründe. Wenn eine Aufhebung des Haftbefehls nicht zu erreichen war, galt es, dem Beschuldigten wenigstens die weitere Untersuchungshaft zu ersparen und zu versuchen, ihn gegen gewisse Auflagen auf freien Fuß zu setzen.

Marc war gespannt, wie Klenk die Sache angehen würde, ja, insgeheim hoffte er sogar darauf, von dem berühmten Strafverteidiger etwas lernen zu können. Er war davon überzeugt, dass Klenk irgendetwas in der Hinterhand hatte, denn eine Haftprüfung machte im Allgemeinen nur Sinn, wenn man neue Umstände vortragen konnte, die dem Richter bei Erlass des Haftbefehls noch nicht bekannt gewesen waren. Denn was sollte den Haftrichter sonst dazu bewegen, seine eigene Entscheidung wieder aufzuheben?

»Herr Dr. Klenk.« Sievert wandte sich zu seiner Rechten, wo Borchert und sein Verteidiger saßen. Dahinter hatten die beiden Wachtmeister Platz genommen. »Ich gehe davon aus, dass Ihnen die belastenden Umstände, aus denen sich für das Gericht der dringende Tatverdacht und die Haftgründe ergeben, bekannt sind und Sie deshalb auf weitere diesbezügliche Ausführungen meinerseits verzichten. Sie haben die mündliche Haftprüfung beantragt, bisher allerdings nicht begründet. Wenn Sie das nun nachholen wollen?«

Klenk räusperte sich vernehmlich. »Gerne. Nach unserer Auffassung lässt das gegenwärtige Beweismaterial keinesfalls den Schluss zu, dass mein Mandant mit der erforderlichen großen Wahrscheinlichkeit die ihm zur Last gelegte Tat begangen hat, sodass dringender Tatverdacht zu verneinen ist. Der Haftbefehl stützt sich nahezu ausschließlich auf die Angaben der Anzeigeerstatterin. Mein Mandant hat bei seiner ersten richterlichen Vernehmung die Aussage verweigert, weil er von seinem Recht Gebrauch machen wollte, zuerst einen Verteidiger zu konsultieren. Jetzt ist er bereit, sich umfassend zur Sache zu äußern.« Klenk drehte sich zur Seite und nickte seinem Mandanten aufmunternd zu.

Borchert, dem die Wachtmeister vor Beginn des Termins die Handschellen abgenommen hatten, fuhr sich mit beiden Handflächen über die Knie, bevor er aufstand. Auf seiner Oberlippe glänzten kleine Schweißtropfen und Marc sah, dass sich auch unter seinen Achselhöhlen feuchte Flecken gebildet hatten.

»Hohes Gericht …«, begann er mit zitternder Stimme.

»Behalten Sie doch Platz«, forderte der Richter ihn auf. »Sie sollen hier schließlich kein Gedicht aufsagen.«

Borchert lief rot an, folgte dann aber der Aufforderung und setzte erneut an: »Hohes Gericht! Ich habe die mir zur Last gelegte Tat *nicht* begangen! Ja, ich hatte an dem besagten Tag Sex mit Larissa ... also mit Frau Braun, aber dieser war *einvernehmlich*. Ich hatte Larissa in einer Diskothek kennengelernt und den Eindruck, dass wir uns ganz gut verstanden. Ich dachte sogar eine Zeit lang, aus uns könnte mehr werden. Irgendwann habe ich sie dann zum Essen eingeladen. An dem Abend, an dem ich ...«, er stockte, »also an dem diese Sache passiert sein soll, habe ich Frau Braun zu Hause abgeholt. Anschließend sind wir ins *Romeo* gefahren, das ist ein italienisches Restaurant in der Kasseler Innenstadt. Wir waren etwa drei Stunden dort und haben uns zum ersten Mal intensiver unterhalten. Das heißt, eigentlich hat Larissa fast die ganze Zeit von sich erzählt. Bei diesem Gespräch habe ich festgestellt, dass die Chemie zwischen uns doch nicht stimmt und unsere Sympathie für eine richtige Beziehung einfach nicht reicht. Wie ich später erfahren musste, hat Larissa das etwas anders gesehen. Auf jeden Fall war ich froh, als ich Larissa endlich nach Hause bringen konnte. Aus meiner Sicht war das unser letztes Treffen und ich hatte nicht vor, mich noch einmal bei ihr zu melden. Wenn sie mich angerufen hätte, hätte ich sie irgendwie abgewimmelt. Ich habe Larissa also bis vor ihre Wohnung gebracht und wollte mich im Auto von ihr verabschieden. In dem Moment hat sie mich gefragt, ob ich nicht noch kurz mit zu ihr reinkommen wolle. Ich habe das zunächst abgeblockt, aber sie hat einfach nicht lockergelassen. Schließlich war ich einverstanden, zumal ich auch dringend auf die Toilette musste. Ich habe sie also in ihre Wohnung begleitet und bin sofort aufs Klo gegangen. Als ich wieder in den Flur kam, war es in der Wohnung auf einmal stockdunkel und es herrschte Totenstille. Ich war ziemlich irritiert und habe nach Larissa gerufen, aber sie hat nicht geantwortet. Für einen Moment war ich versucht, einfach zu gehen, aber ich wollte mich zumindest verabschieden. Also habe ich mich vorsichtig durch die dunkle Wohnung getastet. Ich habe sogar schon angefangen, mir Sorgen um sie zu machen, aber dann habe ich auf einmal unter einer Türritze einen Lichtschein gesehen. Ich bin auf die Tür zugegangen und habe noch einmal ihren Namen gerufen, wieder ohne eine Reaktion zu erhalten. Die ganze Situation war mir sehr unangenehm, doch aus Sorge habe ich dann ganz langsam die Klinke runtergedrückt und die Tür geöffnet. Auf einmal stand ich in Larissas Schlafzimmer. Larissa lag im Bett. Oder besser gesagt, *auf* dem Bett. Sie war vollkommen nackt. Sie hat mich angesehen und mir gesagt, ich solle herkommen. Ich wusste nicht, was ich tun sollte. Ich habe zuerst gestottert, ich sei müde und müsste am nächsten Tag früh raus, aber dann bin ich doch weich geworden. Larissa sieht einfach super aus und irgendwann sind dann eben die Hormone mit mir durchgegangen. Ich bin schließlich auch nur ein Mann. Und ja, wir haben miteinander geschlafen, aber das war absolut einvernehmlich und ging sogar ganz klar von ihr aus!

Unmittelbar danach wusste ich, dass ich einen Riesenfehler begangen hatte. Ich hatte mit einer Frau Sex, die mir eigentlich nichts bedeutete. Mein einziger Gedanke war: Nur weg hier! Also bin ich aufgestanden und habe angefangen, mich wieder anzuziehen. Larissa hat mir dabei zugeschaut und mich gefragt, ob ich nicht bei ihr bleiben wolle. Wir könnten doch am nächsten Morgen zusammen frühstücken und dann das Wochenende miteinander verbringen.

Ich habe das mit der Begründung abgeblockt, dass ich meine kranke Mutter pflegen müsse, aber sie hat immer weiter gebettelt und gefleht, ich dürfe sie jetzt nicht allein lassen. Schließlich ist mir der Geduldsfaden gerissen und ich habe ihr wohl in ziemlich harten Worten gesagt, dass ich mir eine Beziehung mit ihr nicht vorstellen könne, dass ich jetzt schon bereuen würde, was ich getan hatte, und dass ich es vorziehen würde, sie nie wiederzusehen. Ich weiß, das war scheiße von mir, aber was hätte ich tun sollen? Ich kann doch keine Beziehung aus Mitleid anfangen! Larissa hat heftig geweint und ich habe noch versucht, sie zu trösten und zu beruhigen. Als sie merkte, dass sie mich nicht umstimmen konnte, ist sie regelrecht ausgerastet. Sie hat mich angeschrien, ich sei ein Schwein, das aufgrund seines Reichtums meint, Frauen ausnutzen und wie Dreck behandeln zu können. Ich hätte sie durchgefickt – das hat sie wörtlich so gesagt – und dann fallen lassen wie eine heiße Kartoffel. Ich hätte sie behandelt wie eine Nutte! Irgendwann wurde es mir zu viel und ich merkte, dass man mit ihr nicht mehr reden konnte. Ich habe dann meine Sachen zusammengepackt und bin regelrecht aus der Wohnung geflüchtet. Ach nein, vorher ist noch etwas passiert!« Borchert hielt inne und schaute gegen die Decke. »Entschuldigung, aber wenn ich daran denke, bekomme ich heute noch eine Gänsehaut: Ich war schon fast zur Schlafzimmertür raus, als hinter mir eine tiefe, männliche Stimme sagte: ›Das wirst du bereuen, du Schwein! Dafür mache ich dich fertig!‹ Ich bin herumgefahren, weil ich dachte, es sei noch eine Person im Zimmer, aber dann habe ich gemerkt, dass Larissa diese Worte mit verstellter Stimme gesagt hatte. Ich bin aus der Wohnung gerannt, als wäre der Teufel hinter mir her. Drei Wochen später wurde ich verhaftet, weil Larissa behauptet hat, ich hätte sie vergewaltigt. Aber das stimmt nicht! Ich schwöre bei Gott, das alles genau so abgelaufen ist, wie ich es gerade geschildert habe!«

Nachdem Borchert geendet hatte, herrschte eine Weile Schweigen. Marc ließ die angestaute Luft langsam zwischen den Zähnen entweichen. Bei einer Haftprüfung kam es darauf an, dem Richter einen persönlichen und möglichst positiven Eindruck von dem Beschuldigten zu vermitteln. Wenn das Klenks Ziel gewesen war, hatte er es nach Marcs Auffassung zweifellos erreicht. Borchert hatte ehrlich und aufrichtig gewirkt, ja, er hatte sogar eigene Fehler eingestanden. Allerdings wusste Marc auch, dass es Psychopathen gab, die wahre Meister darin waren, anderen Menschen vermeintlich echte Gefühle vorzugaukeln. Die Geschichte von Ted Bundy fiel ihm ein, der in den Siebzigerjahren des letzten Jahrhunderts mit seinem guten Aussehen, seinem Charme und seiner Redegewandtheit zahlreiche junge Frauen dazu überredet hatte, ihm an abgelegene Orte zu folgen. Mindestens achtundzwanzig dieser Frauen hatten ihre Leichtgläubigkeit mit dem Leben bezahlt.

Marc wurde aus seinen Gedanken gerissen, als der Richter sich dem Staatsanwalt zuwandte, der zu seiner Linken saß. »Haben Sie Fragen an Herrn Borchert?«

»Nein«, gab Rüther gelassen zurück. »Dass der Beschuldigte die Tat bestreitet, war zu erwarten. Eine neue Verfahrenslage im Verhältnis zum Sachstand im Zeitpunkt des Erlasses des Haftbefehls vermag ich daher nicht zu erkennen.«

»Das sehen wir vollkommen anders«, widersprach Klenk sofort. »Es steht jetzt Aussage gegen Aussage. Und nach unserer Auffassung sind bei der Bewertung der Aussage der Anzeigeerstatterin einige entscheidende Umstände nicht gesehen beziehungsweise nicht richtig gewichtet worden. Und das wollen wir heute nachholen.« Er zog ein Blatt Papier aus der vor ihm liegenden Mappe. »Frau Larissa Braun, die meinen Mandanten der Vergewaltigung bezichtigt, leidet nach dem Attest des Mathilden-Krankenhauses Kassel vom 4. März dieses Jahres an einer emotional instabilen Persönlichkeitsstörung vom Borderline-Typ. Ich zitiere: ›Hierbei handelt es sich um eine meist in der Pubertät beginnende Störung mit vielfachen emotionalen Krisen, wie erheblichen Stimmungsschwankungen mit meist Depressivität und zum Teil Suizidalität, und häufig wiederholten Selbstbeschädigungen, zum Beispiel Schnittverletzungen. Zudem äußert sich die Störung in der Handhabung zwischenmenschlicher Beziehungen, sodass Freund- und Partnerschaften oft nicht stabil sind. Es fällt das starke Bemühen auf, tatsächliches oder vermeintliches Verlassenwerden zu vermeiden. Die Betroffenen weisen häufig dichotome Denkmuster auf, die auch als Schwarz-Weiß-Denken bezeichnet werden. Analog bestehen Muster wechselnder Idealisierung und Entwertung bestimmter Mitmenschen sowie der Manipulation, das heißt, andere Menschen werden durchgängig für die eigenen Zielsetzungen benutzt. Das Selbstbild wechselt zwischen Minderwertigkeit und Allmachtsfantasien respektive Größenwahn. Es besteht ein chronisches Gefühl von Leere. Weiterhin sind Störungen in der Impulskontrolle, zum Beispiel unangemessene, heftige Wut oder Schwierigkeiten, die Wut zu kontrollieren, zu verzeichnen.‹ Zitat Ende. Wir meinen, dass die bei Frau Braun vorliegende Persönlichkeitsstörung ein erhebliches Faktum ist, das bei der Beurteilung der Glaubhaftigkeit ihrer Angaben berücksichtigt werden muss. Nach unserer Auffassung fehlt Frau Braun aufgrund ihrer Erkrankung schlichtweg die Fähigkeit, eine Situation realistisch zu erfassen und sie später ohne massive Verzerrungen wiederzugeben.«

Marc spürte, wie sich in ihm Unmut über seine neue Mandantin regte. Ihre psychischen Probleme hatte Larissa gestern mit keinem Wort erwähnt.

Er wandte seinen Blick dem Staatsanwalt zu, der von dem Vortrag Klenks jedoch nicht sonderlich beeindruckt zu sein schien. »Der Staatsanwaltschaft liegt es fern, Frau Brauns psychische Probleme zu negieren«, sagte er. »Gerade aus diesem Grund haben wir ja ein Glaubwürdigkeitsgutachten bei der Gerichtspsychologin Frau Dr. Lorenz in Auftrag gegeben. Und in diesem Gutachten führt Frau Dr. Lorenz nach Auffassung der Staatsanwaltschaft sehr überzeugend aus, dass eine Borderline-Störung grundsätzlich nicht zu einer Einschränkung oder Aufhebung der Aussagetüchtigkeit führt, da die Realitätskontrolle dadurch grundsätzlich nicht beeinträchtigt wird.«

»Jetzt haben Sie aber den nächsten Satz unterschlagen, Herr Kollege«, schoss Dr. Klenk sofort zurück. »Dort schreibt Frau Dr. Lorenz, dass eine Einschränkung der Aussagetüchtigkeit vorhanden sein kann, wenn zum Zeitpunkt des behaupteten Ereignisses eine schwerwiegende psychotische Symptomatik in Form von wahnhaften Vorstellungen bestand. Wir haben es hier mit einer Frau zu tun, die seit ihrem siebzehnten Lebensjahr neun Mal stationär über Wochen oder gar Monate in einer psychiatrischen Klinik betreut werden musste und die sich in ständiger ambulanter psychologischer Behandlung befindet. Frau Braun hat acht Selbstmordversuche begangen. Sie leidet unter optischen und akustischen Halluzinationen. Und schließlich wurde bei Frau Braun neben der Borderline-Störung eine dissoziative Identitätsstörung diagnostiziert. Frau Braun spürt in sich eine achtzehn Jahre alte Innenperson, die sogar einen Namen hat: Ralf.« Klenk hielt einen Moment inne, um seine Worte wirken zu lassen, bevor er fortfuhr: »Also, wenn wir es hier nicht mit einer schwerwiegenden psychotischen Symptomatik mit wahnhaften Vorstellungen zu tun haben, weiß ich, ehrlich gesagt, nicht, wann das jemals der Fall sein soll.«

»Jetzt schmeißen *Sie* aber einiges durcheinander, Herr Dr. Klenk«, versetzte der Staatsanwalt. »Imperative Stimmen sind bei Frau Braun seit vielen Jahren nicht mehr aufgetreten. Das Gleiche gilt für die Innenperson Ralf, die durch Therapie und Medikamente unter Kontrolle ist.«

»Unter Kontrolle?«, wiederholte Klenk empört. »Ich zitiere aus dem letzten Entlassungsbericht über ihre stationäre Behandlung in der psychiatrischen Abteilung des Mathilden-

Krankenhauses aus dem vorigen Jahr: ›Bei Frau Braun konnte zwar eine *gewisse* Stabilisierung des psychischen Gleichgewichts erreicht werden, dieses ist allerdings immer noch sehr unbeständig. Wenn Frau Braun sich emotional stark belastet fühlt, kommt es weiterhin zu heftigen Stimmungseinbrüchen und autoaggressivem Verhalten wie dem Aufritzen der Haut mit scharfen Gegenständen.‹ Zitat Ende. Und eine solche Krise hat es auch am Tag der angeblichen Tat gegeben. Sie haben meinen Mandanten doch gehört: Dieser Ralf ist in jener Nacht offensichtlich wieder aufgetaucht. Oder wie erklären Sie sich die tiefe, männliche Stimme, mit der Frau Braun meinen Mandanten bedroht hat?«

»Dabei handelt es sich zunächst mal um eine unbewiesene Behauptung Ihres Mandanten«, entgegnete Rüther. »Ich gehe daher weiter davon aus, dass zum Zeitpunkt der Tat keine schwerwiegende psychotische Symptomatik bestand. Dagegen hat Frau Braun Symptome beschrieben, die für eine posttraumatische Belastungsstörung typisch sind: Seit der Tat leidet Frau Braun unter Albträumen und sogenannten Flashbacks, das heißt, sie erlebt die Vergewaltigung immer wieder.«

»Eine posttraumatische Belastungsstörung!«, höhnte Klenk. »Man weiß doch, wie es zu einer solchen Diagnose kommt: Eine Frau geht zum Arzt und sagt, sie fühle sich schlecht. Der Arzt fragt, ob etwas passiert sei, und die Frau sagt, ja, sie sei vergewaltigt worden. Und zack, schon hat der Arzt eine scheinbar befriedigende Erklärung und eine Diagnose. Dabei wird leider immer wieder übersehen, dass es sich um einen Zirkelschluss handelt, da eine posttraumatische Belastungsstörung voraussetzt, dass das fragliche Ereignis, also das Trauma, tatsächlich stattgefunden hat. Und genau das ist hier eben nicht der Fall.«

Rüther schüttelte den Kopf. »Nach unserer Auffassung ist die Vergewaltigung aufgrund der glaubhaften Angaben von

Frau Braun nachgewiesen: Frau Dr. Lorenz ist in ihrem Gutachten zu dem Ergebnis gekommen, dass die Schilderung des von Frau Braun behaupteten Geschehens einen hohen Detaillierungsgrad aufweist und logisch widerspruchsfrei ist. Es ist eine ganze Anzahl von Glaubhaftigkeitsmerkmalen mit guter Aussagequalität erfüllt: Es wurden Interaktionen geschildert, es wurde psychisches Erleben genannt wie Panik und Sorge, umgebracht zu werden, es wurde ein körperliches Erleben geschildert und es wurde über das unmittelbar auf die Vergewaltigung folgende Erleben berichtet: Frau Braun hat sich nach der Tat eine Stunde lang geduscht, weil sie sich so beschmutzt gefühlt hat. Frau Dr. Lorenz ist dementsprechend auch zu dem Ergebnis gelangt, dass die Angaben von Frau Braun insgesamt als erlebnisbasiert zu werten sind. Und dieses Gutachten hat das Gericht«, der Staatsanwalt warf dem Richter einen Blick zu, »schließlich auch dazu bewogen, den Angaben von Frau Braun Glauben zu schenken und den dringenden Tatverdacht zu bejahen.«

Klenk lehnte sich in seinem Stuhl zurück. »Das mag ja bei der Haftentscheidung so gewesen sein«, konstatierte er großmütig. »Aber inzwischen hat die Verteidigung ein neues Glaubwürdigkeitsgutachten in Auftrag gegeben, und zwar bei Herrn Prof. Dr. Potthoff. Ich nehme an, der Name sagt den Herren etwas?«

Der Staatsanwalt und der Richter nickten sichtlich beeindruckt und auch Marc war der Name nicht unbekannt. Prof. Potthoff war so etwas wie der Nestor auf dem Gebiet der Glaubwürdigkeitsgutachten und galt als absolute Koryphäe.

»Ich habe das Gutachten von Prof. Dr. Potthoff leider erst gestern erhalten und kann dem Gericht und der Staatsanwaltschaft dementsprechend erst jetzt Kopien aushändigen.« Dr. Klenk holte einen Stapel Blätter aus seiner Aktentasche und reichte ihn weiter. »Ich darf kurz für Sie zusammenfassen: Der Gutachter gelangt zu einer völlig anderen Einschätzung als Frau Dr. Lorenz, was die Glaubwürdigkeit von Frau Braun angeht. Prof. Potthoff ist der Auffassung, dass die Aussage von Frau Braun unter erheblichen Mängeln leidet. So weist er darauf hin, dass auch ein Lügner sich bemühen wird, eine plausible und überzeugende Geschichte zu erzählen. Aus diesem Grund würde auch eine Lügnerin, die eine Vergewaltigung schildert, von Zwang und Gegenwehr, einer Interaktion mit dem Täter, einem Vorlauf und einem Nachtatgeschehen berichten. Diese Angaben reichen also keinesfalls aus, um eine Aussage mit hinreichender Wahrscheinlichkeit als erlebnisbasiert beurteilen zu können. Der Professor hat sehr schön herausgearbeitet, dass die Aussage von Frau Braun über die angebliche Vergewaltigung schematisch anmutet und ihr jegliche Originalität fehlt. Auch im Falle einer Lüge würde Frau Braun aller Erwartung nach einen plausiblen Beginn sowie ein Ende der Interaktion nennen. Dass Frau Braun angegeben hat, sie habe während der Vergewaltigung Angst, Sorge und Panik verspürt, belegt nicht, dass sie die Tat auch tatsächlich selbst erlebt hat. Auch ein Lügner hätte solche stereotyp anmutenden Elemente vorgetragen.«

In diesem Moment konnte Marc nicht länger an sich halten. »Das kann ja wohl nicht wahr sein!«, sagte er laut und spürte, wie in der gleichen Sekunde alle Blicke auf ihn gerichtet wurden. »Wenn ich die Ausführungen dieses Professors Pimpelmoser mal mit eigenen Worten zusammenfassen darf, sagt er doch nichts anderes, als dass die Aussage meiner Mandantin stimmig und nachvollziehbar ist. Und weil sie stimmig und nachvollziehbar ist, muss sie gelogen sein, weil sich schließlich auch ein Lügner eine plausible Geschichte ausgedacht hätte. Das ist doch ein Witz!«

Der Richter runzelte die Stirn. »Herr Hagen, hatten wir uns nicht darauf geeinigt, dass Sie an dieser Verhandlung nur als stiller Beobachter teilnehmen dürfen? Wenn Sie noch einmal unterbrechen, muss ich Sie bitten, den Saal zu verlassen.«

»Es tut mir leid, Herr Vorsitzender«, gab Marc sich zerknirscht.

»Aber was zu viel ist, ist zu viel! Dieser Professor bemängelt, dass der Aussage meiner Mandantin die Originalität fehlt, weil sie angegeben hat, sie habe während der Vergewaltigung Angst, Panik und Sorge verspürt. Ich bitte vielmals um Entschuldigung, dass Frau Braun keine originelleren Umschreibungen für ihren Gefühlszustand gewählt hat, wie es der Herr Professor wohl gerne gehabt hätte. Aber meine Mandantin ist nun einmal keine Dichterin, sondern eine ganz normale Frau, die sich eben auch ausdrückt wie eine ganz normale Frau.«

»An dieser Stelle muss ich dann doch einhaken, Herr Kollege«, warf Dr. Klenk mit einem maliziösen Lächeln ein. »Ihre Mandantin ist sicherlich vieles, aber eine ›ganz normale Frau‹ mit Sicherheit nicht!«

Marc starrte ihn wütend an. »Werden Sie nicht polemisch!«

»Nichts liegt mir ferner. Im Gegenteil, ich habe das durchaus positiv gemeint. Frau Dr. Lorenz hat bei der Erstattung ihres Gutachtens einen Intelligenztest bei Ihrer Mandantin durchgeführt und dabei einen IQ von einhundertzweiunddreißig ermittelt, der nur von etwa zwei Prozent der Bevölkerung erreicht wird. Von einer derart intelligenten Frau wird man doch wohl erwarten können, dass sie keine gängige Klischeevorstellung von einer Vergewaltigung schildert.«

»Meine Mandantin ist nun einmal leider so vergewaltigt worden wie wohl über neunzig Prozent aller Frauen«, empörte sich Marc. »Es kann ja wohl nicht sein, dass man ihr jetzt einen Vorwurf daraus macht, dass Herr Borchert bei seiner Tat keine besondere Fantasie gezeigt hat.«

Klenk hob den Zeigefinger. »Aber schauen Sie sich die Aussage Ihrer Mandantin doch einmal genau an: ›Nach der Tat habe ich mich schmutzig gefühlt und eine Stunde lang geduscht!‹ Herrgott, das ist doch so, wie Klein Lieschen sich das vorstellt und was man in jedem Fernsehkrimi sehen kann: Nach einer Vergewaltigung hockt das Opfer erst mal stundenlang unter der Dusche, weil es sich dreckig fühlt.«

Marc schüttelte aufgebracht den Kopf. »Was Sie hier betreiben, ist eine Verhöhnung aller Vergewaltigungsopfer!«

»Nein!«, schrie Klenk auf einmal los und zeigte mit dem ausgestreckten Zeigefinger auf Marc. »Was *Ihre* Mandantin hier mit ihrer erfundenen Geschichte betreibt, ist eine Verhöhnung aller Frauen, die Opfer einer wirklichen Vergewaltigung geworden sind!«

Marc schäumte vor Wut. »Das ist der Gipfel! Ich ...«

»Sie schweigen jetzt!«, fiel der Vorsitzende ihm ins Wort. »Ich schlage eine Unterbrechung von einer halben Stunde vor, damit die Gemüter sich wieder beruhigen können. In der Zeit haben der Staatsanwalt und ich Gelegenheit, das Gutachten von Prof. Dr. Potthoff zumindest querzulesen. Nach der Unterbrechung machen wir dann weiter.« Er fixierte Marc. »Und zwar ohne Sie!«

»Ich bitte nochmals um Entschuldigung«, sagte Marc schnell. »Vielleicht bin ich mit meiner Wortwahl eben etwas über das Ziel hinausgeschossen.«

Zu Marcs Erstaunen bekam er auf einmal Unterstützung von unerwarteter Seite. »Wir haben nichts dagegen, wenn Herr Hagen weiter an dem Termin teilnimmt«, erklärte Dr. Klenk. »Ich mag Kollegen, die sich für ihre Mandanten engagieren. Herr Hagen erinnert mich ein wenig an mich selbst, als ich noch jung und unerfahren war.«

Marc ärgerte sich, dass er sich von Klenk hatte provozieren lassen. Und er war überzeugt, dass es nicht Sympathie war, die Klenk dazu veranlasst hatte, seinem Verbleib im Saal zuzustimmen. Wahrscheinlich hoffte der Verteidiger, dass Marc sich auch weiterhin zu unbedachten Zwischenrufen hinreißen lassen und dem Richter dadurch auf den Geist gehen würde. Vielleicht war der Richter dann eher dazu geneigt, es der Nebenklage heimzuzahlen und den Haftbefehl aufzuheben.

Trotzdem war Marc fest entschlossen, auch am Rest der Haftprüfung teilzunehmen. Er musste unbedingt wissen, was seine Mandantin ihm noch alles verschwiegen hatte.

Also wandte er sich dem Richter zu und hob die Hände zu einer kapitulierenden Geste. »Wenn Sie meine Anwesenheit weiterhin gestatten, werde ich ab sofort schweigen wie ein Grab.«

Das Gesicht des Vorsitzenden verriet, dass er Schwierigkeiten hatte, das zu glauben, doch schließlich sagte er: »Also gut! Aber bei der nächsten Störung sind Sie endgültig draußen!«

Kapitel 4

Nach einer halben Stunde versammelten sich die Beteiligten wieder im Saal.

»Herr Dr. Klenk, wenn Sie mit Ihren Ausführungen fortfahren wollen«, sagte der Vorsitzende.

»Danke. Ich möchte noch auf einen weiteren Aspekt des Gutachtens von Prof. Dr. Potthoff hinweisen. Nämlich auf die Stelle, wo er ausführt, dass sich bei Menschen mit einer Borderline-Persönlichkeit besondere Motivationen für eine Falschbeschuldigung ergeben können. So kann bei Borderline-Persönlichkeiten eine ›sekundäre‹ Motivation vorhanden sein, aufgrund eines extremen Zuwendungsbedürfnisses durch eine Falschbeschuldigung mehr Aufmerksamkeit und Zuwendung zu erhalten. Wenn das das Ziel von Frau Braun gewesen sein sollte, hätte sie es unzweifelhaft erreicht.« Dr. Klenk schaute sich ostentativ im Saal um. »Ich sehe hier vier hoch bezahlte Juristen, die sich momentan ausschließlich mit den Befindlichkeiten dieser Dame beschäftigen müssen.«

Marc musste unwillkürlich lächeln. Hoch bezahlt hatte er sich noch nie gefühlt.

Klenk hatte inzwischen schon weitergesprochen: »Wir wollen ja gar nicht unbedingt behaupten, dass Frau Braun bewusst gelogen hat, als sie meinen Mandanten angezeigt hat«, gab er sich versöhnlich. »Aber Menschen mit einer Borderline-Störung nehmen zwischenmenschliche Beziehungen nun einmal anders wahr als wir ›Normalen‹, wenn ich es einmal so drastisch sagen darf. Sie deuten einvernehmliche sexuelle Interaktionen manchmal im Nachhinein als unfreiwillig um, also genau das, was meinem Mandanten hier widerfahren ist. Eben das ist aber nur ein weiterer Ausdruck der Krankheit von Frau Braun. Menschen mit einer Boderline-Störung wissen, dass sie psychische Probleme haben und viele dieser Menschen wollen wissen, warum sie so geworden sind, vielleicht auch, um sich eines Tages davon befreien zu können. Auch Frau Braun hat sich intensiv mit den Ursachen ihrer psychischen Probleme befasst, ja, sie will sogar Psychologie studieren! Und jetzt meint sie endlich, die Ursache ihrer Probleme gefunden zu haben: Sie ist ihr ganzes Leben lang von anderen Menschen gequält worden! Wir wissen aus zahlreichen Berichten, dass Frau Braun sich schon immer als Opfer gefühlt hat: Sie und ihre kleine Schwester wurden vom Vater sexuell missbraucht, die Mutter wusste davon, hat allerdings nichts dagegen unternommen. Sie wurde von ihren Mitschülern geschnitten und als Außenseiterin behandelt, von Lehrern gemobbt, an der Uni von einem Professor zum Sex genötigt, in ihrem Modeljob mehrfach sexuell belästigt. Dieses subjektive Gefühl Frau Brauns, Opfer zu sein, wirkt auf sie stabilisierend, weil sie sich jetzt einreden kann, dass die Ursache für ihre psychische Erkrankung außerhalb ihrer Person liegt. Mit anderen Worten: Sie ist nicht verantwortlich dafür, krank zu sein, sie wurde von anderen krank gemacht. Prof. Potthoff weist darauf hin, dass dies Faktoren sind, die zur Ausbildung von Erinnerungsverfälschungen in Form sogenannter Pseudoerinnerungen führen können. Dabei handelt es sich um falsche Erinnerungen, die der Kranke aber irrtümlich für echte Erinnerungen hält. Bei Frau Braun könnte sich nach Auffassung von Prof. Potthoff die falsche Überzeugung entwickelt haben, erneut Opfer eines Gewalterlebnisses, diesmal einer Vergewaltigung, geworden zu sein. Nach alledem können die Angaben von Frau Braun keine tragfähige Grundlage für die Bejahung des dringenden Tatverdachts und damit für einen Haftbefehl sein.«

Der Staatsanwalt schüttelte den Kopf. »Wir halten weiterhin das Gutachten von Frau Dr. Lorenz für überzeugend, zumal Prof. Potthoff Frau Braun nie gesehen, geschweige denn gesprochen hat. Außerdem ist Prof. Potthoff von der Verteidigung beauftragt und bezahlt worden.«

»Was wollen Sie damit andeuten?«, versetzte Dr. Klenk scharf. »Glauben Sie allen Ernstes, dass Prof. Dr. Potthoff seinen Ruf für ein Gefälligkeitsgutachten aufs Spiel setzt?«

»Ich will gar nichts andeuten«, erwiderte der Staatsanwalt gelassen. »Ich habe allerdings in meinem langjährigen Berufsleben die Erfahrung machen müssen, dass Sachverständige fast immer zu dem gewünschten Ergebnis gelangen, wenn sie von einer Seite bezahlt werden.«

»Das Gleiche könnte ich Ihnen und Ihrer Frau Dr. Lorenz auch vorwerfen. Oder ist die etwa nicht von der Staatsanwaltschaft bezahlt worden?«

»Die Staatsanwaltschaft ist eine Behörde, die gesetzlich zur Objektivität verpflichtet ist, während Sie einseitige Interessenvertretung betreiben!«

»Sie gestatten, dass ich lache. Wenn ich meine mittlerweile dreißig Jahre als Strafverteidiger mal Revue passieren lasse, kann ich die objektiven und neutralen Staatsanwälte, die mir begegnet sind, an einer Hand abzählen.«

»Schluss jetzt!«, ging der Vorsitzende dazwischen, bevor der Staatsanwalt etwas erwidern konnte. »Jeder wieder in seine Ecke. Und vielleicht können wir langsam zu den Fakten zurückkehren.«

»Das wollte ich auch gerade vorschlagen«, stimmte Rüther ihm zu.

»Fakt ist nämlich, dass der Haftbefehl keineswegs allein auf die Angaben von Frau Braun gestützt wurde. Es gibt auch objektive Umstände, die auf eine Vergewaltigung hindeuten. Frau Braun hat sich einen Tag nach der Tat von einem Gynäkologen untersuchen lassen. Es wurde Sperma in ihrer Scheide gefunden. Und zwar eindeutig Sperma des Beschuldigten, wie ein DNA-Abgleich ergeben hat. Außerdem wurden zwei Hämatome an ihren Oberarmen gesichert sowie Fesslungsspuren an ihren Handgelenken.«

»Das Sperma stammt von dem einvernehmlichen Geschlechtsverkehr, den mein Mandant eingeräumt hat«, widersprach Klenk sofort. »Für diesen einvernehmlichen Geschlechtsverkehr spricht darüber hinaus, dass im *Genital*bereich von Frau Braun *keine* Hämatome festgestellt wurden, wie dies bei einem sexuellen Übergriff zu erwarten wäre. Und die Hämatome an den Oberarmen und die Schürfwunden an den Handgelenken sind zwar nach den Feststellungen des rechtsmedizinischen Gutachtens der Uni Göttingen zweifelsfrei durch schmerzhafte Gewalteinwirkung verursacht worden, die Rechtsmediziner konnten aber nicht nachweisen, dass ein Dritter, geschweige denn mein Mandant, Frau Braun diese Verletzungen beigebracht hat. Es kann sich auch um selbst beigebrachte Verletzungen gehandelt haben.«

»Eine Selbstverletzung kann aber ebenso wenig nachgewiesen werden«, entgegnete der Staatsanwalt. »Und Verletzungen im Genitalbereich müssen bei einer Vergewaltigung nicht notwendigerweise vorhanden sein. Deshalb bleibe ich bei meiner Auffassung, dass dringender Tatverdacht weiterhin zu bejahen ist.«

»Ich würde dieser Auffassung nach dem derzeitigen Verfahrensstand ebenfalls zuneigen«, mischte sich jetzt auch Richter Sievert wieder in die Diskussion ein. »Zumal ich bisher keine Gelegenheit hatte, das Gutachten von Prof. Dr. Potthoff in Ruhe und vollständig zu lesen. Unter Umständen muss auch noch ein Obergutachten zur Glaubwürdigkeit von Frau Braun eingeholt werden.«

»Eines solchen Obergutachtens bedarf es nicht mehr«, protestierte Dr. Klenk. »Es gibt in Deutschland schlichtweg keinen kompetenteren Sachverständigen für diese Fragen als Prof. Dr. Potthoff.«

»Dennoch bleibe ich derzeit bei meiner Auffassung«, sagte der Richter. »Aber Sie wissen ja, dass der Begriff des dringenden Tatverdachts nicht statisch, sondern dynamisch ist. Vielleicht sieht die Sachlage in ein paar Wochen schon ganz anders aus.«

»Das nützt meinem Mandanten in seiner gegenwärtigen Situation herzlich wenig.«

Der Richter hob die Hände. »Wollen Sie noch Ausführungen zu den Haftgründen machen?«, fragte er. »Ansonsten würde ich um Ihren Antrag bitten.«

Klenk warf seinem Mandanten einen resignierten Blick zu. »Also gut, kommen wir nun zu den Haftgründen«, sagte er. »Der Haftbefehl wurde mit Flucht- und Wiederholungsgefahr begründet. Zunächst zur angeblichen Fluchtgefahr: Mein Mandant hat keinerlei Veranlassung, sich dem Strafverfahren durch Flucht zu entziehen. Herr Borchert ist ein geachtetes Mitglied der Gesellschaft mit einer straffreien

Lebensführung. Er hat einen festen Wohnsitz mit lückenloser polizeilicher Anmeldung und ist sozial und familiär fest eingebunden.«

»Ihr Mandant ist nicht verheiratet«, hielt der Staatsanwalt ihm entgegen. »Er lebt nicht in einer Lebensgemeinschaft und er hat keine Kinder. Für mich sieht das nach leicht lösbaren Verhältnissen aus.«

»Mein Mandant hat mehrere Jahre seinen inzwischen leider verstorbenen Vater gepflegt, jetzt betreut er seit zwei Jahren seine an Alzheimer erkrankte Mutter, die mit ihm in einem Haus wohnt«, sagte Klenk und erhob sich. »Ich habe hier den Bescheid der Pflegekasse, wonach die Mutter meines Mandanten Leistungen der Pflegestufe II erhält, und das diesem Bescheid zugrunde liegende Gutachten des medizinischen Dienstes der Krankenkasse. Mein Mandant ist in diesem Gutachten als Pflegeperson aufgeführt.«

»Soweit mir bekannt ist, verfügt die Familie des Beschuldigten über ein beträchtliches Vermögen«, gab Rüther zu bedenken. »Es dürfte daher möglich sein, für die Zeit der Untersuchungshaft einen professionellen Pfleger zu beauftragen.«

»Frau Borchert wird durchaus professionell gepflegt. Wenn Sie das MDK-Gutachten lesen, werden Sie allerdings feststellen, dass sie sehr auf ihren Sohn fixiert ist. Mein Mandant hat deshalb sogar seinen Beruf aufgegeben, um sich voll und ganz der Pflege seiner Mutter widmen zu können.«

»Ihr Mandant hat einen Beruf?«, fragte Rüther erstaunt. »Das wäre mir neu.«

»Mein Mandant hat stets im elterlichen Unternehmen in führender Position mitgearbeitet. Seit dem Tod seines Vaters und der Erkrankung seiner Mutter besitzt er alle Vollmachten. Um sich um seine Mutter kümmern zu können, hat er nun allerdings familienfremde Manager eingestellt, die das Unternehmen vorübergehend leiten.«

»Mit anderen Worten: Ihr Mandant kontrolliert das Millionenvermögen seiner Eltern. Er verfügt damit über finanzielle Verhältnisse, die ihm eine Flucht ins Ausland ermöglichen.«

»Umgekehrt wird ein Schuh draus!«, polterte Klenk. »Das Unternehmen der Familie Borchert befindet sich in Deutschland, gleichsam alle Immobilien einschließlich des Elternhauses meines Mandanten. Der zu erwartende Verlust wird ihn daher von einer Flucht abhalten.«

»Aber nicht von einer Wiederholung seiner Straftat.«

»Auch Wiederholungsgefahr liegt nicht vor«, konterte Klenk. »Dabei muss ich zunächst noch einmal betonen, dass mein Mandant die ihm zur Last gelegte Vergewaltigung *nicht* begangen hat. Darüber hinaus darf ich auf die Rechtsprechung des Oberlandesgerichtes Köln verweisen. Danach begründet eine einmalige Tatbegehung – auch bei Sexualdelikten – keine Wiederholungsgefahr. Dies korrespondiert mit der Untersuchung von Egg. Danach wird nur jeder fünfte vermeintliche Sexualstraftäter rückfällig.«

»Da gibt es auch vollkommen andere Untersuchungen«, erwiderte Rüther. »Abgesehen davon handelt es sich hier auch gar nicht um eine einmalige oder erstmalige Begehung eines Sexualdelikts. Es gab bereits vor vier Jahren die Anzeige einer jungen Frau, die Ihren Mandanten der Vergewaltigung beschuldigt hat. Und die damalige Tat ähnelt sehr den Schilderungen von Frau Braun. Auch die Anzeigeerstatterin hat seinerzeit behauptet, der Beschuldigte habe sie nach einem Diskobesuch vergewaltigt, indem er sich unter einem Vorwand Zugang zu ihrer Wohnung verschafft hat.«

»Ich verwahre mich entschieden dagegen, dass diese Anzeige zum Gegenstand dieses Verfahrens gemacht oder sonst in irgendeiner Weise gegen meinen Mandanten verwendet wird«, protestierte Klenk aufgebracht. »Ich darf doch daran erinnern, dass die Frau eine vorbestrafte Betrügerin war und sie die Anzeige kurze Zeit später zurückgezogen hat, woraufhin das Verfahren gegen meinen Mandanten eingestellt wurde. Aber wo wir gerade bei Anzeigen sind: Ist es nicht zutreffend, dass Frau Braun vor zehn Jahren von ihrem damaligen Professor wegen Stalkings angezeigt wurde?«

»Auch diese Anzeige wurde später zurückgezogen und das Verfahren eingestellt«, erwiderte der Staatsanwalt.

»Dann steht es jetzt ja wohl remis«, meinte Klenk.

»Ich werde bei meiner Entscheidung keine eingestellten Verfahren berücksichtigen«, versuchte der Richter, die aufgeheizte Stimmung wieder zu beruhigen, und wandte sich Klenk zu. »Trotzdem reicht Ihr bisheriger Vortrag meines Erachtens nicht aus, einen Haftgrund zu verneinen.«

Klenk seufzte tief. Er beugte sich zu Borchert herüber, um sich flüsternd mit ihm zu beraten. Marc ahnte, was sie besprachen. Jetzt gab es nur noch eine Chance, Borchert freizubekommen: eine Haftverschonung aufgrund einer Außervollzugsetzung des Haftbefehls. Jeder Anwalt wusste, dass die Gerichte in der Praxis eher dazu neigten, den Haftbefehl gegen Auflagen außer Vollzug zu setzen, als ihn ganz aufzuheben. Dazu musste der Verteidiger sich überlegen, was er dem Gericht anbieten konnte. Entscheidend war, zuvor mit dem Mandanten besprochene Auflagen präsentieren zu können, die es nachvollziehbar erscheinen ließen, dass sie in ausreichendem Maße die Zwecke der U-Haft erreichen ließen. Der Fantasie und Kreativität des Verteidigers waren dabei keine Grenzen gesetzt und Marc war sich sicher, dass Klenk bereits einen ganzen Strauß von Vorschlägen vorbereitet hatte.

»Also gut«, begann Klenk dann auch. »Mein Mandant wäre bereit, sich im Falle einer Außervollzugsetzung des Haftbefehls täglich bei der Polizei zu melden sowie seinen Personalausweis und seinen Reisepass an Gerichtsstelle zu hinterlegen. Ich habe die Dokumente dabei und kann sie gleich zur Akte reichen. Darüber hinaus ist mein Mandant bereit, eine Sicherheit zu leisten, deren Höhe wir in das Ermessen des Gerichts stellen.«

»Eine Haftverschonung kommt nicht infrage«, widersprach Rüther. »Der Beschuldigte hat das Opfer mit dem Tod bedroht.«

»Das hat der Beschuldigte *nicht* getan«, entgegnete Klenk scharf. »Es gibt in diesem Fall kein Opfer außer meinem Mandanten. Aber gut: Wir sind bereit, als weitere Auflage ein Kontaktverbot meines Mandanten zu der Anzeigeerstatterin zu akzeptieren. Wobei mein Mandant einen derartigen Kontakt selbstverständlich auch ohne dieses Verbot keinesfalls suchen würde.«

Der Staatsanwalt schüttelte erneut den Kopf. »Ein derartiges Verbot ist nicht zu überwachen.«

»Das verwundert mich«, gab Klenk sich erstaunt. »Gerade in Hessen gibt es genau diese Möglichkeit. Seit 2000 existiert bereits das Modellprojekt ›Elektronische Fußfessel‹. Mein Mandant wäre bereit, sich in Hausarrest zu begeben und eine derartige elektronische Fußfessel zu tragen. Damit dürfte dann aber allen möglichen Bedenken Rechnung getragen sein: Mein Mandant kann weder fliehen noch eine Straftat begehen, weil er mit der Fußfessel lückenlos überwacht und kontrolliert werden kann. Und es ist meinem Mandanten auch nicht möglich, sich der Anzeigeerstatterin zu nähern.«

Sievert und Rüther wechselten einen Blick und Marc sah, dass der Richter dem Staatsanwalt auffordernd zunickte.

Rüther verstand den Wink und hob kapitulierend die Hand. »Von mir aus«, sagte er. »Bei den entsprechenden Weisungen und Auflagen in Kombination mit dem Gebot, eine elektronische Fußfessel zu tragen, könnte die Staatsanwaltschaft sich mit einer Haftverschonung anfreunden.«

Der Richter war offensichtlich zufrieden und wandte sich Dr. Klenk zu. »Dann gehe ich davon aus, dass Sie nur noch den Antrag stellen, den Haftbefehl gegen die genannten Auflagen und Weisungen außer Vollzug zu setzen?«

Klenk besprach sich noch einmal kurz mit seinem Mandanten, dann nickte er. »So soll es sein.«

Kapitel 5

Als Marc um die Mittagszeit wieder in Bielefeld eintraf, rief er als Erstes seine Sekretärin an. Die teilte ihm mit, seine Anwesenheit in der Kanzlei sei momentan nicht erforderlich.

Marc war froh, nach Hause fahren zu können, um etwas zu essen und sich zu entspannen. Der Haftprüfungstermin hatte länger gedauert als erwartet und er spürte, dass die Erörterung des Falls ihn auch psychisch mitgenommen hatte.

Um halb zwei schloss Marc die Tür seines Reihenhauses auf. In der Diele warf er seinen Schlüssel auf eine Ablage und rief laut: »Unangemeldeter Kontrollbesuch! Wenn sich noch irgendwelche Kerle in Schränken verstecken oder aus dem Fenster springen müssen, wäre jetzt die letzte Gelegenheit dazu!«

Er lauschte in die Stille, erntete aber keine Reaktion. Also zuckte er die Schultern und ging ins Wohnzimmer, wo er seine Freundin mit einem Glas Eistee in der Hand vor dem Fernseher sitzend vorfand.

»Schau an«, sagte Marc anstelle einer Begrüßung. »Ich dachte, mein kleines Frauchen kümmert sich während meiner Abwesenheit um den Haushalt, stattdessen muss ich feststellen, dass sie es sich von meinem Geld gut gehen lässt.«

Als Antwort bekam er nur ein müdes Grinsen. »*Dein* Geld?«, fragte Melanie, wandte den Blick dabei aber nicht vom Fernseher ab. »Wenn wir ausschließlich von deinem Gehalt leben müssten, könnten wir uns dieses Haus bestimmt nicht leisten. Und wenn du weiterhin so viel Geld für dein Spielzeug zum Fenster rauswirfst, sitzen wir wahrscheinlich bald auf der Straße.«

Marc verzog den Mund, sagte aber nichts. Das ›Spielzeug‹ war ein roter Alfa Romeo Brera, den er sich vor einem halben Jahr gegönnt hatte, nachdem ein Fall mit einem großen Streitwert endlich einmal ein paar tausend Euro in seine Kasse gespült hatte. Als Melanie von dem Kauf des italienischen Sportcoupés erfahren hatte, hatte das tagelange Diskussionen ausgelöst, ob er das Geld nicht für ›etwas Besseres‹ hätte verwenden können. Marc hatte gedacht, das Thema sei inzwischen vom Tisch, aber anscheinend nagte der unabgesprochene Autokauf noch immer an Melanie. Und sie hatte natürlich auch nicht ganz unrecht. Es war nun einmal so, dass die Kanzlei noch nie besonders viel abgeworfen hatte, und in den letzten Monaten war es eher schlechter als besser geworden. Melanie dagegen betrieb seit einigen Jahren einen Internethandel mit Kindermode, der ständig größer und erfolgreicher geworden war. Auch wenn es gewaltig an Marcs Ego kratzte, hatte er sich irgendwann eingestehen müssen, dass Melanie in den meisten Monaten mehr verdiente als er.

»Willst du auch Eistee?«, fragte Melanie.

»Nein«, erwiderte Marc unwirsch. »Ich hole mir eine Cola.«

Er ging in die Küche und nahm sich eine Dose aus dem Kühlschrank. Damit kehrte er ins Wohnzimmer zurück und ließ sich neben seine Freundin auf die Couch fallen. »Wo ist Lizzy?«, wollte er wissen.

»Bei einer Freundin.« Melanie warf einen Blick auf die Uhr. »Aber sie müsste eigentlich jede Minute zurück sein.«

Lizzy war ihre elfjährige Tochter. Wobei sie nur Melanies leibliches Kind war. Marc hatte Melanie vor fünf Jahren kennengelernt, als sie ihn mit ihrer Verteidigung beauftragt hatte. Melanie hatte ihren Mann, der sie und Lizzy jahrelang misshandelt und terrorisiert hatte, im Schlaf erschossen und war wegen Mordes angeklagt worden. Marc hatte einen Freispruch erreicht und seitdem waren sie zusammen.

Marc hielt sich die eiskalte Dose gegen die Stirn. »Ah!«, stöhnte er. »Das tut gut!«

Melanie schaltete den Fernseher aus. »Schwerer Fall?«, erkundigte sie sich.

»Du sprichst ein großes Wort gelassen aus«, antwortete Marc. »Ich habe seit gestern eine neue Mandantin, eine junge Frau, etwa in deinem Alter.«

»Ist sie hübsch?«

Marc zögerte. Ihm war bewusst, dass er sich gerade auf vermintes Gelände begab. »Ach Gott, ja«, sagte er wie beiläufig. »Direkt hässlich ist sie nicht, aber natürlich kein Vergleich zu dir.«

»Natürlich nicht«, grinste Melanie. »Um was geht es?«

»Sie ist vergewaltigt worden. Behauptet sie zumindest.«

»Soll das heißen, du glaubst ihr nicht?«

»Ich weiß nicht, was ich glauben soll. Gestern war ich noch davon überzeugt, dass sie die Wahrheit sagt. Heute musste ich allerdings erfahren, dass sie unter einer schweren psychischen Erkrankung leidet. Ich glaube, der korrekte medizinische Fachausdruck lautet: ›total durchgeknallt‹.« Marc fasste die Ereignisse bei der Haftprüfung für Melanie zusammen.

Als er geendet hatte, sagte Melanie: »Trotzdem verstehe ich nicht, warum du auf einmal Zweifel hast. Du bist doch ihr Anwalt! Wenn du ihr nicht glaubst, wer soll es sonst tun?«

»Ich bin vielleicht ihr Anwalt, aber deswegen bin ich kein Idiot. Ich weiß, dass mich die Mehrheit meiner Mandanten anlügt.«

»Schön zu hören, was du über deine Mandanten denkst. Wie du dich vielleicht erinnerst, habe ich auch mal zu diesem exklusiven Kreis gehört. Hast du mir damals auch nicht geglaubt?«

»Doch, das habe ich. Aber du hast die Tat ja auch nie bestritten.«

»Vielleicht habe ich ja bei meinen Motiven gelogen.«

»Warum hättest du deinen Mann sonst töten sollen? Wenn ich mich recht entsinne, hatte dein Ex kein Geld. Und du kannst ihn auch nicht getötet haben, weil er unserer Beziehung im Wege stand. Schließlich kanntest du mich damals noch gar nicht. Aber um auf deine Frage zurückzukommen: Nein, ich hatte nie einen Zweifel daran, dass du die Wahrheit sagst. Aber du leidest auch weder unter einer Borderline-Störung noch unter einer dissoziativen Identitätsstörung.«

»Auch Frauen mit psychischen Störungen können vergewaltigt werden. Ich habe mal gelesen, dass Borderline-Frauen aufgrund ihres reduzierten Selbstschutzvermögens sogar häufiger Vergewaltigungsopfer werden als andere. Und für den Täter war das vielleicht sogar ein zusätzlicher Anreiz. Er könnte vorausgesetzt haben, dass man einer Frau, die derartige psychische Probleme hat, sowieso nicht glaubt. Und damit könnte er sogar recht haben, wenn ich höre, was du von dem Fall hältst.«

»Ich will ja gar nicht bestreiten, dass es *möglich* ist, dass sie vergewaltigt worden ist. Aber ich habe den Täter, also den *mutmaßlichen* Täter, heute gesehen. Der Mann ist reich und er sieht gut aus. Eigentlich hat der es gar nicht nötig, Sex zu erzwingen.«

»Bei Vergewaltigung geht es nicht um Sex, es geht um männliche Machtausübung!«

»Oho, ich habe gar nicht gewusst, dass ich mit Alice Schwarzer zusammen bin.«

»Und ich nicht, dass ich mit Jörg Kachelmann unter einem Dach lebe.« Melanie stand von der Couch auf. »Ich muss wieder an meinen PC, Klamotten verkaufen. Du weißt ja, die nächste Autorate ist bald fällig. Und wir wollen ja beide nicht, dass du deinen stählernen Penis verlierst, nicht wahr?«

»Und was ist das jetzt? Weibliche Machtausübung?«

»Nenn es, wie du willst! Musst du heute noch in die Kanzlei?«

»Ja, ich habe um halb sechs einen Termin mit Lari…, also mit der betreffenden Mandantin. Ich muss versuchen, ihr möglichst schonend beizubringen, dass der Mann, von dem sie sich bedroht fühlt, jetzt nicht mehr in U-Haft sitzt.«

Kapitel 6

Um Punkt 17:30 Uhr führte Stefanie, Marcs Sekretärin, Larissa in sein Büro. Marc kam nicht umhin festzustellen, dass sie wieder einmal umwerfend aussah. Heute trug sie eine weiße Bluse und eine hautenge Jeans, die ihre vollkommene Figur erst richtig zur Geltung brachte.

»Wie ist es gelaufen?«, fragte Larissa, noch bevor sie sich gesetzt hatte.

»Langsam«, versuchte Marc, sie zu beruhigen. »Jetzt nehmen Sie erst mal Platz.« Er deutete auf seinen Besucherstuhl. »Etwas zu trinken?«

»Nein!«, gab sie heftig zurück, aber immerhin ließ sie sich auf dem Freischwinger nieder. »Ich will endlich wissen, was los ist! Haben die das Schwein etwa laufen lassen?«

Marc zögerte, weil er nicht wusste, wie er seiner Mandantin Borcherts Entlassung am besten beibringen sollte. »Jein«, sagte er schließlich. »Der Haftbefehl ist gegen Auflagen außer Vollzug gesetzt worden. Allerdings …«

»*Was?*«, schrie Larissa unvermittelt los. »Soll das heißen, Borchert ist schon wieder draußen?«

»Das ist anzunehmen. Wenn ein Haftbefehl außer Vollzug gesetzt wird und der Richter die Haftentlassung verfügt, ist der Beschuldigte unverzüglich freizulassen. Er darf gegen seinen Willen nicht nochmals in die JVA zurückgebracht werden, auch wenn dort noch seine Sachen sind.«

Larissa umkrampfte mit beiden Händen ihre Handtasche, die sie wie einen Schutzschild auf ihren Schoß gestellt hatte. Auf einmal wirkte sie auf Marc wie ein kleines, verletztes Kind, das an einem vertrauten Gegenstand Halt suchte.

»Warum haben Sie das nicht verhindert?«, fragte sie leise.

»Moment!« Marc hob den Zeigefinger. »Wir waren uns doch darüber einig, dass ich kaum eine Möglichkeit haben würde, irgendwie einzugreifen, nicht wahr? Und wenn Sie mich jetzt endlich ausreden lassen würden, könnte ich Ihnen auch in Ruhe erklären, dass die Situation gar nicht so schlecht aussieht, wie Sie sich das gerade ausmalen.«

Marc wartete auf eine Reaktion, aber als Larissa wider Erwarten stumm blieb, sprach er schnell weiter. »Zunächst einmal konnte ich bei dem Haftprüfungstermin anwesend sein. Das war schon mal ein Erfolg, weil ich Ihnen jetzt genau erklären kann, wie alles abgelaufen ist. Nach Auffassung des Gerichts besteht weiterhin dringender Tatverdacht gegen Borchert, das heißt, eine spätere Verurteilung wegen Vergewaltigung ist wahrscheinlich. Er ist zwar nicht mehr in Untersuchungshaft, aber er hat vom Gericht verschiedene Weisungen und Auflagen erhalten: Er muss jegliche Kontaktaufnahme zu Ihnen unterlassen, auch unter Verwendung technischer Hilfsmittel, das heißt, er darf Sie auch nicht anrufen. Und was noch wichtiger ist: Er hat Hausarrest bekommen. Borchert darf seine sogenannte Homezone, das heißt einen Radius von fünfzig Metern um sein Haus, nicht, auch nicht kurzfristig, verlassen. Um …«

»Hausarrest?«, fiel ihm Larissa empört ins Wort. »Das klingt wie Urlaub mit einer Flasche Bier vor dem Fernseher! Unter einer Strafe stelle ich mir etwas anderes vor!«

»Es geht momentan noch gar nicht darum, Borchert zu bestrafen, sondern sicherzustellen, dass er sich nicht vor dem Prozess absetzt. Deshalb muss er ständig einen sogenannten Tracker, besser bekannt als ›elektronische Fußfessel‹, am Bein tragen. Borchert ist verpflichtet, das Gerät ständig in betriebsbereitem Zustand mit sich zu führen, und er darf es weder manipulieren noch beschädigen. Ich habe nach dem Haftprüfungstermin noch längere Zeit mit dem Staatsanwalt gesprochen und er hat mir alles genau erklärt: So ein Tracker entspricht technisch weitgehend einem Mobiltelefon und erlaubt eine Ortung mittels GPS. Die Standortdaten werden in bestimmten Intervallen an die HZD, die Hessische Zentrale für Datenverarbeitung, übertragen und dort automatisch gespeichert. So kann man fast auf den Meter genau feststellen, wo der Tracker und sein Träger sich gerade aufhalten beziehungsweise aufgehalten haben. Damit ist eine lückenlose Überwachung von Borchert gewährleistet.«

Larissa hob ihre perfekt geschwungenen Augenbrauen. »Und diese elektronische Fußfessel ist wirklich sicher?«, fragte sie.

»Ja«, antwortete Marc knapp. »Nach dem Anlegen lässt sich das Gerät nicht manuell an- oder ausschalten und kann vom Träger nur mit Gewalteinwirkung wieder abgenommen werden.«

»Und wenn Borchert das trotzdem versucht?«

»Dann lösen die Sensoren des Trackers sofort Alarm aus und es geht eine sogenannte Ereignismeldung an die HZD, die die Meldung an die GÜL, die gemeinsame elektronische Überwachungsstelle der Länder, weiterleitet. Die GÜL nimmt umgehend mit Borchert Kontakt auf und fragt ihn, was los ist. Wenn Borchert sich nicht meldet oder die Störung nicht plausibel erklären kann, alarmiert die GÜL unverzüglich die Polizei. Das Gleiche gilt, wenn Borchert versucht, seine Homezone zu verlassen. Er erhält dann zur Warnung ein Vibrationssignal und nach einer kurzen Karenzzeit wird der Alarm ausgelöst.«

In Larissas Gesicht spiegelte sich Skepsis. »Sie sagten, dieses Gerät funktioniert wie ein Handy. Aber jeder, der ein Handy besitzt, weiß doch, wie oft es keinen Empfang gibt. Was ist zum Beispiel in einem Tunnel oder in einer U-Bahn? Von dort können dann keine GPS-Daten übersandt werden.«

»Bei einem Ausfall der GPS-Ortung setzt der Tracker ebenfalls eine Ereignismeldung ab. Ebenso, wenn die Batterie zu schwach ist oder der Trackerstrom unterbrochen wird.«

Larissa wirkte zwar noch immer nicht überzeugt, aber immerhin schien ihr Widerstand etwas nachzulassen.

»Es kann wirklich nichts passieren, Frau Braun«, setzte Marc schnell nach. »In Hessen läuft seit 2000 ein Modellversuch mit elektronischen Fußfesseln und es ist noch nie jemandem gelungen, das Gerät in irgendeiner Art zu manipulieren. Die Erfahrungen waren sogar so gut, dass elektronische Fußfesseln jetzt auch in anderen Bundesländern eingeführt werden, und zwar zur Überwachung besonders gefährlicher Sexualstraftäter nach ihrer Entlassung. Man würde die Bevölkerung dieser Gefahr nicht aussetzen, wenn die Geräte nicht sicher wären.«

»Und Sie können mir wirklich garantieren, dass es unmöglich ist, die Geräte auszutricksen?«

»Ja, das kann ich, auch wenn ich mit Garantien sonst vorsichtig bin. Wenn ich den Staatsanwalt richtig verstanden habe, registrieren die Sensoren des Trackers sogar eine Beeinträchtigung der Körperwärme. Das heißt, selbst wenn Borchert auf die abstruse Idee käme, sich sein Bein mit der

Fußfessel zu amputieren, um die Homezone verlassen zu können, würde ein Alarm ausgelöst werden.«

Larissa entspannte sich sichtlich. »Also gut, ich vertraue Ihnen«, sagte sie. »Etwas anderes bleibt mir ohnehin nicht übrig. Auch wenn es mir lieber wäre, dass Borchert weiter im Gefängnis sitzen würde.« Sie hielt einen Moment inne. »Ist bei dem Termin sonst noch etwas passiert, von dem ich wissen müsste?«, fragte sie dann.

Marc sah sie ernst an. »Ja, das ist es. Es sind Dinge zur Sprache gekommen, die mich – gelinde gesagt – doch etwas überrascht haben und die ich lieber von Ihnen erfahren hätte.«

Larissa musterte ihn erstaunt. »Können Sie etwas konkreter werden?«

»Gerne. Stichwort: Borderline. Stichwort: dissoziative Identitätsstörung. Stichwort: Stalking.«

Larissa seufzte schwer. »Ich wusste, dass Sie so reagieren, wenn Sie davon erfahren. *Jeder* reagiert so. Und deshalb habe ich Ihnen davon auch nichts erzählt. Außerdem hat das nicht das Geringste mit der Tatsache zu tun, dass ich vergewaltigt worden bin.«

»Das sehen wir Juristen leider ganz anders. Und deshalb bin ich auch darauf angewiesen, von Ihnen Einzelheiten zu Ihren Krankheiten zu erfahren.«

Larissa nickte verstehend. »Also gut, wenn es unbedingt sein muss.« Sie schaute auf die Uhr. »Aber nicht hier. Es ist schon nach sechs und ich habe einen Bärenhunger. Wie sieht es aus, Sie kennen doch bestimmt ein nettes Restaurant irgendwo hier in der Nähe, wo wir ungestört miteinander sprechen können?«

Marc zögerte. Ja, er kannte ein solches Restaurant, aber er hielt Beruf und Privatleben auch gerne strikt auseinander.

Larissa schien sein Zögern zu bemerken. »Nun seien Sie kein Frosch«, ermunterte sie ihn. »Ich beiße nicht! Oder haben Sie keinen Hunger?«

Doch, den hatte er. Sogar gewaltigen. Und außerdem, was war denn schon dabei? Dauernd wurden Arbeitsessen durchgeführt und um nichts anderes handelte es sich hier schließlich, oder?

»Okay«, sagte er also. »Lassen Sie uns gehen.«

Kapitel 7

Eine Viertelstunde später nahmen sie bei Marcs Lieblingsitaliener in einer der durch hohe Rückenlehnen getrennten Sitznischen Platz, in denen man praktisch für sich war. Marc bestellte eine Pizza und eine Cola, Larissa Salat und Rotwein.

»Frau Braun«, sagte Marc, nachdem der Ober abgezogen war, »ich bin Ihr Anwalt und als solcher darauf angewiesen, dass Sie mir zu einhundert Prozent vertrauen. Das heißt, Sie müssen mir alles sagen, was für Ihren Fall von Bedeutung ist, sonst kann ich Sie nicht richtig vertreten. Und Ihre psychischen Probleme sind in diesem Zusammenhang nun einmal wichtig. Sie können sich sicher sein, dass Borcherts Verteidiger Dr. Klenk dieses Thema im Prozess zur Sprache bringen wird. Und nicht nur das: Klenk wird sogar ausgiebig darauf herumreiten, um Ihre Glaubwürdigkeit in Zweifel zu ziehen.«

Larissa nickte verstehend. »Was wollen Sie wissen?«

»In einem Arztbericht, der heute Vormittag erörtert wurde, hieß es, dass Sie unter einer dissoziativen Identitätsstörung leiden. Ehrlich gesagt, habe ich von so einer Krankheit vorher noch nie gehört.«

»Vielleicht ist Ihnen die Bezeichnung ›multiple Persönlichkeitsstörung‹ geläufiger? Es handelt sich um eine Art Überlebenstaktik von Kindern, um sich selbst vor einem Trauma zu schützen, nach dem Motto: ›Das passiert alles gar nicht mir!‹ Ich bin als Kind jahrelang von meinem Vater sexuell missbraucht worden. Beim Dissoziieren trennt das Kind einen Teil seiner Persönlichkeit ab, das heißt, es spaltet sich in zwei oder mehr Identitäten auf.«

Marc staunte, wie abgeklärt seine Mandantin ihr eigenes Schicksal schilderte. Gleichzeitig war er froh, dass ihm jegliche Gefühlsduselei erspart blieb. »Und dadurch entstehen diese Innenpersonen, richtig?«

»Genau. Es gibt immer eine Hauptperson, auch ›Host‹ oder ›Gastgeber‹ genannt, der den Großteil des normalen Alltags regelt. Das bin ich als Larissa. Die Innenperson übernimmt eine bestimmte Funktion in einer bestimmten Situation und kann in einer ähnlichen Situation wieder zum Vorschein kommen. Bei mir ist das insbesondere der Fall, wenn ich extreme Gefühle durchlebe: Angst, Panik, Wut, Hass, aber auch große Freude. Als ich fünfzehn Jahre alt war, habe ich in mir zum ersten Mal eine andere Person gespürt. Ein junger Mann, achtzehn Jahre alt, mit dem Namen Ralf. Ralf ist eine sogenannte ›dunkle Person‹. Er ist gewalttätig und zerstörerisch, aber auch wichtig für mich, weil er vor nichts Angst hat. Ich als Larissa hatte früher dauernd Angst vor allem Möglichen: vor meinen Eltern, vor meinen Lehrern, vor anderen Kindern. Ralf hat mir oft vorgeworfen, ich ließe mir zu viel gefallen, ich müsse mich mal wehren, mich gegen andere durchsetzen. Ich glaube, Ralf hat versucht, mich zu beschützen, aber auch, die Kontrolle über mich zu bekommen, und ich als Hauptperson hatte erhebliche Schwierigkeiten, ihn in Schach zu halten. Ralf hat auch viel Unsinn angestellt. Er hat Sachen getan, die ich mich als Larissa nie getraut hätte, zum Beispiel in Kaufhäusern Sachen geklaut. Er stahl Sachen, die ich als Larissa gerne gehabt hätte, mir aber nicht leisten konnte. Manchmal bin ich auch in Ralf gewechselt. ›Switches‹ nennt man so etwas, aber das wusste ich damals natürlich noch nicht.«

Marc hatte die ganze Zeit mit angehaltenem Atem zugehört. »Bei diesen Switches«, sagte er, »was haben Sie da für ein Gefühl?«

»Als ob ich mich in einer anderen Welt befinde. Manchmal stehe ich irgendwo und weiß nicht, wie ich dorthin gekommen bin. Oft kenne ich nicht einmal die Gegend. Ich habe dann keine Ahnung, was gerade mit mir passiert ist. Oder ich habe Sachen an Orten wiedergefunden, wo ich sie garantiert nicht hingelegt habe.«

Marc musste unwillkürlich lachen. »Tut mir leid«, sagte er. »Aber wenn das schon ein Symptom für eine dissoziative Identitätsstörung ist, leide ich womöglich auch daran. Es passiert mir ständig, dass ich Dinge an den unmöglichsten Stellen wiederfinde.«

Larissa schien ihm die Bemerkung nicht übel zu nehmen, denn sie stimmte in sein Lachen ein. »Aber was Sie wahrscheinlich nicht erlebt haben, ist, dass Sie auf einmal in einer ganz anderen Handschrift schreiben, eine ganz andere Gestik, Mimik und Körperhaltung haben oder mit einer anderen Stimme reden. Das ist mir alles schon passiert, wenn ich früher in Ralf gewechselt bin.«

Dabei fiel Marc auf einmal wieder ein, was Borchert am Vormittag gesagt hatte. »Fabian Borchert hat heute umfassend zur Sache ausgesagt«, teilte er Larissa mit. »Er hat die Tat bestritten und behauptet, an dem Abend einvernehmlichen Geschlechtsverkehr mit Ihnen gehabt zu haben. Danach habe er Sie verlassen wollen, aber Sie hätten ihn gebeten zu bleiben. Als er dennoch gegangen sei, hätten Sie ihn mit einer tiefen Männerstimme bedroht und gesagt: ›Das wirst du bereuen, du Schwein!‹«

Larissa schüttelte empört den Kopf. »Kein Wort davon ist wahr!«, beteuerte sie. »Es gab keinen einvernehmlichen Geschlechtsverkehr! Borchert hat mich vergewaltigt. Und Switches hatte ich seit vielen Jahren nicht mehr. Als ich siebzehn war, ist bei mir die dissoziative Identitätsstörung diagnostiziert worden. Seitdem befinde ich mich in ständiger Therapie und werde mit Medikamenten behandelt. Und bisher ist Ralf auch nie wieder aufgetaucht.«

»Stellt sich nur noch eine Frage: Wie konnte Borchert von Ihrer Innenperson wissen?«

Larissa schaute verlegen auf den Boden. »Weil ich ihm davon erzählt habe, an dem Abend, als wir zusammen in dem Restaurant waren. Bevor er mich …« Sie hielt inne und ließ den Satz unvollendet. »Im Nachhinein war es natürlich blöd, ihm gleich beim ersten Treffen alles über mich zu erzählen, aber ich hatte mich in ihn verguckt und dachte, aus uns könnte mehr werden. Ich wollte eine mögliche Beziehung nicht mit einer Lüge beginnen und ihm sofort reinen Wein einschenken. Ich habe die ganze Zeit geredet wie ein Wasserfall und ihm die kleinste Kleinigkeit erzählt: dass ich von meinem Vater als Kind sexuell missbraucht worden bin, dass das wahrscheinlich der Grund für meine ganzen psychischen Probleme ist, dass ich dauernd in psychiatrischer und psychologischer Behandlung bin und schon fast ein Dutzend Mal versucht habe, mich umzubringen. Auch dass ich bei meinen bisherigen Partnerschaften wegen meiner Erkrankung häufig Probleme hatte. Und ja, ich habe ihm auch von Ralf erzählt. Ich habe wirklich nichts ausgelassen.«

»Wie hat Borchert darauf reagiert?«

»Äußerlich blieb er höflich, nett und aufmerksam. Ja, er hat sogar Verständnis geheuchelt, aber ich konnte förmlich sehen, wie es in seinem Gehirn gearbeitet hat und wie er sich innerlich von mir distanziert hat. O Gott, hat er wahrscheinlich gedacht, außen hui und innen vollkommen durchgeknallt. Wie werde ich die Irre bloß wieder los? Ich habe diese Reaktion schon bei einigen Typen gesehen, denen ich von meinen Problemen erzählt habe. Auch Borchert wurde immer schweigsamer. Vielleicht waren meine Erzählungen sogar der Auslöser für die Vergewaltigung. Ich kann mir gut vorstellen, was Borchert auf der Rückfahrt durch den Kopf gegangen ist: Wenn die Alte schon bekloppt ist, kann ich mit ihr auch machen, was ich will. Der Verrückten glaubt sowieso niemand ein Wort.«

Marc dachte über diesen Punkt nach. Etwas Ähnliches hatte Melanie ja bereits vermutet. »Möglich«, meinte er. »Und vielleicht kommt er mit dieser Strategie sogar durch. Borchert hat einen renommierten Psychologen gefunden, der in seinem Gutachten auf über hundert Seiten ausgeführt hat, Ihre Angaben zu der Vergewaltigung seien aufgrund Ihrer psychischen Erkrankung nicht glaubhaft.«

»Aber ich habe die Wahrheit gesagt! Gibt es keine andere Möglichkeit, das zu beweisen? Wie wäre es mit einem Lügendetektortest? Ich bin bereit, mich dem sofort zu unterziehen.«

»Das Amtsgericht Bautzen hat zwar vor Kurzem als erstes deutsches Strafgericht einen mutmaßlichen Vergewaltiger freigesprochen, nachdem der einen Lügendetektortest bestanden hat, aber das war eine absolute Ausnahme. Grundsätzlich sind diese Tests in Deutschland nach der Rechtsprechung des Bundesgerichtshofes wegen mangelnder Verlässlichkeit in Strafverfahren unzulässig, auch schon bei den Vorermittlungen. Außerdem basieren Lügendetektoren auf der Annahme, dass Menschen beim Lügen nervös werden und dass diese Nervosität unwillkürliche Reaktionen wie einen veränderten Puls, einen veränderten Blutdruck und eine veränderte Atemfrequenz erzeugt, die durch den Lügendetektor sichtbar gemacht werden können. Falls Sie einen derartigen Test bestehen sollten, wird die Verteidigung mit Sicherheit behaupten, dass Sie aufgrund Ihrer Krankheit Pseudoerinnerungen geschildert haben. Die unterscheiden sich von einer Lüge dadurch, dass der Betreffende seine Aussage subjektiv für richtig hält. Darauf reagiert ein Lügendetektor natürlich nicht.«

»Und Sie?«, fragte Larissa. »Was glauben Sie? Glauben Sie, dass ich die Wahrheit gesagt habe? Glauben Sie, dass ich bewusst lüge, um mich an Borchert zu rächen, oder glauben Sie, dass ich eine Vergewaltigung schildere, die nur in meinem Kopf stattgefunden hat?«

»Es spielt keine Rolle, was ich glaube«, wich Marc aus. »Tatsache ist, dass ich versuche, alle meine Mandanten bestmöglich zu vertreten.«

»Für mich spielt es aber eine Rolle!«, beharrte Larissa. »Und deshalb muss ich wissen, woran ich mit Ihnen bin.«

»Also gut: Ich glaube, dass Sie von Borchert vergewaltigt worden sind«, sagte Marc, obwohl er sich dessen keineswegs sicher war. »Zufrieden?«

Larissa nickte langsam. »Danke, das wollte ich hören.«

»Aber wir müssen noch über etwas anderes sprechen«, fuhr Marc fort. »Heute Vormittag wurde auch erwähnt, dass Sie vor zehn Jahren einmal von einem Professor wegen Stalkings angezeigt worden sind.«

Larissa warf den Kopf in den Nacken. »Das ist formal richtig. Tatsache ist aber, dass dieser Typ mich sexuell belästigt hat. Als ich angefangen habe, mich gegen ihn zu wehren, hat er den Spieß einfach umgedreht und behauptet, ich hätte die Beziehung zu ihm gesucht. Leider war ich damals nicht in der psychischen Verfassung für ein Gerichtsverfahren und wir haben uns auf den Deal geeinigt, dass wir die gegenseitig erhobenen Vorwürfe und Anzeigen zurückziehen. Ich hätte das nicht getan, wenn es mir damals besser gegangen wäre.« Sie sah Marc fest in die Augen. »Aber heute geht es mir wieder gut! Ich bin bereit, den Kampf gegen Borchert aufzunehmen, bis zum Ende zu führen und zu gewinnen!«

Marc nickte. »Gut, lassen Sie es uns versuchen! Ich bin auf jeden Fall bereit, Ihnen dabei zu helfen.«

»Danke. Können wir jetzt noch etwas machen, um Borchert endgültig zu überführen?«

»Das ist nicht unsere Aufgabe, sondern die der Polizei und der Staatsanwaltschaft. Der Einfluss eines Nebenklägers ist da sehr gering, zumindest bis es zu einem Prozess kommt. *Wenn* es zu einem Prozess kommt.«

Larissa starrte ihn an. »Sie halten es für möglich, dass Borchert nicht angeklagt wird?«

»Alles ist möglich. Ich hatte Ihnen ja erzählt, dass ein von der Verteidigung beauftragter Psychologe zu dem Ergebnis gelangt ist, dass Ihre Angaben zu der Tat nicht glaubhaft sind. Wenn der Staatsanwalt sich davon beeindrucken lässt, kann es sein, dass er das Verfahren gegen Borchert mangels hinreichendem Tatverdacht einstellt, zumal es außer Ihrer Aussage offenbar keine objektiven Beweise gibt.«

»Und was ist mit dem Gutachten von Frau Dr. Lorenz? Die hat mich stundenlang befragt, während dieser andere Psychologe mich noch nicht einmal gesehen hat.«

»Leider hat Prof. Dr. Potthoff bei den Gerichten und Staatsanwaltschaften einen Ruf wie Donnerhall. Psychologie ist nun mal keine exakte Wissenschaft, sondern eine Frage der Wertung. Und die kann so oder so ausfallen.«

»Dann können wir also nur die Hände in den Schoß legen und nichts tun?«

»Momentan ist das leider so. Aber Kopf hoch – ich hatte durchaus den Eindruck, dass der Staatsanwalt auf Ihrer Seite ist und für Sie kämpfen wird. Aber jetzt können wir erst mal nur abwarten, wie er sich entscheiden wird.«

Teil 2

Kapitel 8

Von draußen trommelte der heftige Regen eines Sommergewitters unablässig auf das Dach und der Wind rüttelte an den Jalousien. Eigentlich ein idealer Abend, um es sich mit seiner Familie vor dem Fernseher gemütlich zu machen, dachte Marc. Aber Melanie saß schon den ganzen Abend in ihrem Arbeitszimmer und verkaufte Kinderkleidung im Internet und Lizzy war vor zwei Stunden schlafen gegangen. Oder was sie sonst so in ihrem Zimmer trieb. In letzter Zeit sah man sie kaum noch. Sie wurde zwar erst in einigen Monaten zwölf, benahm sich aber schon wie ein richtiger Teenager. Sie chattete und skypte stundenlang mit ihren Freundinnen und verbat sich jede elterliche Einmischung.

Wie gerne hätte Marc den Abend mit seiner Tochter verbracht, aber so saß er wieder einmal allein vor der Glotze. Er hatte sich eine alte *Dallas*-DVD aus dem Schrank geholt und beobachtete auf dem Bildschirm, wie Mandy Winger J.R. bei einer Dessous-Modenschau den Kopf verdrehte.

Und das war auch der Moment, an dem er zum ersten Mal wieder an Larissa denken musste. Seit ihrer letzten Begegnung in dem italienischen Restaurant waren zwei Wochen vergangen und Marcs Aufmerksamkeit wurde von seinen anderen Fällen wieder voll und ganz in Anspruch genommen. Marc hatte es noch nicht einmal geschafft, im Fall Borchert Akteneinsicht zu nehmen. Aber das eilte auch nicht, die Ermittlungen konnten noch Monate andauern, bevor die Staatsanwaltschaft Anklage erhob. Oder das Verfahren einstellte. Auch dies war eine Möglichkeit, die nicht von der Hand zu weisen war, auch wenn Marc nicht daran glaubte. Rüther hatte sich bei der Haftprüfung eindeutig positioniert und Marc ging nicht davon aus, dass er noch einmal weich werden würde. Er wusste, dass Rüther gegen Klenk vor einigen Jahren einmal eine empfindliche Niederlage kassiert hatte. Vielleicht war das der Fall, mit dem der Staatsanwalt sich bei dem berühmten Strafverteidiger revanchieren konnte. Andererseits war Rüther aber auch weisungsgebunden – wenn seine Vorgesetzten zu dem Ergebnis gelangten, es reiche nicht für eine Anklageerhebung, konnte die Akte sehr schnell geschlossen werden und auf Nimmerwiedersehen in den Archiven verschwinden.

In diesem Moment schellte es an der Haustür. Marc warf einen Blick auf seine Armbanduhr. Kurz nach elf. Wer konnte das um diese Zeit sein? Ihm fiel niemand ein und er hatte die nächtliche Störung schon als Klingelstreich verbucht, da schellte es erneut, diesmal länger und drängender.

Marc seufzte, stoppte die DVD und drückte sich ächzend aus den tiefen Polstern des Sofas. Auf dem Weg zur Tür schellte es zum dritten Mal und diesmal hatte der Störenfried offenbar nicht mehr die Absicht, seinen Finger von der Klingel zu nehmen.

Marc riss die Haustür auf, bereit, dem Eindringling gehörig die Meinung zu sagen. Doch als er den späten Besucher erblickte, verschlug es ihm glatt die Sprache. Larissa war nur mit einer Art babyblauem Hausanzug bekleidet und sie war klatschnass. Das lange dunkle Haar klebte ihr am Kopf, ihre Wimperntusche war verlaufen und bildete einen dunklen Schatten unter ihren Augen.

Marc starrte sie an: »Mein Gott, was ist passiert?«

Ohne ein Wort zu sagen, drängte Larissa sich an ihm vorbei. Zwei Meter weiter schien sämtliche Energie aus ihr zu weichen, denn sie sank zu Boden wie eine Marionette, der man die Fäden gekappt hatte. Dort hockte sie nun und atmete schwer.

Marc stand hilflos daneben und wusste nicht, was er tun sollte. »Wollen Sie mir nicht sagen, was geschehen ist?«, startete er einen neuen Versuch, aber Larissa reagierte nicht. Sie hatte die Arme um die Knie geschlungen, wiegte ihren Körper langsam vor und zurück und starrte mit leerem Blick vor sich hin.

Marc hörte Schritte und erblickte Melanie, die in den Flur kam. »Wer war an der Tür?«, wollte sie wissen, doch dann fiel ihr Blick auf die am Boden kauernde Larissa.

»Mein Gott, wer ist das?«, stieß sie hervor.

»Das ist Larissa Braun, die Mandantin mit dem ..., also von der ich dir erzählt habe. Ich weiß nicht, was mit ihr los ist. Sie ist hier einfach hereingeplatzt und hat noch kein einziges Wort gesagt.«

Melanie ging in die Knie und hockte sich neben Larissa. »Hallo, Frau Braun«, sagte sie behutsam. »Können Sie mich verstehen?«

Als Antwort erhielt sie ein schwaches, kaum wahrnehmbares Kopfnicken. Immerhin, dachte Marc.

»Brauchen Sie einen Arzt?«

Larissa schüttelte stumm den Kopf.

»Schaffen Sie es aufzustehen?«, fragte Melanie. »Vielleicht ist es besser, wenn Sie sich ein wenig hinlegen.«

Larissa zögerte einen Moment, dann folgte ein erneutes Kopfnicken. Melanie warf Marc einen auffordernden Blick zu und gemeinsam schafften sie es schließlich, Larissa auf die Beine zu stellen und ins Wohnzimmer zu bugsieren, wo sie sie auf das Sofa betteten. Anschließend breitete Melanie eine Decke über ihr aus.

»Das wäre geschafft«, meinte sie zufrieden, bevor sie sich Larissa wieder zuwandte. »So, und jetzt mache ich Ihnen erst mal etwas Heißes zu trinken. Das wird Ihnen guttun!«

Melanie verschwand in der Küche und kehrte fünf Minuten später mit einer Tasse Tee zurück. Larissa lag einfach nur da, steif wie eine Statue. Melanie nahm neben ihr Platz, dann richtete sie Larissa so weit auf, dass sie sitzen konnte, und verabreichte ihr den Tee in kleinen Schlucken. Mit der heißen Flüssigkeit schienen auch die Lebensgeister in Larissas Körper zurückzukehren.

»Danke«, sagte sie mit schwacher Stimme. »Vielen Dank, dass Sie mir helfen. Ich wusste einfach nicht, wohin ich sonst gehen sollte.«

Marc setzte sich ihr gegenüber. »Was ist denn nun eigentlich passiert?«, wollte er wissen.

Larissa sah zu Marc herüber, als habe sie ihn gerade zum ersten Mal wahrgenommen. »Er war da!«, platzte sie schließlich heraus, bevor sie in lautes Schluchzen ausbrach.

Marc wechselte einen irritierten Blick mit Melanie. »*Wer* war da?«, hakte er dann nach.

Larissa starrte ihn noch ein paar Sekunden an, als habe sie Schwierigkeiten, das Ungeheuerliche auszusprechen.

»Borchert!«, sagte sie schließlich. »Fabian Borchert war bei mir zu Hause!«

Marc brauchte einen Moment, bis er die Information verarbeitet hatte. »Fabian Borchert?«, wiederholte er ungläubig. »Sind Sie sich sicher?«

»Ja.« Larissa schien sich ein wenig zu entspannen, denn jetzt flossen die Worte geradezu aus ihr heraus.

»Ich war in der Küche und habe mir etwas zu essen gemacht. Als ich ins Wohnzimmer zurückgegangen bin, tobte draußen ein entsetzliches Gewitter. Ich wollte die Terrassentür schließen und meine Jalousien herunterlassen. Auf einmal habe ich auf der Terrasse eine dunkle Gestalt gesehen. Sie stand einfach nur da und hat mich durch die Scheibe angestarrt. Ich war wie gelähmt und konnte mich keinen Millimeter mehr bewegen. Dann gab es einen Blitz, der alles schlagartig erhellt hat. Die Gestalt war Borchert, eindeutig! Er hat mich hämisch angegrinst, dann hat er erst auf mich gezeigt und ist dann mit seinem Daumen ganz langsam seine Kehle entlanggefahren.«

»O Gott!«, sagte Melanie. »Ich glaube, ich wäre gestorben vor Angst.«

»Ja, so habe ich mich auch gefühlt. Aber dann hat mein Gehirn wieder angefangen zu arbeiten. Lauf weg!, hat eine Stimme zu mir gesagt. Lauf um dein Leben! Ich bin so, wie ich war, aus meiner Wohnung gestürmt und habe erst nach zehn Minuten das erste Mal angehalten. Ich wusste nicht, wo ich hinsollte. Zur Polizei wollte ich nicht, weil ich dachte, dass die mir sowieso nicht glauben. Dann habe ich eine Telefonzelle gesehen. In dem Telefonbuch habe ich Ihre Adresse gefunden und bin einfach weitergelaufen. Zum Glück wohnen Sie nicht allzu weit von mir entfernt. Und jetzt bin ich hier.«

Marc nickte verstehend. »Es war richtig, dass Sie zu mir gekommen sind«, sagte er. »Aber wer auch immer da auf Ihrer Terrasse gestanden hat: Es kann nicht Fabian Borchert gewesen sein! Der Mann steht unter Hausarrest und wird mit einer elektronischen Fußfessel pausenlos überwacht.«

»Und trotzdem hat er mich heute aufgesucht«, beharrte Larissa. »Ich habe ihn gesehen, genauso, wie ich jetzt Sie sehe. Er stand keine zwei Meter von mir entfernt, nur durch die Glasscheibe getrennt. Als er mich vergewaltigt hat, war sein Gesicht nur ein paar Zentimeter von meinem entfernt. Eine Verwechslung ist ausgeschlossen!«

»Ich glaube Ihnen, dass Sie davon überzeugt sind, Borchert gesehen zu haben«, erwiderte Marc vorsichtig. »Aber Sie müssen bedenken, dass es draußen geregnet hat, das heißt, die Scheiben waren nass. Außerdem war es dunkel. Und durch den Blitz können Sie das Gesicht nur für einen Sekundenbruchteil gesehen haben.«

Larissa schüttelte vehement den Kopf. »Meine Terrasse ist überdacht, die Scheiben waren vollkommen trocken. Und richtig dunkel war es auch noch nicht. Ich sage Ihnen, es war Borchert! Ich weiß ja selbst, dass es sich verrückt anhört, aber vielleicht ist diese Fußfessel ja defekt. Oder es ist Borchert gelungen, sie irgendwie auszutricksen. Das habe ich ja von Anfang an befürchtet. Es handelt sich nun mal um ein technisches Gerät. Und solche Geräte kann man manipulieren. Die sind einfach nicht sicher!«

Das Gleiche gilt für die Sinneswahrnehmungen eines Menschen, schoss es Marc durch den Kopf. Von denen eines psychisch kranken Menschen ganz zu schweigen. Marc erinnerte sich, dass Klenk bei der Haftprüfung etwas von optischen und akustischen Halluzinationen erwähnt hatte. Aber er beschloss, das Thema nicht weiter zu vertiefen. Er hielt es zwar für ausgeschlossen, dass es Borchert gelungen war, den Tracker zu manipulieren, aber Larissa schien von ihrer Meinung dermaßen überzeugt zu sein, dass eine weitere Diskussion dieses Punktes zu nichts führen würde.

»Ich mache Ihnen einen Vorschlag«, sagte er also. »Ich werde gleich morgen früh bei Staatsanwalt Rüther anrufen und ihm berichten, was Sie mir gerade erzählt haben. Ich gehe davon aus, dass er den Vorgang prüfen wird. Danach sehen wir weiter. Einverstanden?«

Larissa nickte. »Einverstanden. Und vielen Dank.«

»Nichts zu danken. Sie sind meine Mandantin und das ist mein Job. Und jetzt werde ich Sie nach Hause fahren. Es ist fast Mitternacht und ich denke, wir alle haben morgen einen langen Tag vor uns.«

Larissa starrte ihn an. »Nach Hause?«, wiederholte sie entsetzt. »Ich kann jetzt auf keinen Fall nach Hause! Was ist, wenn Borchert dort auf mich wartet?«

Marc war versucht, ihr noch einmal zu erklären, dass Borchert unmöglich in Bielefeld sein konnte, begriff aber, dass er sie damit nicht beruhigen konnte. »Gut, dann bringe ich Sie eben in ein Hotel«, schlug er vor. »Es gibt eines ganz in der Nähe und ich kenne den Besitzer.«

»Aber ich kann jetzt nicht allein sein!«, protestierte Larissa. »Bitte, bitte, kann ich nicht hier bleiben? Nur diese eine Nacht! Bitte!«

Während Marc noch darüber nachdachte, ergriff Melanie das Wort. »Selbstverständlich bleiben Sie heute Nacht hier!«, entschied sie. »Wozu haben wir schließlich ein Gästezimmer? Ich bringe Sie jetzt nach oben, dann werden Sie duschen, damit Sie endlich aus den nassen Sachen herauskommen, und dann gebe ich Ihnen etwas von mir zum Anziehen.«

Ohne auf Marc zu achten, reichte sie Larissa die Hand und verschwand mit ihr im ersten Stock.

Fünf Minuten später kehrte Melanie alleine zurück. »Sie duscht jetzt«, ließ sie Marc wissen, bevor sie sich neben ihn auf die Couch fallen ließ.

Marc warf ihr einen Seitenblick zu. »Ich weiß nicht, ob es eine gute Idee ist, sie hier schlafen zu lassen«, sagte er. »Wir sind weder verwandt noch befreundet. Ich bin ihr Anwalt, sie ist meine Mandantin. Nicht mehr und nicht weniger. Und es ist nun mal nicht üblich, dass Anwälte ihre Mandanten bei sich zu Hause aufnehmen. Das ist einfach unprofessionell.«

»Und sie nicht hier übernachten zu lassen, ist einfach hartherzig«, bekam er zur Antwort. »Du siehst doch, in welchem Zustand sie sich befindet. Sie hat Todesangst.«

»Aber sie *kann* Fabian Borchert nicht gesehen haben!«, insistierte Marc. »Das ist schlicht und einfach technisch unmöglich.«

»Du und deine verdammte Technikgläubigkeit«, fauchte Melanie. »Ich habe die Kanzlerin, eine Physikerin übrigens, jetzt noch im Ohr: Unsere Atomkraftwerke sind hundertprozentig sicher! Und nach Fukushima war dann auf einmal alles ganz anders.«

»Ich denke nicht, dass man das vergleichen kann«, meinte Marc. »Ist dir nicht auch aufgefallen, wie merkwürdig Larissas Geschichte ist? Draußen tobt ein Gewitter, dann ein Blitz, eine dunkle Gestalt, die sich mit dem Finger bedrohlich über die Kehle fährt. Das klingt doch wie aus einem billigen Horrorfilm.«

Marc musste unwillkürlich an Klenks Worte denken: Was Ihre Mandantin da geschildert hat, ist keine Vergewaltigung, sondern das Klischee einer Vergewaltigung.

»Aber wir hatten heute Nacht nun mal ein Gewitter mit Blitz und Donner«, meinte Melanie. »Ich weiß ja auch nicht, wen oder was sie gesehen hat. Aber eines weiß ich hundertprozentig: Es hat ihr eine Todesangst eingejagt. Larissa braucht jetzt unsere Hilfe, Mandantin hin oder her. Und wenn ein Mensch in Not ist, hilft man ihm, wenn man kann. So einfach ist das.«

Bevor Marc noch etwas erwidern konnte, hörte er Schritte, die die Treppe hinunterkamen. Sekunden später erschien Larissa im Wohnzimmer. Sie trug Melanies Bademantel, außerdem hatte sie sich ein Handtuch wie einen Turban um die nassen Haare geschlungen.

»Es geht mir jetzt schon viel besser«, sagte sie. »Vielen Dank, Frau Hagen.«

»Schubert«, verbesserte Melanie. »Melanie Schubert. Marc und ich sind nicht verheiratet.«

»Melanie«, wiederholte Larissa verträumt. »Ein schöner Name. Ich würde auch gerne so heißen. Melanie stammt von dem Wort Melancholie ab, wussten Sie das? Larissa bedeutet dagegen gar nichts.«

»Ich mag Ihren Namen trotzdem«, erwiderte Melanie. »Und von mir aus können wir uns auch duzen. Ich meine, wir sind doch ungefähr im selben Alter.«

Sie stand auf und reichte Larissa die Hand. »Ich heiße Melanie.«

»Und ich Larissa«, entgegnete Larissa erfreut. Dann sah sie Marc an.

Marc spürte, dass von ihm erwartet wurde, dass auch er Larissa jetzt das Du anbot, aber das wollte er unter allen Umständen vermeiden. Spätestens seit er Melanie kennengelernt hatte, wusste er, dass ein allzu enges Verhältnis zwischen Anwalt und Mandant der erforderlichen Objektivität schadete. Deshalb hielt er gerne etwas Abstand zu seinen Mandanten. Und bei dieser hier schien das ganz besonders erforderlich zu sein.

Melanie schien seine Vorbehalte zu spüren. »Wie wäre es denn damit«, kam sie ihm zur Hilfe. »Ihr bleibt beim Sie, sprecht euch aber mit Vornamen an.«

Larissa nickte. »Einverstanden.«

Marc merkte, dass er aus dieser Nummer nicht mehr herauskam, wenn er Larissa nicht beschämen wollte. »Damit kann ich leben«, verkündete er also und nickte Larissa zu. »Also, ich heiße Marc. Herzlich willkommen bei der Familie Hagen-Schubert. Und jetzt schlafen Sie sich erst mal richtig aus. Morgen sehen wir dann weiter.«

Kapitel 9

Als Marc am nächsten Morgen in der Kanzlei ankam, ließ er sich als Erstes mit Staatsanwalt Rüther in Kassel verbinden.

»Hallo, Herr Hagen!«, begrüßte ihn der Staatsanwalt, als er ihn endlich in der Leitung hatte. »Was kann ich für Sie tun?«

»Es geht um meine Mandantin, Frau Braun. Sie hat mich gestern Abend aufgesucht und war vollkommen außer sich. Ich weiß, es hört sich merkwürdig an, aber sie hat steif und fest behauptet, Fabian Borchert habe gestern Abend auf ihrer Terrasse gestanden und sie bedroht.«

»Borchert?«, wiederholte der Staatsanwalt ungläubig. »Aber das ist doch nicht …«

»… nicht möglich, ich weiß. Deshalb wollte ich mich bei Ihnen erkundigen, ob man Borchert die Fußfessel in den letzten Tagen vielleicht wieder abgenommen hat. Oder ob irgendetwas Ungewöhnliches passiert ist.«

»Das kann ich mir kaum vorstellen, denn dann wäre ich mit Sicherheit bereits informiert worden. Aber ich werde dem natürlich nachgehen. Geben Sie mir eine Stunde.«

Tatsächlich rief der Staatsanwalt schon nach fünfundvierzig Minuten zurück. »Ich habe soeben mit der GÜL telefoniert und es ist, wie ich gedacht habe: Borchert trägt die elektronische Fußfessel nach wie vor und es gab weder gestern noch in den Tagen zuvor irgendwelche Ereignismeldungen oder sonstige Auffälligkeiten. Zur Sicherheit habe ich die GÜL gebeten, die Geodaten von Borcherts Tracker auszuwerten und das Ergebnis ist eindeutig: Seitdem Borchert unter Hausarrest steht, hat er seine Homezone nicht eine Minute verlassen.«

Marc nickte langsam. Damit hatte er gerechnet. »Frau Braun hat mir mehrfach versichert, sie habe Borchert eindeutig erkannt. Kann es nicht doch sein, dass er den Tracker irgendwie ausgetrickst hat?«

»Nein, das ist ausgeschlossen. Glauben Sie mir: Geniale Nerds mit fettigen Haaren, die den ganzen Tag in ihrem Zimmer vor einer Batterie Monitore hocken, einen Burger nach dem anderen in sich hineinstopfen und dabei jeden Computer der Welt hacken können, gibt es nur in Hollywoodfilmen. Das System ist sicher.«

»*Ich* glaube Ihnen das«, gab Marc zurück. »Bei Frau Braun habe ich da so meine Zweifel. Sie hätten sie gestern sehen sollen, sie hat panische Angst. Und diese Angst würde ich ihr gerne nehmen. Können Sie nicht beim Haftrichter beantragen, den Haftbefehl erneut in Vollzug zu setzen? Ich glaube, Frau Braun würde sich dann wesentlich sicherer fühlen.«

»Und mit welcher Begründung soll ich das tun?«

»Paragraf 116 Absatz 4, gröbliches Zuwiderhandeln.«

»Wie ich Ihnen gerade schon erklärt habe, gibt es keinerlei objektive Beweise, dass Borchert einen Weisungsverstoß begangen hat. Im Gegenteil, die Geodaten belegen, dass er sein Haus nicht verlassen hat. Und was glauben Sie, was Dr. Klenk tun wird, wenn er von Frau Brauns Anschuldigungen erfährt? Er wird behaupten, Frau Braun habe jetzt endgültig den Verstand verloren und man könne ihr offensichtlich kein Wort mehr glauben. Deshalb halte ich es auch für sinnvoll, diesen Vorfall nicht an die große Glocke zu hängen. Wenn irgendjemand davon erfährt, ist Frau Brauns Glaubwürdigkeit noch mehr beschädigt, als sie es ohnehin schon ist.«

»Vielleicht war genau das Borcherts Ziel.«

»Wen Frau Braun auch immer gesehen hat, es kann nicht Borchert gewesen sein. Außerdem: Haben Sie sich mal überlegt, ob es nicht auch genau umgekehrt gewesen sein kann? Dass Frau Braun behauptet, Borchert gesehen zu haben, um ihn wieder ins Gefängnis zu bringen?«

»Ich hatte eigentlich nicht den Eindruck, dass sie schauspielert. Irgendwas hat sie gesehen, das sie zu Tode erschreckt hat. Sonst wäre sie gestern Abend kaum zu uns gekommen. Ach ja, wenn Sie Frau Braun erreichen wollen: Sie wohnt zurzeit bei uns. Wie lange, kann ich noch nicht absehen. Nach den gestrigen Ereignissen sieht sie sich momentan nicht in der Lage, in ihre Wohnung zurückzukehren.«

»Sie leben mit Frau Braun unter einem Dach? Das nenne ich mutig!«

Marc dachte für einen Moment, er habe sich verhört. »Wie darf ich das verstehen?«, fragte er schließlich.

»Ach nichts, vergessen Sie's. Nur ein verunglückter Scherz.«

»Nein, so einfach kommen Sie mir nicht davon. Sie spielen auf etwas an!«

Durch die Leitung kam ein tiefes Seufzen. »Also gut, wenn Sie es unbedingt wissen wollen: Als Frau Braun fünfzehn Jahre alt war, hat es in ihrem Elternhaus gebrannt. Ihre gesamte Familie, Vater, Mutter und ihre elf- und sechsjährigen Geschwister, ist dabei ums Leben gekommen. Sie war die einzige Überlebende.«

»Und Frau Braun hatte etwas mit diesem Brand zu tun?«

»Nicht, dass ich wüsste. Ich sagte ja schon: ein blöder Scherz. Vergessen Sie es einfach!«

Marc bedankte sich noch einmal für Rüthers Hilfe, dann legte er auf. Vergessen Sie's einfach – wenn das nur so einfach wäre!

Kapitel 10

Den Rest des Vormittags verbrachte Marc im Gericht und fuhr von dort zum Mittagessen nach Hause. Er fand seine Mandantin in der Küche, wo sie die Spülmaschine ausräumte.

»Hallo, Larissa«, begrüßte er sie. »Die Tatsache, dass Sie hier übernachtet haben, bedeutet aber nicht, dass Sie jetzt im Haushalt Frondienste verrichten müssen.«

»Das macht mir nichts aus«, lachte Larissa. »Außerdem verrichtet Melanie diese ›Frondienste‹ jeden Tag.« Dann wurde sie plötzlich ernst. »Wie sieht es aus? Haben Sie etwas herausgefunden?«

Marc berichtete ihr von seinem Gespräch mit Staatsanwalt Rüther.

Als er geendet hatte, schüttelte Larissa verzweifelt den Kopf. »Das ist doch nicht möglich!«, beteuerte sie. »Ich schwöre Ihnen, dass ich Borchert gesehen habe!«

Marc hob die Hände zu einer unbestimmten Geste. »Das sind die Fakten«, sagte er. »Und ich sehe derzeit auch keine Möglichkeit, wie wir dieser Sache weiter nachgehen könnten.«

Larissa saß eine Weile mit düsterem Gesicht da, dann hellte sich ihre Miene auf. »Wie wäre es denn, wenn Sie nach Kassel fahren und Borchert vor Ort überprüfen?«, schlug sie vor.

»Und was versprechen Sie sich davon?«, entgegnete Marc. »Ich kann nicht feststellen, ob die Fußfessel funktioniert oder nicht.«

»Aber Sie könnten sich in Borcherts Umgebung umsehen. Vielleicht fällt Ihnen etwas auf, irgendetwas, an das wir jetzt noch gar nicht denken.«

»Ich wüsste nicht, was das sein sollte. Außerdem gehört es nicht zu den Aufgaben eines Rechtsanwalts, durch die Gegend zu fahren und vor Ort zu ermitteln. Ganz abgesehen davon, dass Borchert mich wahrscheinlich sowieso nicht empfangen wird.«

»Sie haben auch schon behauptet, es gebe keine Chance, an dem Haftprüfungstermin teilzunehmen. Und dann hat es doch geklappt.«

Marc seufzte. »Trotzdem! Auch wenn Sie es mir vielleicht nicht glauben: Ich habe außer Ihnen noch andere Mandanten und schlicht und einfach keine Zeit, dauernd nach Kassel zu fahren.«

»Aber morgen ist doch Samstag, da sind Sie ohnehin nicht in der Kanzlei. Und ich werde Ihnen natürlich alle Unkosten ersetzen und Ihre Arbeitszeit voll bezahlen.«

Marc wurde nachdenklich. Was allerdings weniger an dem angebotenen Geld lag, als vielmehr daran, dass er in Kassel bei der Gelegenheit vielleicht auch gleich noch etwas anderes überprüfen konnte. Wenn die Andeutungen des Staatsanwaltes stimmten, war es möglich, dass Larissa etwas mit dem Brand in ihrem Elternhaus zu tun hatte. Und da sie jetzt mit ihm und seiner Familie unter einem Dach wohnte, musste er unbedingt wissen, ob da etwas dran war.

»Bei den vielen Fahrten nach Kassel läppert sich natürlich einiges zusammen«, sagte er also. »Haben Sie denn inzwischen Ihr Elternhaus verkauft?«

»Nein. Das versuche ich jetzt schon seit anderthalb Jahren. Ich bin in Bergfurt aufgewachsen, das ist ein kleines Kaff in der Nähe von Kassel. Und da will heutzutage offenbar kein Mensch mehr wohnen. Ich bin mit dem Preis schon von einhundertachtzigtausend Euro auf einhundertzwanzigtausend runtergegangen, aber es gibt kaum Interessenten. Sie müssen sich trotzdem keine Sorgen um Ihr Geld machen. Ich bin als Model immer noch ganz gut im Geschäft.«

»Also gut«, sagte Marc. »Ich werde es versuchen.«

»Danke«, verkündete Larissa freudestrahlend. »Vielen, vielen Dank. Ich weiß das wirklich zu schätzen.«

»Das ist kein Freundschaftsdienst«, stellte Marc klar. »Ich werde Ihnen die Fahrt und meine Arbeitszeit auf Heller und Pfennig in Rechung stellen.«

»Trotzdem danke. Ich glaube, das würde nicht jeder Anwalt für seinen Mandanten tun.«

Marc verließ die Küche, dann zog er sein Handy aus der Tasche und wählte Rüthers Nummer an, die er bereits abgespeichert hatte.

»Hier ist noch mal Hagen«, sagte er, als der Staatsanwalt sich am anderen Ende meldete. »Ich habe mich gerade dazu entschlossen, Borchert einen Besuch abzustatten. Aber dazu bräuchte ich seine Adresse.«

»Ich weiß nicht, ob das eine so gute Idee ist«, erwiderte Rüther. »Abgesehen davon wird Klenk mit Sicherheit etwas dagegen haben.«

»Ich habe nicht vor, Dr. Klenk über meine Absicht zu informieren. Das halte ich auch nicht für erforderlich. Borchert ist erwachsen und voll geschäftsfähig. Er kann selbst entscheiden, ob er mich empfängt oder nicht.«

»Wie Sie meinen. Einen Moment.«

Der Staatsanwalt entfernte sich. Zwei Minuten später wurde der Hörer wieder aufgenommen. »Hören Sie? Ich habe die Akte jetzt vor mir liegen. Borchert wohnt in der Schubertstraße 39 in Kassel. Seine Adresse steht übrigens auch im Telefonbuch. Ich möchte Sie nur bitten, nichts zu tun, was Borchert als unzulässigen Druck auffassen könnte.«

»Sie können sich auf mich verlassen.«

Marc bedankte sich, steckte sein Handy wieder ein und ging zurück in die Küche.

»Das geht klar«, sagte er. »Ich werde Borchert morgen in Kassel besuchen.« Er grinste. »Ich denke, eine telefonische Anmeldung kann ich mir sparen, denn er müsste ja eigentlich zu Hause sein, nicht wahr?«

Larissa freute sich sichtlich. »Wenn Sie mir bestätigen können, dass in Kassel alles in Ordnung ist, würde ich mich auch gleich viel sicherer fühlen.« Ein ängstlicher Schatten glitt über ihre Augen. »Aber bis dahin kann ich doch hierbleiben, oder?«

»Natürlich, dieses Wochenende auf alle Fälle und danach sehen wir weiter.«

»Dann muss ich aber unbedingt noch einmal in meine Wohnung«, meinte Larissa. »Ich brauche ein paar Sachen und meinen Wagen will ich auch holen. Und ich muss unbedingt nach meiner Katze sehen. Als ich gestern aus meiner Wohnung geflohen bin, habe ich wohl die Tür offen stehen lassen. Ich habe heute Vormittag schon den Hausmeister angerufen und ihn gebeten, nach dem Rechten zu schauen. Er hat mir gesagt, dass er die Tür offen vorgefunden hat und mein Kater anscheinend weggelaufen ist. Er ist eine reine

Hauskatze und war noch nie draußen. Können Sie mich nicht begleiten? Ich könnte mir natürlich auch ein Taxi nehmen, aber ich traue mich wegen Borchert noch immer nicht alleine in meine Wohnung.«

Marc seufzte und schaute auf die Uhr. Eine weitere Mittagspause ohne Essen lag vor ihm. Und bei dem Gedanken, womöglich auch noch eine Katze bei sich aufnehmen zu müssen, die sämtliche Möbel und Tapeten zerkratzte, besserte sich seine Laune auch nicht gerade.

»Dann müssen wir uns aber beeilen«, sagte er missmutig. »Ich muss spätestens um halb drei wieder im Büro sein.« Er sah sich um.

»Wo ist eigentlich der Rest der Familie?«

»Melanie ist einkaufen und Lizzy bei einer Freundin.«

Wie aufs Stichwort hörten sie in diesem Moment, wie sich die Haustür öffnete. Sekunden später stürmte Lizzy hinein, aber als sie Larissa sah, blieb sie abrupt stehen, als sei sie gegen eine unsichtbare Mauer geprallt.

»Das ist Larissa«, stellte Marc vor. »Mama hat dir doch heute Morgen bestimmt schon gesagt, dass sie vorübergehend bei uns wohnt. Willst du sie nicht begrüßen?«

Aber Lizzy machte keinerlei Anstalten, irgendetwas zu tun. Sie stand einfach nur so da und starrte Larissa mit großen Augen an. Schließlich ergriff Larissa die Initiative. Mit ausgestreckter Hand ging sie auf Lizzy zu. »Hallo, Lizzy, ich bin Larissa. Schön dich kennenzulernen.«

Lizzy rührte sich noch immer nicht vom Fleck. Marc wurde langsam ungeduldig und stupste sie leicht in die Seite. »Was ist mit dir los, Lizzy? Du bist doch sonst nicht so schüchtern. Du brauchst keine Angst vor Larissa zu haben.«

Endlich kehrte Leben in das Mädchen zurück. »Ich habe keine Angst«, sagte sie beleidigt. »Es ist nur, weil ... weil sie so toll aussieht. Wie eines von den Mädchen von Heidi Klum.«

Marc wandte sich Larissa zu. »Wir haben ihr dummerweise erlaubt, *Germanys next Topmodel* zu sehen«, sagte er entschuldigend.

»Das guckst du selbst doch auch!«, protestierte Lizzy.

»Nur manchmal. Aber Larissa ist tatsächlich Model.«

»Echt?«, staunte Lizzy und ihre Augen wurden noch größer. »Ich will auch unbedingt Model werden! Das ist mein großer Traum!«

»Ich dachte, du wolltest Tierärztin werden?«, meinte Marc.

»Das ist doch schon Jahre her«, widersprach Lizzy. »Nein, seitdem ich Heidi Klum gesehen habe, will ich nur noch Model werden.«

»Aha«, sagte Larissa ernsthaft und musterte Lizzy von oben bis unten. »Wie alt bist du denn?«

»Ich bin elf, aber in drei Monaten werde ich schon zwölf.«

»Dafür bist du aber sehr groß.«

»Sie ist schon einen Meter fünfundsechzig und hat Schuhgröße neununddreißig«, sagte Marc. »Wir haben uns bereits Sorgen wegen ihrer Größe gemacht und ihre Hand röntgen lassen. Ein Arzt hat aufgrund der Aufnahmen errechnet, dass sie noch knapp zwanzig Zentimeter wächst.«

»Die ideale Größe für ein Model«, meinte Larissa. »Außerdem bist du bildhübsch. Ich glaube wirklich, wenn du hart an dir arbeitest, könnte das etwas werden mit der Modelkarriere.«

Lizzy strahlte über das ganze Gesicht. »Ehrlich? Ich übe jeden Tag den richtigen Gang vor dem Spiegel, weiß aber nicht, ob ich das richtig mache.«

»Wenn du willst, schaue ich mal zu. Und dann habe ich bestimmt auch noch den einen oder anderen Tipp für dich.«

»Das wäre ja super!«

Lizzys Freude war jetzt kaum noch zu bändigen. »Vielleicht kannst du gleich mal gucken?«

»Ich dachte, du musst zum Reiten«, versuchte Marc, seine Tochter auf den Boden der Tatsachen zurückzuholen.

Lizzy schlug sich mit der flachen Hand vor die Stirn. »Ach ja, das hätte ich fast vergessen.«

Sie warf Larissa einen Blick zu. »Danke«, sagte sie. »Vielen, vielen Dank.«

Larissa lächelte. »Bis jetzt habe ich doch noch gar nichts gemacht. Bis später, Lizzy.«

Lizzy stürmte die Treppe in den ersten Stock hoch und Marc und Larissa sahen ihr hinterher.

»Sie scheinen sie wirklich beeindruckt zu haben«, meinte Marc. »Reiten ist ihre große Leidenschaft, und dass sie beinahe eine Reitstunde vergessen hätte, ist noch nie vorgekommen.«

»Da haben wir ja noch etwas gemeinsam«, meinte Larissa. »Ich reite auch für mein Leben gern und hatte sogar mal ein eigenes Pferd.«

Marc hob eine Augenbraue. »Ich wäre Ihnen sehr dankbar, wenn Sie das Lizzy gegenüber nicht erwähnen würden. Sonst liegt sie uns in den nächsten Wochen damit in den Ohren, dass sie auch ein Pferd will.«

»Kein Problem. Ich finde, Lizzy ist ein tolles Mädchen.« Larissa schaute selbstvergessen aus dem Fenster. »Sie erinnert mich an meine Schwester.«

Marc tippte ostentativ auf seine Uhr. »Also, wenn wir noch zu Ihnen wollen, müssen wir jetzt wirklich los!«

Larissa schien wie aus einer Trance zu erwachen. »Hm? Ach ja, natürlich. Lassen Sie uns fahren.«

Kapitel 11

Fünf Minuten später saßen sie in Marcs Alfa.

»Schickes Auto«, meinte Larissa.

»Finden Sie?«, fragte Marc geschmeichelt. »Das ist einer der letzten Brera, die hergestellt wurden. Seit 2010 werden keine mehr gebaut.«

»Und was hat Melanie dazu gesagt?«, wollte Larissa wissen.

Marc verzog das Gesicht. Larissa hatte den Finger genau in die Wunde gelegt. »Sie war nicht gerade begeistert«, gab er zu. »Sie meinte, ich hätte das Geld besser dazu verwenden sollen, unserem Haus endlich eine Wärmedämmung zu verpassen.«

»Nun ja, besonders praktisch ist der Wagen ja auch nicht, oder? Wenn Sie mal zusammen in Urlaub fahren wollen, wird Lizzy bei ihrer Größe auf der Rückbank Probleme bekommen.«

Marc hatte auf einmal das Gefühl, sich verteidigen zu müssen. »Ich habe von genau diesem Wagen jahrelang geträumt. Und irgendetwas werde ich mir ja auch mal leisten dürfen.«

Larissa grinste. »Nun, solange Sie nicht das Gefühl haben, etwas kompensieren zu müssen.«

Marc grinste zurück. »Und was sollte das sein?«

In dem Moment zeigte Larissa durch die Windschutzscheibe nach vorn. »Wir sind gleich da.«

Dreihundert Meter weiter erreichten sie eine große Apartmentanlage in der Nähe der Bielefelder Uni. Marc stellte den Alfa an der Straße ab, dann folgte er Larissa in ihre Erdgeschosswohnung. Er betrat die Diele und registrierte beim Durchgehen den Grundriss: Vom Flur gingen nach rechts das Bad und nach links das Schlafzimmer und die Küche ab. Die Tür zum Wohnzimmer befand sich auf der Stirnseite.

Larissa war schon vorgegangen. »Kater!«, rief sie. »Kater, wo bist du?«

Marc hatte sie inzwischen eingeholt. »Ihre Katze heißt ›Kater‹?«

»Warum nicht? Haben Sie nie *Frühstück bei Tiffany* gesehen? Außerdem ist er nun mal ein Kater. Kater, komm her! Schau mal, was ich Feines für dich habe!«

Larissa setzte ihre Suche in den anderen Räumen fort und Marc nutzte die Gelegenheit, sich im Wohnzimmer umzusehen. Der Raum war minimalistisch, aber teuer eingerichtet: ein schwarzes Sofa und zwei kubische Sessel im Bauhaus-Design, ein weißer Loewe-Fernseher, eine Bang-&-Olufsen-Anlage, ein weißer Designerschrank. Einige Umzugskartons in der Ecke kündeten davon, dass der Bewohner noch nicht allzu lange hier lebte.

Eine große Schiebetür führte auf die Terrasse, die mit Terrakottafliesen ausgelegt war. Daran schloss sich ein schmaler Rasenstreifen an, der von einem niedrigen Zaun begrenzt wurde. Dahinter lag der Parkplatz des Wohnkomplexes.

Das ist also die Stelle, an der Larissa Borchert gesehen hat, ging es Marc durch den Kopf. Oder gemeint hat, ihn zu sehen, je nachdem. Zumindest wäre es für einen Eindringling kein Problem gewesen, bis auf Larissas Terrasse zu kommen.

»Der Mini Cooper da ist meiner!«

Marc schrak zusammen. Larissa war lautlos hinter ihn getreten und zeigte auf einen knallroten Kleinwagen, der hinter der Hecke geparkt war.

»Tja«, meinte Marc. »Damit kann man in der Tat nicht viel kompensieren, selbst wenn man das Bedürfnis dazu hätte.«

»Sagen Sie das nicht! Der Wagen hat 184 PS.«

Marc wandte sich zu ihr um. »Und, haben Sie Ihre Katze gefunden?«

Auf Larissas Gesicht legte sich ein Schatten. »Nein, ich habe überall nachgeschaut. Er ist spurlos verschwunden. Langsam mache ich mir wirklich Sorgen um Kater.«

»Der taucht schon wieder auf«, versuchte Marc, sie zu beruhigen. »Katzen sind wahre Überlebenskünstler. Am besten, Sie bitten den Hausmeister und Ihre Nachbarn, nach Kater Ausschau zu halten. Spätestens wenn er Hunger hat, wird er wieder vor Ihrer Tür stehen.«

»Hoffentlich haben Sie recht! Ich denke, es bringt nichts, jetzt durch die Gegend zu laufen und planlos alles abzusuchen. Geben Sie mir noch fünf Minuten? Ich will schnell ein paar Sachen zusammenpacken.«

Tatsächlich wurde aus den fünf Minuten eine Viertelstunde, bevor Larissa mit einem großen Rollkoffer in der einen und einem Aktenkoffer in der anderen Hand ihr Schlafzimmer verließ.

Marc konnte sich die Bemerkung nicht verkneifen: »Sie haben aber nicht vor, für immer bei uns einzuziehen?«

»Das ist wirklich nur das Nötigste für die nächsten Tage«, versicherte Larissa. »Und in dem Aktenkoffer habe ich meine wichtigsten Unterlagen, die ich für den Prozess gegen Borchert benötige.«

Marc seufzte. »Wie Sie meinen. Aber jetzt muss ich wirklich los. Die Mandanten warten.« Er griff nach dem Koffer und machte Anstalten, die Wohnung zu verlassen.

Larissa folgte ihm, doch dann hielt sie auf einmal inne. »Einen Moment noch! Ich will ein paar Sachen aus dem Kühlschrank mitnehmen. Die müssen ja nicht unbedingt vergammeln.«

Marc verdrehte genervt die Augen, sagte aber nichts.

Larissa flitzte los und Marc sah zum zehnten Mal in den letzten fünf Minuten auf die Uhr. Wenn sie jetzt nicht gleich …

In diesem Augenblick gellte ein markerschütternder Schrei durch die ganze Wohnung. Ohne zu zögern, rannte Marc los und fand Larissa in der Küche. Mit vor Entsetzen geweiteten Augen starrte sie in den geöffneten Kühlschrank. Marc folgte ihrem Blick und dann sah er es auch: Der abgetrennte Katzenkopf lag neben dem Rumpf zwischen Margarine und Marmelade.

Kapitel 12

Larissas Beine gaben nach und Marc schaffte es gerade noch, sie aufzufangen, bevor sie auf den Fliesen aufschlug. Dann ließ er sie langsam zu Boden gleiten. Larissas Körper zitterte und bebte. Sie hyperventilierte und wurde zwischendurch immer wieder von Schluchzern geschüttelt.

Marc schloss die Kühlschranktür, dann hockte er sich neben sie.

»Alles okay?«, fragte er behutsam, aber Larissa war nicht ansprechbar.

Also beschloss Marc, sie erst einmal in Ruhe zu lassen. Er zückte sein Handy und teilte Stefanie mit, dass es später werden würde und sie die wartenden Mandanten irgendwie bei Laune halten sollte.

Als er das Gespräch mit seiner Sekretärin beendet hatte, war Larissas Entsetzen in Wut und Hass umgeschlagen. »Dieses Schwein!«, presste sie zwischen den Lippen hervor. »Dieses verdammte Dreckschwein! Dafür wird er bezahlen!«

»Ich nehme an, Sie sprechen von Borchert?«

Larissa schaute ihn an, als habe sie einen Idioten vor sich. »Natürlich, von wem denn sonst? Es ist doch wohl offensichtlich, was hier passiert ist: Nachdem ich gestern aus der Wohnung geflohen bin, ist Borchert hier eingedrungen und hat Kater ermordet.«

»Nun, es scheint zumindest so«, meinte Marc. »Aber noch einmal: Mit dieser Geschichte können wir nicht zur Polizei gehen. Die finden innerhalb kürzester Zeit heraus, dass Borchert eine elektronische Fußfessel trägt, und wir haben uns lächerlich gemacht.«

Larissa sah aus, als ob sie darauf etwas erwidern wollte, aber dann schluckte sie die Worte wieder hinunter. »Und was schlagen Sie stattdessen vor?«, fragte sie.

»Wir behalten den Vorfall für uns. Zumindest so lange, bis wir wissen, wie Borchert die Überwachung ausgetrickst hat.«

Larissa nickte langsam. »Hört sich vernünftig an. Und was passiert mit Kater?«

»Der bekommt selbstverständlich ein anständiges Begräbnis.«

Um achtzehn Uhr verließ Marc die Kanzlei und fuhr zu Larissas Wohnung. Er schloss die Tür mit dem Schlüssel auf, den Larissa ihm überlassen hatte, und ging direkt in die Küche. Mit angehaltenem Atem holte Marc die beiden Teile der Katze aus dem Kühlschrank und deponierte sie in einer kleinen Kiste aus Sperrholz, die er unterwegs in einem Supermarkt besorgt hatte. Damit fuhr er auf dem schnellsten Weg nach Hause, da er befürchtete, der Verwesungsprozess könne bei der Hitze schon nach kürzester Zeit einsetzen und für einen infernalischen Gestank sorgen.

Als Marc ins Wohnzimmer kam, warteten Larissa, Melanie und Lizzy bereits auf ihn. Marc stellte zu seiner Beruhigung fest, dass Larissa sich in der Zwischenzeit wieder einigermaßen gefangen zu haben schien. Auch Lizzy durfte an der Beerdigungszeremonie teilnehmen. Natürlich hatten sie ihr nichts über die genauen Todesumstände erzählt, sondern behauptet, Kater sei nach einem langen und erfüllten Katzenleben an Altersschwäche verstorben.

Zum Glück verzichtete Lizzy darauf, einen letzten Blick in den Sarg zu werfen, um sich auf diese Weise von Kater zu verabschieden. Zu viert trugen sie die Holzkiste in die hinterste Ecke des Gartens, wo Marc sie unter einem schattenspendenden Pflaumenbaum vergrub. Dann improvisierte er eine kleine Rede, in der die Begriffe »Katzenhimmel« und

»ewiger Frieden« vorkamen, und am Ende konnte sogar Larissa wieder lächeln.

Dann konnte der Leichenschmaus beginnen, der schließlich zu einer richtigen Beerdigung gehörte. Marc hatte in dem Supermarkt nicht nur die Holzkiste, sondern auch Fleisch, diverse Salate, Antipasti, Gemüsespieße und Grillkäse besorgt.

Melanie und Lizzy waren Vegetarier, und als Marc seinen Einkauf auspackte, stellte sich zu seinem Leidwesen heraus, dass Larissa sich sogar vegan ernährte. Langsam fühlte Marc sich in seinem eigenen Haus wie ein Aussätziger.

»Siehst du, Marc!«, wurde er von seiner Tochter belehrt. »Immer mehr intelligente Menschen verzichten inzwischen auf Fleisch.«

»Ich habe mich nicht an die Spitze der Nahrungskette vorgekämpft, um mich vegetarisch zu ernähren. Große Tiere fressen kleine Tiere, so war es immer und so wird es auch immer sein! Außerdem schmeckt mir dieses ganze Algen- und Tofuzeug einfach nicht.«

»Das kann nur daran liegen, dass Sie es noch nie gegessen haben, wenn es richtig zubereitet worden ist«, mischte sich Larissa ein. »Ich habe zwei vegane Kochbücher von Attila Hildmann. Wenn Sie einmal danach gekocht haben, essen Sie nichts anderes mehr!«

»Attila!«, schnaubte Marc. »Es ist mit Sicherheit kein Zufall, dass der Typ wie dieser Mongolen-Herrscher heißt.«

»Hunnen-Herrscher«, verbesserte Larissa ihn lächelnd.

»Egal! Und wenn Sie sich hier weiterhin als Öko-Taliban betätigen wollen und meine Tochter gegen mich aufhetzen, schlage ich vor, dass Sie sich gleich einen neuen Anwalt suchen.«

Larissa grinste. »Oh, da habe ich wohl eine empfindliche Stelle getroffen. Aber essen Sie ruhig weiter Ihre Leichenteile. Ich habe nicht vor, Unbelehrbare zu missionieren.«

Marc grummelte noch etwas Unverständliches in sich hinein, dann zog er seine *Hier-kocht-der-Chef-persönlich*-Schürze über und warf den Grill an. Während er darauf wartete, dass die Kohle zu glühen begann, deckten die Frauen den Holztisch auf der Terrasse ein. Immerhin wurde Marc zugestanden, seine Schweinenackensteaks auf einem kleinen, genau abgegrenzten Bereich des Grillrosts zu garen, während der Rest den Gemüsespießen und dem Käse vorbehalten war.

Eine halbe Stunde später konnten sie endlich essen. Es wurde noch ein schöner Abend. Als sie um neun Uhr mit dem Essen fertig waren, war es noch über zwanzig Grad warm. Sie hatten nicht nur fast alles aufgegessen, sondern auch zwei Flaschen Rotwein geleert. Melanie und Larissa brachten das Geschirr ins Haus, während Lizzy die ganze Zeit auf ihr Handy starrte und eine SMS nach der anderen schrieb oder empfing. Als Larissa fünf Minuten später alleine zurückkehrte, hatte sie eine weitere Flasche Rotwein dabei.

»Melanie bestückt die Spülmaschine«, verkündete sie. »Aber sie kommt gleich. Sie sollen sich schon mal um den Wein kümmern.«

Larissa hielt ihm die Flasche hin, Marc zog den Korken und ließ den Rotwein in die Gläser gluckern.

Als er eines vor Larissa auf den Tisch stellen wollte, übersah er eine Kante. Das Glas kippte um und die Hälfte des Weines ergoss sich über den Tisch und auf Larissas helle Jacke.

Marc sprang hoch und stellte das Glas wieder auf. »Tut mir leid«, versicherte er. »Die Reinigung zahle selbstverständlich ich.«

»Das ist nicht nötig!«, erwiderte Larissa. »Das Teil musste ohnehin dringend gewaschen werden.«

Sie zog die Jacke aus und legte sie neben sich auf den Stuhl.

Marc füllte ihr Glas wieder auf, dann berührte er Lizzy am Ellenbogen. »Erde an Lizzy! Willst du mit uns anstoßen?«

Lizzy schrak auf, als habe sie gar nicht mitbekommen, was um sie herum passiert war. Doch dann nickte sie, griff nach ihrem Apfelsaft und sie ließen die Gläser klirren.

Marc setzte den Wein wieder ab und schaute in Richtung Terrassentür. Von Melanie war noch immer nichts zu sehen. Er wandte sich Lizzy zu und fragte. »Willst du nicht mal nachschauen, wo deine Mutter bleibt?«

Aber Lizzy hatte ihm offenbar überhaupt nicht zugehört. Stattdessen starrte sie wie gebannt auf Larissas Unterarme.

Und dann sah Marc sie auch: feine, weiße Narben, die sich auf der ganzen Innenseite von Larissas Handgelenken bis zur Ellenbeuge hochzogen.

Es kam, was kommen musste. »Was ist das?«, wollte Lizzy wissen.

Marc versuchte, sie mit einem scharfen Blick zum Schweigen zu bringen. »Lizzy!«, sagte er vorwurfsvoll. »So etwas fragt man nicht!«

»Ist schon okay«, meinte Larissa leichthin. »Ich habe kein Problem damit.« Dann wandte sie sich Lizzy zu. »Ich bin eine Ritzerin«, erklärte sie. »Als ich vierzehn war, habe ich angefangen, mich mit einem Messer zu schneiden, bis es blutet.«

»Und warum machst du das?«

»Das ist eine gute Frage. Früher habe ich in mir oft den Druck verspürt, das tun zu müssen. Dieser Drang wurde immer stärker und stärker, bis er schließlich unerträglich wurde. Und wenn ich mich dann geritzt habe, war ich irgendwie total erleichtert und der Druck war weg.«

»Aber jetzt machst du das nicht mehr?«

»Nein, schon seit einigen Jahren nicht mehr. Oder besser gesagt: kaum noch. Ich ritze mich nur, wenn ich mich wirklich sehr schlecht fühle. Aber das sind absolute Ausnahmefälle. Gott sei Dank. Für ein Model ist Ritzen nämlich überhaupt nicht gut und ich muss die Narben bei jedem Job überschminken. In erster Linie habe ich aber mit dem Ritzen aufgehört, weil ich gemerkt habe, dass man seine Probleme dadurch nicht lösen kann. Ich fühlte mich nach dem Ritzen zwar eine Zeit lang besser, aber irgendwann war der Druck wieder da.«

Marc fand, dass Larissa dieses Thema lange genug mit seiner elfjährigen Tochter erörtert hatte.

»Sag mal, willst du deiner Mutter nicht in der Küche helfen?«, fragte er.

»Das kannst du genauso gut machen!«, erhielt er zur Antwort.

»Undankbares Kind«, schimpfte Marc in gespielter Empörung. »Was glaubst du eigentlich, wer deine Reitstunden bezahlt?«

»Mama! Sie hat gesagt, dass du seit Monaten kaum noch etwas einnimmst.«

Marc erhob sich drohend von seinem Platz und tat so, als wolle er auf Lizzy losgehen. Lizzy quiekte vergnügt, sprang auf und rannte in Richtung Haus.

Als Marc sich wieder setzte, seufzte er: »Noch vor einem halben Jahr waren wir ein Herz und eine Seele. Aber jetzt macht Lizzy nichts mehr, ohne vorher Widerworte zu geben. Sie ist mürrisch, in sich gekehrt, dünnhäutig und zieht sich in ihr Zimmer zurück. Aber wenn man sie links liegen lässt, beschwert sie sich, dass sich keiner um sie kümmert. Ich kann machen, was ich will, alles ist falsch.«

Larissa grinste. »Mit einem Wort: Pubertät. Das ist die Zeit, in der die Eltern anfangen, schwierig zu werden. Und wie alle Eltern müssen Sie jetzt da durch. Aber Sie werden es überstehen.«

»Glauben Sie wirklich, dass Lizzy schon in der Pubertät ist? Sie ist doch erst elf.«

»Bei manchen Mädchen geht das sogar schon mit zehn los. Ich habe mich heute Nachmittag eine ganze Weile mit ihr unterhalten. Sie hat mir erzählt, dass sie sich in einen Jungen aus ihrer Parallelklasse verliebt hat. Allerdings traut sie sich nicht, ihn anzusprechen, weil er einen halben Kopf kleiner ist als sie.«

Marc spürte einen Stich im Herz. Sein kleines Mädchen wurde langsam erwachsen und begann, sich für das andere Geschlecht zu interessieren – und Lizzy hatte nicht ihm, sondern einer Frau, die sie gerade ein paar Stunden kannte, ihr Herz ausgeschüttet.

Larissa musterte Marc einen Moment, bevor sie sagte: »Oh, ich dachte, Sie hätten das gewusst.«

»Nein, wusste ich nicht. Mit mir spricht sie ja nicht mehr.«

»Das dürfen Sie nicht persönlich nehmen. Pubertierende wollen mehr Selbstständigkeit und Eigenverantwortung. Deshalb distanzieren sie sich von ihren Eltern. Aber das ist ganz normal.«

»Meinen Sie?«

»Natürlich. Außerdem müssten doch gerade Sie Verständnis für Lizzy haben! Die Midlife-Crisis ist schließlich nur eine andere Form der Pubertät. Der einzige Unterschied besteht darin, dass sie später stattfindet, ansonsten fühlt man sich genauso verloren in einem Gefühl von Konfusionen.«

Marc lachte unsicher. »Wie kommen Sie denn darauf, dass ich in einer Midlife-Crisis bin?«

»Wie würden Sie es denn nennen, wenn sich ein Mann Anfang vierzig auf einmal einen Sportwagen kauft?«

»Das ist doch Küchenpsychologie!«, schimpfte Marc. »Es wird doch wohl noch erlaubt sein, sich einen Traum zu erfüllen. Andere Männer nehmen sich eine Geliebte und so schlimm ist es bei mir ja wohl noch lange nicht!«

»Ein weiteres Anzeichen für eine Midlife-Crisis ist es, wenn Männer sich ertappt fühlen und dann vollkommen überzogen reagieren.«

»*Überzogen*? Ich ...« Doch dann sah Marc Larissas lachendes Gesicht und merkte, dass sie ihn auf den Arm genommen hatte.

»Aber im Ernst«, sagte Larissa. »Sie müssen jetzt sehr aufpassen, wie Sie mit Lizzy umgehen.«

»Wenn sie mir nur die Gelegenheit dazu geben würde. Manchmal denke ich, sie hasst mich regelrecht. Bis vor Kurzem war ich noch ihr ›Papa‹, jetzt nennt sie mich nur noch ›Marc‹.«

»Und das stört Sie?«

»Irgendwie schon. Obwohl, wenn ich näher darüber nachdenke, habe ich auch angefangen, meine Eltern mit dem Vornamen anzusprechen, als ich in die Pubertät gekommen bin.«

»Na sehen Sie. Und wissen Sie was? Ich finde, Sie haben eine ganz tolle Familie.« Larissas Blick verklärte sich und verlor sich in der Ferne. »Eine Familie, wie ich sie mir immer gewünscht habe.«

Kapitel 13

Das Navigationsgerät des Alfa leitete Marc in eine Villengegend in einem noblen Kasseler Vorort. Je weiter Marc die Straße entlangfuhr, desto größer wurden die Anwesen, desto teurer die in den Auffahrten abgestellten Autos und desto unsichtbarer die Häuser. Auch das Haus Fabian Borcherts, das am Ende einer Sackgasse lag, war von der Straße aus nicht zu sehen. Trotz eines Halteverbotsschildes stellte Marc seinen Wagen im Wendehammer ab. Als er aus dem klimatisierten Auto stieg, traf ihn die Hitze wie ein Schlag.

Marc trat der Schweiß aus allen Poren, als er auf das schmiedeeiserne Tor zuging, neben dem auf einem Messingschild der Name *Borchert* prangte.

Bevor er schellen konnte, kam aus dem Garten ein Mann in einem Blaumann auf Marc zu. Er musste ungefähr in Borcherts Alter sein, ansonsten bestand jedoch keinerlei Ähnlichkeit zwischen den beiden. Der Mann, der Marc jetzt genau gegenüber stand, war allenfalls einen Meter siebzig groß, untersetzt und hatte eine Halbglatze.

»Ja?«, fragte er knapp.

Marc zückte eine Visitenkarte und drückte sie seinem Gegenüber in die Hand. »Mein Name ist Hagen«, sagte er. »Ich bin Rechtsanwalt und würde gerne Herrn Fabian Borchert sprechen.«

»Haben Sie einen Termin?«

»Nein, den habe ich nicht. Aber wenn Sie Herrn Borchert meinen Namen sagen, wird er schon wissen, worum es geht.«

Der Mann schien über Marcs Ansinnen erst einmal mit sich zu Rate gehen zu müssen, denn er schürzte die Lippen und machte keine Anstalten, irgendetwas zu tun. Schließlich sagte er: »Sie warten hier!«, und entfernte sich.

Marc ließ die angestaute Luft langsam zwischen seinen Lippen entweichen. Jetzt kam es darauf an, barfuß oder Lackschuh.

Nach drei Minuten erschien der Mann wieder am Tor.

»Bitte«, sagte er nur und zog das Eisengitter zur Seite. Während Marc ihm auf einem mit Trittsteinen ausgelegten Weg durch einen riesigen, parkähnlichen Garten folgte, triumphierte er innerlich. Die erste und wahrscheinlich wichtigste Hürde war genommen.

Einige Meter weiter öffnete sich der Blick auf eine imposante eineinhalbstöckige Villa mit blauem Walmdach und vielen Dachgauben. Aber als Marc schon dachte, sie würden geradewegs auf die Eingangstür zusteuern, gabelte sich der Weg und sein Begleiter bog nach rechts ab und führte Marc um das Haus herum.

Auch hier erwartete Marc ein gigantischer Garten mit unzähligen Büschen, Bäumen und Blumen. Es roch nach frisch gemähtem Gras, mehrere Wassersprenger zischten und es wimmelte von Schmetterlingen. Durch die Bäume konnte Marc etwas bläulich schimmern sehen und kurz darauf erreichten sie einen etwa fünf mal zehn Meter großen, von Eichen beschatteten Swimmingpool, an dem zwei Liegestühle standen. Die eine Liege war leer, auf der anderen saß ein sichtlich gut gelaunter Fabian Borchert. Allerdings hatte er heute auf eine Gelfrisur verzichtet und trug stattdessen einen blonden Wuschelkopf zur Schau, der ihm aber auch ausgezeichnet stand. Borchert war nur mit einer roten Badehose bekleidet und seine bronzefarbene Haut glänzte nass.

Als er Marc erblickte, stand er auf, um den Besucher im Stehen zu begrüßen. »Herr Hagen!«, stellte er mit einem strahlenden Lächeln fest, als begrüße er einen alten Freund und nicht den gegnerischen Anwalt. Dann drückte er Marcs Hand. »Was verschafft mir die Ehre Ihres Besuchs?«

Marc war sich nicht ganz sicher, ob Borchert ihn auf den Arm nahm oder ob er sich tatsächlich freute, ihn zu sehen.

»Ich war zufällig in Kassel, und da dachte ich …«

»Besuche ich einfach mal meinen alten Kumpel Fabian und schaue, wie es ihm so geht?«, vollendete Borchert den Satz für ihn und lachte. »Nun, wie Sie sehen, kann ich mich nicht beschweren. Ich habe gerade noch eine Runde im Pool gedreht. Dieses Ding ist einfach fantastisch.« Er zeigte auf seinen linken Fuß.

Und erst jetzt fiel Marc der Tracker etwas oberhalb des Knöchels auf. Die elektronische Fußfessel war etwa zehn Zentimeter groß und entsprach in der Form einem in die Jahre gekommenen Handy.

Borchert hatte inzwischen schon weitergesprochen. »Da das Gerät wasserdicht ist, schränkt es mich so gut wie nicht ein.« Er hielt inne und musterte Marcs verschwitztes Gesicht. »Gehe ich recht in der Annahme, dass Sie auch eine Abkühlung gebrauchen können?«, fragte er. »Rüdiger«, er zeigte auf den Mann in Arbeitskluft, der noch immer in Rufweite wartete, »macht eine ausgezeichnete Maracujalimonade. Wie wäre es mit einem Glas?«

»Das wäre in der Tat nett«, nickte Marc dankbar. »Die Hitze bringt einen um!«

Borchert gab dem Mann im Blaumann ein Zeichen. »Rüdiger, machst du uns bitte zweimal Maracuja? Danke!« Dann deutete er auf die zweite Liege. »Bitte, Herr Hagen, nehmen Sie doch Platz.«

Marc setzte sich und sah sich bewundernd um. »Schön haben Sie es hier«, sagte er. »Das muss ja ein Riesengrundstück sein.«

»Über zehntausend Quadratmeter«, bestätigte Borchert. »Macht allerdings auch eine Menge Arbeit. Aber dafür ist Rüdiger zuständig. Er ist schon seit über fünfzehn Jahren bei uns. Mein Vater hat ihn ursprünglich als Gärtner und Chauffeur eingestellt, mittlerweile ist er aber so eine Art Mädchen für alles. Als mein Vater krank wurde, hat Rüdiger geholfen, ihn zu pflegen, jetzt unterstützt er mich bei der Betreuung meiner Mutter. Deswegen wohnt er inzwischen auch bei uns im Haus. Man kann meine Mutter eigentlich keine Minute mehr aus den Augen lassen. Ich wüsste gar nicht, was ich ohne Rüdiger machen sollte. Er ist eigentlich kein Angestellter mehr, sondern gehört schon zur Familie.«

›Ein Mädchen für alles‹, schoss es Marc durch den Kopf. Vielleicht auch zur Einschüchterung unliebsamer Zeugen! Aber dann verwarf er den Gedanken sofort wieder. Die zwei Männer sahen dermaßen verschieden aus, dass niemand sie verwechseln konnte, selbst wenn Rüdiger sich verkleidete.

Außerdem war Larissa sich sicher gewesen, Fabian Borchert erkannt zu haben.

In diesem Augenblick kam Rüdiger aus dem Haus zurück. Er balancierte ein Tablett, auf dem zwei Longdrink-Gläser mit einem Strohhalm und eine Karaffe standen.

Rüdiger stellte das Tablett auf einem Korbtisch mit Glasplatte ab, dann verteilte er den Inhalt der Karaffe auf die beiden Gläser.

Als er fertig war, machte Borchert eine einladende Handbewegung. »Greifen Sie zu!«

Marc folgte der Aufforderung und trank das Glas mit einem Schluck halb aus. »Wirklich ausgezeichnet«, bestätigte er dann.

Borchert freute sich sichtlich über das Lob. »Nicht wahr? Sie können sich jederzeit nachschenken. Aber jetzt müssen Sie mir auch verraten, warum Sie wirklich gekommen sind!«

»Ja, natürlich. Aber erst mal danke, dass Sie mich überhaupt empfangen. Immerhin vertrete ich eine Frau, die Sie einer schweren Straftat beschuldigt.«

Borchert lachte. »Ach, das nehme ich nicht persönlich. Es ist doch reiner Zufall, dass gerade Sie Larissa vertreten. Stellen Sie sich mal für einen Moment vor, ich hätte Sie mit meiner Verteidigung beauftragt und Larissa hätte sich an Dr. Klenk gewandt. Dann würden Sie jetzt alles daransetzen, meine Unschuld zu beweisen, während Klenk Gift und Galle gegen mich spucken würde. Das ist ja das Schöne bei euch Anwälten: Man kann eure Meinung kaufen.«

»So weit würde ich nicht gehen«, entgegnete Marc. »Es stimmt schon, wir betreiben einseitige Interessenvertretung, das bedeutet aber nicht, dass wir eine Art juristische Huren sind. Alles hat seine Grenzen und ich habe auch schon Mandanten abgelehnt.«

»Aber mich hätten Sie vertreten, wenn ich Sie zuerst aufgesucht hätte, oder?«

»Wahrscheinlich«, gab Marc zu. »Ich wüsste zumindest nichts, was dagegensprechen würde. Selbst der schlimmste Verbrecher hat Anspruch auf Verteidigung.«

»Ups, ich hoffe, mit dem ›schlimmsten Verbrecher‹ haben Sie nicht mich gemeint.«

Jetzt grinste Marc. »Nein, ich bin mir sicher, dass es schlimmere Verbrecher als Sie gibt. Aber Vergewaltigung ist nun wahrlich kein Kavaliersdelikt.«

Borchert wurde mit einem Schlag ernst. »Vergewaltigung ist ein abscheuliches Verbrechen«, bestätigte er. »Genauso übrigens wie eine Falschbeschuldigung.« Er hob sein Bein an, damit Marc seine elektronische Fußfessel direkt im Blick hatte. »Oder glauben Sie, dass es ein Vergnügen ist, sein Haus nicht mehr verlassen zu können, vielleicht sogar noch für Monate?« Er zeigte mit dem Zeigefinger auf Marc. »Sie denken wahrscheinlich, ich verbringe hier so eine Art Urlaub. Liege den ganzen Tag am Pool, schlürfe Rüdigers Maracujalimonade und lasse den lieben Gott einen guten Mann sein. Aber ich kann Ihnen versichern, dass dem nicht so ist! Gut, hier ist es zweifellos besser als im Knast, aber es macht mich trotzdem fast wahnsinnig, den ganzen Tag hier rumsitzen zu müssen. Ich war es zeitlebens gewohnt, zu tun und zu lassen, was ich will. Bevor Larissa mich angezeigt hat, habe ich fast jeden Tag Sport getrieben, ich habe gejoggt, ich war im Fitnessstudio, ich bin Fahrrad gefahren. Jetzt werde ich von Tag zu Tag fetter, weil ich mich kaum noch bewegen kann. Und es gab fast keine Nacht, in der ich nicht in irgendeiner Disko unterwegs war. Jetzt muss ich meine Abende vor dem Fernseher verbringen und so habe ich mir mein Leben bestimmt nicht vorgestellt. Aber das alles ist noch nicht mal das Schlimmste: Diese Vergewaltigungsanzeige gegen mich hat sich inzwischen in der Nachbarschaft herumgesprochen. Rüdiger hat mir erzählt, dass hinter seinem Rücken getuschelt wird, wenn er im Supermarkt oder in der Bank ist. Zumindest das hat Larissa also schon mal geschafft: Mein Ruf ist ruiniert! Und er wird auch nicht wieder restlos hergestellt werden, wenn das Verfahren eingestellt wird oder ich freigesprochen werde. Sie wissen ja, wie die Leute denken: Wo Rauch ist, da ist auch Feuer – wer weiß, ob er diese Frau nicht doch vergewaltigt hat!«

Nach diesem Monolog musste Borchert erst einmal einen Schluck trinken, um seine Kehle zu befeuchten. Dann fixierte er Marc mit seinen durchdringenden blauen Augen. »Jetzt vergessen Sie mal für einen Moment, dass Sie Larissas Anwalt sind!«, forderte er ihn auf. »Sie waren bei dem Haftprüfungstermin doch auch dabei: Glauben Sie Larissa? Glauben Sie allen Ernstes, dass ich in der Lage bin, über eine Frau herzufallen, ihr die Sachen vom Leib zu reißen, sie zu fesseln und dann brutal zu vergewaltigen? Glauben Sie das wirklich?«

»Ich glaube, dass man Menschen nicht ansehen kann, wozu sie fähig sind«, sagte Marc ausweichend. »Im Übrigen war ich nicht dabei.«

»Aber *ich* war dabei!«, versetzte Borchert heftig. »Und ich kann Ihnen versichern, dass an diesem Abend nichts, aber auch gar nichts gegen Larissas Willen geschehen ist.«

»Und ich glaube meiner Mandantin«, sagte Marc, weil er das Gefühl hatte, das jetzt sagen zu müssen.

Borchert nickte resigniert, als hätte er nichts anderes erwartet. »Na gut«, sagte er. »Und jetzt rücken Sie endlich damit heraus: Warum sind Sie gekommen?«

»Ich fürchte, nach dem bisherigen Gesprächsverlauf hat es kaum Zweck, Ihnen mein Angebot zu unterbreiten.«

»Ein Angebot?« Borchert hob erstaunt die Augenbrauen. »Jetzt haben Sie mich in der Tat neugierig gemacht.«

Marc räusperte sich. »Also zunächst einmal möchte ich vorausschicken, dass auch meine Mandantin durch dieses Verfahren außerordentlich belastet wird. Und wie Sie ja wissen, leidet sie bereits unabhängig davon unter erheblichen psychischen Beeinträchtigungen. Deshalb habe ich mir überlegt, ob wir das Verfahren im Interesse aller Beteiligten abkürzen sollten. Das könnte in etwa so aussehen: Sie legen ein vollumfängliches Geständnis ab, dass Sie meine Mandantin vergewaltigt haben. Im Gegenzug dazu verzichtet Frau Braun auf die Nebenklage und wird sich dafür einsetzen, dass gegen Sie nur eine Bewährungsstrafe verhängt wird. Wenn Sie gestehen und auch das Opfer einverstanden ist, sehe ich keinen Anlass, warum die Staatsanwaltschaft und das Gericht dem nicht zustimmen sollten, zumal Sie nicht vorbestraft sind. Außerdem könnte nach einem Geständnis auch der Haftbefehl aufgehoben werden, dann wären Sie dieses Ding los.« Marc nickte zu dem Tracker hin. »Und schließlich hätten Sie die Sicherheit, dass Sie nie mehr in den Knast zurückmüssen.«

Als Marc geendet hatte, nickte Borchert langsam. »Dr. Klenk hat vorhergesagt, dass mir irgendwann ein Deal dieser Art angeboten würde«, sagte er. »Allerdings meinte er, der Vorschlag werde von der Staatsanwaltschaft kommen, wenn die eingesehen habe, dass es für eine Verurteilung nicht ausreicht. Dass das Angebot jetzt von Ihnen kommt, erstaunt mich ein wenig. Aber sei's drum: Klenk hat mich ausdrücklich davor gewarnt, einem derartigen Vorschlag zuzustimmen. Zum einen ist dadurch mein Ruf endgültig ruiniert. Ich wäre dann ein rechtskräftig verurteilter und vorbestrafter Vergewaltiger. Zum anderen hätte Larissa anschließend die Möglichkeit, zivilrechtlich gegen mich vorzugehen, mich auf Schadenersatz und Schmerzensgeld zu verklagen und mich auszunehmen wie eine Weihnachtsgans. Aber das alles würde mich noch nicht einmal davon abhalten, bei einem derartigen Deal mitzumachen. Sie können mir glauben: Ich war im Knast und würde wirklich vieles auf mich nehmen, um nicht noch einmal dorthin zurückzumüssen. Aber wollen Sie wirklich wissen, warum ich einer derartigen Vereinbarung keinesfalls zustimmen kann?« Er sah Marc direkt in die Augen. »Ich werde niemals in meinem Leben etwas gestehen, was nie stattgefunden hat!«

Kapitel 14

Nach seinem Besuch bei Borchert machte Marc sich auf den Weg in das zwanzig Kilometer nördlich von Kassel gelegene Bergfurt. Bei seiner gestrigen Internetrecherche bei ImmobilienScout24 hatte er in Erfahrung gebracht, dass es in ganz Bergfurt nur ein Objekt gab, das zum Preis von einhundertzwanzigtausend Euro angeboten wurde.

Marc hatte den Immobilienmakler angerufen und sich die Adresse geben lassen. Einen gemeinsamen Besichtigungstermin hatte er mit der Begründung abgelehnt, er wolle sich das Objekt zunächst von außen anschauen.

Die Kleinstadt Bergfurt bestand im Wesentlichen aus einer Hauptstraße, die mitten durch den Ort führte. Davon gingen einige wenige Nebenstraßen zu Gehöften und Wohngebieten ab.

Larissas Elternhaus entpuppte sich als ein zweistöckiger Fachwerkbau, der direkt an der Durchgangsstraße lag. In dem großen Garten, der das Haus umgab, stand ein Galgen mit einem *ZU-VERKAUFEN*-Schild und der Telefonnummer des Maklers.

Marc parkte den Alfa direkt davor und stieg aus, um das Haus näher in Augenschein zu nehmen. Es schien sich in einem guten Zustand zu befinden, zumindest war von einem Brandschaden nichts mehr zu sehen.

In dem Moment wurde er von einer weiblichen Stimme aus seinen Gedanken gerissen. »Sind Sie an dem Haus interessiert?«

Marc wandte sich um und erblickte im Garten des Nachbarhauses eine Frau Ende sechzig mit einem großen Strohhut auf dem Kopf, die ihre Rosen mit einer Schere traktierte.

Marc ging auf sie zu.

»Vielleicht«, sagte er. »Ich werde demnächst in Kassel arbeiten und suche eine große Wohnung oder ein Haus für mich und meine Familie. Mir ist aufgefallen, dass die Preise im Kasseler Umland wesentlich günstiger als in der Innenstadt sind.«

»Günstiger?« Die Frau schnaubte. »Die Preise sind vollkommen im Keller. Eine Schande ist das, eine einzige Schande! Das Haus«, sie nickte zu Larissas Elternhaus hin, »wird seit über einem Jahr zu einem Spottpreis angeboten. Trotzdem ist es praktisch unverkäuflich, weil alle in der Stadt wohnen wollen. Wenn das Haus in Kassel stehen würde, wäre es schon lange für den doppelten Preis weggegangen. Aber hier? Ich weiß von vielen Menschen in Bergfurt, die ihr Haus lieber heute als morgen verkaufen würden. Aber es gibt einfach keine Interessenten. Ich glaube, Sie sind seit Monaten der Erste, der sich das Haus ansieht.«

»Aber das Haus scheint doch in Ordnung zu sein«, versuchte Marc, die Frau am Reden zu halten. »Oder ist Ihnen irgendetwas von Mängeln bekannt? Ich meine, Sie wohnen doch bestimmt schon längere Zeit hier.«

»Mein ganzes Leben lang«, bestätigte sie. »Und von Mängeln weiß ich nichts. Das Haus ist aus Fachwerk und praktisch unverwüstlich.«

»Wissen Sie denn, warum das Haus verkauft werden soll?«, erkundigte sich Marc.

»Die letzten Mieter sind vor fast drei Jahren ausgezogen. Die Eigentümerin des Hauses hat dann monatelang ohne Erfolg versucht, neue Mieter zu finden, aber in dieses Haus würde mit Sicherheit kein Bergfurter ziehen. Das kann man nur an Auswärtige vermieten.«

Marc setzte ein verwundertes Gesicht auf. »Wieso würde kein Bergfurter dort einziehen?«, fragte er.

Die Frau schien einen Moment mit sich zu ringen, ob sie ihr Wissen mit Marc teilen sollte, dann beugte sie sich verschwörerisch nach vorne und senkte die Stimme, obwohl weit und breit kein Mensch zu sehen war.

»Weil jeder Bergfurter weiß, was in diesem Haus geschehen ist«, sagte sie geheimnisvoll.

Auch Marc flüsterte jetzt: »Was ist denn dort geschehen?«

Die Frau hob den Kopf und sah Marc beinahe triumphierend an, als habe sie eine Sensation zu verkünden. »In dem Haus sind vier Menschen gestorben!«, sagte sie mit einem dramatischen Unterton in der Stimme. »Eine ganze Familie wurde praktisch ausgerottet. Vater, Mutter und zwei Kinder!«

Marc schlug sich die Hand vor den Mund. »Mein Gott«, sagte er. »Das ist ja entsetzlich!«

»Allerdings ist der Brand schon viele Jahre her. Lassen Sie mich nachdenken! Ja, das muss vor sechzehn Jahren gewesen sein, also 1997. Ich kann mich an den Tag noch erinnern, als wäre es erst gestern gewesen. Mein Mann hat mich mitten in der Nacht geweckt. Er hatte damals schon Probleme mit der Prostata und musste nachts häufig raus. Als er auf der Toilette war, hat er draußen einen rötlichen Schimmer bemerkt. Er hat rausgeschaut und da kam schon dichter Rauch aus den Fenstern im ersten Stock des Hauses der Brauns. Mein Mann hat sofort die Feuerwehr angerufen und mir dann Bescheid gesagt. Wir sind noch im Nachthemd rausgerannt, um zu helfen. Aber als wir auf der Straße waren, sind die Flammen schon aus allen Fenstern im ersten Stock geschlagen. Ich wusste, dass dort die Schlaf- und Kinderzimmer der Brauns liegen und dachte, dass da niemand mehr lebend rauskommen kann. Aber auf einmal habe ich sie gesehen: Larissa, die älteste Tochter der Brauns. Sie war damals fünfzehn und stand nur mit einem Schlafanzug bekleidet auf der Straße und hat in die Flammen gestarrt. Ich habe ihr eine Decke geholt, weil sie am ganzen Leib gezittert hat, und sie gefragt, was passiert sei. Aber sie stand vollkommen unter Schock. ›Maya‹, hat sie nur immer wieder gesagt, ›Maya, wo bist du?‹ Maya war ihre kleine Schwester, die war damals zehn oder elf Jahre alt. Mehr konnte ich aus Larissa nicht herausbekommen. Und dann erschien auch schon die Feuerwehr. Die konnten den Brand ziemlich schnell löschen, aber für die Brauns kamen sie zu spät. Man hat die Familienmitglieder in ihren Zimmern im ersten Stock gefunden. Sie hatten keine Chance.«

»Und wie hat Larissa es dann rausgeschafft?«

Die Nachbarin schaute bedeutungsvoll, als habe Marc eben etwas sehr Wichtiges gesagt. »Das ist die große Frage, nicht wahr? Die Frage, die sich damals alle im Ort gestellt haben. Es kamen ziemlich schnell Gerüchte auf, Larissa habe den Brand selbst gelegt. Da sei es natürlich kein Wunder, dass sie als Einzige überlebt habe.«

»Wissen Sie, was Larissa dazu gesagt hat?«, fragte Marc.

»Ja, ich habe später selbst noch einmal mit ihr darüber gesprochen. Larissa hat mir erzählt, sie sei in der Nacht aufgewacht, als ihr Zimmer schon voller Qualm gewesen war. Sie habe noch versucht, ihre Eltern und Geschwister zu warnen, aber im Flur habe es bereits lichterloh gebrannt. Dann sei sie schon halb bewusstlos zurück in ihr Zimmer getorkelt, habe das Fenster aufgerissen und sei rausgesprungen. Das Komische war nur, dass sie sich dabei überhaupt nicht verletzt hat.«

»Aber warum sollte Larissa das Haus ihrer Eltern angezündet haben?«, wunderte sich Marc.

Die Nachbarin setzte wieder ihre Verschwörermiene auf. »Larissa war ein sehr merkwürdiges Kind. Immer schon. Ich habe sie ja seit ihrer Geburt gekannt und aufwachsen sehen. Sie war eigentlich die ganze Zeit allein. Hatte keine Freundinnen und die anderen Kinder haben sie gemieden. Aber ich glaube, sie wollte auch gar keine Freunde. Auf jeden Fall saß sie im Sommer fast den ganzen Tag im Garten und hat dort alleine gespielt. Oder gelesen. Ich habe noch nie ein Kind gesehen, das so viel liest. Wenn sie mal mit einem anderen Kind gespielt hat, dann nur mit ihrer Schwester Maya. Ich glaube, die war der einzige Mensch, den sie wirklich geliebt hat.«

»Das ist aber alles kein Grund für eine Brandstiftung.«

»Nein, aber Larissa hatte große Probleme mit ihren Eltern. Richtig schlimm wurde es, als Larissa in die Pubertät kam. Ich konnte die Schreie und die Streitereien sogar durch die geschlossenen Fenster hören. Und Larissa und ihre Eltern hatten sich wirklich dauernd in den Haaren. Drei Tage vor dem Brand gab es einen besonders schlimmen Streit. Larissa war im Garten und hat ihren Vater angeschrien: ›Du hast mein Leben zerstört! Ich wünschte, du wärest tot!‹«

»Na ja«, meinte Marc. »Das sollte man bei einem fünfzehnjährigen Mädchen vielleicht nicht überbewerten. Ich habe auch eine Tochter, die gerade in die Pubertät kommt. Wenn ich alles ernst nehmen würde, was sie mir schon an den Kopf geworfen hat …«

»Aber hat Ihre Tochter auch schon mal zu Ihnen gesagt: ›Eines Tages mache ich euch kalt und dann habe ich endlich meine Ruhe!‹ Das habe ich ganz deutlich gehört, es muss ein oder zwei Wochen vor dem Brand gewesen sein. Und kurz darauf hatte sie dann ihre Ruhe.«

»Gab es einen besonderen Grund für diese Streite?«, wollte Marc wissen.

Die Frau zögerte. »Man soll über Tote ja nichts Schlechtes sagen, aber es gab im Ort immer schon Gerüchte, dass sich Larissas Vater für kleine Kinder, insbesondere für kleine Mädchen, interessiert. Er soll seinen Töchtern auch sehr nahe gekommen sein. Unangemessen nahe, Sie verstehen?«

Marc nickte langsam. »Haben Sie der Polizei nach dem Brand von Larissas Problemen mit ihrem Vater erzählt?«

»Das musste ich doch, oder? Ich habe mit meinem Mann lange darüber beraten und der meinte, ich dürfte das nicht für mich behalten. Wenn Larissa den Brand wirklich gelegt hätte, sei sie eine Gefahr. Für sich und für die Allgemeinheit.«

»Wie ist die Sache dann ausgegangen?«

»Ziemlich unspektakulär. Ein Brandgutachter hat festgestellt, dass das Feuer im Zimmer von Jonas ausgebrochen ist, das war Larissas sechsjähriger Bruder. Man ging davon aus, dass er in seinem Zimmer gezündelt hat. Auf jeden Fall hat die Polizei daraufhin die Ermittlungen wegen Brandstiftung eingestellt und die Feuer- und die Lebensversicherungen haben die Versicherungssumme an Larissa ausgezahlt. Mit dem Geld konnte sie das Haus renovieren lassen. Sie war als Alleinerbin dann ja die Eigentümerin, wenn auch mit ihrer Tante als Vormund.«

»Ich nehme an, die Gerüchte, Larissa habe etwas mit dem Brand zu tun, sind dann auch verstummt?«

»Nein, im Gegenteil. Nachdem die Versicherung gezahlt hat, dachten die Leute, das wäre der wahre Grund für die Brandstiftung gewesen. Larissa habe ihre Eltern getötet, um das Geld zu kassieren.«

»Und das, obwohl der Brand im Zimmer ihres Bruders ausgebrochen ist?«

»Ja, denn jeder im Ort weiß, dass Larissa schlau ist. Seltsam, aber intelligent. Manche haben behauptet, sie sei in das Zimmer ihres Bruders gegangen und habe den Brand dort gelegt, um von sich abzulenken. Es ist ja immerhin merkwürdig, dass ein Sechsjähriger mitten in der Nacht auf die Idee kommt, mit Feuer zu spielen.«

»Und Sie? Was denken Sie? Glauben Sie auch, dass Larissa etwas mit dem Brand zu tun hatte?«

Die Nachbarin wurde nachdenklich. »Zuzutrauen wäre es ihr. Ich habe schließlich gesehen, wie sie mit ihren Eltern gestritten hat. Das war der blanke Hass! Aber andererseits glaube ich es auch wieder nicht. So sehr, wie sie ihre Eltern gehasst hat, so sehr hat sie ihre Geschwister geliebt, insbesondere ihre kleine Schwester. Die beiden waren ein Herz und eine Seele. Ich bin davon überzeugt, dass Larissa nie etwas getan hätte, was Maya in Gefahr gebracht hätte. Nein, ich glaube nicht, dass sie den Brand gelegt hat.«

»Was ist nach dem Brand aus Larissa geworden?«

»Sie ist zu ihrer Tante gezogen, der Schwester ihrer Mutter. Die wohnt auch in Bergfurt. Aber ab dem Zeitpunkt habe ich Larissa nur noch selten gesehen. Manchmal ist sie mit ihrem Mofa hier vorbeigebraust, aber das war es dann auch schon. Ich habe fast schon gar nicht mehr an sie gedacht, bis dann dieser schreckliche Mord passiert ist.«

Marc dachte für einen Moment, er habe sich verhört. *»Ein Mord?* Was für ein Mord? Hier in Bergfurt?«

»Nein, in Kassel. Das muss etwa zwei Jahre nach dem Brand gewesen sein, also 1999.«

»Und wer ist ermordet worden?«

»Eine Schülerin. Was die Menschen hier besonders schockiert hat, war die Art und Weise, wie sie getötet wurde. Sie ist mit zahlreichen Messerstichen regelrecht abgeschlachtet worden. Das war, glaube ich, so ziemlich der grausamste Mord, der je in Nordhessen geschehen ist.«

»Was hatte Larissa damit zu tun?«

»An Einzelheiten kann ich mich nicht mehr erinnern. Larissa kannte das ermordete Mädchen und hat sie wohl nicht sonderlich gemocht. Es hieß, die Polizei sei damals wegen Larissa mehrfach hier im Ort gewesen. Das weiß ich von den Krieners. Die wohnen direkt neben Larissas Tante. In so einem kleinen Ort bleibt eben nichts geheim.«

»Ist der Mörder denn gefasst worden?«

»Das weiß ich nicht mehr genau. Irgendwie ist alles im Sande verlaufen. Am Anfang waren die Zeitungen noch jeden Tag voll von dem Mord, dann wurde es immer weniger und irgendwann hat man nichts mehr davon gehört.«

»Sie wissen also nicht, ob der Mord aufgeklärt wurde?«

»Nein, tut mir leid. Aber wenn Sie daran interessiert sind, kann ich Ihnen einen Tipp geben. Einer der Polizisten, die damals in dem Mordfall ermittelt haben, ist ein Schulfreund von mir. Heimo Peters. Er wurde hier in Bergfurt geboren, ist dann aber irgendwann nach Kassel gegangen und lebt seit seiner Pensionierung wieder hier. Wenn Sie wollen, kann ich Ihnen seine Adresse geben.«

Kapitel 15

Heimo Peters wohnte nur zwei Querstraßen von der auskunftsfreudigen Nachbarin entfernt.

Marc parkte den Alfa vor einem Reihenbungalow und ging auf die Tür mit der Hausnummer 5c zu. Er drückte die Klingel der Familie Peters und wenige Sekunden später erschien ein Mann in der Tür, den man getrost als stattlich bezeichnen konnte. Nach Marcs Schätzung war er über einen Meter neunzig groß, an die hundertzwanzig Kilogramm schwer und etwa siebzig Jahre alt.

Der Mann musterte Marc misstrauisch, dann fragte er: »Was kann ich für Sie tun?«

»Herr Peters? Mein Name ist Hagen, ich bin Rechtsanwalt.« Marc zückte eine Visitenkarte, die Peters etwas zögerlich entgegennahm. »Ich vertrete Frau Larissa Braun. Sagt Ihnen der Name etwas?«

Zum ersten Mal blitzte in Peters Augen so etwas wie Interesse auf. »Na, dann kommen Sie mal rein«, sagte er und gab die Tür frei.

Marc betrat einen langen Flur, dann folgte er dem Hausherrn in das Wohnzimmer.

»Bitte«, sagte Peters und zeigte auf sein Sofa. Dann setzte er sich in einen Fernsehsessel und rückte ihn so zurecht, dass er Marc genau im Blick hatte. »Larissa Braun«, nahm er schließlich den Gesprächsfaden wieder auf. »Was ist mit ihr? Hat sie etwas ausgefressen?«

»Wie kommen Sie darauf?«

»Nun, Sie sagten doch, dass Sie Anwalt sind.«

»Das ist richtig, aber Frau Braun ist in diesem Fall das Opfer.«

Peters' Augen weiteten sich ein wenig. »Ist sie tot?«

»Nein, tot ist sie nicht. Einzelheiten kann ich Ihnen aber leider keine nennen. Die anwaltliche Schweigepflicht, Sie verstehen? Ich bin hier, weil Frau Brauns Name im Zusammenhang mit einem Mordfall erwähnt wurde, der sich Ende der Neunzigerjahre ereignet haben soll. Ein Mord an einer Schülerin in Kassel. Mir wurde gesagt, Sie könnten mir Näheres darüber erzählen.«

Peters Augen umspielte ein feines Lächeln. »Das könnte ich wahrscheinlich. Aber ich unterliege als Beamter ebenfalls der Verschwiegenheitspflicht, auch wenn ich schon pensioniert bin.«

Marc nickte verstehend. »Ich würde Ihnen ja gerne mehr sagen, aber ich darf es einfach nicht. Es geht mir vor allem darum, den Hintergrund von Frau Braun näher auszuleuchten, um sie besser vertreten zu können. Alles, was Sie mir zu dem alten Fall sagen dürfen, würde mir schon weiterhelfen.«

Peters hob bedauernd die Hände. »Das würde ich auch gerne tun, wenn nur diese verdammte Verschwiegenheitspflicht nicht wäre.«

Marc begriff, dass er Peters ein wenig mehr Futter geben musste, wenn er im Gegenzug etwas erfahren wollte. Rechtlich begab er sich damit zwar auf dünnes Eis, aber er spürte, dass Peters ihm einige wichtige Dinge über Larissa erzählen konnte.

»Okay«, erwiderte Marc also. »Ich denke, ein wenig mehr kann ich schon sagen. Aber all das muss unter uns bleiben: Frau Braun ist Opfer einer Vergewaltigung geworden und will in dem Prozess gegen den Täter als Nebenklägerin auftreten. Dabei soll ich sie unterstützen.«

»Aha. Und was hat ein vierzehn Jahre alter Mordfall damit zu tun?«

»Das weiß ich eben nicht genau. Aber wenn der Verteidiger des Vergewaltigers herausbekommt, dass Larissa einmal in einen Mord verwickelt war, könnte es sein, dass er mir das im Prozess um die Ohren haut, um ihrer Glaubwürdigkeit zu schaden. Darum muss ich wissen, was Larissa damals mit dem Mordfall zu tun hatte. Wenn sie überhaupt eine Rolle darin gespielt hat.«

Peters Lächeln wurde breiter. »O ja, das kann man wohl sagen. Sie hatte sogar eine Hauptrolle.«

Marc spürte, wie sich sein Magen zusammenzog. »Was ist damals geschehen?«, fragte er mit heiserer Stimme.

Peters ließ sich seine Antwort durch den Kopf gehen, schließlich nickte er.

Und dann begann er zu erzählen.

Kapitel 16

Montag, der 24. Mai 1999

Ich war den ganzen Vormittag wegen einer Dienstbesprechung in Wiesbaden gewesen. Als ich gegen Mittag ins Kasseler Polizeipräsidium zurückkehrte, herrschte da schon helle Aufregung. Eine junge Frau namens Sandra Köhler, gerade achtzehn Jahre alt, war in ihrem Elternhaus bestialisch ermordet worden.

Als Leiter der Mordkommission machte ich mich sofort auf den Weg zum Fundort. Ich konnte schon anhand der Adresse erkennen, dass die Köhlers zu den Besserverdienern gehören, und meine Ahnung bestätigte sich, als ich vor einer weißen Villa hielt und meinen VW zwischen den kreuz und quer herumstehenden Einsatzfahrzeugen parkte. Gerade fuhr der Leichenwagen ab.

Ich ging ins Haus, in dem es vor Kollegen in weißen Kapuzenanzügen, die Spuren sicherten, nur so wimmelte.

Schon in der Diele fing mich mein Stellvertreter, Kriminaloberkommissar Tritschler, ab.

»Mach dich auf was gefasst«, sagte er. »Das hast du noch nicht gesehen!«

»Aber die Leiche ist doch schon weg«, wandte ich ein.

Tritschler hob nur die Schultern.

»Was ist passiert?«

»Momentan sieht es so aus: Der Täter hat geklingelt und Sandra öffnete ihm. Im gleichen Moment oder kurz darauf wurde sie schon mit einem spitzen Gegenstand, vermutlich einem Messer, attackiert.«

Tritschler zeigte auf Blutspuren am Boden und an der Wand unmittelbar neben der Tür, die mit Kreidekreisen gekennzeichnet waren.

»Sandra konnte sich aber noch einmal losreißen und fliehen. Wahrscheinlich hat die Todesangst ihr diese Kraft verliehen, obwohl sie bereits schwer verletzt gewesen sein muss. Der Täter folgte ihr.«

Tritschler ging ein paar Schritte weiter den Flur entlang. »Dort ist Sandra dann vermutlich gestürzt oder gestolpert und der Täter hat sie endgültig erwischt. Darauf deutet das viele Blut hin. Der Täter muss in einen regelrechten Blutrausch geraten sein. Er hat sie mit seinem Messer buchstäblich durchlöchert. Sandra hat sich gewehrt und muss minutenlang um ihr Leben gekämpft haben. Wir haben typische Abwehrverletzungen an ihren Händen gefunden. Als Sandra bewegungsunfähig war, hat der Täter sie ins Wohnzimmer gezogen.«

Tritschler nickte zu den roten Schleifspuren hin und bedeutete mir, ihm zu folgen.

Wir gelangten in einen großzügigen Wohnbereich mit einem Panoramafenster, das auf sorgfältig manikürten Rasenteppich hinausging.

Tritschler zeigte auf das ehemals wahrscheinlich cremefarbene Sofa, das jetzt über und über mit Blut bedeckt war. So viel Blut, dass es von den Polstern herabgelaufen und auf den hellen Teppichboden getropft war. Dort hatte sich ein kleiner See aus Blut gebildet, der allerdings schon eingetrocknet war.

»Wir haben Sandra ausgestreckt auf dem Rücken liegend und mit gespreizten Beinen auf dem Sofa gefunden. Sie war vollkommen nackt, von ihrer Kleidung fehlt jede Spur. Auf jeden Fall wurde das Mädchen auf dem Sofa abgelegt und blutete aus wie ein Schwein. Entschuldige meine drastische Ausdrucksweise, aber genauso war es.« Er machte eine dramatische Pause. »Aber das ist noch nicht einmal das Gruseligste.«

Tritschler deutete auf die Wand über dem Sofa. Was mir bisher entgangen war, weil ich meine volle Aufmerksamkeit auf die Couch gerichtet hatte, traf mich jetzt umso stärker: Der Mörder hatte dort mehrere Worte in roter Blockschrift an die Wand geschmiert: *TIT FOR TAT.*

»Mein Gott!«, stieß ich hervor. »Ist das …«

»Blut, genau. Wahrscheinlich stammt es vom Opfer, aber das wird noch untersucht.«

»Tit for tat«, murmelte ich langsam. »Was hat das zu bedeuten?«

»Wir wussten es auch nicht, bis ein Kollege auf die Idee kam, in einem Wörterbuch nachzuschlagen«, gestand Tritschler. »Es ist eine englische Redewendung. Heißt so viel wie: Wie du mir, so ich dir.«

»Wie du mir, so ich dir«, wiederholte ich. »Hört sich an, als habe der Täter mit dem Opfer eine Rechnung begleichen wollen.«

»Ja. Dafür spricht auch, dass die Stiche teilweise so tief waren, dass der Täter das Messer bis zum Heft in Sandras Körper gerammt hat. Der Mörder muss einen unbändigen Hass auf sie gehabt haben.«

»Oder der Täter wollte, dass wir das glauben«, mutmaßte ich. »Ist Sandra vergewaltigt worden?«

»Die Rechtsmediziner meinen Nein, trotz der obszönen Stellung mit den weit gespreizten Beinen, in der wir sie gefunden haben. Genaueres nach der Obduktion. Im Haus scheint auch nichts zu fehlen. Zumindest ist das die Aussage von Frau Schmidt, der Haushälterin. Die hat Sandra heute Morgen gefunden und uns alarmiert. Sie steht unter Schock, der Notarzt kümmert sich in der Küche um sie. Frau Schmidt kam heute um zehn Uhr zum Putzen. Sie dachte, Sandra sei in der Schule.«

»Wie lange war Sandra da schon tot?«

»Nach den vorläufigen Schätzungen der Rechtsmediziner muss sie in der letzten Nacht ermordet worden sein, irgendwann zwischen einundzwanzig Uhr und zwei Uhr morgens.«

»Wo befinden sich die Eltern?«

»Die sind am Samstagmorgen zu einer Kreuzfahrt in der Karibik aufgebrochen. Wir konnten sie bisher nicht erreichen.«

»Gibt es Geschwister?«

»Nein. Frau Schmidt hat außerdem gesagt, Sandra sei am Sonntagabend ganz allein im Haus gewesen.«

»Ist das sicher?«, fragte ich und deutete auf die unzähligen Flaschen, Gläser und überquellenden Aschenbecher auf dem Couchtisch, die mit einem dünnen Film Fingerabdruckpulver bedeckt waren. »Sieht fast so aus, als hätte sie hier eine Party gefeiert.«

»Es gab tatsächlich eine Feier, aber die hat bereits einen Tag vor dem Mord stattgefunden, am Samstag.«

Ich nickte verstehend. »Wie sieht es mit Einbruchspuren aus?«

»Keine vorhanden. Wir sind uns ziemlich sicher, dass Sandra dem Täter die Tür geöffnet hat.«

»Das bedeutet, dass sie ihren Mörder wahrscheinlich gekannt hat«, meinte ich. »Oder kannst du dir sonst einen Grund vorstellen, warum ein achtzehnjähriges Mädchen an einem Sonntagabend nach einundzwanzig Uhr die Tür öffnen sollte, wenn ein Fremder vor ihr steht?«

»Vielleicht war der Täter als Polizist verkleidet und hat Sandra weisgemacht, ihren Eltern sei etwas passiert.«

»Möglich«, meinte ich, war aber nicht überzeugt. »Dann würde ich jetzt gerne mit dieser Frau Schmidt sprechen.«

Tritschler führte mich in die Küche, wo ich eine kleine, etwa fünfzigjährige, leichenblasse Frau vorfand, die zusammengesackt auf einem Stuhl hing. Ein Notarzt stand direkt neben ihr.

»Wie sieht es aus?«, fragte ich ihn. »Kann ich Frau Schmidt vielleicht ein oder zwei Fragen stellen?«

»Das müsste möglich sein. Ich habe ihr etwas zur Beruhigung gegeben und sie hat sich inzwischen wieder halbwegs gefangen.«

Ich setzte mich auf einen Küchenstuhl. »Frau Schmidt«, sagte ich behutsam. »Ich weiß, dass es Ihnen schwerfällt, jetzt mit mir zu reden. Aber wir müssen denjenigen finden, der Sandra das angetan hat. Und Sie können uns dabei helfen. Sind Sie dazu bereit?«

Die Putzfrau zögerte einen Moment, dann nickte sie schwach.

»Schön. Arbeiten Sie schon lange für die Köhlers?«

Wieder ein schwaches Nicken. »Seit fast zwanzig Jahren.«

»Dann kannten Sie die Familie gut?«

»Ja. Sie waren für mich immer so etwas wie eine Bilderbuchfamilie. Er ist ein erfolgreicher Geschäftsmann, seine Frau ist bildhübsch. Die beiden haben sich geliebt wie am ersten Tag, das merkte man einfach.« Sie fing an zu schluchzen. »Mein Gott, wenn ich mir nur vorstelle ... Wissen die beiden schon, was geschehen ist?«

»Wir haben sie bisher nicht erreichen können. Soweit ich weiß, befinden sich die Köhlers auf einer Kreuzfahrt?«

»Ja, sie sind am Samstagvormittag aufgebrochen. Sie wollten auf dem Schiff ihr Ehegelübde erneuern.«

»Sandra ist nicht mitgekommen?«

»Nein, sie hatte wohl keine Lust mehr, ihre Eltern zu begleiten. Schließlich ist sie seit einem knappen Monat volljährig. Außerdem musste sie ja in die Schule. Sie geht ... ging in die zwölfte Klasse.«

»Auf welche Schule?«, wollte ich wissen.

»Aufs Freiherr-vom-Stein-Gymnasium. Ich glaube, sie war gar nicht so unglücklich, dass sie mal zwei Wochen sturmfreie Bude hatte. Gleich am ersten Abend wollte sie hier eine Party veranstalten und ihren achtzehnten Geburtstag nachfeiern.«

»Wussten die Eltern davon?«

»Ja, sie hatten es ihr erlaubt. Aber ich glaube, Sandra hat ein wenig geflunkert. Sie hat ihren Eltern erzählt, sie wolle ein paar Schulfreunde einladen, und ihre Mutter dachte wohl, dass hier maximal zwanzig Leute erscheinen. Frau Köhler hat mich noch gebeten, Sandra während ihrer Abwesenheit im Auge zu behalten, aber was hätte ich denn machen sollen? Ich bin schließlich nur alle zwei Tage hier.«

»Dann waren Sie gestern also nicht im Haus?«

»Doch! Ich wollte nach dieser Party nach dem Rechten sehen. Als ich gegen Mittag gekommen bin, hat mich fast der Schlag getroffen: Es sah aus, als hätte eine Bombe eingeschlagen und es stank entsetzlich. Fast jedes Zimmer im Erdgeschoss war verwüstet, sogar ein benutztes Kondom habe ich gefunden! Eine brennende Kippe ist auf den Boden gefallen und hat ein Loch in den Perser gebrannt. Mein Gott, wenn Frau Köhler davon ...«

Sie unterbrach sich, als ihr bewusst wurde, dass der ruinierte Teppich wohl kaum das Hauptproblem der Mutter sein würde, wenn sie zurückkehrte.

»Was war mit Sandra?«

»Als ich gestern kam, hat sie noch tief und fest geschlafen. Ich habe angefangen, den Müll zu beseitigen, und davon ist sie wohl wach geworden. Als sie von oben herunterkam, hatte sie eine ausgesprochen schlechte Laune. Sie hat mich angeschnauzt, was ich für einen Lärm mache. Sie sei erst um sechs Uhr morgens ins Bett gekommen und wolle ihre Ruhe. Vor allem brauchte sie aber wohl eine Aspirin. Man konnte ihr ansehen, dass sie einen heftigen Kater hatte.« Frau Schmidt fing an, leise zu weinen. »Eigentlich war sie ein gutes Mädchen, aber manchmal ein bisschen impulsiv und schwierig. Ich habe sie gefragt, was hier gestern Abend los gewesen sei, ob sie eine Orgie gefeiert hätte, und da hat sie zugegeben, dass auf der Party zehnmal so viele Leute waren wie mit ihren Eltern abgesprochen. Sie hat praktisch die ganze Schule eingeladen, außerdem sind wohl viele Leute erschienen, die sie gar nicht kannte. Irgendwie ist ihr die Sache über den Kopf gewachsen. Aber anstatt die Leute rauszuschmeißen, hat sie angefangen, sich zu betrinken.«

»Wie ging es dann weiter?«

»Sandra hat mich gebeten, heute wiederzukommen und aufzuräumen, wenn sie in der Schule ist. Sie hat mich angefleht, ihren Eltern nichts von dem Chaos zu sagen, und das habe ich ihr auch versprochen. Ich bin dann gegangen und habe gedacht, es sei alles in Ordnung. Bis ich heute Morgen die Tür aufgeschlossen habe. Ich habe das Blut in der Diele gesehen und gewusst, dass ... etwas Schreckliches passiert sein muss.«

Sie fing wieder an zu heulen und ich wartete einen Moment, bis sie sich beruhigt hatte.

»Haben Sie eine Idee, wer Sandra das angetan haben könnte?«, fragte ich dann.

Sie schüttelte schluchzend den Kopf. »Nein, überhaupt nicht! Wer tut so etwas? Das kann kein Mensch gewesen sein!«

»Wissen Sie, ob Sandra irgendwelche Feinde hatte?«

»Feinde? Was für Feinde soll ein achtzehnjähriges Mädchen haben, die sie auf eine solche Art und Weise umbringen?«

Diese Frage hatte ich mir auch schon gestellt. »Okay, dann noch einmal zu gestern. Sie haben dieses Haus gegen Mittag wieder verlassen. Haben Sie Sandra danach noch einmal gesehen oder mit ihr gesprochen?«

»Nein, weder noch.«

»Hat Sandra Ihnen vielleicht gesagt, was sie gestern noch vorhatte? Wollte sie jemanden treffen oder hat sie sich am Sonntagabend mit jemandem verabredet? Oder hat sie jemanden erwartet?«

»Das weiß ich nicht. Vielleicht kann Ihnen ihr Freund weiterhelfen.«

»Sandra hatte einen Freund?«

»Ja, ganz frisch, seit ungefähr sechs Wochen. Ein junger Mann namens Lars Neumann. Er ist etwas älter als Sandra und geht auf die gleiche Schule.«

»Kennen Sie Herrn Neumann persönlich?«

»Ich habe ihn zwei- oder dreimal hier getroffen. Aber ich weiß nicht, ob er mich überhaupt wahrgenommen hat. Er und Sandra waren so verliebt ineinander, dass sie nur Augen für sich hatten.«

»Wissen Sie, wo Lars Neumann wohnt?«

»Nein. Aber ich kenne seinen Vater. Er ist ein bekannter Kardiologe und hat seine Praxis in der Georgstraße. Ich war dort selbst mal in Behandlung.«

»Danke«, sagte ich. »Sie haben uns sehr geholfen.«

Kapitel 17

Montag, der 24. Mai 1999

Eine Stunde später schellte ich an der Tür von Lars Neumanns Elternhaus, das nur fünf Gehminuten von der Villa der Köhlers entfernt lag. Ich hatte mich telefonisch angemeldet und die Mutter bereits über Sandra Köhlers Tod informiert.

Jetzt öffnete sie mir. »Als ich Lars erzählt habe, dass Sandra ermordet wurde, ist für ihn eine Welt zusammengebrochen«, flüsterte sie. »Er hat das Mädchen sehr geliebt.«

»Kann ich trotzdem mit ihm sprechen? Es wäre sehr wichtig.«

»Sie können es versuchen. Lars ist in der Einliegerwohnung. Die Treppe runter und dann die erste Tür links.«

Ich folgte den Anweisungen, bis ich vor einer Tür mit dem Aufkleber *Out of Bounds*, stand. Ich klopfte dreimal, hörte ein leises Ja und trat ein.

Lars Neumann lag auf seinem Bett und starrte gegen die Decke. Als er mich sah, sprang er hastig auf.

»Oh«, sagte er, »ich dachte, Sie wären meine Mutter.«

Lars Neumann war ein äußerst gut aussehender, großer und dunkelhaariger junger Mann mit einer durchtrainierten

Figur. Ein richtiger Mädchenschwarm, dachte ich. Seine Augen waren rot, offenbar hatte er heftig geweint.

»Kriminalhauptkommissar Peters«, stellte ich mich vor. »Herr Neumann, Sie wissen, was geschehen ist?«

»Ja, meine Mutter hat mich informiert.«

»Mein Beileid zu Ihrem Verlust – Sie und Sandra waren ein Paar, nicht wahr?«

»Ja, erst seit ein paar Wochen.«

»Sie gehen auf dieselbe Schule?«

»Das ist richtig. Allerdings bin ich ein Jahr älter als Sandra und gehe in die dreizehnte Jahrgangsstufe. Sie war in der zwölf.«

»Wann haben Sie Sandra das letzte Mal gesehen?«

»Auf ihrer Party! Sandras Eltern sind Samstagmorgen in Urlaub gefahren und am Abend gab es bei ihr eine Riesenfete. Ich will nicht übertreiben, aber es war praktisch die gesamte Oberstufe des Freiherr-vom-Stein-Gymnasiums da. Sandra wollte die größte Party veranstalten, die Kassel je gesehen hat. Sie hat mich sogar noch gebeten, ein paar Kumpels, die sie gar nicht kennt, mitzubringen. Ich glaube, auf dem Höhepunkt der Feier waren mehr als zweihundert Leute da.«

»Wann haben Sie die Party verlassen?«

»Oh, das muss so gegen fünf Uhr morgens gewesen sein. Ich war einer der Letzten.«

»Entschuldigen Sie die vielleicht etwas indiskrete Frage: Warum haben Sie nicht bei Ihrer Freundin übernachtet?«

Lars seufzte. »Sandra war am Ende der Party nicht mehr gut drauf. Sie hat wohl nicht mit *so* vielen Leuten gerechnet. Vor allem hat sie das Chaos unterschätzt, das so viele Gäste hinterlassen, und sie hat sich Sorgen gemacht, was ihre Eltern wohl zu den Zerstörungen sagen, wenn sie zurückkommen.«

»Haben Sie sich mit Sandra gestritten?«

»Nein! Um Gottes willen. Aber Sandra war ziemlich betrunken und wollte ihre Ruhe haben. Außerdem hatten wir vorher abgesprochen, dass ich nach Hause fahre.«

»Haben Sie gestern noch einmal miteinander telefoniert? Oder sich sogar getroffen?«

»Ich habe Sandra gestern Nachmittag angerufen, weil ich gehofft habe, dass sie zu dem Zeitpunkt wieder ansprechbar sein würde. Aber sie war immer noch fix und fertig und wollte alleine sein. Wir haben uns dann für heute in der Schule verabredet. Ich habe zwar keinen Unterricht mehr, weil ich gerade Abi gemacht habe, aber wir wollten uns in der großen Pause treffen. Als ich sie dort heute nicht gesehen habe, habe ich mich bei ihren Freundinnen erkundigt, und die haben mir gesagt, Sandra sei gar nicht zur Schule gekommen. Ich habe mir schon Sorgen gemacht und wollte heute Nachmittag auf jeden Fall bei ihr vorbeigehen. Aber ...« Neumanns Augen wurden glasig und er wandte sich ab.

Merkwürdig, dachte ich. Ein frisch verliebtes Paar, das sich einen ganzen Sonntag nicht sehen will. Vielleicht war auf dieser Party doch etwas vorgefallen.

»Wie ... also wie ist sie gestorben?«, fragte Neumann auf einmal.

»Sie ist mit zahlreichen Messerstichen ermordet worden«, sagte ich.

Lars Neumann schlug sich die Hände vor das Gesicht. »Gott, das will ich mir gar nicht vorstellen!«

»Herr Neumann, haben Sie eine Idee, wer Sandra getötet haben könnte?«

Der junge Mann fuhr sich mit der Hand von der Stirn über den Kopf durch die dichten Haare in den Nacken. Für einen Moment herrschte Schweigen, schließlich sagte er: »Nein, nein, das kann einfach nicht sein!«

Ich stutzte. »Was kann nicht sein?«, versuchte ich, ihm auf die Sprünge zu helfen.

Neumann seufzte, als würde ihm schwerfallen auszusprechen, was er zu sagen hatte. »Vor Sandra war ich mit einem anderen Mädchen zusammen«, sagte er schließlich. »Wegen Sandra habe ich mich getrennt.«

»Wie heißt das Mädchen?«

»Larissa Braun. Sie ist siebzehn und geht auch auf das Freiherr-vom-Stein-Gymnasium, in die elfte Jahrgangsstufe.«

»Wie lange waren Sie mit Larissa zusammen?«

»Nur ein paar Monate. Wir kamen Ende letzten Jahres zusammen.«

»Und dann haben Sie Schluss gemacht?«

»Ja.« Er lächelte traurig.

»Von einer einvernehmlichen Trennung kann man in diesem Fall wirklich nicht sprechen.«

»Was ist passiert?«

»Als ich Larissa gesagt habe, dass ich mich in ein anderes Mädchen verliebt habe, ist sie ausgeflippt. Sie wollte wissen, wer ›die Schlampe‹ sei. Zuerst wollte ich ihr das nicht sagen, aber es wäre ohnehin früher oder später rausgekommen. Wir waren ja alle auf derselben Schule. Also habe ich ihr gesagt, dass ich jetzt mit Sandra Köhler zusammen bin. Larissa hat mich nur angesehen und gesagt: ›Die Schlampe bringe ich um!‹«

»*Das* hat sie gesagt?«

Neumann rieb sich die Stirn. »Ich will wirklich niemanden belasten und Larissa schon gar nicht, aber sie hat wortwörtlich zu mir gesagt: ›Ich steche die Schlampe ab!‹ Das hat sie noch mehrfach wiederholt, auch im Beisein anderer.«

Mir stockte fast der Atem. »Wann haben Sie Larissa das letzte Mal gesehen?«

»Am Samstag, auf Sandras Party.«

»Larissa war ebenfalls auf der Party?«, wiederholte ich ungläubig. »Ich denke, sie konnte Sandra nicht leiden.«

Neumann seufzte. »Ja. Das war wohl auch der einzige

Grund, warum Larissa gekommen ist. Sie wollte Sandra provozieren. Und das hat sie auch geschafft.«

»Wie darf ich das verstehen?«

»Sandra war schon ziemlich betrunken, als sie Larissa auf der Party entdeckt hat. Sie hat mich gepackt und zu Larissa gezogen. Dort hat sie mir die Zunge in den Hals gesteckt und das genau vor Larissas Augen. Das ging bestimmt eine halbe Minute so und war mir ziemlich unangenehm. Als Sandra sich von mir gelöst hat, hat sie Larissa von oben herab angesehen und gesagt: ›Begreifst du jetzt endlich, wessen Freund Lars ist?‹«

»Wie hat Larissa darauf reagiert?«

»Sie hat etwas in der Art gesagt wie: ›Ich weiß, dass du jetzt Lars' Freundin bist. Genieß die Zeit, denn es wird nicht mehr lange dauern. Dann gehört Lars wieder mir, denn wir gehören zusammen.‹ Daraufhin hat Sandra mich angeschaut und gefragt: ›Und was sagst du dazu?‹ Ich habe Larissa noch einmal klipp und klar gesagt, dass es für sie und mich keine Chance auf einen Neubeginn gebe. Aber Sandra hat noch weiter auf Larissa rumgehackt und Sachen gesagt wie: ›Lars will mit dir nichts mehr zu tun haben. *Niemand* will etwas mit einem jämmerlichen Grufti wie dir zu tun haben. Und deshalb wirst du hier jetzt auch verschwinden! Ich verstehe nicht, warum du überhaupt gekommen bist. Magst du es, wenn du gedemütigt wirst? Bist du eine Masochistin, oder was? Du bist hier nicht mehr erwünscht!‹ Dann hat sie Larissa sogar an den Haaren gepackt und wollte sie von ihrem Stuhl hochziehen. Die beiden haben sich ein bisschen gekabbelt und schließlich habe ich Sandra von Larissa weggezogen und zu Larissa gesagt, sie sollte besser verschwinden.«

»Wie hat Larissa darauf reagiert?«

»Sie hat mich nur angestarrt. Dann ist sie wortlos gegangen. Seitdem habe ich sie nicht mehr gesehen.«

»Können Sie mir die Adresse von Larissa Braun geben?«

»Ja, sie wohnt allerdings nicht direkt in Kassel, sondern etwas außerhalb, in Bergfurt.« Er nannte mir eine Straße und eine Hausnummer, die ich notierte.

»Gut«, sagte ich. »Das heißt, eine Frage hätte ich noch: Wo waren Sie eigentlich gestern Abend und gestern Nacht?«

Neumann starrte mich mit großen Augen an. »Glauben Sie ... glauben Sie wirklich, dass ich Sandra das angetan habe? Warum hätte ich das tun sollen?«

»Ich glaube gar nichts, ich erwarte, dass Sie einfach meine Frage beantworten.«

Neumann atmete tief durch. »Ich war gestern Abend die ganze Zeit hier«, sagte er.

»Kann das jemand bestätigen?«

»Nun, ich denke, meine Eltern.«

»Sonst niemand? Hatten Sie vielleicht Besuch von Freunden? Oder irgendwelche Anrufe?«

Neumann dachte kurz nach. »Nein, niemand. Ich bin ziemlich früh schlafen gegangen, weil ich todmüde war. Schließlich bin ich am Sonntagmorgen erst nach fünf ins Bett gekommen.«

Ich nickte verstehend und sah mich um. »Ist das hier eine abgeschlossene Wohnung?«, fragte ich.

»Ja, eine Einliegerwohnung. Mein Vater hat die wohl aus steuerlichen Gründen gebaut.«

»Das heißt, die Wohnung hat auch einen eigenen Eingang?«

»Ja.«

Ich stand auf. »Vielen Dank, Herr Neumann«, sagte ich. »Wir melden uns wieder bei Ihnen.«

Kapitel 18

Montag, der 24. Mai 1999

Mein nächster Weg führte mich nach Bergfurt. Während der Fahrt dachte ich darüber nach, was ich bisher erfahren hatte. Bis jetzt hatten wir immer von ›dem Täter‹ gesprochen. Aber musste der Mörder ein Mann gewesen sein?

Vielleicht hatte diese Larissa Braun ihre Rivalin aus Eifersucht umgebracht. Ein siebzehnjähriges Mädchen, das ihre Nebenbuhlerin mit einem Messer förmlich abschlachtet? So recht glauben konnte ich das nicht. Aber Morde aus Eifersucht gab es nun wahrlich genug, auch wenn es sich meist um männliche Täter handelte.

Tritschler hatte Sandra als zierliches Mädchen beschrieben, wahrscheinlich keine fünfzig Kilogramm schwer. Auch eine Frau hätte sie zuerst erstechen und anschließend auf ein Sofa legen können.

Als ich in Bergfurt bei der angegebenen Adresse ankam, öffnete mir eine Frau in den Vierzigern die Tür.

»Mein Name ist Heimo Peters«, begann ich. »Kriminalpolizei Kassel. Larissa Braun ist Ihre Nichte?«

»Ja. Aber um was geht es überhaupt? Hat Larissa etwas angestellt?«

»Es handelt sich um eine reine Routineüberprüfung«, beruhigte ich sie. »Ich möchte Larissa nur als Zeugin befragen. Wo war Ihre Nichte gestern Abend und gestern Nacht?«

Sie schaute mich irritiert an. »Sie war hier. Die ganze Zeit.«

»Und Sie können ausschließen, dass Larissa in der Nacht heimlich das Haus verlassen hat?«

»Nein, das kann ich natürlich nicht ausschließen. Mein Schlafzimmer ist im hinteren Teil des Hauses. Gestern bin ich um halb zehn ins Bett gegangen und habe Schlaftabletten genommen, weil es mir nicht gut ging. Wenn ich die nehme, schlafe ich wie ein Stein.«

»Ist es schon mal vorgekommen, dass Larissa sich ohne Ihr Wissen weggeschlichen hat?«

Sie seufzte. »Ja, einmal habe ich sie erwischt. Vor ungefähr drei Monaten. Sie wollte mit ihrem Mofa zu einem jungen Mann fahren, obwohl sie Hausarrest hatte.«

»Lars Neumann?«

»Ja, so hieß er. Ist etwas mit ihm?«

»Es handelt sich wirklich um reine Routine. Haben Sie etwas dagegen, wenn ich Larissa ein paar Fragen stelle?«

Sie zuckte gleichgültig die Schultern. »Von mir aus.«

»Möchten Sie dabei sein?«

»Nein, das ist nicht nötig. Larissa ist alt genug.«

Ich nickte langsam. Offenbar war das Verhältnis zwischen den beiden nicht allzu eng.

»Wo kann ich Larissa finden?«

»In ihrem Zimmer im ersten Stock«, sagte sie. »Sie können es nicht verfehlen, an der Tür hängt ein Pentagramm.«

Ich ging eine Treppe nach oben und klopfte gegen die beschriebene Tür mit dem fünfzackigen Stern.

»Ist offen«, bekam ich zur Antwort. Ich trat ein und dann sah ich sie zum ersten Mal: Larissa Braun. Sie saß auf ihrem Bett und hielt ein Buch in der Hand. Die einzige Lichtquelle im Raum war eine Kerze.

Meine Augen brauchten etwas Zeit, um sich an das diffuse Licht zu gewöhnen.

Erst dann konnte ich die Einrichtung des Zimmers erkennen: Alle Möbel waren schwarz lackiert, vor dem Fenster war ein dunkler Vorhang angebracht, der das Tageslicht aussperrte. In der Luft hing ein schwerer, muffiger Duft, den ich nach einigem Nachdenken als Patschuli identifizierte – ich hatte Ende der Sechzigerjahre in meiner Hippie-Phase mal eine Freundin gehabt, deren ganzes Zimmer permanent danach stank.

An der Wand hing das Poster einer Band namens *Project Pitchfork*. Auch Larissa war ganz in Schwarz gekleidet, ihre glatten, langen Haare und sogar ihre Lippen waren ebenfalls schwarz. Nur ihr weiß geschminktes Gesicht leuchtete mir aus der Dunkelheit regelrecht entgegen. Eigentlich ein bildhübsches Mädchen, dachte ich, trotz der etwas sonderbaren Aufmachung.

Larissa blickte mich aus ihren schwarz umrandeten Augen erwartungsvoll an, sie war weder überrascht noch ängstlich.

»Mein Name ist Heimo Peters«, sagte ich. »Ich bin Kriminalhauptkommissar. Darf ich mich einen Moment mit Ihnen unterhalten?«

»Sie können ruhig Du zu mir sagen«, erwiderte Larissa. »Ist etwas passiert?«

»Ja. Deine Mitschülerin Sandra Köhler ist letzte Nacht ermordet worden.«

Ich sah ihr direkt ins Gesicht, um ihre Reaktion beobachten zu können. Aber ich konnte rein gar nichts daran ablesen, ihre Lippen formten nur ein einziges Wort: »Oh.«

»Oh?«, wiederholte ich. »Mehr hast du zu Sandras Tod nicht zu sagen?«

Sie zuckte mit den Schultern. »Warum soll ich mich verstellen? Sie finden es ja doch heraus: Sandra und ich haben uns nicht sonderlich gemocht. Sie hat mir vor einigen Wochen den Freund ausgespannt.«

»Lars Neumann.«

»Richtig.«

»Und dafür hast du Sandra gehasst?«

»Anfangs schon«, gab sie ohne Umschweife zu. »Aber inzwischen habe ich mich wieder beruhigt.«

»Da habe ich etwas anderes gehört. Du sollst sogar gedroht haben, Sandra umzubringen.«

Auf einmal kam Bewegung in Larissas Mimik. »Wer hat das behauptet?«, platzte es aus ihr heraus.

»Lars, dein Exfreund.«

Larissa schüttelte ungläubig den Kopf. »Dieser kleine …«

»Dann stimmt es also nicht?«

»Doch, es stimmt. Aber er hätte es ja nicht gleich der Polizei stecken müssen, oder? Hinterher denken Sie noch, *ich* hätte Sandra ermordet.«

Ich ließ ein paar Augenblicke verstreichen und Larissa starrte mich an.

»Sie glauben es wirklich, nicht wahr?«, fragte sie dann. »Aber meinen Sie im Ernst, ich wäre so blöd, einen Mord anzukündigen, bevor ich ihn begehe?«

»Nun, immerhin soll es am Samstag auf Sandras Party einen heftigen Streit zwischen euch beiden gegeben haben.«

Larissa lächelte. »Haben Sie das auch von Lars?«

»Stimmt es oder stimmt es nicht?«

»Sandra meinte auf einmal, ich sei auf ihrer Party nicht mehr erwünscht. Dabei hatte sie mich selbst eingeladen.«

»Sandra hat dich auf ihre Party eingeladen? Warum hätte sie das tun sollen?«

»Ich glaube, sie wollte mich demütigen. Sie hat ja praktisch die ganze Schule eingeladen. Ihre Eltern waren verreist und es war wohl ihr Ziel, die größte Party aller Zeiten zu schmeißen, von der man noch jahrelang sprechen sollte. Auf jeden Fall ist sie eines Tages in der Schule auf mich zugekommen und hat so beiläufig von oben herab gesagt: ›Ach ja, Larissa. Du hast vielleicht schon gehört, dass bei mir nächsten Samstag diese Party stattfindet. Wenn du kommen willst, bist du natürlich eingeladen. Schließlich gibt es trotz all unserer Differenzen Dinge, die uns verbinden. Lars kommt übrigens auch.‹ Dann hat sie so komisch gegrinst.

Ihre Freundinnen, die neben ihr standen, haben sich halb totgegeiert. Die haben wohl gedacht, ich breche gleich in Tränen aus, aber den Gefallen habe ich ihnen nicht getan. Stattdessen habe ich ganz cool gesagt: ›Danke für die Einladung. Ich komme gerne.‹ Da hätten Sie mal Sandras Gesicht sehen sollen! Und weil sie mich so nett eingeladen hat, bin ich dann auch zu ihrer Party gegangen.« Larissa grinste. »Ich glaube, ich wäre sogar dort erschienen, wenn Sandra mich nicht eingeladen hätte. Wie die dreizehnte weise Frau bei Dornröschen, verstehen Sie? Als Lars mich auf der Party gesehen hat, ist er leichenblass geworden. Er ist mir dann die ganze Zeit aus dem Weg gegangen. Hatte wohl Angst, ansonsten Ärger mit Sandra zu bekommen.«

»Wie lange warst du auf der Party?«

»Ich bin schon vor Mitternacht gegangen. Nachdem Sandra mich beschimpft und rausgeschmissen hat, bin ich verschwunden, ohne mich von irgendjemandem zu verabschieden. Waren eh nur Scheißleute da.«

»Wo warst du letzte Nacht, Larissa?«, fragte ich übergangslos.

Larissa brauchte offenbar ein paar Sekunden, um die Botschaft zu verdauen, dann lächelte sie. »Ich war den ganzen Abend hier.«

»Allein?«

»Allein!«

»Hast du gestern Abend vielleicht mit einer Freundin telefoniert?«

»Ich habe keine Freundinnen.«

»Es kann also niemand bestätigen, dass du die ganze Zeit hier warst?«

»Doch, meine Tante. Die können Sie gerne fragen.«

»Das habe ich bereits getan. Sie meinte, du hättest die Möglichkeit gehabt, das Haus zu verlassen, ohne dass sie es merkt.«

»Das *habe* ich aber nicht getan.«

»Aber du hast ein Mofa, mit dem du die zwanzig Kilometer von hier nach Kassel hättest fahren können, nicht wahr?«

»Ein Moped«, korrigierte sie. »Ja, das hätte ich tun können, aber auch das habe ich nicht getan.« Sie starrte mich herausfordernd an.

»Immerhin wusstest du, wo Sandra wohnt. Und du wusstest auch, dass sie am Sonntagabend alleine zu Hause sein würde.«

»Ja, das wusste ich, aber der Rest der Schule ebenfalls.«

»Aber nicht jeder hat Sandra gehasst.«

»Ich habe es Ihnen bereits erklärt: Ich habe Sandra nicht mehr gehasst. Sie ist mir egal.«

Ich nickte verstehend. Dann ließ ich meinen Blick durch den Raum schweifen.

»Hast du was dagegen, wenn ich mich in deinem Zimmer ein wenig umsehe?«, fragte ich.

Auf ihren Lippen erschien wieder dieses spöttische Lächeln. »Und was genau hoffen Sie, hier zu finden?«, fragte sie. »Blutige Kleidung? Oder eine rauchende Pistole?«

Ich spürte auf einmal, wie mir ein Frösteln über den Rücken lief. Dieses Mädchen war eiskalt. Sie schien genau zu wissen, was sie zu sagen hatte. Irgendwie hatte ich sogar den Eindruck, sie sei mir in jeglicher Hinsicht überlegen.

Ich stand auf und nahm als Erstes die drei Regale in Augenschein, die randvoll mit Büchern bepackt waren. »Du liest viel, nicht wahr?«, fragte ich.

»Sie sind ein hervorragender Beobachter«, erhielt ich zur Antwort. »Sie sollten zur Polizei gehen.«

Ich beschloss, mich nicht provozieren zu lassen, und studierte die Buchrücken. Ich entdeckte mehrere Bücher von Schriftstellern, von denen ich noch nie etwas gehört hatte: Aleister Crowley, H.P. Lovecraft, Robert Anton Wilson. Als ich in dem Alter war, habe ich noch Karl May gelesen, fiel mir ein. Aber dann erregte auf einmal ein Buch meine Aufmerksamkeit und in meinem Kopf rastete ein Rädchen ein.

»Du liest Biografien über Charles Manson?«, fragte ich.

»Ja, warum nicht?«

Ich zuckte die Achseln. »Nur so. Findest du das nicht zu gruselig? Der hat doch mehrere Menschen umgebracht, oder? Und hat er nach einem Mord nicht irgendetwas mit dem Blut seiner Opfer an die Wand geschrieben? *Pigs*, nicht wahr?«

»Manson hat nie einen Mord selbst ausgeführt«, begann Larissa, im Stil eines Universitätsprofessors zu dozieren. »Er hat die Morde angeordnet, die dann von Mitgliedern seiner ›Family‹ begangen wurden. Nachdem sie Sharon Tate ermordet hatten, haben sie mit ihrem Blut das Wort *Pig* an die Haustür geschrieben. Einen Tag später, nach dem LaBianca-Doppelmord, haben sie mit dem Blut ihrer Opfer die Worte *Death to pigs, Rise* und *Helter Skelter* an die Wand beziehungsweise an die Kühlschranktür gemalt.«

Ich machte ein angemessen beeindrucktes Gesicht. »Du kennst dich gut mit Manson aus, oder?«

Als Antwort bekam ich ein gleichgültiges Schulterzucken. »Geht so. Aber was hat das mit Sandra zu tun?«

»Nichts.« Ich hielt einen Moment inne und beobachtete ihr Gesicht genau, um jede Regung erkennen zu können, bevor ich meine nächste Frage stellte: »Tit for tat – weißt du, was das bedeutet?«

Larissas Mimik verriet keine Emotion. »Tit for tat?«, wiederholte sie. »Was soll das sein? Habe ich noch nie gehört. Wieso?«

»Fiel mir nur gerade so ein«, gab ich knapp zurück. »Und jetzt muss ich dich bitten, mir deine gesamte Bekleidung, auch das, was du gerade anhast, zu übergeben. Außerdem werde ich mir einen Durchsuchungsbeschluss für dein Zimmer und für dieses Haus besorgen. So lange fasst du hier bitte nichts mehr an!«

Kapitel 19

»Und wie ging es dann weiter?«, fragte Marc, nachdem Peters geendet hatte.

»Gar nicht«, erwiderte der ehemalige Kommissar knapp. »Sowohl die Durchsuchung von Larissas Zimmer als auch die Analyse ihrer Kleidung haben nichts ergeben, was den Verdacht gegen sie erhärtet hätte. Das heißt, wir haben an Larissas Kleidung zwar Fasern gefunden, die zweifelsfrei von Sandra Köhler stammen, aber das ließ sich durch die handgreifliche Auseinandersetzung zwischen den beiden während der Party erklären.«

»Was ist mit Larissas DNA?«, wollte Marc wissen.

»Auch die wurde im Haus der Köhlers gefunden«, bestätigte Peters, »Fingerabdrücke ebenfalls. Genauso wie die von den etwa zweihundert anderen Gästen der Party. Das ganze Haus war praktisch voller DNA und Fingerabdrücke. Deshalb hat uns auch das nicht weitergeholfen.«

»Sie sagten, Sandras Leiche sei nackt gewesen. Gab es Hinweise auf ein Sexualverbrechen?«

Peters schüttelte den Kopf. »Nein, Sandra ist nicht vergewaltigt worden. Der Täter – oder die Täterin – hat ihre Kleidung wohl nur mitgenommen, um etwaige Spuren daran verschwinden zu lassen. Auch gestohlen wurde nichts, obwohl es in dem Haus einige Wertgegenstände gab. Die Art, wie die Tat ausgeführt wurde, spricht für Hass und Wut als Motiv, aber normalerweise hat ein achtzehnjähriges Mädchen keine derartigen Feinde. Von Larissa vielleicht abgesehen.«

»Was ist mit der Tatwaffe?«, erkundigte sich Marc.

»Die ist verschwunden und bis heute nicht wieder aufgetaucht. Die Rechtsmediziner meinen, es habe sich um ein handelsübliches Küchenmesser mit einer zwanzig Zentimeter langen Klinge gehandelt. Bedeutsam ist allerdings, dass Sandra mit genau dreiundzwanzig Messerstichen ermordet worden ist.«

»Was soll daran auffällig sein?«

»Lars Neumann hat uns erzählt, dass Larissa von einem Film, der Anfang 1999 in den Kinos lief, regelrecht besessen war. Ein deutscher Film mit dem Titel *23 – Nichts ist so wie es scheint.* Larissa hat sich den Film mindestens zehn Mal im Kino angesehen. Es geht um die wahre Geschichte eines Hackers namens Karl Koch, der auf die Zahl 23 fixiert war, weil er meinte, es handele sich um die Zahl der Illuminaten und sie beweise eine Verschwörung. Dieser Hacker leidet im Laufe des Filmes unter immer stärkeren Wahnvorstellungen, bis die Grenzen zwischen Traum und Realität vollkommen verschwimmen. Am Ende des Films stirbt Karl Koch unter ungeklärten Umständen im Alter von dreiundzwanzig Jahren am 23. Mai 1989.«

Peters legte eine bedeutungsvolle Pause ein, bevor er hinzufügte: »Auf den Tag genau zehn Jahre vor dem Mord an Sandra Köhler.«

Marc machte ein skeptisches Gesicht. »Das scheint mir aber ziemlich weit hergeholt und kann genauso gut ein reiner Zufall gewesen sein.«

»Natürlich, aber es war ein weiterer Hinweis auf Larissa. Genauso wie die an die Manson-Morde erinnernde Schmiererei *Tit for tat* an der Wand. Insgesamt haben die Indizien aber nicht für eine Anklageerhebung ausgereicht. Larissa hatte vielleicht ein Motiv, Sandra zu ermorden, und sie hätte auch die Gelegenheit dazu gehabt, aber es gab keinerlei objektive Sachbeweise, die sie mit der Tat in Verbindung gebracht haben. Außerdem hätte sie eine Menge Glück haben müssen, denn kein Mensch hat Larissa gesehen, wie sie in der Tatnacht mit ihrem Moped von Bergfurt nach Kassel und zurückgefahren ist, kein Mensch hat sie dabei beobachtet, wie sie Sandras Kleidung und die Tatwaffe hat verschwinden lassen. Aber wie gesagt – *theoretisch* hätte sie es gewesen sein können.«

»Das Verfahren gegen Larissa ist also eingestellt worden?«

»Soweit ich weiß, ist das Verfahren nie offiziell abgeschlossen worden. Für uns kam damals erschwerend hinzu, dass Larissa zwei Wochen nach Sandras Tod einen Selbstmordversuch begangen hat, indem sie sich die Pulsadern aufgeschnitten hat. Als Grund dafür hat sie angegeben, irgendwelche Stimmen hätten ihr befohlen, sich zu töten. Larissa ist dann erst einmal monatelang in einer psychiatrischen Klinik verschwunden und war für uns nicht mehr greifbar. Als sie wieder entlassen wurde, war der Fall mausetot und wir hatten keine Veranlassung mehr, sie noch einmal zu befragen.«

»Und wie sah es mit anderen Verdächtigen aus?«, fragte Marc. »Was ist denn mit diesem Lars Neumann? Der hat doch offenbar keine Gelegenheit ausgelassen, Larissa zu belasten und den Verdacht auf sie zu lenken.«

»Das ist uns in der Tat auch aufgefallen. Und er hätte auch die Gelegenheit gehabt, Sandra zu ermorden, da er für die Tatnacht kein Alibi hatte. Aber es war weit und breit kein Motiv ersichtlich. Herrgott, Sandra Köhler und Lars Neumann waren gerade ein paar Wochen zusammen und frisch verliebt. Das haben uns alle bestätigt, die wir damals vernommen haben. Warum also hätte Neumann sie töten sollen? Etwas merkwürdig erschien uns nur, dass Neumann Sandra an dem Sonntag nach der Party fünf Mal angerufen hat. Jedes Gespräch dauerte nur wenige Sekunden, als ob Sandra den Hörer sofort aufgeknallt hätte. Aber es gab gegen Neumann nie einen richtigen Verdacht.«

»Dann ist der Mordfall Sandra Köhler also nie gelöst worden?«, vergewisserte sich Marc.

»Das ist richtig und ich glaube auch nicht daran, dass das jemals geschehen wird. Wissen Sie, es gibt wahrscheinlich im Leben eines jeden Kriminalbeamten einen ungelösten Fall, der ihn nicht mehr loslässt und den er quasi mit in den Ruhestand nimmt. Bei mir ist das genau dieser Fall. Es vergeht praktisch kein Tag, an dem ich nicht daran denken muss. Aber die Spur ist heute natürlich eiskalt und ich sehe auch keine Ansatzpunkte für neue Ermittlungen. Ich fürchte, wenn nicht noch ein Wunder geschieht, werden wir nie erfahren, wer Sandra Köhler so bestialisch ermordet hat.«

Kapitel 20

Als Marc Heimo Peters verließ, wurde es bereits dunkel.

Auf der Rückfahrt nach Bielefeld lief das Gespräch mit dem ehemaligen Kommissar wie eine Endlosschleife wieder und wieder in seinem Kopf ab. Konnte es wirklich sein, dass Larissa eine Mörderin war? Dass ein siebzehnjähriges Mädchen eine Konkurrentin mit dreiundzwanzig Messerstichen getötet hatte, weil die ihr den Freund ausgespannt hatte? Um diese Frage beantworten zu können, besaß Marc einfach zu wenig Informationen.

Er beschloss, weiter nachzuforschen. Allerdings wusste er auch, dass die Wahrscheinlichkeit, dass er mehr Erfolg haben würde als der gesamte Polizeiapparat vor vierzehn Jahren, äußerst gering war. Aber Larissa wohnte nun einmal in seinem Haus und womöglich stellte sie eine Gefahr für ihn und seine Familie dar. Er musste wissen, ob er eine Mörderin beherbergte.

Schließlich verbot er sich die verstörenden Gedanken und schob eine CD ein. Dadurch wurde er tatsächlich abgelenkt, merkte aber gleichzeitig, dass er Hunger hatte, weil er den ganzen Tag fast noch nichts gegessen hatte.

Also hielt er an einer Autobahnraststätte an der A 44 und bestellte sich ein Jägerschnitzel und ein Bier. Anschließend fertigte er ein Gedächtnisprotokoll seines Gesprächs mit Heimo Peters an und setzte seine Fahrt eine Stunde später fort.

Als Marc schließlich vor seinem Haus ankam, war es schon nach Mitternacht. Melanies Suzuki und Larissas Mini parkten einträchtig hintereinander am Straßenrand.

Marc stellte den Alfa in der Garage ab, durch die er auch das Haus betrat. Es war stockdunkel und totenstill. Merkwürdig, dachte er, samstags ging Melanie eigentlich nie vor ein Uhr ins Bett. Allerdings hatte sie die letzten Tage oft bis spät in die Nacht gearbeitet und versuchte nun offenbar, ihren Schlafmangel am Wochenende nachzuholen. Und dabei wollte Marc sie auch nicht stören.

Noch in der Diele zog er die Schuhe aus und ging auf Socken in den ersten Stock. Er lauschte kurz an Lizzys Zimmer und wollte gerade nach seiner Tochter sehen, als ihm einfiel, dass die heute bei einer Freundin übernachtete. Auch aus dem Gästezimmer drang kein Laut nach draußen.

Marc zog sich im Badezimmer aus und putzte sich die Zähne. Dann aktivierte er die Weckfunktion seines Handys und stellte den Alarm auf acht Uhr morgens. Er hatte sich einige Akten mit nach Hause genommen, die er am Sonntag durcharbeiten wollte. Durch die dauernden Fahrten nach Kassel war in der Kanzlei viel Arbeit liegen geblieben.

Als Marc sein Handy eingeschaltet hatte, stellte er fest, dass Melanie drei Mal erfolglos versucht hatte, ihn zu erreichen. Andererseits waren die Anrufe wohl doch nicht so wichtig gewesen, denn sie hatte ihm keine Nachrichten auf der Mailbox hinterlassen.

Marc öffnete leise die Tür des Schlafzimmers, schlich auf

Zehenspitzen herein und legte das Handy auf dem Nachttisch ab.

Mit einer schnellen Bewegung schlüpfte er unter die dünne Sommerdecke und hoffte, dass er Melanie nicht geweckt hatte. Eine Weile lag er einfach nur so da und lauschte in die Dunkelheit. Direkt neben sich hörte er Melanies leise und gleichmäßige Atemzüge und lächelte zufrieden.

Doch nach wenigen Minuten merkte er, dass er einfach nicht einschlafen konnte. Er war einfach zu aufgekratzt und das Adrenalin strömte nur so durch seine Adern.

Dann spürte Marc neben sich eine Bewegung. Melanie hatte sich zur Seite gedreht und versuchte, einen Teil der Bettdecke zu sich herüberzuziehen.

Marc grinste. *Wenn ich eh nicht schlafen kann …*

»Bist du wach?«, flüsterte er.

Er wartete einen Moment, dann beschloss er, es zu riskieren. Marc drehte sich ebenfalls zur Seite und schob sich von hinten an Melanie heran. Dann schlang er seinen linken Arm um ihren Oberkörper, küsste zärtlich ihren Nacken und drückte seinen Unterleib gegen ihren Hintern.

Einen Augenblick lang passierte nichts, doch dann hatte er das Gefühl, Melanie würde den Druck erwidern.

Marc spürte, wie es in seiner Lendengegend warm wurde. »Eigentlich bin ich ziemlich müde«, flüsterte er mit rauer Stimme. »Aber wenn das so ist …«

Er wollte gerade wieder Melanies Nacken küssen, als das schrille Klingeln des Handys die nächtliche Stille durchschnitt.

Marc stöhnte auf. Scheiße, dachte er. Wie immer genau im falschen Moment! Für ein paar Sekunden war er versucht, das hartnäckige Schellen einfach zu ignorieren, aber dann meldete sich sein schlechtes Gewissen. Vielleicht war ja etwas mit Lizzy.

Also löste er sich widerstrebend von Melanie, wälzte sich

auf seine Seite des Bettes zurück und tastete nach dem Handy. Als er es endlich zu fassen bekommen hatte, drückte er die grüne Taste.

»Ja?«, murmelte er unwirsch.

»Marc? Hier ist Melanie. Ich versuche schon die ganze Zeit, dich zu erreichen, aber dein Handy war ausgestellt.«

Marc saß mit einem Schlag aufrecht im Bett. Wenn Melanie am anderen Ende war, wer lag dann jetzt neben ihm? Wie von der Tarantel gestochen, sprang er auf und schaltete das Licht an.

Larissa hatte sich halb aufgerichtet und starrte ihn mit großen Augen an. Marc öffnete den Mund, um etwas zu sagen, brachte aber kein Wort heraus.

»Marc?«, drang die ungeduldige Stimme Melanies an sein Ohr. »Was ist los? Warum sagst du nichts?«

»Hallo … hallo, Melanie«, krächzte er in das Handy, ließ Larissa dabei aber nicht eine Sekunde aus den Augen. »Wo steckst du?«

»Ich bin mit Bea unterwegs. Sie hat mich heute Abend spontan angerufen und gefragt, ob wir nicht mal wieder einen draufmachen wollen. Du warst nicht da, Lizzy war nicht da, also habe ich zugesagt. Wir sind jetzt im *Stereo.* Ich rufe nur an, damit du dir keine Sorgen machst.«

»Kein Problem!«, versicherte Marc hastig. »Aber was ist mit deinem Auto?«

»Wir wollen was trinken und Bea hat mich mit dem Taxi abgeholt. Wo steckst du? Bist du immer noch in Kassel?«

Marc spürte, dass er einen trockenen Mund hatte. »Bin gerade zurückgekommen. Ich stehe in der Küche und wollte noch ein Bier trinken und ein bisschen fernsehen, bevor ich ins Bett gehe.«

»Warte nicht auf mich! Bea ist heute gut drauf und du weißt ja, wie sie dann ist. Es kann also spät werden. Wir sehen uns morgen beim Frühstück. Und jetzt schlaf gut!«

Dann war die Leitung tot. Marc legte das Handy zur Seite, dann nahm er Larissa ins Visier. »Herrgott, was machen Sie hier?«, herrschte er sie an. »Haben Sie den Verstand verloren? Sie haben mich fast zu Tode erschreckt!«

Larissa hielt sich die Bettdecke erschrocken vor die Brust. »Es tut mir leid«, stammelte sie den Tränen nahe. »Ich bin im Gästezimmer eingeschlafen und hatte einen schrecklichen Albtraum: Borchert hat herausgefunden, dass ich jetzt bei Ihnen wohne und wollte in das Haus eindringen. Als ich aufgewacht bin, war ich schweißgebadet. Das ganze Haus war leer und ich habe mich auf einmal so schrecklich einsam und alleine gefühlt. Ich konnte nicht mehr einschlafen, weil ich die ganze Zeit dachte, dass Borchert mit Sicherheit zuerst im Gästezimmer nachschauen wird, wenn er wirklich kommt. Also bin ich in Ihr Schlafzimmer gegangen. Ich wollte mich nur ganz kurz hinlegen, um wieder zur Ruhe zu kommen, aber dann muss ich eingeschlafen sein. Bis Sie mich geweckt haben.«

Marc atmete mehrmals tief ein und aus, um sich zu beruhigen. Er wusste nicht, ob er ihr ihre Geschichte abnehmen sollte oder nicht. Aber das war jetzt erst einmal zweitrangig. Larissa musste aus dem Schlafzimmer verschwinden, und zwar so schnell wie möglich. Nicht auszudenken, wie Melanie reagieren würde, wenn sie Larissa in ihrem Bett fand.

»Okay«, sagte Marc also. »Aber jetzt gehen Sie bitte in Ihr Zimmer zurück. Ich habe Borchert besucht, Sie haben von ihm nichts zu befürchten. Alles Weitere morgen.«

Larissa murmelte noch etwas, dann verließ sie das Bett und schlüpfte an ihm vorbei aus dem Raum. Marc strich Melanies Laken glatt und schüttelte ihr Bett auf, dann legte er sich wieder hin, fand aber keinen Schlaf. Mein Gott, dachte er. Beinahe hätte er …

Und dann kam ihm eine schreckliche Idee. Was wäre, wenn Larissa es genau darauf angelegt hatte? Wenn sie ihn hatte verführen wollen? Nein, sagte er zu sich selbst. Das kann einfach nicht ... Was wäre, wenn Larissa Melanie morgen früh von dem Vorfall erzählte? Dass Marc sich an sie herangedrängt hatte. Und womöglich erfand sie noch das eine oder andere hinzu. Dabei würde schon die Wahrheit ausreichen, um Melanie ausflippen zu lassen.

Irgendwann hörte Marc, dass Melanie nach Hause kam. Als sie das Zimmer betrat, roch er eine Mischung aus Alkohol, Schweiß und kaltem Rauch. Melanie legte sich neben ihn und schlief sofort ein, wie ihr leises Schnarchen verriet.

Erst nach Stunden beruhigte Marc sich halbwegs. Nein, Larissa würde Melanie nichts erzählen. Schließlich wollte sie noch länger hier wohnen bleiben. Und das würde Melanie mit Sicherheit nicht gestatten, wenn sie von dem Vorfall in ihrem Bett erfuhr. Aber was für ein Vorfall eigentlich?, dachte Marc. Er hatte sich nichts vorzuwerfen! Es hatte sich schlicht und einfach um eine Verwechslung gehandelt! Und vielleicht hatte Larissa ja auch die ganze Zeit geschlafen und gar nicht mitbekommen, was geschehen war. Er hatte zwar den Eindruck gehabt, sie habe seine sexuellen Avancen erwidert, aber vielleicht hatte er sich ja auch getäuscht. Schließlich war er todmüde gewesen. Und außerdem war ja gar nichts passiert! Genau das sagte er sich immer und immer wieder wie ein Mantra: Es ist nichts passiert! Es ist überhaupt nichts passiert!

Und es war ja auch wirklich nichts passiert, oder? Mit diesem Gedanken schlief er endlich ein.

Kapitel 21

Als Marc am nächsten Morgen aufwachte, war es schon nach elf. Entweder hatte er den Weckton seines Handys überhört oder er hatte doch vergessen, die Funktion zu aktivieren.

Eine Weile blieb Marc reglos liegen. Er fühlte sich wie erschlagen und brauchte einen Moment, um sich an die Ereignisse des gestrigen Abends zu erinnern. Er schaute neben sich, aber Melanies Seite war leer.

Marc stand auf, duschte und zog sich an. Dann ging er nach unten. Melanie und Larissa standen in der Küche und unterhielten sich. Als sie sich zu ihm umdrehten, achtete er ängstlich auf Zeichen, die auf eine atmosphärische Störung hindeuten konnten. Aber Melanie schien völlig unbefangen zu sein.

»Ah, der Herr des Hauses gibt sich auch schon die Ehre«, begrüßte sie ihn. »Wenn du noch frühstücken willst, musst du dir selbst was machen. So lange konnten wir nicht warten.«

Gott sei Dank, dachte Marc. Alles schien wie immer zu sein. Larissa hatte Melanie offenbar nichts von dem peinlichen Zwischenfall erzählt. Marc merkte, dass sich seine Laune schlagartig besserte.

»Kein Problem«, versicherte er. »Wann bist du letzte Nacht eigentlich nach Hause gekommen? Ich habe dich gar nicht gehört.«

»Es war schon ziemlich spät«, gab Melanie zu. »Oder auch früh, je nach dem. Aber es war auch gut. So einen Abend mit Bea habe ich mal wieder gebraucht.«

»Vielleicht können wir ja später noch was mit Lizzy unternehmen«, meinte Marc. »Aber vorher würde ich gerne mit Larissa sprechen.«

Melanie hob die Hände zu einer Rückzugsgebärde. »Schon verstanden, ein vertrauliches Mandantengespräch. Bin schon weg.«

Sie verließ die Küche und Marc füllte Wasser in die Kaffeemaschine. Hunger hatte er keinen, aber er brauchte jetzt dringend Koffein.

»Noch einmal Entschuldigung wegen gestern Abend«, sagte Larissa. »Das war blöd und unüberlegt von mir.«

Marc überlegte, ob er das Thema noch einmal aufgreifen sollte, aber Larissa schien an einer weiteren Erörterung des Vorfalls nicht interessiert zu sein. Also war es vielleicht am besten, die Angelegenheit einfach auf sich beruhen zu lassen.

»Schon vergessen«, sagte er. »Wobei ich davon ausgehe, dass so etwas künftig nicht mehr vorkommt. Aber ich dachte, es würde Sie interessieren, was ich in Kassel erfahren habe.«

Larissas Augen leuchteten auf. »Ja, natürlich.«

»Allzu viel ist es nicht, aber das hatte ich Ihnen ja prophezeit. Borchert war zu Hause und er hat seine elektronische Fußfessel getragen. Ansonsten ist mir nichts Ungewöhnliches aufgefallen. Höchstens vielleicht sein Faktotum, ein Mann namens Rüdiger. Er ist zwar etwa in Borcherts Alter, aber es ist unmöglich, dass Sie den mit Borchert verwechselt haben können.«

»Natürlich ist das unmöglich!«, fauchte Larissa. »Ich habe Borchert eindeutig erkannt, das habe ich Ihnen jetzt schon mehrfach gesagt. Sie wollen mir einfach nicht glauben!« Sie starrte Marc wütend an.

Der seufzte schwer. »Ich glaube, dass Sie davon *überzeugt* sind, Borchert gesehen zu haben. Aber er *kann* es nun einmal nicht gewesen sein. Vielleicht hat Ihnen die Fantasie einen Streich gespielt.«

Larissa schnaubte. »Das ist es also, was Sie denken: Die durchgeknallte Irre hat Halluzinationen!«

»Das hat mit ›irre‹ überhaupt nichts zu tun«, widersprach Marc sofort. »*Jeder* Mensch kann sich täuschen.«

Larissa tat die Bemerkung mit einer schnellen Handbewegung ab. »Was ist sonst passiert?«, fragte sie. »Über irgendetwas müssen Sie doch mit Borchert gesprochen haben?«

»Ich hatte mit Ihnen ja verabredet, dass ich ihm zum Schein einen Deal vorschlage, um einen Grund für meinen Besuch vorweisen zu können: Geständnis gegen Bewährung.

Aber er hat das kategorisch abgelehnt. Borchert scheint sich sehr sicher zu sein, dass er nicht verurteilt werden kann.«

»Klar, solange es Richter gibt, die Vergewaltiger aufgrund gekaufter Glaubwürdigkeitsgutachten einfach laufen lassen.« Sie atmete heftig aus. »Und was können wir jetzt noch tun?«, fragte sie dann. »Ich kann nicht einfach die Hände in den Schoß legen und abwarten, zu welchem Ergebnis Polizei und Staatsanwaltschaft irgendwann kommen.«

»Etwas anderes wird Ihnen kaum übrig bleiben. Wie ich Ihnen schon sagte, ist es ausschließlich deren Aufgabe, gegen Borchert zu ermitteln und Beweise zu sammeln. Und ich wüsste auch nicht, wie wir den Behörden dabei helfen könnten.«

»Ich schon!«, erwiderte Larissa triumphierend. »Sie haben mir doch erzählt, dass Borchert vor vier Jahren schon einmal wegen Vergewaltigung angezeigt worden ist, die Frau ihre Anzeige aber wieder zurückgezogen hat. Wie wäre es denn, wenn ich mal mit dieser Frau spreche? Vielleicht kann ich sie davon überzeugen, doch noch gegen Borchert auszusagen.«

Marc hatte den Kopf schon geschüttelt, bevor Larissa zu Ende gesprochen hatte. »Das schlagen Sie sich mal schnell aus dem Kopf. Wenn Sie das tun, lege ich auf der Stelle das Mandat nieder. Sie werden auf keinen Fall mit einer potenziellen Zeugin sprechen!«

»Und warum nicht?«

»Weil Klenk das im Prozess mit Sicherheit als unzulässige Beeinflussung beanstanden würde. Wenn überhaupt, dann spreche ich mit ihr.«

»Und wo liegt da der Unterschied?«

»Weil ich als Anwalt ein Organ der Rechtspflege bin. Außerdem kann ich so ein Gespräch mit Sicherheit objektiver und neutraler führen als Sie.«

»Gut«, entschied Larissa. »Dann sprechen Sie eben mit ihr.«

»Moment mal, ich habe gesagt, ›wenn überhaupt‹!«

»Aber das ist doch eine gute Idee! Wenn Sie diese Frau zu einer Aussage gegen Borchert überreden können, hätte er es gleich mit zwei Frauen zu tun, die ihn der Vergewaltigung beschuldigen. Das würde doch auch meine Glaubwürdigkeit erhöhen.«

Da hatte sie nicht ganz unrecht, wie Marc insgeheim zugeben musste. »Also gut«, sagte er schließlich. »Ich kann es versuchen, auch wenn ich bezweifle, dass dabei irgendetwas herauskommt. Die Frau hat ihre Anzeige damals zurückgezogen, warum sollte sie Borchert jetzt belasten? Außerdem weiß ich weder, wie die Frau heißt, noch, wo sie wohnt.«

»Aber Rüther weiß es. Oder er kann es zumindest herausfinden.«

Marc seufzte. »Ich fürchte, Rüther springt mir irgendwann ins Gesicht, wenn ich ihn dauernd nach irgendwelchen Adressen frage. Nein, wir machen es anders: Ich muss sowieso noch einmal nach Kassel, um dort Akteneinsicht zu nehmen. Aus den Unterlagen erfahre ich Namen und Adresse der Anzeigeerstatterin. Danach kann ich sie gleich aufsuchen. So spare ich mir wenigstens eine Fahrt.«

Larissas grüne Katzenaugen weiteten sich. »Das würden Sie für mich tun? Danke, vielen Dank!« Doch dann wurde sie gleich wieder ernst. »Aber ich darf doch vorerst hier wohnen bleiben, oder? Ich bekomme immer noch Panik, wenn ich daran denke, allein in meine Wohnung zurückkehren zu müssen.«

Marc zögerte. »Eigentlich sehe ich keinen Grund mehr, warum Sie hierbleiben müssen. Rüther hat mir versichert, dass Ihr abendlicher Besucher nicht Borchert gewesen sein kann, und mir ist bei meinem Besuch nichts Gegenteiliges aufgefallen.«

»Aber es war Borchert!«, beharrte Larissa. »Auch wenn Sie mir nicht glauben! Ich kann vielleicht nicht beweisen, dass er es war, aber eines können Sie nicht leugnen: Irgendjemand hat meinen Kater umgebracht.«

Marc nickte langsam. In der Tat: *Irgendjemand* hatte das getan. Fragte sich nur wer. Marc warf Larissa einen schnellen Seitenblick zu. Inzwischen traute er dieser Frau fast alles zu. Sogar, dass sie ihre eigene Katze tötete, um Borchert zu belasten. Oder einen Grund zu haben, sich bei ihm einzunisten.

Auf Larissas Gesicht trat ein flehender Ausdruck. »Bitte, lassen Sie mich weiter hier wohnen! Sie werden gar nicht merken, dass ich hier bin. Außerdem kann ich mich nützlich machen und Melanie im Haushalt helfen. Ich verstehe mich super mit ihr und mit Lizzy natürlich auch.« Sie hielt einen Moment inne und ihre Augen verengten sich ein wenig, bevor sie fortfuhr: »Ich glaube, die beiden wären sehr, sehr traurig, wenn Sie mich jetzt rausschmeißen! Und enttäuscht! Enttäuscht von Ihnen! Und das wollen Sie doch nicht, oder?«

Marc spürte, wie ihm ein kalter Schauer den Rücken herunterlief. Irgendetwas war in ihrer Stimme gewesen, das ihn hatte aufhorchen lassen. Vielleicht eine versteckte Drohung, Melanie doch noch von der letzten Nacht zu erzählen? Aber als er Larissas Gesicht nach einem Zeichen der Bestätigung absuchte, konnte er nichts entdecken. Im Gegenteil: Sie starrte ihn mit einem unschuldigen Gesichtsausdruck an.

Marc seufzte. Er wurde aus dieser Frau einfach nicht schlau. »Also gut«, sagte er. »Sie können vorerst hierbleiben.«

Larissa fiel ihm mit einem lauten Jubel um den Hals. »Danke, Marc, danke! Sie wissen gar nicht, was das für mich bedeutet!«

Marc stand hilflos da und wusste nicht, wohin mit den Händen. Schließlich legte er sie Larissa leicht auf die Hüften, um sie von sich zu schieben.

In diesem Moment kam Melanie herein. »Habt ihr euer … oh, ich hoffe, ich störe nicht.«

Marc fuhr zusammen und ließ Larissa abrupt los. »Es ist nicht so, wie es aussieht«, brachte er schließlich nur heraus.

Melanies Lippen verzogen sich zu einem spöttischen Grinsen. »Das ist es bei euch Männern ja nie, nicht wahr?«

Mit diesen Worten ließ sie die beiden stehen. Zwischen Larissa und Marc herrschte für einen Moment betretenes Schweigen. »Tut mir leid«, flüsterte Larissa schließlich. »Das wollte ich nicht. Ich werde gleich mit Melanie sprechen und ihr die Situation erklären.«

Marc zuckte die Achseln. »Die wird sich schon wieder beruhigen.«

Aber in seinem Innersten wusste er, dass es ein Fehler gewesen war, Larissa bei sich aufgenommen zu haben. Und er hatte das dumpfe Gefühl, dass er diese Frau nur mit größten Schwierigkeiten wieder loswerden würde.

Kapitel 22

Am folgenden Mittwoch war Marc erneut in Kassel. Er hatte sich um zehn Uhr bei Rüther angemeldet. Jetzt saß er auf der Geschäftsstelle des Staatsanwalts und blätterte die Ermittlungsakten im Fall Fabian Borchert durch. Als er zwei Stunden später damit fertig war, lehnte er sich erschöpft zurück. Die Akten enthielten tatsächlich den Namen und die Adresse der Frau, die Borchert vor vier Jahren wegen Vergewaltigung angezeigt hatte. Rabea Steffen, die als Trainerin in einem Fitnessstudio arbeitete, hatte am 5. Juli 2009 Strafanzeige gegen Fabian Borchert erstattet. In der Anzeige hatte die damals Fünfundzwanzigjährige angegeben, von Borchert in einer Kasseler Diskothek angesprochen worden zu sein. Gegen drei Uhr morgens habe er ihr angeboten, sie mit seinem Porsche nach Hause zu fahren. Dort habe er sich unter einem Vorwand Zutritt zu ihrer Wohnung verschafft, wo er sofort über sie hergefallen sei und sie brutal vergewaltigt habe. Nach Eingang der Anzeige hatte die damals ermittelnde Kriminalbeamtin in einem Aktenvermerk festgehalten, Rabea Steffen sei vorbestraft, weil sie im Internet bei verschiedenen Versandfirmen unter falschem Namen Bestellungen aufgegeben hatte, ohne diese anschließend zu bezahlen. Fabian Borchert war am 9. Juli 2009 von der Polizei als Beschuldigter vernommen worden, hatte den Vergewaltigungsvorwurf aber rundweg bestritten. Ja, er habe Sex mit Rabea Steffen gehabt, dieser sei aber einvernehmlich gewesen. Marc hob die Augenbrauen. Auch das kam ihm irgendwie bekannt vor. Eine Woche nach der Vernehmung Borcherts hatte Rabea Steffen ihre Anzeige mit der Begründung zurückgezogen, sie fühle sich dem Verfahren psychisch nicht gewachsen, wolle ihre Ruhe haben und mit der Sache abschließen. Dazu hatte sie ein Attest ihres behandelnden Psychiaters vorgelegt, der bei ihr einen schweren depressiven Schub diagnostiziert und ausgeführt hatte, seine Patientin sei auf unabsehbare Zeit nicht vernehmungs- und verhandlungsfähig.

Grundsätzlich konnte eine einmal erstattete Anzeige wegen Vergewaltigung zwar nicht mehr zurückgezogen werden, da es sich um ein Verbrechen handelte, bei dem die Polizei verpflichtet war, nach Kenntnis von der Straftat weiter zu ermitteln. Andererseits war eine Anklageerhebung sinnlos, wenn das Opfer nicht kooperierte und es außer seiner Aussage keine objektiven Beweismittel gegen den mutmaßlichen Täter gab. Eine Staatsanwältin hatte deshalb noch einmal mit Rabea Steffen gesprochen und sie eindringlich gebeten, ihren Entschluss zu überdenken. Sie erklärte, dass es möglich sei, in der Hauptverhandlung die Öffentlichkeit unter bestimmten Umständen auszuschließen und auch den Angeklagten während ihrer Aussage vorübergehend aus dem Saal zu entfernen. Doch selbst nach der Androhung von Ordnungsgeld und Beugehaft war Rabea Steffen nicht mehr zu einer Aussage zu bewegen gewesen. Und so war das Verfahren gegen Fabian Borchert schließlich eingestellt worden.

Marc blies die Backen auf. Der Tatablauf, den Rabea Steffen in ihrer Anzeige beschrieben hatte, war fast mit den Schilderungen Larissas über ihre Erlebnisse mit Borchert identisch. Wenn er Rabea Steffen also dazu bringen konnte, doch noch gegen Borchert auszusagen, würde das Larissas Version der Ereignisse zweifellos wesentlich glaubhafter machen. Und vielleicht hatte Rabea Steffen ihre Meinung nach vier Jahren ja geändert und fühlte sich auch gesundheitlich wieder in der Lage, sich einer Befragung durch ein Gericht zu unterziehen.

Dagegen enthielten die Akten weder Hinweise darauf, dass Larissa einmal Verdächtige in einem Mordverfahren gewesen war, noch dass einer ihrer Professoren sie wegen Stalkings angezeigt hatte. Darüber war Marc allerdings nicht sonderlich verwundert. Schließlich handelte es sich um ein Ermittlungsverfahren gegen Borchert, nicht gegen Larissa. Umso mehr stellte sich jetzt natürlich die Frage, wie Dr. Klenk von der Stalkinganzeige erfahren haben konnte.

»Klenk ist einfach ein hervorragender Strafverteidiger«, antwortete Rüther, als Marc sich fünf Minuten später in seinem Büro danach erkundigte. »Der hat überall seine Quellen und Informanten. Außerdem gab es damals an der Uni Göttingen einen Riesenskandal, der durch die gesamte Presse gegangen ist. Ich habe mir den Namen dieses Professors irgendwo aufgeschrieben. Schließlich muss ich damit rechnen, dass Klenk in einem Gerichtsverfahren gegen Borchert seine Vernehmung als Zeuge beantragen wird. Warten Sie mal.«

Rüther zog eine Schublade seines Schreibtisches auf und suchte in der darin liegenden Zettelwirtschaft herum.

Schließlich zog er ein Blatt Papier zwischen den anderen hervor. »Da haben wir ihn ja«, verkündete er triumphierend. »Ein Prof. Dr. Rainer Kortlage. Er ist jetzt allerdings nicht mehr in Göttingen, sondern Chefarzt am Johannes-Hospital in Bochum.«

Marc schrieb sich die Daten auf, dann übergab er Rüther eine Liste mit den Seiten der Ermittlungsakte, die er kopiert haben wollte.

Während er darauf wartete, dass die Ablichtungen angefertigt wurden, aktivierte Marc sein Smartphone und suchte sich die Telefonnummern des Bochumer Johannes-Hospitals sowie des Fitnessstudios heraus, in dem Rabea Steffen vor vier Jahren gearbeitet hatte.

Bei seinem Anruf in Bochum teilte ihm eine Sekretärin mit, der Herr Professor sei nicht im Hause. Immerhin versicherte sie, sie werde ihrem Chef ausrichten, dass Marc angerufen habe, und ihn um einen Rückruf bitten. Anschließend wählte Marc die Nummer des Fitnessstudios. Er erfuhr, dass Rabea Steffen immer noch dort beschäftigt war, heute aber ihren freien Tag hatte.

Eine halbe Stunde später fuhr Marc mit seinen Kopien in die Gertrudenstraße, die in den Akten als Privatadresse Rabea Steffens angegeben war. Die Gertrudenstraße entpuppte sich als eine Wohn- und Geschäftsstraße in der Nähe der Kasseler Innenstadt. Das Haus mit der Nummer 5, eine graue, vierstöckige Mietskaserne, wurde von einer Textilreinigung auf der linken und einer Volksbankfiliale auf der rechten Seite eingerahmt.

Marc stellte seinen Wagen am Straßenrand ab, trat auf das Haus zu und studierte das Klingelbrett. Rabea Steffen wohnte tatsächlich noch immer hier. Marc überlegte, wie er am besten vorgehen sollte. Wenn er jetzt klingelte, lief er Gefahr, schon an der Gegensprechanlage abgewimmelt zu werden. Vielleicht war es also besser, sein Anliegen von

Angesicht zu Angesicht vorzubringen, seiner Erfahrung nach fiel es Menschen bei einem persönlichen Kontakt erheblich schwerer, eine Bitte um Hilfe abzulehnen. Während Marc noch darüber nachdachte, bei welchem Nachbarn er schellen sollte, um ins Treppenhaus gelassen zu werden, wurde ihm die Entscheidung abgenommen. Ein junger Mann verließ das Haus.

Marc nickte ihm kurz zu und schlüpfte dann schnell in den Hausflur, bevor die Tür wieder zuschlug.

Rabea Steffens Wohnung befand sich im zweiten Stock, wie Marc unschwer an dem Namen an ihrer Tür feststellen konnte. Marc schellte und wartete ab.

Sekunden später öffnete sich eine Tür, so weit eine Sicherheitskette dies zuließ, und eine schlanke, sportliche Frau Ende zwanzig mit halblangen, rot gelockten Haaren und Sommersprossen erschien in der Öffnung.

Sie musterte Marc misstrauisch. »Ja?«

Marc drückte ihr seine Visitenkarte in die Hand. »Frau Steffen, mein Name ist Hagen«, stellte er sich vor. »Ich bin Rechtsanwalt und vertrete eine junge Frau, die von Fabian Borchert vergewaltigt worden ist. Ich nehme an, der Name sagt Ihnen etwas?«

Rabea Steffen machte Anstalten, ihm die Tür vor der Nase zuzuschlagen, aber mit dieser Reaktion hatte Marc gerechnet. Blitzschnell stellte er seinen Fuß in den Türspalt. »Bitte, Frau Steffen«, flehte er. »Reden Sie mit mir! Wenn Sie doch noch gegen Fabian Borchert aussagen, können Sie dazu beitragen, dass er endlich seine verdiente Strafe erhält und für lange Zeit hinter Gitter wandert. Und, was vielleicht noch wichtiger ist: Sie können helfen, anderen Frauen ein ähnliches Schicksal zu ersparen wie das, das Ihnen und meiner Mandantin widerfahren ist.«

»Verschwinden Sie!«, fauchte Rabea Steffen. »Ich habe Ihnen nichts zu sagen!«

»Aber Frau Steffen ...«

»Sie sollen verschwinden, habe ich gesagt! Wenn Sie nicht sofort Ihren Fuß aus der Tür nehmen, rufe ich die Polizei!«

Marc sah ihr an, dass sie es ernst meinte. Also zog er seinen Fuß zurück und im gleichen Augenblick knallte die Tür zu.

»Wenn Sie es sich anders überlegen, können Sie mich jederzeit anrufen!«, rief Marc durch die geschlossene Tür und hoffte, dass Rabea Steffen ihn hören konnte. »Meine Visitenkarte haben Sie ja.«

Er wartete noch ein paar Sekunden auf eine Reaktion, aber die blieb aus. Also zuckte er die Schultern und trat den Rückzug an.

Vor dem Haus sah er auf seine Armbanduhr. Kurz vor drei. Er überlegte, was er mit dem angebrochenen Tag anfangen sollte. Er konnte natürlich zurück nach Bielefeld fahren und noch ein, zwei Stunden in der Kanzlei arbeiten. Aber wo er sowieso schon in Kassel war, bot es sich an, bei der Gelegenheit noch etwas anderes zu erledigen. Marc googelte mit seinem Smartphone die Suchwörter *Lars Neumann, Kassel*. Er erzielte mehrere Treffer, aber gleich der erste schien ihm besonders interessant zu sein: Ein Dr. Lars Neumann betrieb eine internistische Praxis in der Georgstraße. Marc erinnerte sich, dass Heimo Peters ihm erzählt hatte, dass Lars Neumanns Vater zur Zeit der Ermordung Sandra Köhlers ebenfalls eine Arztpraxis in Kassel besessen hatte. Marc ging zu seinem Auto, wo er die Aufzeichnungen von seinem Gespräch mit dem ehemaligen Kommissar durchsah. Und tatsächlich: Die Haushälterin der Köhlers hatte Peters erzählt, dass die Praxis von Neumanns Vater in der Georgstraße lag. Das konnte kein Zufall sein. Offenbar hatte Lars Neumann die Praxis seines Vaters übernommen.

Marc gab die Adresse in sein Navigationssystem ein, das ihn direkt bis vor die Tür lotste. Marc suchte sich einen

Parkplatz, dann betrat er die im Erdgeschoss eines Ärztehauses gelegene Praxis.

Eine Arzthelferin im weißen Anzug mit modischen grünen Applikationen saß hinter einem Tresen und blickte ihn erwartungsvoll an.

Marc verzog das Gesicht zu einer Grimasse und hielt sich den Bauch. »Ich habe entsetzliche Schmerzen«, stöhnte er und senkte den Blick auf seine Magengegend. »Seit ungefähr einer halben Stunde, ich habe Angst, es könnte was mit dem Blinddarm sein. Meine Bauchdecke ist steinhart und ich fürchte, es kann jede Sekunde zu einem Durchbruch kommen.«

Diese Mitteilung versetzte die junge Frau unmittelbar in Bewegung. »Wenn Sie eine Sekunde dort Platz nehmen würden«, sagte sie und zeigte auf einen Stuhl. »Ich sage dem Herrn Doktor sofort Bescheid.«

Marc lächelte unter gespielten Schmerzen und setzte sich. Tatsächlich dauerte es keine zwei Minuten, bis er in das Behandlungszimmer gerufen wurde und eine Arzthelferin ihn bat, sich auf die Liege zu legen.

Dann kam ein groß gewachsener Mann mit weißem Kittel herein. Lars Neumann musste nach Marcs Berechnung jetzt dreiunddreißig Jahre alt sein, wirkte aber wesentlich jünger. In seinem Beruf vielleicht nicht unbedingt ein Vorteil, dachte Marc. Dafür dürfte er beim weiblichen Teil der Bevölkerung einen schweren Stein im Brett haben. Er sah beinahe unverschämt gut aus, mit seinen vollen dunklen Haaren, dem markanten Kinn, der braunen Haut und den grauen Augen.

Neumann reichte Marc die Hand. »Was kann ich für Sie tun?«, wollte er wissen.

Marc richtete sich auf, setzte sich auf den Rand der Liege und ließ die Beine herunterbaumeln.

»Mein Name ist Hagen«, sagte er. »Ich bin Rechtsanwalt und habe ein paar Fragen an Sie.«

Neumann musterte ihn sichtlich irritiert. »Ich dachte, es ginge um einen Notfall.«

»Das war gelogen«, gab Marc unumwunden zu. »Ich wusste nicht, wie ich sonst zu Ihnen vordringen sollte.«

Neumann verzog unwirsch den Mund. »Dann stehen Sie jetzt bitte wieder auf und verschwinden auf der Stelle! Das Wartezimmer ist voll von Menschen, die echte gesundheitliche Probleme haben.«

»Das werde ich nicht tun«, erwiderte Marc ruhig. »Zumindest nicht, bevor ich mit Ihnen gesprochen habe.«

»Wenn Sie nicht freiwillig gehen, sehe ich mich gezwungen, die Polizei zu rufen«, reagierte Neumann gereizt. »Die Beamten werden Sie dann schon vor die Tür setzen.«

»Das werden die zweifellos tun«, sagte Marc betont sachlich. »Aber wenn Sie jetzt bei der Polizei anrufen, wird es schätzungsweise mindestens eine Stunde dauern, bis die Beamten eintreffen. Schließlich geht von mir keine akute Gefahr aus. Und in dieser Stunde können Sie zumindest in diesem Zimmer niemanden behandeln. Außerdem werde ich auch nicht freiwillig gehen, wenn die Polizei mich dazu auffordert. Die müssten mich also hier raustragen und das vor den Augen Ihrer gesamten Patienten. Sie können sich jetzt überlegen, ob Sie diese ganze Prozedur auf sich nehmen wollen oder ob Sie mir ein paar Minuten Ihrer Zeit opfern. Ich verspreche Ihnen, dass ich anschließend sofort und freiwillig verschwinden werde.«

Neumann musterte Marc eingehend.

Man konnte dem Arzt förmlich ansehen, wie es in seinem Kopf arbeitete. Am liebsten würde er mir ein paar in die Fresse hauen, dachte Marc. Allerdings würde es bei seinen Patienten wahrscheinlich nicht gut ankommen, wenn ein blutender Mann mit gebrochener Nase durch die Praxis getragen werden würde. Das Gleiche galt für einen Polizeieinsatz.

Neumann schien bei seiner Überlegung zu demselben Ergebnis gelangt zu sein, denn er seufzte schwer und sagte: »Also gut, fünf Minuten. Worum geht es?«

Marc setzte ein erfreutes Gesicht auf. »Wie gesagt, ich bin Rechtsanwalt. Ich vertrete Frau Larissa Braun. Ich nehme an, der Name sagte Ihnen etwas?«

Marc konnte sehen, dass Neumann selbst unter seiner Sonnenbräune blass wurde. »Larissa?«, flüsterte er. »Mein Gott, an die habe ich seit Jahren nicht mehr gedacht.«

»Aber Sie können sich an sie erinnern?«

Neumann schien die Fassung inzwischen wieder etwas zurückgewonnen zu haben. »Natürlich. Wir waren vor Urzeiten mal kurz zusammen. Aber ich verstehe nicht …«

»Sandra Köhler«, fiel Marc ihm ins Wort. »Mit der waren Sie ›vor Urzeiten‹ doch auch mal zusammen, nicht wahr? Bis zu ihrer Ermordung, um genau zu sein.«

Neumanns Blick flackerte. »Was wollen Sie von mir?«, fragte er. »Ich verstehe nicht, was das alles soll!«

»Ich benötige Hintergrundinformationen über Larissa Braun«, erklärte Marc. »Warum, braucht Sie nicht zu interessieren, und ich dürfte es Ihnen wegen der Schweigepflicht auch gar nicht sagen. Sie waren mit Larissa mal zusammen und ich möchte von Ihnen nur wissen, was für ein Mensch sie ist.«

Auf einmal glitt ein Lächeln über Neumanns Gesicht. »Was für ein Mensch sie ist«, wiederholte er langsam. »Das ist eine gute Frage! Ich wünschte, ich könnte sie Ihnen beantworten. Aber das kann wahrscheinlich niemand. Nicht einmal Larissa selbst.«

»Sie könnten es zumindest versuchen. Sie waren immerhin einige Zeit ein Paar.«

»Nur ein paar Monate und das ist jetzt …«, er richtete den Blick zur Decke und zählte nach, »… über vierzehn Jahre her.«

»Wie sind Sie damals zusammengekommen?«

»Gott, Sie stellen Fragen! Wie das in dem Alter eben läuft! Ich war neunzehn, sie siebzehn und wir waren auf derselben Schule, wenn auch zwei Jahrgangsstufen auseinander. Auf irgendeiner Schulfete sind wir uns nähergekommen. Larissa ist mir schon vorher aufgefallen. Sie war ein bildhübsches Mädchen, allerdings damals gerade in ihrer Gruftiphase. Sie lief immer mit schwarzen Klamotten und weiß geschminktem Gesicht rum. Sieht sie heute noch so aus?«

Marc schüttelte den Kopf. »Die Phase hat sie hinter sich gelassen. Äußerst attraktiv ist sie allerdings immer noch.«

Neumann nickte, als habe er nichts anderes erwartet. »Ich stand zwar eigentlich nicht auf diese Gothics, aber bei Larissa war das etwas anderes. Sie war immer allein, hatte keine Freunde und wirkte absolut unnahbar. Irgendwie hat mich das interessiert und angespornt, diese harte Nuss zu knacken. Auf dieser Fete habe ich sie angesprochen und sie hat mir gestanden, dass sie schon einige Zeit heimlich in mich verliebt gewesen sei. So begann unsere Beziehung.«

»Und wie lief es zwischen Ihnen?«

»Am Anfang war alles perfekt. Wir waren Tag und Nacht zusammen und hatten viel Spaß miteinander. Nicht nur das, was Sie denken. Ich habe gemerkt, dass man sich mit ihr super unterhalten kann. Larissa hatte echt was auf dem Kasten und kannte sich auf allen möglichen Gebieten aus.«

»Aber irgendwann ging es dann zu Ende«, soufflierte Marc.

Neumann zuckte die Schultern. »Wie das eben so ist. Ich war jung und wollte nicht den ganzen Tag mit einem Mädchen abhängen. Ich habe damals viel Fußball gespielt, außerdem hatte ich viele Kumpels, mit denen ich auch mal was unternehmen wollte. Das hat Larissa überhaupt nicht gepasst. Sie war extrem eifersüchtig, und das nicht nur auf andere Frauen. Sie wollte, dass wir die ganze Zeit miteinander verbringen, und hat mich regelrecht in Beschlag genommen. Wenn ich ihr gesagt habe, dass ich jetzt zum Training muss, hat sie sich an mir festgeklammert und mich angefleht, nicht zu gehen. Sie hat mich verdächtigt, etwas mit anderen Mädchen zu haben, und das wurde mit der Zeit immer schlimmer. Sie hat jedes Mal geweint, wenn ich woanders hinwollte. Als sie gemerkt hat, dass das bei mir nicht fruchtet, hat sie mich mit den obszönsten Ausdrücken beschimpft, von denen ich nicht einmal geahnt habe, dass ein siebzehnjähriges Mädchen sie kennt. Irgendwann habe ich ihre Launen nicht mehr ausgehalten. Ich hatte mich innerlich von ihr distanziert und mit der Sache schon abgeschlossen, als Sandra Köhler ins Spiel kam. Es hört sich vielleicht blöd an, aber ich hatte damals wirklich kein Problem, eine Frau rumzukriegen. Sandra war eine ziemlich heiße Braut, wenn ich das mal so sagen darf. Sie brauchte nicht viel Überzeugungsarbeit zu leisten, um mich zu angeln, zumal Larissa immer anstrengender wurde.«

»Was hat Larissa gesagt, als sie von Sandra und Ihnen erfahren hat?«

Neumann seufzte schwer. »Es war schrecklich! Sie hat es wohl von irgendwelchen Mitschülern erfahren, die uns zusammen gesehen haben. Larissa hat mich zur Rede gestellt und ich habe es sofort zugegeben. Irgendwie war ich auch froh, dass die Sache herausgekommen ist, denn jetzt hatte ich einen Grund, die Beziehung zu Larissa zu beenden. Ich hätte das früher oder später zwar ohnehin gemacht, wusste aber nicht, wie ich ihr das beibringen sollte.«

»Wie hat Larissa auf die Trennung reagiert?«

»Wie es zu erwarten war: Sie bekam einen hysterischen Anfall. Sie hat mich angeschrien, ich sei ein mieses Schwein, ich hätte unsere Liebe verraten und noch tausend andere Sachen. Sie ist sogar mit Fäusten auf mich losgegangen. Ich wusste, dass es nicht einfach sein wird, mit Larissa Schluss zu machen, und mit all dem habe ich gerechnet. Aber dann …«

Neumann hielt inne, atmete schwer durch und starrte eine Weile selbstvergessen aus dem Fenster, bevor er den Faden wieder aufnahm. »Aber dann ist etwas passiert, mit dem ich nie gerechnet hätte. Sie hat wörtlich gesagt: ›Die Schlampe bringe ich um! Wenn du mit der Schlampe gehst, mache ich sie kalt!‹ Ich habe alles versucht, um sie wieder zu beruhigen, aber dann hat sie mich so merkwürdig angesehen und sagte mit einer richtig tiefen, männlichen Stimme: ›Ich habe es dir gesagt: Wenn du die Schlampe weiter siehst, bekommt sie, was sie verdient!‹«

Marc spürte, wie ihm ein kalter Schauer über den Rücken lief. »Wie ging es dann weiter?«

»Ich habe sie stehen lassen und mich geweigert, noch einmal mit ihr zu sprechen. Larissa hat mich dann noch eine Weile mit Telefonanrufen bombardiert. Sie hat mir überall aufgelauert und wollte noch einmal mit mir über unsere Beziehung sprechen. Aber irgendwann hat sie es aufgegeben und ich habe schon gedacht, es sei alles ausgestanden. Bis zu der Sache mit Sandra.«

»Sie sprechen von dem Mord an Sandra Köhler?«

»Ja! Als ich gehört habe, wie Sandra ums Leben gekommen ist, habe ich sofort an Larissa und ihre Drohungen gedacht. Aber ich hätte natürlich nie geglaubt, dass sie die eines Tages in die Tat umsetzt.«

»Sie gehen also davon aus, dass Larissa Sandra ermordet hat?«

»Ich bin sogar davon überzeugt! Wer hätte es denn sonst gewesen sein sollen? Das habe ich auch der Polizei gesagt, aber die konnte ihr nichts nachweisen. Auch das hat mich nicht sonderlich gewundert. Larissa war ein äußerst cleveres Mädchen.«

»Seit wann haben Sie Larissa nicht mehr gesehen?«

»Seit dem Mord an Sandra und ich bete, dass das so bleibt! Es hieß, sie habe damals einen Selbstmordversuch begangen und sei in einer psychiatrischen Klinik. Nachdem sie dort entlassen worden ist, hat sie wohl die Schule gewechselt.« Neumann sah auf die Uhr. »So, ich denke, Ihre fünf Minuten sind schon lange um.«

Marc erhob sich. »Danke für Ihre Auskünfte«, sagte er. »Ich glaube, Sie haben mir weitergeholfen.«

Neumann nickte. »Sie sagten, Larissa sei eine Mandantin von Ihnen? Hat sie etwas angestellt?« Er stutzte. »Es ist doch wohl kein weiterer Mord geschehen, oder?«

»Nichts dergleichen«, versicherte Marc. »Frau Braun steht unter keinerlei Verdacht. Mehr darf ich Ihnen leider nicht sagen.«

»Natürlich. Aber einen Rat habe ich trotzdem noch für Sie: Nehmen Sie sich vor dieser Frau in Acht! Und beten Sie, dass sie niemals wütend auf Sie wird!«

Kapitel 23

Als Marc den Flur betrat, hörte er lautes Gekicher aus dem Wohnzimmer.

Er öffnete die Tür und erblickte Lizzy, die stark geschminkt und in High Heels zwischen der offenen Küche und der Terrassentür auf und ab lief. Larissa saß in einem Sessel, begutachtete das Ganze und gab von Zeit zu Zeit Anweisungen: »Brust raus, Schulter nach hinten, Becken nach vorne! Lange Schritte und die Arme locker mitschwingen! Gerader Rücken!«

Lizzy kam an der Terrassentür an, stemmte die Hände in die Hüften und warf sich vor einem imaginären Publikum in Pose.

»Nicht lachen!«, befahl Larissa. »Du bist ein Model auf der *New York Fashion Week!*«

Als Lizzy sich wieder umdrehte, um den Rückweg anzutreten, nahm sie Marc zum ersten Mal wahr. »Hi«, rief sie ihm im Vorbeigehen zu. »Ich mache gerade Laufsteg-Training mit Larissa. Sie ist besser als Jorge.«

Marc wusste zwar nicht, wer dieser Jorge war, aber eines wusste er genau: Das, was er dort sah, gefiel ihm ganz und gar nicht.

»Bist du in einen Tuschekasten gefallen?«, fragte er Lizzy, die gerade wieder erhobenen Hauptes an ihm vorbeistolzierte. »Du siehst aus wie ein Clown.«

Die Augen seiner Tochter verengten sich zu schmalen Schlitzen. Wenn Blicke töten könnten, schoss es Marc durch den Kopf.

Jetzt wandte sich auch Larissa Marc zu. »Hallo, Marc. Ich hoffe, Sie haben nichts dagegen, wenn wir Ihr Wohnzimmer ein wenig als Catwalk zweckentfremden. Wir machen nur ein bisschen Spaß, ist alles ganz harmlos.«

Marc betrachtete das konzentrierte und erhitzte Gesicht, mit dem Lizzy ihre Übungen absolvierte. »Ich glaube, einige hier nehmen das ganz schön ernst«, sagte er. »Aber vielleicht könnt ihr eure Probe mal für eine halbe Stunde unterbrechen. Ich muss mit Larissa sprechen. Und Lizzy könnte eine Pause auch ganz gut tun. Sie sieht aus, als müsste sie gleich unters Sauerstoffzelt.«

Dafür erntete er einen weiteren potenziell tödlichen Blick seiner Tochter.

»Vielleicht hat dein Vater recht«, meinte Larissa besänftigend. »Wir sollten es nicht übertreiben. Wir können ja später weitermachen.«

Lizzy grummelte etwas in sich hinein, sagte aber nichts mehr. Als sie an Marc vorbeikam, um in ihr Zimmer zu gehen, schoss sie einen weiteren giftigen Blick auf ihn ab. Na toll, dachte Marc. Was habe ich denn jetzt wieder falsch gemacht?

Die Antwort bekam er von Larissa. »Ironie kommt bei Pubertierenden nicht immer gut an«, belehrte sie ihn.

»Ach, und wollen Sie wissen, was bei mir nicht gut ankommt? Diese ganze Modelscheiße hier! Das ist doch nur ein Hirngespinst! Letztes Jahr wollte Lizzy noch Tierärztin werden, heute ist es Model und nächstes Jahr wahrscheinlich Schauspielerin.«

»Trotzdem sollten Sie sie ernst nehmen.«

»Ich glaube eher, Sie haben ihr einen Floh ins Ohr gesetzt. Lizzy ist jetzt schon spindeldürr und isst viel zu wenig. Wenn sie wirklich an eine Modelkarriere glaubt, endet das noch mit Magersucht, Bulimie und was es da sonst noch für Essstörungen gibt. Ganz abgesehen davon, dass sie sich mit diesen Absätzen ihre Füße ruiniert.«

»Aber wir trainieren doch nur ein bisschen!«, versuchte Larissa, sich zu verteidigen. »Ich habe auch in dem Alter angefangen, auf High Heels zu laufen, und wenn man es nicht übertreibt, schadet es nicht.« Sie hob ihre perfekten Füße in die Luft. »Oder sehen Sie hier irgendeine Deformität?«

»Nein«, musste Marc zugeben. »Aber Sie bauen ihr doch ein Luftschloss. Irgendwann glaubt Lizzy noch, sie habe wirklich eine Chance und bricht die Schule ab, weil sie meint, als Model müsse man spätestens mit sechzehn anfangen.«

»Lizzy ist ein sehr vernünftiges Mädchen«, widersprach Larissa. »Sie weiß genau, dass Modeln nicht nur ein Traumjob ist. Ganz abgesehen davon, haben wir Melanie gefragt, ob wir hier ein bisschen üben können. Sie hatte nichts dagegen.«

Das nahm Marc den Wind vollends aus den Segeln. »Ich will nur nicht, dass sie hinterher enttäuscht ist, wenn es nicht klappt«, murmelte er.

»Lizzy sieht das sehr realistisch. Aber ich habe ihr in der Tat gesagt, dass sie die körperlichen Voraussetzungen mitbringt und eine echte Chance hat, wenn sie regelmäßig trainiert. Man muss natürlich abwarten, wie sie sich entwickelt, aber wenn sie es von vorneherein nicht versucht, wird es garantiert nichts.«

Marc atmete tief durch und beschloss, das Thema abzuhaken. Zumindest vorerst. »Nun denn. Eigentlich wollte ich mit Ihnen ja über meinen Besuch in Kassel sprechen. Ich habe den Namen der Frau herausbekommen, die Borchert vor vier Jahren angezeigt hat. Sie heißt Rabea Steffen.«

Auf Larissas Wangen erschienen auf einmal hektische rote Flecken. »Und?«, fragte sie aufgeregt. »Was hat sie gesagt?«

»Nichts! Sie hat sich geweigert, mit mir zu sprechen.«

Larissa biss sich nachdenklich auf die Unterlippe. »Wahrscheinlich hat sie immer noch panische Angst vor Borchert«, meinte sie. »Und das kann ich ihr auch nicht verdenken.«

»Möglich«, erwiderte Marc. »Aber es bringt nichts, weiter über die Gründe ihres Verhaltens zu spekulieren, denn wir können sie schließlich nicht zu einer Aussage zwingen.«

»Aber Sie können sie doch später im Prozess als Zeugin benennen, oder? Und vor Gericht muss sie die Wahrheit sagen!«

»Damit hat die Polizei schon vor vier Jahren versucht, Rabea Steffen zu einer Aussage gegen Borchert zu bewegen. Aber es hat nichts gebracht. Wenn sie als Zeugin geladen wird, kann sie mit Sicherheit ein Dutzend ärztliche Atteste vorlegen, die ihr Vernehmungsunfähigkeit bescheinigen, und daran wird sich kein Richter die Hand verbrennen wollen.«

»Aber wenn diese Rabea Steffen nicht aussagen will, gibt es vielleicht andere Frauen, die dazu bereit sind. Ein Mann fängt nicht erst mit Mitte dreißig an, Jagd auf Frauen zu machen! Er hat es sicher schon früher versucht. Das liegt in der Natur dieser Typen. Die können nicht anders. Ich glaube einfach nicht, dass Rabea Steffen und ich seine einzigen Opfer waren.«

»Aber wie wollen Sie diese Frauen finden?«

»Wir könnten eine Zeitungsanzeige mit einem Bild von Borchert aufgeben.«

»Und wie stellen Sie sich das vor?«, fragte Marc. »Frauen, die von Fabian Borchert vergewaltigt oder sexuell belästigt worden sind, melden sich bitte unter dieser Nummer. Fünftausend Euro Belohnung!«

»Wieso nicht?«

»Weil es in diesem Land Gesetze gibt, die die Persönlichkeitsrechte schützen. Sogar die von Vergewaltigern! Außerdem gilt Borchert bis zu einer Verurteilung als unschuldig. Sobald wir eine solche Anzeige schalten, haben wir seine Anwälte am Hals. Ganz abgesehen davon, werden wir keine Zeitung finden, die so etwas druckt.«

»Dann muss ich eben einen anderen Weg finden.« Larissa verschränkte entschlossen die Hände vor der Brust. »Irgendwas wird mir schon einfallen. Eines weiß ich genau: Ich werde nicht einfach tatenlos zusehen, dass dieses Schwein davonkommt.«

Kapitel 24

Fünf Tage später stand Marc vor der Kantine des Bochumer Johannes-Hospitals und hielt nach einem Mann mit einem karierten Jackett und einer braunen Hose Ausschau. Er musste keine fünf Minuten warten, bis ein großer, schlanker Mann Anfang fünfzig mit dünner werdendem Haar auf ihn zusteuerte.

»Herr Hagen?«, fragte er.

Marc nickte. »Prof. Kortlage, danke, dass Sie sich zu einem Gespräch bereit erklärt haben.«

»Ich habe lange überlegt, ob ich mich mit Ihnen treffen soll«, gestand der Arzt mit ernstem Gesicht. »Eigentlich hatte ich das Thema abgehakt und gehofft, nie wieder etwas von Larissa Braun zu hören. Aber als Sie mir am Telefon erzählt haben, dass Larissa bei Ihnen und Ihrer Familie eingezogen ist, habe ich meine Meinung geändert. Ich bin hier, um Sie zu warnen. Eindringlich vor dieser Frau zu warnen!«

Marc wurde unbehaglich – schon wieder eine Warnung vor Larissa. »Wie darf ich das verstehen?«, fragte er.

»Das sage ich Ihnen gleich. Aber vorher würde ich gerne etwas essen. Ich habe den ganzen Vormittag operiert und einen Bärenhunger.«

Gemeinsam betraten sie die Kantine, nahmen sich Tabletts, stellten sich an der Essensausgabe an und suchten sich dann einen Fensterplatz.

Marc wartete ungeduldig, bis der Professor ein paar Bissen seines Hackbratens gegessen hatte, dann konnte er es nicht mehr aushalten. »Sie wollten mich vor Larissa warnen?«, nahm er den Gesprächsfaden wieder auf.

Kortlage seufzte. »Ich fürchte, dass das, was ich Ihnen jetzt erzählen werde, für mich nicht sehr schmeichelhaft ist. Aber es ist notwendig, dass Sie die ganze Geschichte erfahren, weil Sie sonst nicht verstehen, wer Larissa ist und wozu sie fähig ist.«

Kortlage holte noch einmal tief Luft, dann begann er zu erzählen. »Ich habe Larissa vor zehn Jahren kennengelernt. Ich war damals Professor an der Uni Göttingen, sie war Anfang zwanzig und im ersten Semester ihres Medizinstudiums. Larissa besuchte bei mir Vorlesungen und saß im Hörsaal immer in der ersten Reihe. Ich konnte sie gar nicht übersehen, sie stach schon aufgrund ihres Äußeren aus den anderen Studenten heraus. Nach fast jeder Vorlesung hat sie auf mich gewartet, weil sie noch irgendetwas von mir wissen wollte. Es gibt viele Streber, die das tun, aber anhand der

Fragen, die Larissa stellte, merkte ich schnell, dass sie sehr intelligent ist. Irgendwann habe ich sie zum Essen eingeladen und dann …« Kortlage schüttelte den Kopf, als könne er sein eigenes Verhalten nicht mehr begreifen, »… habe ich mich in sie verliebt. Das war mit Sicherheit der größte Fehler meines Lebens, aber damals habe ich alles durch eine rosarote Brille gesehen. Wir haben eine Affäre begonnen, die über mehrere Monate andauerte. Wir haben uns regelmäßig in einem Hotel verabredet. Larissa hat damals in einer WG gewohnt und bei mir zu Hause war ein Treffen natürlich unmöglich, weil ich eine Frau und drei kleine Kinder hatte, die damals acht, zehn und dreizehn Jahre alt waren.«

Kortlage trank einen Schluck Wasser, bevor er fortfuhr. »Das Gefühl, dass mit Larissa irgendetwas nicht stimmt, hatte ich zum ersten Mal, als ich eines Tages von der Uni nach Hause kam und meine Frau Inga mir die neue Nachhilfelehrerin unserer ältesten Tochter vorgestellt hat. Ich hatte Larissa beiläufig erzählt, dass meine Tochter Schwierigkeiten in Mathe hat und wir jemanden suchen, der ihr dabei hilft. Kurz darauf hat Larissa sich bei meiner Frau beworben und behauptet, sie komme auf meine Empfehlung. Als ich Larissa zur Rede gestellt habe, hat sie gesagt, sie wolle nur helfen. Ich wusste nicht, wie ich reagieren sollte. Wenn ich meiner Frau gesagt hätte, dass sich Larissa nicht um unsere Tochter kümmern soll, hätte ich ihr eine Erklärung liefern müssen, die ich nicht hatte.«

Er seufzte. »Larissa war dann immer häufiger bei uns zu Hause. Sie hat Inga angeboten, auf unsere Kinder aufzupassen, falls wir mal was zusammen unternehmen wollen. Erst später habe ich erfahren, dass Larissa meine Kinder mit Geschenken geradezu überhäuft hat. Sie hat ihnen alles Mögliche gekauft, von der Barbiepuppe bis zum Ritterschloss. Ich habe keine Ahnung, was sie damit bezweckt hat. Manchmal glaube ich, sie wollte die Kinder auf ihre Seite ziehen und sich in unserer Familie unentbehrlich machen. Nachdem unsere Beziehung etwa ein Dreivierteljahr lief, wurde mir klar, dass ich einen Riesenfehler begangen hatte. Ich habe mich ein letztes Mal mit Larissa zum Essen getroffen und wollte die Beziehung beenden. In einem vernünftigen, sachlichen Gespräch. Aber es kam alles ganz anders.«

Er trank einen weiteren Schluck und lachte bitter. »Nachdem ich Larissa gesagt hatte, dass unsere Beziehung aus meiner Sicht zu Ende ist, hatte sie in dem Restaurant einen Nervenzusammenbruch. Sie hat das alles wohl sehr viel ernster genommen als ich und ist davon ausgegangen, dass ich meine Frau bald verlassen werde. Larissa hat behauptet, ich hätte ihr versprochen, dass es eine gemeinsame Zukunft mit ihr und meinen Kindern gebe. Ich habe versucht, ihr klarzumachen, dass ich so etwas nie gesagt hätte und dass ich meine Frau liebe. Da ist sie vollkommen ausgeflippt. Sie hat sogar damit gedroht, sich umzubringen. Dann ist ihre Stimmung plötzlich umgeschlagen und ihre Aggression hat sich gegen mich gerichtet. Damit hatte ich nie und nimmer gerechnet, ich hatte sie immer als sehr starke Persönlichkeit eingeschätzt. Sie hat mich angeschrien, sie hätte alles für mich und meine Kinder getan, aber ich hätte sie nur benutzt und jetzt wolle ich sie loswerden wie eine billige Nutte. Sie konnte sich gar nicht mehr beruhigen.«

Kortlage nahm seine Brille ab und rieb sich die müden Augen. »Irgendwann bin ich dann aufgestanden und habe sie einfach sitzen lassen. Ich hatte ein schlechtes Gewissen, weil ich sie gekränkt und verletzt hatte, aber ich dachte wirklich, die Sache wäre damit ausgestanden.« Er schnaubte. »In Wirklichkeit begann der Terror an dem Tag erst, eine regelrechte Spirale des Schreckens. Ich habe jeden Tag Dutzende E-Mails, SMS und Telefonanrufe von ihr bekommen, zuerst nur im Büro, dann auch zu Hause. Larissa hat ultimativ von mir gefordert, dass ich meine Frau rausschmeiße. Anschließend wollte sie in mein Haus einziehen und dort zusammen mit mir und meinen Kindern leben. Larissa hat gedroht, wenn ich mich nicht von Inga trenne, werde sie ihr von unserer Beziehung erzählen, und dann sei meine Ehe sowieso am Ende.

Ich habe mich noch zigmal mit Larissa getroffen und sie angefleht, endlich Ruhe zu geben, aber es hat alles nichts genutzt. Im Gegenteil, es wurde nur noch schlimmer. Ich habe damals nicht gewusst, dass Stalker Abwehr als Prüfung der großen Liebe sehen. Larissa hat mich stundenlang verfolgt, sie war allgegenwärtig. Ich hatte jeden Tag Angst, weil ich nicht wusste, ob sie schon da ist oder noch kommt, was sie gerade ausbrütet und was sie als Nächstes tun wird. Ich hatte Magen- und Kopfschmerzen und konnte kaum noch schlafen. Ganz schlimm waren die Ohnmachtsgefühle, weil ich keine Ahnung hatte, was ich tun sollte.«

»Sie hätten zur Polizei gehen können«, warf Marc ein.

Der Vorschlag rief bei Kortlage ein nachsichtiges Lächeln hervor. »Wie denn?«, fragte er. »Den Stalking-Paragrafen gab es damals noch nicht. Außerdem hatte ich Angst, dass Larissa im Falle einer Anzeige alles Inga erzählt, und das wollte ich auf keinen Fall. Aber dann geschah etwas, das meine Meinung geändert hat: Als ich eines Tages nach Hause kam, haben die Kinder geweint. Unser Hund war tot, vergiftet, wie sich später herausgestellt hat. Nur Larissa konnte die Täterin sein, aber ich wusste, dass ich ihr das nie würde beweisen können. Dazu war sie zu clever. Aber der Tod des Hundes hat mich schließlich davon überzeugt, dass es so nicht weitergehen konnte. Also habe ich all meinen Mut zusammengenommen und Inga die Affäre gebeichtet. Sie war natürlich nicht gerade begeistert, um es vorsichtig auszudrücken, aber letztendlich hat sie mir verziehen. Ich war unendlich froh und erleichtert, weil ich dachte, dass Larissa jetzt kein Druckmittel mehr gegen mich in der Hand hat. Am nächsten Tag habe ich Larissa angerufen und ihr gesagt, dass meine Frau Bescheid wisse und ihre Erpressung damit sinnlos sei. Ich habe ihr gesagt, ich wolle sie nie wieder sehen und nie wieder etwas mit ihr zu tun haben. Das Ergebnis war gleich null: Das Stalking wurde sogar noch schlimmer. Manchmal stand sie stundenlang vor unserem Haus und hat mich und meine Familie beobachtet. Sie ist in unseren Garten eingedrungen und hat sich hinter einem Baum oder Busch versteckt. Wenn Inga oder ich sie zur Rede stellen wollten, ist sie verschwunden, aber kurz darauf war sie schon wieder da. Irgendwann habe ich gemerkt, dass die Sache auf diese Weise nie zu Ende gehen wird. Also bin ich schließlich doch zur Polizei gegangen und habe Larissa angezeigt: wegen Nötigung, Bedrohung, Hausfriedensbruch und Sachbeschädigung.«

»Und was ist dann geschehen?«, wollte Marc wissen.

Kortlage lachte auf. »Ich habe den Beamten alles erzählt, die ganze Geschichte von A bis Z. Dann habe ich sie gebeten, vor meinem Haus häufiger Streife zu fahren, um mich und meine Familie zu schützen. Ich habe sogar ein Foto von Larissa vorgelegt. Aber was dann passiert ist, hat mir fast die Schuhe ausgezogen. Der Polizist hat nur anerkennend gepfiffen und das Foto anschließend unter seinen Kollegen rumgehen lassen. Dann musste ich mir Kommentare anhören von ›Die würde ich aber nicht von der Bettkante schubsen‹ bis ›Wenn die hinter mir her wäre, wäre ich froh‹. Kurzum: Die haben mich überhaupt nicht ernst genommen. Sie meinten, bisher habe Larissa ja noch gar nichts gemacht. Ich habe sie gefragt, ob erst ein Mensch zu Schaden kommen müsse, bevor sie endlich tätig werden, aber die haben nur mit den Schultern gezuckt. Auf jeden Fall habe ich gemerkt, dass ich auch so nicht weiterkomme. Deswegen habe ich gemeinsam mit meiner Frau beratschlagt, was wir tun können, dann ist sie auf die Idee gekommen, selbst einmal mit Larissa zu sprechen und ihr ins Gewissen zu reden. Keine sehr gute Idee, wie sich hinterher herausgestellt hat. Zuerst lief alles ganz gut: Inga hat Larissa angerufen und Larissa war tatsächlich mit einem Treffen einverstanden. Meine Frau meinte sogar, Larissa hätte sich gefreut. Inga hat Larissa dann in ihrer WG besucht, um sie zu bitten, uns in Ruhe zu lassen. Larissa hatte aber offenbar ganz andere Vorstellungen von dem Ziel des Gesprächs: Sie hat versucht, Inga klarzumachen, dass sie es ist, die nicht zur Familie gehört. Larissa hat meine Frau aufgefordert, endlich die Koffer zu packen und das Feld zu räumen, um der Liebe zwischen ihr und mir nicht länger im Weg zu stehen.

So ging das wohl eine ganze Weile weiter und irgendwann hatte Inga die Nase voll. Sie hat gemerkt, dass man mit Larissa nicht vernünftig reden konnte. Zum Abschied hat sie Larissa gesagt, dass sie nicht daran denke, mich und die Kinder aufzugeben. Als sie schon in der Tür stand, hat meine Frau hinter sich eine Bewegung gespürt und sich noch einmal umgedreht. Ihr Instinkt hat ihr wahrscheinlich das Leben gerettet, denn Larissa ging mit einer Schere auf sie los. Sie konnte Larissa gerade noch abwehren und ihr die Schere aus der Hand winden. Als Inga nach Hause kam, war sie vollkommen aufgelöst. Und das war auch für mich der Tropfen, der das Fass endgültig zum Überlaufen gebracht hat. Am nächsten Tag sind wir gemeinsam zur Polizei gegangen und haben Larissa erneut angezeigt, diesmal wegen versuchten Totschlags.«

»Und ab da war endlich Ruhe?«, mutmaßte Marc.

»O nein: Drei Tage später bekam ich Post von der Staatsanwaltschaft. Allerdings ging es nicht um unsere Anzeige. Larissa hatte *mich* angezeigt. Hat behauptet, ich hätte sie gegen das Versprechen von guten Noten zu sexuellen Handlungen genötigt beziehungsweise ihr gedroht, sie bei den Prüfungen durchfallen zu lassen, wenn sie mir nicht zu Willen ist. Außerdem hat Larissa sich an den Dekan meiner Fakultät gewandt. Ein Disziplinarverfahren wurde eingeleitet und ich wurde suspendiert. Das hat sich an der Uni natürlich rumgesprochen, es gab Proteste und Demonstrationen von Studenten, Frauengruppen und sogenannten Opferschützern, meine Kollegen haben mich behandelt wie einen Aussätzigen. Die Presse in Göttingen hat fast jeden Tag groß über den *Sex-Skandal an der Uni* berichtet. Das war für die natürlich ein gefundenes Fressen.«

»Wie ging es dann weiter?«

»Ich habe Larissa auf Anraten meines Anwalts ebenfalls angezeigt wegen Vortäuschens einer Straftat und Verleumdung. Kurz darauf wurde sie nach einem Selbstmordversuch in die Psychiatrie eingewiesen, wo sie mehrere Wochen behandelt wurde. Das war für meine Gegner an der Uni natürlich nur ein weiterer Beweis für mein schäbiges Verhalten und für meine Schuld. Gott sei Dank hat Inga immer zu mir gehalten. Als Larissa aus der Psychiatrie entlassen wurde, schien es ihr tatsächlich besser zu gehen. Sie hat sich sogar bei mir entschuldigt. Meinem Anwalt ist es damals gelungen, eine Art Absprache mit ihrem Anwalt zu treffen: Ich ziehe sämtliche Anzeigen gegen sie zurück, sie die gegen mich. Damit war die strafrechtliche und die disziplinarrechtliche Seite zwar erledigt, aber mein Ruf an der Uni war nicht mehr zu reparieren. Es gab eine Flugblattaktion mit meinem Bild, meinem Namen und meiner vollen Anschrift, in der dazu aufgerufen wurde, meine Vorlesungen zu boykottieren. Letztendlich habe ich mich gezwungen gesehen, Göttingen mit meiner Familie zu verlassen.«

»Aber jetzt geht es Ihnen wieder besser?«

»Ja, ich habe es geschafft, mir in Bochum ein neues Leben aufzubauen. Und deshalb bitte ich Sie inständig, niemandem etwas von diesem Gespräch zu erzählen, insbesondere nicht Larissa. Ich habe Angst, dass dann alles wieder von vorne losgeht. Ich hoffe, Sie haben begriffen, was ich Ihnen sagen wollte: Sehen Sie zu, dass Sie diese Frau loswerden! Und das so schnell wie möglich! Sie hat es schon einmal fast geschafft, eine glückliche Familie zu zerstören. Und mit jedem Tag, den sie länger bei Ihnen wohnt, steigt die Gefahr, dass es Ihnen ebenso ergeht.«

Kapitel 25

Marc hatte durch die Fahrt nach Bochum viel Zeit verloren und konnte die Kanzlei an diesem Tag erst nach zwanzig Uhr verlassen.

Als er seine Haustür aufschloss, schlug ihm laute Musik entgegen. Marc folgte dem Lärm, bis er vor Lizzys Zimmer stand.

Er klopfte mehrmals erfolglos gegen die Tür, bevor er eintrat.

»Was ist das für ein unerträglicher Lärm?«, fragte Marc.

Lizzy stand vor dem Spiegel, hielt eine Haarbürste als Mikrofonersatz in der Hand und machte ein beleidigtes Gesicht. »Das ist kein Krach!«, belehrte sie ihn, bequemte sich aber immerhin, den Lautstärkepegel hinunterzudrehen, bevor sie fortfuhr: »Das ist Lady Gaga! Die ist total cool! Sie hat ihren eigenen Style und ihr ist egal, was andere von ihr denken. Larissa hat mir die CD geschenkt. Sie kennt Lady Gaga persönlich, weil sie ein Shooting in New York hatte und abends auf einer Party eingeladen war. Und da hat sie Lady Gaga getroffen und sogar mit ihr gesprochen.«

Lizzy verzog das Gesicht zu einer *Nicht-schlecht,-was?*-Grimasse.

Marc war nur mäßig beeindruckt. Ein Shooting, soso. Aber dann fiel ihm etwas ein: Hatte Kortlage ihm nicht erzählt, dass Larissa seine Kinder mit Geschenken geradezu überhäuft hatte? Vielleicht war das eine gute Gelegenheit, der Sache mal auf den Grund zu gehen.

»Zeig doch mal her«, sagte er und nickte in Richtung CD-Hülle. Lizzy übereichte sie ihm und Marc tat so, als interessiere er sich für das Cover. »Die hast du also von Larissa bekommen«, bemerkte er, um dann wie beiläufig zu fragen: »Hat sie dir vielleicht sonst noch was geschenkt?«

»Klar, wir waren schon ein paarmal zusammen shoppen.« Lizzy ging zu ihrem Kleiderschrank, öffnete ihn und präsentierte Marc anschließend stolz eine Jacke, die mit unzähligen Glitzersteinen überzogen war. »Die hat Larissa für mich ausgesucht. Sie meint, die steht mir total super.«

»So, meint sie das? Du weißt aber schon, dass deine Mutter Mode im Internet verkauft und ihr Lager voll mit solchen Jacken ist?«

»Mamas Sachen sind blöd! Larissa kennt die echt coolen Labels. Und dann habe ich von ihr auch noch diese beiden Hosen bekommen.« Lizzy hielt ein knallgelbes und ein knallrotes Exemplar in die Luft. »Und diese Sneaker.«

»Mhm.« Marc rieb sich das Kinn. »Du verbringst ziemlich viel Zeit mit Larissa, nicht wahr?«

Lizzy strahlte über das ganze Gesicht. »Klar, Larissa ist super! Sie fährt mich zum Reiten, weil sie genauso gerne reitet wie ich. Sie hatte sogar mal ein eigenes Pferd! Und wir gehen shoppen. Im Kino waren wir auch schon.«

»Warum gehst du nicht mit mir oder mit Mama?«

»Ihr habt doch nie Zeit! Larissa schon.«

Marc ließ seinen Blick suchend durch das Zimmer schweifen. »Gibt es vielleicht sonst noch etwas, das Larissa dir geschenkt hat?«, fragte er.

Langsam schien Lizzy den Braten zu riechen und zu spüren, dass dieses Gespräch eine Richtung nahm, die ihr nicht gefiel.

»Neeein«, sagte sie gedehnt. »Sonst nichts.«

Marc entging nicht, dass sie hinter ihrem Rücken unauffällig etwas verschwinden lassen wollte.

»Was hast du denn da?«, fragte Marc. »Zeig mal!«

Lizzy erstarrte mitten in der Bewegung. »Nichts«, erwiderte sie schnell. »Gar nichts.«

»Komm, Lizzy, du hast doch Vertrauen zu mir, oder? Zeig mir, was du hinter deinem Rücken versteckst!«

»Dann willst du es mir wegnehmen!«

»Ich möchte nur mit dir reden. Also ...« Marc streckte seine rechte Hand aus und wackelte mit den Fingern.

Lizzy zögerte noch einen Moment, dann gab sie Marc den Gegenstand. Der staunte nicht schlecht, als er erkannte, um was es sich handelte: ein iPhone der neuesten Generation.

Marc runzelte die Stirn. »Ich vermute, auch ein Geschenk von Larissa«, sagte er.

Lizzy hob die Schultern, sagte aber nichts.

»So ein Ding kostet doch bestimmt über fünfhundert Euro«, meinte Marc. »Wie kommt Larissa dazu, dir so etwas zu schenken?«

»Sie hat mich nach meinem größten Wunsch gefragt und ich habe ihr gesagt, dass ich ein iPhone haben möchte. Da hat sie mir eins gekauft.«

»Aber du hast doch schon ein Handy.«

»Das ist ein Scheißhandy!«, motzte Lizzy. »Damit kann man ja nicht mal Fotos machen. Und ins Internet gehen schon gar nicht.«

»Jetzt hör mal zu, Lizzy«, sagte Marc in betont vernünftigem Ton. »Wir, deine Mutter und ich, haben dir ein Handy gekauft, damit du im Notfall *telefonieren* kannst. Ansonsten braucht eine Elfjährige kein Handy.«

»Ich bin fast zwölf.«

»Auch eine Zwölfjährige benötigt kein Smartphone für über fünfhundert Euro. Als ich in deinem Alter war, gab es noch nicht einmal Handys, von einem Smartphone ganz zu schweigen. Und du wirst es nicht glauben: Wir haben es trotzdem überlebt, ohne Schaden zu nehmen.«

Lizzy rollte übertrieben mit Augen. »Aber heute haben alle Kinder in meiner Klasse ein Smartphone.«

»Das glaube ich kaum!«

»Doch! Kassandra! Kassandra hat eins von Samsung!«

Marc zählte innerlich bis zehn. Jetzt war es also wieder so weit. Kassandra, Lizzys beste Freundin, die als Ausrede für alles Mögliche herhalten musste. Wenn er schon diesen Namen hörte! Wer um alles in der Welt benannte sein Kind nach einer Frau, die andauernd Unheil vorhersah?

»Also, zunächst einmal ist Kassandra nicht ›alle Kinder‹. Und wenn Kassandra Eltern hat, die sich so etwas leisten können, ist das schön für sie. *Ich* kann das nicht.«

»Kassandras Vater ist auch Rechtsanwalt, genau wie du!«

Marc seufzte. »Ja, er ist ein Wirtschaftsanwalt mit reichen Mandanten. Ich helfe auch Menschen, die nicht so viel Geld haben.«

»Aber Larissa ist doch auch deine Mandantin! Und sie hat viel Geld, sonst hätte sie mir ja das iPhone nicht kaufen können.«

Dieses kleine Biest!, dachte Marc. Verdrehte ihm tatsächlich die eigenen Worte im Mund. Vielleicht sollte Lizzy lieber Anwältin statt Model werden. Das Talent dazu hätte sie auf jeden Fall.

»Larissa ist eine Ausnahme. An den meisten meiner Mandanten verdiene ich nur ein paar Euro.«

»Warum wirst du dann nicht auch Wirtschaftsanwalt?«

»Das ist nicht so einfach. Dazu muss man in den entsprechenden Kreisen Kontakte haben. Und man muss in vielen Vereinen Mitglied sein und seine Visitenkarten verteilen. Dazu habe ich keine Lust. Außerdem muss man dafür sehr lange im Geschäft sein.«

»Kassandras Vater ist jünger als du!«

»Ja, aber der Vater von Kassandras Vater und sein Großvater waren auch schon Anwälte und er hat viele Mandanten von ihnen übernommen. Und jetzt Ende der Diskussion! Tatsache ist, dass wir uns so ein Handy nicht leisten können! Und deshalb wirst du Larissa sagen, es tut dir leid, aber du kannst ein so teures Geschenk nicht von einer Fremden annehmen!«

»Larissa ist keine Fremde! Sie wohnt sogar hier!«

»Aber Larissa ist weder dein Vater noch deine Mutter. Und solche Geschenke bekommt man nur von Menschen, die einem sehr nahestehen.«

»*Du* bist auch nicht mein Vater!«

Marc zuckte innerlich zusammen. Lizzys Bemerkung hatte ihn da getroffen, wo es ihn am meisten schmerzte. Und er war sich sicher, dass genau das in Lizzys Absicht gelegen hatte. Er spürte, wie sein Kiefer sich anspannte.

»Das stimmt, ich bin nicht dein leiblicher Vater!«, wiederholte er kühl. »Aber das ändert nichts an den Tatsachen. Du wirst dieses Handy nicht behalten! Und wenn *du* es Larissa nicht zurückgibst, werde *ich* es eben tun!«

Marc machte Anstalten, das Zimmer mit dem iPhone zu verlassen.

Lizzy schossen die Tränen in die Augen. »Das ist mein Handy!«, schluchzte sie. »Larissa hat es mir geschenkt! Gib es wieder her!«

Marc schüttelte energisch den Kopf. »Wenn dir jemand ein so teures Handy schenkt, dann deine Mutter oder ich.«

»Macht ihr ja doch nicht!«

»Auf die Tour bestimmt nicht, Fräulein!«

»Du bist gemein! Erst sagst du, du willst nur reden, und dann befiehlst du einfach!«

»Wenn du mal Kinder hast, kannst du auch befehlen! Und dann merkst du vielleicht, wie nervig Kinder manchmal sein können, und wirst dich an dieses Gespräch erinnern.«

Lizzys Gesicht verzog sich zu einer wütenden Grimasse. »Ich hasse dich!«, schrie sie. »Ich hasse, hasse, hasse dich!« Mit diesen Worten warf sie sich aufs Bett und vergrub das Gesicht in ihrem Kissen.

Marc beobachtete sie eine Weile, unschlüssig, was er tun sollte, dann verließ er das Zimmer mit dem Handy in der Hand.

Sein nächster Weg führte ihn zum Gästezimmer, aber auch mehrfaches Anklopfen führte zu keiner Reaktion.

Anschließend ging er zum Arbeitszimmer seiner Freundin. Melanie saß vor ihrem PC, starrte auf den Monitor und hackte gleichzeitig auf die Tastatur ein.

Marc gab ihr zur Begrüßung einen Kuss auf den Scheitel. »Hast du einen Moment Zeit?«, fragte er.

Melanie tippte etwas zu Ende, dann drehte sie sich mit ihrem Bürostuhl zu ihm um. »Klar, worum geht es?«

»Um Larissa. Weißt du, wo sie steckt?«

»Sie ist kurz vor Mittag gefahren, hat mir aber nicht gesagt, wohin. Wieso, was ist mit ihr?«

»Hast du gewusst, dass sie Lizzy mit Geschenken überhäuft?«

Melanie lächelte. »›Überhäuft‹ ist mal wieder eine deiner typischen Übertreibungen. Ich weiß, dass sie ihr ein paar Klamotten gekauft hat. Larissa hat mich übrigens vorher gefragt, ob das in Ordnung geht. Sie mag Lizzy sehr. Außerdem hat sie wohl ein schlechtes Gewissen, weil sie hier wohnt.«

»Und was ist hiermit?« Marc hielt das iPhone in die Luft. »Ein nagelneues Smartphone, das ein Vermögen gekostet haben muss. Oder wusstest du das auch?«

»Nein, das war mir nicht bekannt.« Auf Melanies Stirn erschien eine scharfe Falte. »Vielleicht sollte ich doch mal mit ihr reden.«

»Das solltest du in der Tat. Und bei der Gelegenheit

kannst du sie auch gleich fragen, wann sie gedenkt, endlich hier auszuziehen.«

»Ich denke gar nicht daran. *Mich* stört Larissas Anwesenheit nämlich überhaupt nicht. Im Gegenteil: Sie unterstützt mich sehr, sowohl im Haushalt als auch was Lizzy angeht. Sie bringt sie zum Reiten, zum Ballett, in die Kunstschule und hilft ihr bei den Hausaufgaben. Ich bin heilfroh, dass ich dadurch mal ein bisschen Entlastung habe und nicht alles an mir hängen bleibt. Ich habe es jetzt tatsächlich das erste Mal seit Langem wieder geschafft, einen Roman zu lesen.«

»Das ist ja auch alles gut und schön, aber trotzdem: Ich finde, Larissa mischt sich zu sehr in unser Leben ein. Und ich weiß nicht, ob das gut ist.«

»Was soll daran nicht gut sein? Im Moment fällt mir nur Positives ein. Außerdem hat Larissa sich die letzten beiden Tage ohnehin schon sehr zurückgehalten und fast die ganze Zeit in ihrem Zimmer verbracht. Auch mit Lizzy hat sie kaum noch etwas unternommen.«

»Merkwürdig«, meinte Marc. »Hast du sie mal darauf angesprochen?«

»Ja, aber sie war ziemlich einsilbig. Sie meinte, es sei alles in Ordnung, sie sei nur viel online.«

In diesem Moment hörte Marc Schritte auf der Treppe. Er riss die Tür auf und erblickte Larissa, die gerade dabei war, in ihr Zimmer zu schlüpfen.

»Ah, Larissa«, sagte er. »Haben Sie vielleicht eine Minute Zeit für mich?«

Aber Larissa schien ihn gar nicht richtig wahrgenommen zu haben. Mit flackerndem Blick versuchte sie, ihn zu fixieren, aber es gelang ihr nicht. »Jetzt nicht!«, presste sie schließlich mühsam hervor. »Es geht mir nicht gut!« Mit diesen Worten verschwand sie im Gästezimmer und knallte die Tür hinter sich zu. Eine Sekunde später hörte Marc, wie der Schlüssel im Schloss umgedreht wurde.

Marc starrte noch eine Weile gegen die Tür, doch ihm war klar, dass mit Larissa jetzt kein sachliches Gespräch möglich war. Denn bevor sie in ihr Zimmer gegangen war, hatte Marc etwas gesehen: Beide Ärmel ihrer Jacke waren an den Bündchen blutverschmiert. Larissa hatte wieder angefangen, sich zu ritzen.

Kapitel 26

Auch am folgenden Tag bekam Marc Larissa nicht zu fassen. Sie verließ das Haus am frühen Morgen und kehrte erst spät zurück. Anschließend verbunkerte sie sich in ihrem Zimmer und ließ sich nicht mehr blicken. Marc beschloss, sie noch eine Weile in Ruhe zu lassen. Offenbar hatten sich ihre psychischen Probleme in letzter Zeit verschlimmert und es stand zu befürchten, dass sie einem ernsten Gespräch derzeit ohnehin nicht gewachsen war.

Am Morgen darauf schellte es um Punkt acht Uhr. Melanie und Lizzy waren bereits aus dem Haus und auch Marc wollte gerade in die Kanzlei fahren. Als er die Tür öffnete, standen zwei Männer vor ihm, in denen Marc trotz ihrer Zivilkleidung sofort Polizisten zu erkennen glaubte: Der eine war an die ein Meter neunzig groß, Mitte vierzig und mit einer Glattlederjacke bekleidet, der andere etwa zwanzig Zentimeter kleiner und zehn Jahre jünger, ohne Lederjacke, dafür aber mit dem beinahe obligatorischen Polizistenschnauzer.

Und tatsächlich: Zwei Sekunden später hielten sie Marc ihre Dienstausweise vor die Nase.

»Ich bin Kriminalhauptkommissar Reinhard«, sagte der Größere. »Das ist mein Kollege, Oberkommissar Sorg. Dürfen wir einen Moment hereinkommen?«

»Nur wenn Sie mir sagen, worum es geht.«

»Sollten wir das nicht besser drinnen klären?«

»Ich habe keine Geheimnisse vor meinen Nachbarn.«

Reinhard seufzte theatralisch und Marc konnte ihm geradezu ansehen, was ihm durch den Kopf ging: Ein Klugscheißer am frühen Morgen, genau das, was ich gebraucht habe.

»Wir würden gerne mit Frau Larissa Braun sprechen«, sagte Reinhard ruhig. »Die wohnt doch zurzeit bei Ihnen, nicht wahr?«

Marc dachte nach, wie er erfahren konnte, was die beiden von Larissa wollten. Also gab er den Weg frei. »Bitte«, sagte er. »Immer geradeaus durch.«

Marc folgte den beiden Beamten durch seinen Flur ins Wohnzimmer, wo er sie auf der Couch Platz nehmen ließ. Dann lief er in den ersten Stock und klopfte zaghaft an die Tür des Gästezimmers.

»Larissa«, rief er. »Sie haben Besuch.«

Sekunden später hörte er, wie sich ein Schlüssel im Schloss drehte und dann ging die Tür auf.

Larissa war nur mit einem hautengen Top mit Spaghetti-Trägern und einem Slip bekleidet und machte auf Marc einen apathischen Eindruck, vielleicht hatte sie starke Medikamente genommen. Oder er hatte sie nur aus dem Schlaf gerissen.

»Was ist los?«, murmelte sie mit halb geschlossenen Lidern.

»Die Polizei ist da und will Sie sprechen«, sagte Marc. »Haben Sie eine Ahnung, worum es gehen könnte?«

Larissa kniff die Augen zusammen, als müsse sie angestrengt nachdenken. »Nein«, verkündete sie dann. »Vielleicht haben sie neue Beweise gegen Borchert gefunden.«

Um ihr das mitzuteilen, würde die Polizei sie kaum persönlich aufsuchen, dachte Marc.

»Sind Sie bereit, mit den beiden zu sprechen?«, fragte er. »Oder soll ich sie abwimmeln?«

»Nein, nein, es geht schon. Aber ich brauche noch ein paar Minuten.«

»Sie kommt gleich«, teilte Marc den Polizisten mit, als er das Wohnzimmer wieder betrat. »Kann ich Ihnen in der Zwischenzeit etwas zu trinken anbieten? Der Kaffee ist gerade frisch durchgelaufen.«

Reinhard wechselte einen Blick mit seinem Kollegen. »Da sagen wir nicht Nein«, antwortete er.

Marc ging in die Küche und verteilte den Rest des Kaffees auf zwei Tassen, die er anschließend mit Zucker, Milch und Löffeln auf ein Tablett stellte. Damit kehrte er in das Wohnzimmer zurück und platzierte alles vor den Polizisten auf dem Couchtisch. »Bitte«, sagte er. »Bedienen Sie sich selbst.«

Dann setzte er sich in den Sessel den beiden Polizisten gegenüber. »Ich gehe davon aus, dass keine Bedenken bestehen, wenn ich als Frau Brauns Rechtsanwalt bei dem Gespräch anwesend bin«, sagte er.

»Keine Bedenken«, erwiderte Reinhard sofort. »Ist vielleicht auch besser, wenn Sie …« Er brach mitten im Satz ab und starrte auf eine Stelle hinter Marcs Rücken. Als Marc sich umdrehte, erblickte er Larissa, die gerade ins Wohnzimmer gekommen war. Sie trug immer noch das dünne Top, unter dem sich ihre Brustwarzen deutlich abzeichneten, und hatte sich lediglich einen Jeans-Minirock übergezogen, der viel Blick auf nacktes Bein freiließ. Und Larissa hatte tatsächlich sehr viel Bein zu bieten.

Marc beobachtete, wie Reinhard kaum den Blick davon abwenden konnte und auch seinem Kollegen Sorg fast die Augen aus dem Kopf fielen.

Dann hatten die beiden Beamten sich wieder etwas gefangen und erhoben sich. Sie schüttelten Larissa nacheinander die Hand und stellten sich vor. Anschließend ließen sie sich wieder auf der Couch nieder. Larissa nahm in dem Sessel neben Marc Platz. Sie war wie ausgewechselt und wirkte auf einmal vollkommen wach und entspannt.

»Was kann ich für Sie tun, meine Herren?«, fragte sie und schlug die langen Beine übereinander.

Reinhard leckte sich die Oberlippe. »Bevor wir beginnen, möchten wir Sie darauf hinweisen, dass es Ihnen selbstverständlich freisteht, mit uns zu sprechen. Außerdem haben Sie das Recht, einen Verteidiger zu befragen.« Er zwinkerte Marc zu. »Aber der ist ja ohnehin schon vor Ort.«

Bei Marc blinkten auf einmal sämtliche Warnleuchten auf. Wenn die Polizisten Larissa über ihr Aussageverweigerungsrecht belehrten, bedeutete dies, dass sie sie irgendeiner Straftat verdächtigten. Normalerweise hätte er jetzt unterbrechen und zuerst mit Larissa sprechen müssen. Aber er brannte geradezu darauf zu erfahren, um was es ging.

»Ich habe nichts zu verbergen«, erwiderte Larissa fröhlich. »Fragen Sie, was immer Sie wollen.«

»Gut. Frau Braun, würden Sie uns bitte sagen, wo Sie vorgestern waren?«

»Vorgestern!« Larissa richtete den Blick zur Decke. »Was ich den ganzen Tag gemacht habe, meinen Sie? Nun, zuerst war ich hier im Haus und gegen Mittag bin ich dann in die Bielefelder Innenstadt gefahren und habe ein bisschen geshoppt. Das hat ein paar Stunden gedauert. Dann war ich noch etwas essen und anschließend im Kino. Gegen neun war ich wieder hier.«

»Waren Sie allein unterwegs?«

»Ja, ganz allein. Wieso, brauche ich einen Zeugen?« Sie lachte übertrieben laut auf, aber die Polizisten behielten ihre ernste Miene bei.

»Frau Braun, kann es sein, dass Sie vorgestern in Kassel waren?«, fragte Reinhard.

Larissas Gesicht nahm einen verwunderten Ausdruck an. »In Kassel? Nein, ganz bestimmt nicht!«

»Dann würden wir Ihnen gerne etwas zeigen.« Reinhard nickte seinem Kollegen zu, der daraufhin einen Laptop aus seiner Tasche zog und auf den Tisch stellte. »Sie erlauben doch?«, fragte er mit einem Seitenblick auf Marc.

Marc machte eine gleichgültige Geste und Sorg begann damit, den Laptop aufzuklappen, hochzufahren und dann einen USB-Stick in die dafür vorgesehene Schnittstelle zu stecken. Eine Minute später hatte er seine Vorbereitungen abgeschlossen.

»Vielleicht können Sie sich zu uns gesellen, damit wir alle etwas davon haben?«, bat Reinhard.

Marc und Larissa rückten ihre Sessel so, dass auch sie den Bildschirm im Auge hatten. Darauf war ein Standbild in Farbe zu sehen: die Aufnahme einer Straße, die Marc sofort erkannte. Schließlich war er erst vor einer Woche dort gewesen. Es handelte sich um die Gertrudenstraße in Kassel, in der Rabea Steffen wohnte, die Frau, die Fabian Borchert vor vier Jahren wegen Vergewaltigung angezeigt hatte.

Die Kamera war etwas erhöht angebracht und genau auf den Eingang der Volksbankfiliale gerichtet, am Rand links daneben war die Haustür der Gertrudenstraße 5 zu sehen. Unten rechts waren Datum und Uhrzeit eingeblendet: *19.8.2013, 16:14 Uhr.*

»Die Aufnahme stammt von der Überwachungskamera der Bank«, erklärte Reinhard. »Sind Sie bereit?«

Marc und Larissa nickten synchron und Sorg startete das Video. Zuerst passierte nichts Außergewöhnliches. Marc beobachtete vorbeilaufende Menschen und vorbeifahrende Autos. Eine knappe Minute später überquerte eine Frau die Straße und ging auf die Tür von Rabea Steffens Wohnhaus zu. Die Frau war groß, sehr schlank, hatte lange dunkle Haare und trug Jeans sowie eine hüftlange, bonbonfarbene und wild gemusterte Jacke. Sie schaute kurz auf das Klingelbrett, dann schellte sie und sagte etwas in die Gegensprechanlage. Sekunden später drückte sie die Tür auf. Doch bevor sie das Haus betrat, schaute sie sich noch einmal um und sah dabei direkt in die Kamera.

»Stopp!«, rief Reinhard und Sorg hielt das Bild an. »Fahr da bitte mal näher ran«, bat er seinen Kollegen. Sorg tat ihm den Gefallen und kurz darauf füllte das Gesicht der Frau, die gerade im Begriff war, das Haus Gertrudenstraße 5 zu betreten, den gesamten Bildschirm aus. Und dieses Gesicht war unverkennbar das von Larissa.

Reinhard lehnte sich triumphierend zurück. »Wollen Sie immer noch behaupten, dass Sie vorgestern nicht in Kassel waren, Frau Braun?«, fragte er süffisant.

Larissa starrte ihr Bild auf dem Monitor an. Sie war knallrot angelaufen. Schließlich sagte sie leise. »Nein, ich war vorgestern in Kassel.«

»Warum haben Sie das nicht gleich gesagt?«

Larissa warf Marc einen schnellen Seitenblick zu, bevor sie sich wieder den Beamten zuwandte. »Weil ich Herrn Hagen versprochen hatte, nicht mit Rabea Steffen zu reden. Herr Hagen hat gedroht, in dem Fall das Mandat niederzulegen, und davor hatte ich panische Angst.«

»Sie wollten also zu Frau Steffen«, hielt Reinhard fest. »Warum?«

Larissa holte tief Luft. »Ich ... ich bin von einem Mann namens Fabian Borchert vergewaltigt worden. Frau Steffen hat Borchert vor vier Jahren ebenfalls wegen Vergewaltigung angezeigt, die Anzeige dann aber zurückgezogen. Ich wollte versuchen, sie davon zu überzeugen, dass sie in meinem Verfahren gegen Borchert aussagt. Ich dachte, wenn sie zugibt, auch von Borchert vergewaltigt worden zu sein, würde man mir eher glauben.«

Sie wandte sich Marc zu. »Bitte, verzeihen Sie mir.«

Marc hatte einige Mühe, seinen Ärger zu unterdrücken. »Ich dachte, ich hätte Ihnen bereits deutlich gemacht, dass

Rabea Steffen nicht bereit ist, über diese Sache zu sprechen«, sagte er. »Warum haben Sie es trotzdem noch einmal versucht?«

»Weil ich vorgestern Morgen einen Anruf erhalten habe. Eine männliche Stimme hat mir gesagt, Rabea Steffen wolle nun doch mit mir reden. Ich sollte am Nachmittag um sechzehn Uhr zu ihr kommen.«

Marc runzelte die Stirn. »Warum weiß ich davon nichts?«

»Weil der Anrufer gesagt hat, Frau Steffen wolle nur mit mir alleine sprechen. Außerdem hatten Sie es mir ja verboten. Ich dachte, das wäre eine einmalige Chance. Aber wie sich dann herausstellte, wollte Frau Steffen nichts mit mir zu tun haben. Sie hat mich zwar ins Haus gelassen, aber als ich ihr dann an der Wohnungstür erklärt habe, warum ich gekommen bin, hat sie so getan, als wisse sie von keinem Anruf. Sie hat mich angeschrien, sie habe mit dieser alten Geschichte ein für alle Mal abgeschlossen und hat mir die Tür vor der Nase zugeworfen. Wenn Sie das Video weiterlaufen lassen, werden Sie sehen, dass ich keine fünf Minuten in dem Haus war.«

»Das ist korrekt«, bestätigte Sorg. Er aktivierte den Schnellvorlauf und Passanten, Autofahrer und der Timecode bewegten sich im Zeitraffer. Nach genau drei Minuten und achtundvierzig Sekunden trat Larissa wieder auf die Straße und Sorg hielt das Bild erneut an.

»Sehen Sie«, sagte sie.

»Dürfen wir jetzt endlich wissen, um was es geht?«, mischte sich Marc ein. »Gut, Frau Braun hat Ihnen eben nicht die ganze Wahrheit gesagt und dafür entschuldigen wir uns. Aber dass meine Mandantin mit Frau Steffen sprechen wollte, wird wohl kaum der Anlass Ihres Besuchs sein.«

»Wenn Sie sich da mal nicht täuschen.« Reinhard wandte sich wieder Larissa zu. »Was haben Sie anschließend gemacht?«, fragte er.

Larissa wollte gerade zu einer Antwort ansetzen, aber Marc fiel ihr ins Wort. »Das wird Frau Braun Ihnen bestimmt gerne sagen. Aber erst, wenn wir wissen, aus welchem Grund Sie hier sind.«

»Frau Steffen ist vorgestern ermordet worden«, sagte Reinhard ohne Einleitung. »Ihre Leiche wurde in einem einsamen Waldstück in der Nähe von Kassel gefunden.«

Kapitel 27

Marc sackte der Unterkiefer ab. »Was ... was ist geschehen?«, brachte er schließlich mühsam hervor.

»Frau Steffen ist von ihrer Wohnung aus zum Joggen in dieses Waldstück gefahren«, erläuterte Reinhard. »Das tat sie dreimal pro Woche, immer zu festen Zeiten. Irgendjemand hat sie auf ihrer Joggingstrecke überfallen und getötet. Nein, das ist nicht ganz richtig: Frau Steffen wurde geradezu abgeschlachtet, der Täter hat immer und immer wieder auf sie eingestochen.«

Marc konnte nicht anders, als Larissa anzustarren. Deren Gesicht war zu einer unbeweglichen Maske geworden.

»Und jetzt glauben Sie, ich hätte etwas damit zu tun?«, fragte sie den Polizisten.

»Der Gedanke ist uns gekommen, ja. Immerhin waren Sie einer der letzten Menschen, wenn nicht sogar der letzte, der Frau Steffen lebend gesehen hat. Also, was haben Sie nach Ihrem Besuch bei Frau Steffen gemacht?«

Larissa fuhr sich mit der Hand hektisch durch die Haare. »Weil ich schon mal in Kassel war, dachte ich, ich könnte dort auch bummeln gehen. Ich habe fast mein ganzes Leben in Kassel verbracht und kenne mich dort sehr gut aus. Ich war auf der Königsstraße unterwegs und anschließend noch etwas essen. Abends bin ich nach Bielefeld zurückgefahren.«

»Ganz sicher?«, vergewisserte sich Reinhard.

»Hundertprozentig«, bestätigte Larissa.

»Haben Sie bei Ihrer Shoppingtour oder auch beim Essen einen Bekannten getroffen, der Ihre Angaben bestätigen kann?«

»Nein, tut mir leid.«

»Na, dann wollen wir uns das Video doch einmal weiter ansehen. Jörg!« Reinhard nickte seinem Kollegen auffordernd zu.

Marc beobachtete, wie sich Larissa aus dem Blickfeld der Kamera entfernte. Dann passierte zunächst einmal nichts Außergewöhnliches mehr. Autos und Passanten, die auftauchten und verschwanden. Sorg wechselte erneut in die Schnellvorlauffunktion und ging erst wieder zur Normalgeschwindigkeit über, als der Timecode *17:28 Uhr* anzeigte. Zwanzig Sekunden später öffnete sich die Haustür der Gertrudenstraße 5 und eine Frau trat heraus, in der Marc sofort Rabea Steffen erkannte. Sie trug einen Trainingsanzug und Sportschuhe und stieg in einen Opel Corsa, der vor der Volksbank abgestellt war. Kurz darauf fuhr der Wagen aus der Parklücke und verschwand aus dem Bildausschnitt.

Reinhard wartete noch ein paar Sekunden, dann sagte er: »Uuuuund stopp!«

Die Szene fror in dem Moment ein, als ein Mini Cooper durchs Bild fuhr und Rabea Steffens Haus passierte.

Sorg zoomte auf das Nummernschild des Mini und Marc wurde beinahe schlecht, als er es entzifferte: *BI LB 1982.* Larissas Wagen!

»Sind Sie sich ganz sicher, dass Sie die ganze Zeit einkaufen waren?«, fragte Reinhard.

Larissa senkte den Blick. »Nein, es stimmt. Ich habe vor dem Haus auf Frau Steffen gewartet. Ich wollte versuchen, noch einmal mit ihr zu sprechen, von Opfer zu Opfer sozusagen. Ich dachte, wenn ich sie außerhalb ihrer eigenen vier

Wände anspreche, wo sie keine Möglichkeit hat, mir die Tür vor der Nase zuzuschlagen, habe ich vielleicht noch eine Chance. Deshalb bin ich ihr gefolgt.«

»Ich werde Ihnen sagen, wie es dann weiterging«, sagte Reinhard. »Sie sind Frau Steffen hinterhergefahren. Als sie in dem Forst ankam, sind Sie ebenfalls ausgestiegen. Sie sind ihr ein paar Meter in den Wald hinein gefolgt und dann haben Sie sie gerufen und an ihre weibliche Solidarität appelliert. Aber sie ist hart geblieben, hat gesagt, sie wolle mit Ihnen nichts zu tun haben, Sie sollten sich verpissen! Da ist in Ihrem Kopf eine Sicherung durchgebrannt: Borchert hat Sie brutal vergewaltigt und diese Schlampe, die Ihnen mit einer einfachen Aussage helfen könnte, weigert sich einfach! Sie haben ein Messer gezückt und damit wie von Sinnen auf Rabea Steffen eingestochen! War es so, Frau Braun?«

Larissa schüttelte heftig den Kopf. »Nein, nein, nein!«, sagte sie verzweifelt. »So ist es nicht gewesen! Ich *wollte* ihr folgen, habe sie aber schon nach ein paar Kilometern verloren. Ich habe noch versucht, sie wiederzufinden, hatte aber in dem dichten Verkehr keine Chance. Irgendwann habe ich es aufgegeben. Das ist alles, was ich dazu sagen kann!«

»Wissen Sie, was ich glaube, Frau Braun?«, sagte Reinhard. »Ich glaube, Sie geben immer gerade so viel zu, wie man Ihnen nachweisen kann. Und das ist ein Verhalten, das nach meiner Erfahrung nur Menschen zeigen, die schuldig sind. Sie sollten sich also überlegen, ob Sie uns nicht die Wahrheit sagen wollen. Ich bin mir sicher, der Richter wird das wohlwollend zur Kenntnis nehmen.«

»Aber ich bin das nicht gewesen!«, protestierte Larissa. »Ich schwöre es!« Mit einem verzweifelten Gesichtsausdruck wandte sie sich Marc zu. »Bitte, Marc, tun Sie doch etwas!«

Marc gab sich einen Ruck. »Ihre Theorie steht doch auf äußerst wackeligen Beinen«, meinte er. »Wo sollte denn

Frau Braun zum Beispiel das Messer herhaben, mit dem sie Frau Steffen angeblich erstochen hat? Sie gehen doch selbst nicht von einer geplanten Tat aus. Oder glauben Sie, dass Frau Braun immer ein Messer in der Tasche hat?«

»Warum nicht?«, entgegnete Reinhard gelassen. »Sie ahnen gar nicht, wie viele Frauen heutzutage ständig eine Waffe bei sich führen, um sich im Notfall verteidigen zu können, sei es Pfefferspray, eine Gas- oder Schreckschusspistole, ein Elektroschocker oder eben ein Messer. Und das gilt insbesondere für Frauen, die wie Frau Braun schon einmal Opfer einer Gewalttat geworden sind.«

Mit diesen Worten nahm er Larissa wieder ins Visier. »Wir wollen ja gar nicht behaupten, dass Sie Rabea Steffen vorsätzlich getötet haben. Sie haben schlicht und einfach die Nerven verloren. Wir wissen, dass Sie psychische Probleme haben und das wird sich mit Sicherheit strafmildernd auswirken.«

Larissa starrte auf den Boden. »Nein!«, sagte sie. »Nein, nein, nein! Ich habe damit nichts zu tun! Lesen Sie es mir von den Lippen ab: Ich! Habe! Diese! Frau! Nicht! Getötet!«

»Frau Braun ist doch offensichtlich durch einen anonymen Anruf nach Kassel gelockt worden, damit der Täter – der *wahre* Täter – ihr den Mord in die Schuhe schieben konnte«, versuchte Marc, ihr zur Hilfe zu kommen.

Er wandte sich Larissa zu. »Ich gehe davon aus, dass Sie nichts dagegen haben, den Polizisten Ihr Handy zu übergeben. Vielleicht können die noch feststellen, von wem der Anruf kam.«

»Wir können das gerne versuchen«, meinte Reinhard. »Auch wenn ich sehr bezweifle, dass dabei etwas herauskommt. Außerdem: Welches Motiv sollte der ›wahre Täter‹ gehabt haben, Frau Steffen zu ermorden?«

»Fabian Borchert hatte zum Beispiel ein Motiv!«, meinte

Marc. »Er musste befürchten, dass Frau Steffen doch noch gegen ihn aussagt.«

»Borchert kann es unmöglich gewesen sein«, erwiderte Reinhard. »Er steht seit Wochen unter Hausarrest und trägt eine elektronische Fußfessel.«

»Sie haben sich also schon nach ihm erkundigt, nicht wahr?«, gab Marc zurück. »Gut, Borchert war es vielleicht nicht selbst, aber er kann jemanden mit dem Mord beauftragt haben.«

Reinhard lächelte milde. »Sie sehen zu viele Krimis«, meinte er. »Es ist nämlich gar nicht so leicht, einen Killer zu finden, wie es einem in diesen amerikanischen Filmen suggeriert wird. Und schon gar nicht, wenn man sein Haus nicht verlassen kann. Oder meinen Sie, Borchert hat einfach ein bisschen rumtelefoniert? Auftragsmörder findet man nicht gerade in den Gelben Seiten.«

»Ich weiß nicht, wie er es gemacht hat«, gab Marc zu. »Oder ob er überhaupt etwas damit zu tun hat. Tatsache ist, dass die Beweislage gegen Frau Braun äußerst dünn ist. Wenn man denn überhaupt von Beweisen sprechen kann. Oder haben Sie irgendwelche Sachbeweise, die Frau Braun mit der Tat in Verbindung bringen?«

»Noch nicht.« Reinhard grinste. »Aber um solche Beweise zu finden, sind wir schließlich hier.«

Er nickte Sorg zu, der ein Blatt Papier aus seiner Aktentasche holte, das er anschließend an Marc weitergab.

Dann sagte Reinhard: »Das ist ein Durchsuchungsbeschluss des Amtsgerichts Bielefeld, der uns ermächtigt, die Wohnung von Frau Braun in der Rosenstraße sowie Ihr Haus zu durchsuchen, da zu vermuten ist, dass dies zur Auffindung von Beweismitteln im Mordfall Rabea Steffen führen wird.«

Marc hatte Mühe, seine Erregung zu unterdrücken. Nur gut, dass Melanie und Lizzy nicht da waren. Melanie hatte vor nicht allzu langer Zeit schon einmal eine Hausdurchsuchung über sich ergehen lassen müssen und Marc wusste, dass das ein traumatisches Erlebnis für sie gewesen war.

Er nahm sich Zeit, den Durchsuchungsbeschluss gründlich zu studieren. Als er damit fertig war, sagte er: »Das ist ein 102er-Beschluss, kein 103er. Das heißt, ich bin nicht verdächtig, an dem Mord an Frau Steffen beteiligt zu sein.«

»Das ist korrekt«, bestätigte Reinhard. »Aber Frau Braun lebt zurzeit in Ihrem Haus. Deshalb gilt Ihr Haus ebenfalls als Wohnung von Frau Braun und wir sind berechtigt, es zu durchsuchen.«

»Moment! Frau Braun bewohnt *ein* Zimmer meines Hauses. Das können Sie von mir aus durchsuchen. Alle anderen Räume sind für Sie tabu! Es sei denn, Sie können sicher nachweisen, dass sich dort ein konkretes Beweisstück befindet.«

»Derartige Beweise haben wir nicht«, räumte Reinhard ein. »Trotzdem können wir alle Räume durchsuchen, weil sich Frau Braun mit Sicherheit nicht nur in einem Zimmer des Hauses aufhält.«

»Aufhalten ist nicht *bewohnen!*«

»Aber sie benutzt sie. Oder sie benutzt sie mit. Das dürfte zumindest für Küche, Esszimmer und Wohnzimmer gelten.«

So ging es noch minutenlang hin und her. Schließlich wurde es Reinhard zu bunt und er rief einen Staatsanwalt herbei. Auch mit ihm ging die Diskussion noch eine Weile weiter, bis sie sich endlich darauf einigten, dass die Polizisten Lizzys Kinderzimmer, die Garage, sowie die Schlaf- und Arbeitszimmer von Melanie und Marc nicht betreten durften, zu allen anderen Räumen jedoch ungehinderten Zutritt erhielten.

Anschließend begleitete Larissa Sorg zu ihrer Wohnung in die Rosenstraße, um die dortige Durchsuchung zu beaufsichtigen.

Unterdessen begannen Reinhard und drei weitere Beamte

mit ihrer Arbeit in Marcs Haus. Während sie das unterste zuoberst kehrten, rief Marc Melanie an. Er informierte sie über das Notwendigste und bat sie, Lizzy nach dem Reiten zu einer Freundin zu bringen. Ihre Tochter musste das Chaos, das die Polizisten anrichteten, und die Ohnmacht ihrer Eltern schließlich nicht auch noch mit ansehen.

Als die Beamten nach fünf Stunden endlich ihre Durchsuchung beendet hatten, räumte Marc oberflächlich auf, dann rief er Melanie erneut an, die den Tag bei Bea verbracht hatte. Sie besprachen, dass Lizzy die Nacht bei ihrer Freundin verbringen sollte, dreißig Minuten später kehrte Melanie zurück. Als sie das Durcheinander sah, schlug sie die Hände vor das Gesicht und begann, leise zu weinen.

Marc nahm sie in den Arm. »Das wird schon wieder«, versuchte er, sie zu trösten. »Wenn Lizzy morgen zurückkommt, wird es hier wieder so aussehen, als sei das alles nie passiert.«

Melanie zog schniefend die Nase hoch. »Verdammt«, sagte sie. »Das ist jetzt schon die zweite Hausdurchsuchung innerhalb von zwei Jahren. Ich hoffe, das wird nicht zur Gewohnheit.«

Marc wusste, worauf sie anspielte. Vor einem Jahr hatte er unter Mordverdacht gestanden und sein Haus war von den Beamten heimgesucht worden. »Diesmal hatte die Hausdurchsuchung aber nichts mit mir zu tun«, sagte er, weil er das Gefühl hatte, sich verteidigen zu müssen. »Ich habe dir gleich gesagt, dass wir Larissa hier nicht wohnen lassen sollen.«

»Dann bin ich also schuld?« Melanies Stimme wurde schrill. »Immerhin ist sie deine Mandantin! Und du glaubst doch wohl nicht im Ernst, dass Larissa etwas mit diesem Mord zu tun hat?«

Bevor Marc etwas erwidern konnte, hörte er, dass ein Schlüssel in der Haustür umgedreht wurde. Wenige Sekunden später stand Larissa vor ihnen.

»Bei mir sind sie fertig«, verkündete sie mit hochrotem Kopf. »Wie sieht es hier aus?«

»Seit einer Stunde ist Ruhe«, teilte Marc ihr mit. »Haben die etwas mitgenommen?«

»Ja, irgendwelchen Kleinkram, vor allem aber Kleidung. Wahrscheinlich glauben sie, daran Blut oder Fasern finden zu können.«

»Hier haben sie auch kistenweise Kleidung von Ihnen rausgetragen«, sagte Marc. »Ich fürchte, Sie werden sich ein paar Sachen von Melanie leihen müssen. Haben Sie sich eine Kopie der beschlagnahmten Gegenstände geben lassen?«

»Doch, schon, aber die habe ich in meiner Wohnung liegen gelassen. Hat mich nicht sonderlich interessiert, denn eines weiß ich genau: Sie *können* nichts gefunden haben, was mich mit dem Mord an Rabea Steffen in Verbindung bringt, denn ich habe damit nicht das Geringste zu tun!«

Melanie warf Marc einen bedeutungsvollen Blick zu. »Da hast du's!«, sagte sie. »Will außer mir sonst noch jemand etwas essen?«

Marc und Larissa nickten und Melanie verschwand in der Küche.

Als sie allein waren, machte Larissa ein zerknirschtes Gesicht. »Ich wollte mich bei Ihnen noch einmal für die Unannehmlichkeiten entschuldigen«, sagte sie. »Aber damit konnte schließlich niemand rechnen.«

»Wirklich nicht?«, fragte Marc scharf. »Ich hatte Ihnen doch ausdrücklich untersagt, sich mit Rabea Steffen in Verbindung zu setzen!«

»Ich habe mich auch nicht mit ihr in Verbindung gesetzt«, verteidigte sich Larissa. »*Sie* hat sich mit mir in Verbindung gesetzt. Dachte ich zumindest.«

»Haben Sie die Stimme des Anrufers erkannt?«, fragte Marc. »War es Borchert?«

»Ich bin mir nicht sicher. Wenn es Borchert war, hat er

seine Stimme ziemlich gut verstellt. Auf jeden Fall musste ich davon ausgehen, dass Rabea Steffen mich sprechen wollte. Diese Chance konnte ich mir nicht entgehen lassen. Was hätte ich denn tun sollen?«

»Sie hätten zum Beispiel zuerst mit mir sprechen können.«

»Und was hätte das geändert? Sie wussten schließlich auch nicht, dass es sich um eine Falle gehandelt hat.«

Marc seufzte schwer. »Sie haben auf alles eine Antwort, oder? Wissen Sie was, langsam gehen Sie mir auf den Geist! Seit Sie in unser Leben getreten sind, geht hier alles drunter und drüber.«

Larissa schaute Marc ängstlich an. »Aber Sie legen doch jetzt nicht das Mandat nieder?«

»Wenn ich ehrlich sein soll: Ich stehe kurz davor! Ich bin Ihr Anwalt und wenn ich Ihnen helfen soll, müssen Sie das tun, was ich Ihnen sage, und mich vor allem auch über alles informieren, was Sie in dieser Sache unternehmen!«

»Ich weiß, die Fahrt nach Kassel war ein Fehler«, gab Larissa kleinlaut zu. »Aber mit diesem Mord habe ich nichts zu tun.«

Ihre Augen suchten sein Gesicht nach einem Zeichen der Bestätigung ab. »Sie glauben mir doch, oder?«

»Ja, ja, natürlich«, antworte Marc abwesend. Auf einmal war er mit seinen Gedanken ganz woanders. Er musste an das Blut denken, das er vor zwei Tagen an Larissas Jacke gesehen hatte, nachdem sie aus Kassel zurückgekehrt war. Bis jetzt war er davon ausgegangen, dass sie wieder angefangen hatte, sich zu ritzen. Aber was, wenn das Blut gar nicht Larissas eigenes gewesen war?

Kapitel 28

Dieser Gedanke beschäftigte Marc auch noch, als er einige Tage später in seinem Büro saß. Konnte es wirklich sein, dass Larissa Rabea Steffen erstochen hatte? Einerseits hielt er das für ausgeschlossen, andererseits war sie vor vierzehn Jahren schon einmal unter Mordverdacht geraten. Und es gab jetzt bereits zwei Männer, Lars Neumann und Prof. Kortlage, die ihn eindringlich vor Larissa gewarnt hatten. Langsam bekam er Angst vor seiner eigenen Mandantin. Aber er brauchte einen handfesten Grund, um Larissa rauszuschmeißen. Und der wollte ihm partout nicht einfallen.

Das Klingeln des Telefons riss Marc aus seinen Überlegungen.

»Frau Braun ist hier«, sagte seine Sekretärin. »Mit Begleitung. Haben Sie Zeit?«

»Ja, schicken Sie sie rein.« Larissa!, ging es Marc durch den Kopf. Wenn man an den Teufel dachte …

Die Tür zu seinem Büro öffnete sich und Larissa kam mit einer jungen Frau im Schlepptau herein.

»Das ist Sabrina«, stellte Larissa ihre Begleiterin vor. »Sabrina Haverkamp. Wir müssen unbedingt mit Ihnen sprechen! Es geht um den Fall Borchert.«

Marc ließ sich seine Verwunderung nicht anmerken und zeigte mit einer stummen Handbewegung auf die Besucherstühle, dann nahm er wieder hinter seinem Schreibtisch Platz.

Er schätzte Sabrina auf Anfang zwanzig. Auf den ersten Blick wirkte sie sehr attraktiv mit ihrer langen blonden Mähne, der kleinen Stupsnase und den vollen, knallroten Lippen. Bei näherem Hinsehen vermittelte sie allerdings einen verlebten und etwas billigen Eindruck: Sie war zu stark geschminkt und hatte harte Augen, die wahrscheinlich schon alles gesehen hatten. Bekleidet war sie mit einem roten Stretch-Minikleid und High Heels. Im Gegensatz zu Larissa, die auch einen Minirock trug, wirkte sie allerdings in etwa so erotisch wie eine Barbiepuppe.

»Um was geht es?«, fragte Marc.

Larissas Hände waren pausenlos in Bewegung. Dermaßen aufgekratzt hatte Marc sie noch nie erlebt. »Ich habe Sabrina in einem Internetforum kennengelernt«, erzählte sie. »In einem Forum, in dem Frauen chatten, denen sexuelle Gewalt angetan wurde. Ich habe mich nach der Tat so alleine gefühlt, aber im Internet habe ich Frauen gefunden, die dasselbe durchgemacht haben wie ich und mit denen ich mich austauschen konnte.«

»Weiter«, sagte Marc nur.

»Sabrina hat sich auch in diesem Forum angemeldet. Sie lebt in Hannover und war letztes Jahr in einer Diskothek, dem *Top* in Garbsen. Dort ist sie von einem sehr gut aussehenden blonden Mann angesprochen worden. Er hat sie gefragt, ob er sie nach Hause bringen könne und Sabrina war einverstanden. Als sie dann gechattet hat, er habe einen gelben Porsche gefahren, sind bei mir sämtliche Alarmleuchten angegangen. Ich habe Sabrina gefragt, wie der Mann hieß, und sie sagte, er habe sich Christian genannt. Aber die Beschreibung, die sie mir von dem Typen gegeben hat, passte genau auf Borchert. Er hat sie nach Hause gebracht, hat sich unter einem Vorwand Zutritt zu ihrer Wohnung verschafft und sie dann vergewaltigt.«

Marc runzelte die Stirn. »Und dieser Mann war wirklich Fabian Borchert?«, fragte er. »Was hat der denn in Hannover zu suchen? Das ist doch über hundert Kilometer von Kassel entfernt.«

»Ja, aber über die A 7 und mit einem Porsche in weniger als einer Stunde zu erreichen. Wahrscheinlich hat er sein

Jagdrevier ausgeweitet. Ich habe mich heute mit Sabrina verabredet und ihr ein Foto von Borchert gezeigt. Sie hat ihn eindeutig identifiziert.«

Marc wandte sich Sabrina zu. »Haben Sie die Tat angezeigt?«, erkundigte er sich.

Sabrina senkte den Blick, dann schüttelte sie den Kopf. »Nein«, sagte sie leise. »Ich hatte Angst, dass er mich umbringt. Bevor er gegangen ist, hat er gesagt, dass er mich tötet, falls ich zur Polizei gehe. Er wusste ja jetzt, wo ich wohne.«

Larissa knuffte sie leicht in die Seite. »Du musst *alles* erzählen, Sabrina. Du hast es versprochen!«

Sabrina schien noch einen Moment mit sich zu ringen. Schließlich sagte sie: »Okay, das war nicht der einzige Grund. Ich dachte, die Bullen glauben mir sowieso nicht.«

»Aha«, warf Marc ein. »Und warum nicht?«

»Ich habe ab und zu als Prostituierte gearbeitet. Jetzt mache ich das natürlich nicht mehr, aber ich hatte letztes Jahr große Geldsorgen.«

»Verstehen Sie?«, sagte Larissa eifrig. »Das ist Borcherts Masche: Er sucht sich Frauen aus, bei denen er davon ausgehen kann, dass sie die Tat nicht anzeigen, oder dass man ihnen zumindest nicht glaubt, wenn sie es doch tun. Rabea Steffen war wegen Betruges vorbestraft, Sabrina eine Gelegenheitsprostituierte und ich bin die Irre, die entweder lügt oder sich alles nur eingebildet hat.«

Marc fixierte Sabrina. »Stellt sich nur noch die Frage, woher Borchert gewusst hat, dass Sie sich mal prostituiert haben. Ich nehme nicht an, dass Sie ihm das erzählt haben.«

»Nein, natürlich nicht. Aber nachdem er mich vergewaltigt hat, hat er zu mir gesagt, einer Nutte wie mir werde die Polizei sowieso kein Wort glauben. Er wusste über mich Bescheid, wahrscheinlich hat er mich auf dem Strich an der Herschelstraße gesehen.«

»Ich habe es Ihnen ja gleich gesagt!«, triumphierte Larissa. »Es gibt noch mehr Opfer.«

Marc nickte langsam. Er war davon überzeugt, dass Larissa im Internet nicht nur Trost und Beistand gesucht, sondern gezielt nach ähnlichen Fällen Ausschau gehalten hatte.

»Sind Sie denn bereit, jetzt gegen Borchert auszusagen?«, fragte Marc in Richtung Sabrina. »Und diese Aussage gegebenenfalls auch vor einem Gericht zu beeiden?«

»Ja, das bin ich!«, erwiderte sie bestimmt. »Larissa hat mich davon überzeugt, dass wir diesem Schwein das Handwerk legen müssen und das auch schaffen können.«

»Gut«, sagte Marc. »Dann werde ich den zuständigen Staatsanwalt über Ihre Aussage informieren. Vorher brauche ich allerdings noch ein paar Angaben von Ihnen: Ihre Anschrift und den genauen Tag der Tat. Oder wissen Sie den nicht mehr?«

Sabrina lächelte bitter. »Wie könnte ich den je vergessen? Es vergeht kein Tag, an dem ich nicht daran denken muss: Es war Freitag, der 26. Oktober letzten Jahres.«

»Okay.« Marc schob ein Blatt Papier und einen Kugelschreiber auf die andere Seite des Tisches. »Wenn Sie mir bitte Ihre persönlichen Daten notieren wollen.«

Er sah der jungen Frau dabei zu, wie sie konzentriert Druckbuchstaben aufmalte. Wenn es wirklich stimmte, was Sabrina ihm erzählt hatte, würde sie Larissa damit zweifelsohne helfen, auch wenn sie nicht gerade den besten Leumund hatte und seit der Tat bereits ein Dreivierteljahr vergangen war.

Allerdings meldeten sich bei Marc auch Zweifel. Wenn Borchert gewusst hatte, dass Sabrina als Prostituierte arbeitete, warum hatte er sie nicht einfach für eine schnelle Nummer bezahlt? Geld hatte er schließlich mehr als genug! Aber dann fielen ihm Melanies Worte wieder ein: Bei Vergewaltigung geht es nicht um Sex, es geht um Machtausübung. Vielleicht bekam Borchert nur eine Erektion, wenn er den Widerstand und die Angst seiner Opfer spürte.

Sabrina war inzwischen fertig und reichte Marc den Zettel. Der überflog die Angaben, dann nickte er: »Das müsste vorerst reichen«, meinte er. »Ich werde alles in die Wege leiten und gehe davon aus, dass die Staatsanwaltschaft sich anschließend mit Ihnen in Verbindung setzt.«

Unmittelbar nachdem Larissa und Sabrina ihn verlassen hatten, lockerte Marc seine Krawatte und öffnete den obersten Knopf seines Hemdes. In seinem Büro herrschte eine Hitze wie in einem Backofen. Marc ging zum Fenster und riss es weit auf. Die Kanzlei lag im ersten Stock mit Blick auf die Bielefelder Fußgängerzone. Unten wimmelte es von Passanten, die das schöne Wetter zu einem Einkaufsbummel nutzten. An der Eisdiele hatte sich eine lange Schlange gebildet, die Plätze des Straßencafés daneben waren voll besetzt. Einen Moment genoss Marc mit ausgebreiteten Armen die leichte Brise, die in sein Büro strömte, aber dann sah er Larissa und Sabrina aus dem Haus treten und direkt auf die Bankfiliale auf der anderen Straßenseite zusteuern. Larissa holte etwas aus ihrer Handtasche, wahrscheinlich eine EC-Karte, denn gleich darauf machte sie sich am Geldautomaten an der Außenseite der Bank zu schaffen. Nur wenige Sekunden später drehte sie sich mit einem Bündel Scheine in der Hand wieder um. Marc zog sich etwas zurück, um nicht gesehen zu werden, hatte die Szene aber weiter im Blick. Larissa zählte einige Scheine ab, die sie anschließend an Sabrina weiterreichte. Sabrinas freudigem Gesichtsausdruck zufolge hatte sie offenbar mit weniger gerechnet. Sabrina steckte das Geld ein, dann umarmten sich die beiden Frauen und ihre Wege trennten sich.

Marc ließ sich erschöpft in seinen Sessel fallen und seufzte.

Kapitel 29

Am nächsten Tag verließ Marc die Kanzlei gegen Mittag, um zu Hause zu essen. Er hatte sich noch immer nicht dazu durchringen können, Sabrinas Aussage an Rüther weiterzugeben. Obwohl er den Hörer schon mehrfach in der Hand gehabt hatte, hatte er ihn jedes Mal wieder aufgelegt. Zuerst musste er herausfinden, was es mit der Geldübergabe auf sich hatte. Denn wenn sich herausstellte, dass Larissa die Frau für eine Falschaussage bezahlt hatte, konnte auch er in Teufels Küche kommen. Am einfachsten wäre es natürlich, Larissa direkt zu fragen. Aber wenn Larissa dann behauptete, es habe sich lediglich um die Fahrtkosten von Hannover nach Bielefeld gehandelt, würde ihn das keinen Schritt weiterbringen.

Außerdem gab es vielleicht noch eine andere Möglichkeit, an mehr Informationen zu gelangen.

Nachdem er einen Eintopf warm gemacht und gegessen hatte, ging er in sein Arbeitszimmer und loggte sich ins Internet ein. Anschließend gab er die Suchworte *Top* und *Garbsen* ein und gelangte so auf die Homepage der Diskothek. Das *Top* war eine Großraumdiskothek, die bereits seit über zehn Jahren existierte. Auf der Homepage gab es verschiedene Links, die Marc nacheinander anklickte: *News, Programm, Events, Locations, Kontakt, Nightshots*. Fast an jedem Freitag und Samstag fand im *Top* eine Party statt, die immer unter einem bestimmten Motto stand: Single-Party, Apres-Ski-Party, Ladys Night, Karneval. Marc interessierte sich insbesondere für den Link *Nightshots*, hinter dem sich eine Fotogalerie vergangener Partys verbarg. Zuerst suchte er nach Bildern von der Party am 26. Oktober 2012, dem Tag, an dem Borchert Sabrina angeblich vergewaltigt hatte, aber keiner der beiden war auf einem der zahlreichen Fotos zu sehen. Marc seufzte. Wäre ja auch zu schön gewesen. Aber vielleicht fand er ja auf einer der späteren Partys Aufnahmen von einer tanzenden Sabrina oder einem Bier trinkenden Borchert. Marc war sich zwar bewusst, dass ein solches Foto Sabrinas Geschichte nicht beweisen würde, aber es würde zumindest ihre Glaubwürdigkeit erhöhen, wenn sich nachweisen ließ, dass Borchert und sie in der Diskothek verkehrten. Also klickte Marc sich, beginnend mit dem 23. Mai, dem Tag vor Borcherts Verhaftung, rückwärts durch die Seiten. Dabei wurde Marc allerdings schnell klar, dass es einem Sechser im Lotto gleichkommen würde, wenn er unter den Tausenden Besuchern, die täglich durch die Riesendisko geschleust wurden, auch nur einen der beiden entdecken würde. Nach einer Stunde hatte Marc eine gefühlte Million Bilder feiernder Partygäste begutachtet, ohne etwas zu finden. Bei den Fotos einer Halloween-Party konnte Marc seine Augen kaum noch offen halten und sah teilweise schon doppelte Zombies, bis etwas seine Aufmerksamkeit erregte. Das rote Stretch-Minikleid hatte er doch schon mal gesehen. Er kniff die Augen zusammen und betrachtete die Aufnahme genauer: Bei der Frau auf dem Foto, die der Kamera mit einem Sektkelch in der Hand zuprostete, handelte es sich um Sabrina. Marc glaubte, seinen Augen nicht trauen zu können, aber auch ein nochmaliges Hinsehen änderte nichts am Ergebnis. Die Party hatte am 27. Oktober stattgefunden. Genau einen Tag, nachdem Sabrina angeblich von Borchert vergewaltigt worden war.

Marc wusste zwar, dass schwere Traumata die unterschiedlichsten und merkwürdigsten Reaktionen hervorrufen konnten, aber dass eine vergewaltigte Frau einen Tag nach der Tat wieder den Ort aufsuchte, an dem sie ihren Peiniger getroffen hatte, und dort ausgelassen feierte, hielt er für unmöglich. Marc schloss die Augen. Er hatte es ja geahnt.

Irgendetwas an der Geschichte von dieser Sabrina war oberfaul.

Wie ein eingesperrter Tiger lief Marc in seinem Arbeitszimmer hin und her. Was sollte er jetzt nur tun? Wie …

Ein Schellen an der Haustür. Marc erwartete keinen Besuch, Lizzy und Melanie waren nicht zu Hause.

Also beschloss er, den unangemeldeten Besucher einfach zu ignorieren.

Aber eine halbe Minute später klopfte es an seiner Tür, und Larissa öffnete sie zaghaft. Sie trug wieder einen Minirock und ein enges Top. Und darunter trug sie – es war nicht zu übersehen – nichts.

»Diese Polizisten sind wieder da«, teilte sie ihm mit. »Reinhard und Sorg. Können Sie bitte runterkommen?«

Marc fuhr sich mit der Hand über das Gesicht. »In bin in einer Minute da.«

Als Erstes rief er Stefanie in der Kanzlei an und teilte ihr mit, dass er heute nicht mehr kommen würde. Dann ging er ins Bad, schaufelte sich erst kaltes Wasser ins Gesicht und warf anschließend einen prüfenden Blick in den Spiegel. Nun denn, dachte er, ich bin bereit für den nächsten Kampf.

Die Beamten warteten in der Diele auf ihn. Marc drückte ihnen nacheinander die Hand. »Ich nehme an, es geht um das Ergebnis der Hausdurchsuchung?«

Reinhard nickte. »So ist es.«

»Bitte«, sagte Marc nur und machte eine vage Handbewegung Richtung Wohnzimmer. »Sie kennen sich hier ja mittlerweile aus.«

Larissa wartete in einem Sessel sitzend auf sie. Die Polizisten machten es sich wie bei ihrem ersten Besuch auf der Couch bequem.

»Und?«, fragte Marc knapp, nachdem er sich ebenfalls gesetzt hatte, »haben Sie bei der Hausdurchsuchung etwas gefunden?«

»Ja ... das heißt nein.« Reinhard wechselte einen amüsierten Blick mit seinem Kollegen. »Es geht eher darum, was wir *nicht* gefunden haben.«

Marc atmete genervt aus. »Vielleicht können Sie einfach Klartext reden, anstatt das Orakel von Delphi zu spielen.«

»Wie Sie meinen. Wir haben bei der Durchsuchung der Wohnung von Frau Braun in der Rosenstraße einen siebenteiligen Messerblock sichergestellt.« Er machte eine dramatische Pause. »Ein Messer fehlte.«

Marc hob eine Augenbraue. »Das sind ja sensationelle Neuigkeiten!«

»Warten Sie es nur ab! Die Leiche von Rabea Steffen ist inzwischen obduziert worden. Sie wurde mit dreiundzwanzig Messerstichen ermordet. Die Rechtsmediziner konnten aufgrund der Einstichwunden und der Länge der Stichkanäle feststellen, dass die Tatwaffe ein Messer mit einer zwanzig Zentimeter langen, einschneidigen und spitz zulaufenden Klinge war. Wir haben uns von dem Hersteller des Messerblocks, den wir in der Küche von Frau Braun gefunden haben, einen identischen Block zusenden lassen. Und Sie werden es nicht glauben: Bei Frau Braun fehlt ausgerechnet das Messer mit der zwanzig Zentimeter langen Klinge! Dieses spezielle Messer wird nicht einzeln verkauft, man erhält es nur zusammen mit dem Block. Wir haben das Messer anschließend vermessen lassen. Länge und Breite passen exakt zu den an der Leiche festgestellten Schnittkanten. Zudem hat es der an den Wundrändern vorhandene Abdruck des Griffs den Rechtsmedizinern ermöglicht, das Messer zweifelsfrei mit dem Mord an Rabea Steffen in Zusammenhang zu bringen. Mit anderen Worten: Frau Steffen ist mit dem Messer ermordet worden, das aus dem Messerblock von Frau Braun fehlt.«

Marc musste sich zusammenreißen, damit man ihm seine Gefühle nicht ansehen konnte. Der Mord an Rabea Steffen war auf die gleiche Art und Weise begangen worden wie der an Sandra Köhler vor vierzehn Jahren: jeweils dreiundzwanzig Messerstiche von einem Messer mit einer zwanzig Zentimeter langen Klinge. Marc warf Larissa einen schnellen Seitenblick zu. Die Ähnlichkeit musste auch ihr aufgefallen sein, aber die Nachricht ließ sie äußerlich vollkommen unbeeindruckt.

Marc hatte sich inzwischen etwas von seinem Schock erholt. »Sie wollten sicherlich sagen, dass Frau Steffen mit einem Messer *der Art*, wie es bei Frau Braun fehlt, ermordet wurde«, sagte er. »Denn die Tatwaffe selbst haben Sie ja wohl nicht gefunden.«

Reinhard lächelte. »Das ist natürlich korrekt: Mit einem Messer *der Art* wie aus dem Messerblock von Frau Braun. Dennoch merkwürdig, nicht wahr?«

»Ich weiß nicht«, meinte Marc. »Ich nehme an, es handelt sich um einen Messerblock, der Tausende, wenn nicht sogar Hunderttausende Male hergestellt wurde.«

»Auch das ist korrekt«, musste Reinhard einräumen. »Es ist ein recht verbreitetes Modell, das seit Jahrzehnten verkauft wird. Trotzdem glauben wir nicht an einen Zufall, dass Frau Steffen ausgerechnet mit einem Messer der *Art*«, er warf Marc einen bedeutungsvollen Blick zu, »wie das, das aus dem Messerblock von Frau Braun fehlt, ermordet wurde. Vielleicht wäre es am einfachsten, wenn Frau Braun uns erklären könnte, wo das Messer aus ihrem Block abgeblieben ist.«

Larissa nickte. »Das will ich gerne tun. Borchert muss das Messer mitgenommen haben, nachdem er meine Katze damit ermordet hat.«

Marc stöhnte innerlich auf. Genau das hatte er vermeiden wollen.

Die beiden Polizisten wechselten einen erstaunten Blick. Dann sagte Reinhard: »Borchert hat Ihre Katze ermordet?«

»Richtig! Borchert hat mich vor knapp drei Wochen bei mir zu Hause aufgesucht und mich bedroht. Das ist auch der Grund, warum ich nicht mehr dort wohne. Ich bin aus meiner Wohnung geflüchtet und diese Gelegenheit hat Borchert genutzt, um meinen Kater mit dem Messer zu töten. Wir, das heißt Herr Hagen und ich, haben den Kater am nächsten Tag in meinem Kühlschrank gefunden.«

Reinhard fixierte Marc. »Können Sie das bestätigen?«

»Ja. Frau Braun stand am Abend des 8. August vor meiner Tür und hat mir mitgeteilt, sie sei von einem Mann bedroht worden. Am nächsten Tag war ich zusammen mit ihr in ihrer Wohnung und wir haben gemeinsam die tote Katze entdeckt. Ich gehe daher ebenfalls davon aus, dass der Mann, der Frau Braun bedroht hat, auch ihre Katze auf dem Gewissen hat.«

»Sie sprechen von ›einem Mann‹«, stellte Reinhard fest. »Frau Braun hat allerdings einen konkreten Namen genannt: Borchert. Aber der trägt eine elektronische Fußfessel und kann es unmöglich gewesen sein!«

»Frau Braun *meint*, Borchert erkannt zu haben«, antwortete Marc schnell und warf Larissa einen scharfen Blick zu, damit sie nicht protestierte.

»Es spielt im Moment aber auch keine Rolle, ob es Borchert selbst war oder ein Doppelgänger, der von ihm beauftragt wurde. Tatsache ist, dass dieser Mann die Katze ermordet hat.«

»Genau«, warf Larissa ein. »Und zwar mit dem Messer aus meinem Block. Anschließend hat er die Tatwaffe mitgenommen und Rabea Steffen damit erstochen, um mir diesen Mord in die Schuhe zu schieben. Aus demselben Grund hat er mich auch angerufen und nach Kassel gelockt.«

»Apropos«, übernahm Marc, »haben Sie Frau Brauns Handydaten inzwischen ausgewertet? Hat sie am 19. August einen Anruf bekommen?«

»Ja, das hat sie. Sie ist allerdings von einem Prepaid-Handy aus angerufen worden, das heißt, es ist unmöglich, den Anruf zurückzuverfolgen.«

»Also bestätigt das Frau Brauns Aussage!«

»Bestätigt ist lediglich, dass sie von einem Kartenhandy aus angerufen wurde. Ob es sich dabei um einen Wäscheservice oder den Papst gehandelt hat, wissen wir nicht.«

Reinhard ließ seinen Blick wieder zu Larissa wandern. »Haben Sie die Bedrohung und den gewaltsamen Tod Ihrer Katze angezeigt?«

»Nein.«

»Warum nicht?«

»Weil ich ihr dazu geraten habe«, ging Marc dazwischen, bevor Larissa antworten konnte. »Eine polizeiliche Anzeige hätte nur zu einer erneuten psychischen Belastung und einer möglichen Retraumatisierung bei Frau Braun geführt und das wollte ich unter allen Umständen vermeiden. Für mich war wichtig, dass Frau Braun erst einmal zur Ruhe kommt.«

Auf Reinhards Lippen erschien ein schmales Lächeln. Es war offensichtlich, dass er Marc kein Wort glaubte, diese Darstellung im Moment aber auch nicht widerlegen konnte.

»Nun«, beendete der Kommissar das Thema. »Lassen Sie uns zu der anderen Sache kommen, die wir *nicht* gefunden haben: die auffällige Jacke, die Frau Braun am 19. August bei ihrem Besuch bei Frau Steffen getragen hat.«

»Ich hatte Ihnen bereits bei der Hausdurchsuchung erklärt, dass meine Fay-Jacke in der Reinigung ist«, sagte Larissa.

»Und wann genau haben Sie die Jacke noch mal zur Reinigung gebracht?«, erkundigte sich Reinhard.

»Auch das hatte ich Ihnen bereits gesagt: am 20. August.«

»Das heißt genau einen Tag nach dem Mord an Frau Steffen!«

»Als ich die Jacke weggegeben habe, wusste ich noch nicht, dass Frau Steffen tot ist.«

»Sagen Sie!«

»Ja, das sage ich!«

»Also nur ein weiterer merkwürdiger Zufall«, hielt Reinhard fest.

Marc atmete tief durch. Er wusste, warum Larissa die Jacke hatte reinigen lassen. Schließlich hatte er das Blut darauf selbst gesehen.

»Okay, meine Herren«, sagte Marc, um das Thema zu wechseln. »Wir wissen jetzt also, was Sie alles *nicht* gefunden haben. Haben Sie denn irgendetwas gefunden, das Frau Braun mit dem Mord an Rabea Steffen in Verbindung bringt? Vielleicht Fingerabdrücke an der Leiche? Oder DNA-Spuren? Oder Faserspuren?«

»Wir haben Frau Brauns Jacke in der Reinigung sichergestellt«, sagte Reinhard. »Da war sie leider schon gewaschen. Vielleicht können wir dennoch Spuren daran finden. Die Kriminaltechnik hat in den letzten Jahren große Fortschritte gemacht und selbst mikroskopisch kleinste Teile reichen, um eine Übereinstimmung feststellen zu können.«

»Mit anderen Worten: Momentan haben Sie gar nichts!«

»Da wäre ich mir nicht so sicher.«

»Das bin ich aber. Denn wenn Sie etwas gefunden hätten, wären Sie heute mit einem Haftbefehl hier erschienen.«

Reinhard lächelte. »Wieso sind Sie so sicher, dass das so ist?«

»Wenn Sie einen Haftbefehl hätten, säße Frau Braun schon lange in einem Vernehmungszimmer im Polizeipräsidium.«

Reinhard lehnte sich zurück. »Sie haben recht, Herr Hagen«, sagte er. »Frau Braun wird Ihnen also noch eine Weile erhalten bleiben und kann weiter mit Ihnen und Ihrer Familie in Ihrem schönen Haus wohnen.«

Marc nickte gedankenverloren, denn ihm war gerade etwas eingefallen: Er hatte den Messerblock in Larissas Küche gesehen, als sie die tote Katze gefunden hatten. Und an eines erinnerte er sich noch ganz genau: Zu der Zeit hatte noch kein Messer aus dem Block gefehlt.

Kapitel 30

Nachdem die Polizisten abgezogen waren, sagte Larissa: »Ist das zu fassen? Glauben Sie auch, dass Rabea Steffen mit meinem Messer ermordet worden ist?«

»Ich weiß nicht«, wich Marc aus. »Ich fürchte allerdings, es war nicht besonders klug von Ihnen, Borchert in diesem Zusammenhang zu erwähnen.«

»Was hätte ich denn sonst sagen sollen, als die mich nach dem fehlenden Messer gefragt haben?«

»Dass Sie es schon vor Jahren verloren, verlegt oder verliehen haben. Oder dass es nach einer Party auf einmal gefehlt hat.«

»Aber das wäre eine Lüge gewesen! Ich habe nichts zu verbergen! Und ich weiß genau, dass es Borchert war, der mich bedroht und meinen Kater ermordet hat! Und ich bin mir sicher, dass er auch Rabea Steffen auf dem Gewissen hat.«

»Das Thema hatten wir doch schon! Borchert kann es wegen der elektronischen Fußfessel nun einmal nicht selbst getan haben. Wenn Sie ihn trotzdem beschuldigen, schaden Sie im Endeffekt nur sich selbst.«

Marc merkte, dass Larissa noch etwas sagen wollte, die Worte dann aber herunterschluckte. Offenbar hatte sie keine Lust auf eine weitere fruchtlose Diskussion.

»Und noch etwas«, sagte Marc. »Ich weiß nicht, ob es gut ist, wenn Sie sich so ... also wenn Sie so in der Öffentlichkeit rumlaufen.«

Larissa lächelte anzüglich. »Wieso?«, fragte sie. »Gefalle

ich Ihnen nicht?« Sie streckte ein nacktes Bein in die Luft und betrachtete es eingehend von oben bis unten. »Ich hatte den Eindruck, bei den beiden Polizisten bin ich ganz gut angekommen.«

»Wenn Sie die beiden beeindrucken wollten, haben Sie Ihr Ziel erreicht. Aber falls es zu einem Prozess gegen Borchert kommt, sollten Sie sich auf jeden Fall nicht so präsentieren. Die Richter könnten sonst einen falschen Eindruck von Ihnen bekommen.«

»Sie meinen, Frauen, die einen Minirock tragen, sind selbst schuld, wenn sie vergewaltigt werden?«

»Nein, das meine ich nicht. Ich wollte nur ... Ach, egal. Es ist ohnehin noch zu früh, sich darüber zu unterhalten, was Sie irgendwann im Gerichtssaal anziehen.«

Larissa lächelte immer noch. Sie stand betont langsam auf und streckte sich wie eine Katze. »Ich bin in meinem Zimmer«, verkündete sie dann mit einem lasziven Unterton in der Stimme. »Wenn ich *irgendetwas* für Sie tun kann, melden Sie sich doch einfach.« Mit aufreizendem Hüftschwung ging sie aus dem Wohnzimmer.

Marc schaute ihr nach, bis sie aus seinem Blickfeld verschwunden war. Dann holte er sich ein Bier aus dem Kühlschrank und setzte sich wieder an seinen PC. Er nahm sich eine Akte vor, merkte aber schnell, dass er sich nicht konzentrieren konnte. Die Sache mit dem Messer ging ihm nicht mehr aus dem Kopf. Er wusste genau, dass der Messerblock vollständig gewesen war, als er ihn in Larissas Wohnung gesehen hatte. Also konnte der Katzenmörder das Messer nicht mitgenommen haben. Und diese Überlegung ließ wiederum nur einen logischen Schluss zu: Das Messer musste später aus dem Block entfernt worden sein und wer außer Larissa kam dafür infrage? Marc musste wieder an das Blut denken, das er am Tag des Todes von Rabea Steffen an Larissas Jacke gesehen hatte. Die Polizei hatte die Tatwaffe bis heute nicht gefunden. Der Täter – Marc benutzte in Gedanken diesen neutralen Begriff – hatte die Waffe also irgendwo verschwinden lassen. Oder er hatte das Messer irgendwo versteckt, vielleicht weil er glaubte, es irgendwann noch einmal zu benötigen.

Wenn Larissa etwas mit dem Mord an Rabea Steffen zu tun hatte, konnte sie noch im Besitz des Messers sein. Und wenn das der Fall war, befand sich das Versteck wahrscheinlich irgendwo in der Nähe, damit sie die Waffe immer griffbereit hatte.

Marc ballte die Fäuste. Der Polizei hatte er untersagt, alle Räume seines Hauses zu durchsuchen – die restlichen Zimmer würde er sich jetzt vornehmen.

Melanie und Lizzy waren noch immer nicht zurück, also durchsuchte Marc zuerst das Arbeitszimmer seiner Freundin und anschließend das Kinderzimmer. Dann setzte er seine Suche im Schlafzimmer, in der Garage und seinem eigenen Arbeitszimmer fort, immer sorgfältig darauf bedacht, nicht allzu viel Lärm zu machen. Aber Larissa blieb in ihrem Zimmer und ließ nichts von sich hören.

Nach zwei Stunden war Marc vollkommen verschwitzt, aber auch einigermaßen beruhigt: Er war sich jetzt sicher, dass sich das Messer nicht in einem der von ihm durchsuchten Räume befand.

Andererseits hatte er aber auch nicht ernsthaft damit gerechnet, dass Larissa das Messer dort versteckt hatte. Eine Frau mit einem Intelligenzquotienten von einhundertzweiunddreißig würde die Tatwaffe nicht an einem Ort aufbewahren, von dem sie befürchten musste, dass seine Familie oder die Polizei sie dort finden würde.

Auf einmal schoss Marc ein Gedanke durch den Kopf: Aber eine derart intelligente Frau würde vielleicht etwas anderes tun: Sie könnte das Messer an einem Ort aufbewahren, an dem die Polizei garantiert nicht mehr nachsehen würde, weil sie den schon einmal kontrolliert hatte. Was wäre also, wenn Larissa das Messer nach der Hausdurchsuchung in ihrem Zimmer versteckt hatte? Wo auch immer sie die Waffe vorher verwahrt hatte – einen sichereren Ort, an dem sie zudem auch noch jederzeit Zugriff auf die Waffe hatte, konnte es nicht geben!

Dieser Gedanke ließ Marc keine Ruhe mehr. Aber er konnte jetzt nicht in das Gästezimmer, da Larissa sich immer noch darin aufhielt. Die nächste Stunde saß er wie auf heißen Kohlen in seinem Arbeitszimmer und versuchte, sich mit Spielen an seinem PC abzulenken.

Dann klopfte es an seiner Tür und Larissa schaute herein.

»Ich gehe zum Einkaufen«, ließ sie Marc wissen. »Kann ich Ihnen was mitbringen?«

»Nein, nein, nicht nötig, danke«, sagte Marc und hätte fast noch ein »Und lassen Sie sich ruhig Zeit« hinzugefügt.

Er lauschte, bis die Haustür hinter Larissa ins Schloss gefallen war, dann machte er sich auf den Weg zum Gästezimmer.

Obwohl Marc wusste, dass Larissa nicht mehr da war, drückte er die Klinke des Zimmers so vorsichtig herunter, als wäre sie aus Glas. Erleichtert stellte er fest, dass Larissa nicht abgeschlossen hatte. Er öffnete die Tür einen Spalt und spähte in das Zimmer. Die Einrichtung war sehr übersichtlich: ein Bett, ein Kleiderschrank, ein kleiner Schreibtisch mit einem Stuhl davor. Alles war penibel sauber und aufgeräumt.

Als Marc das Zimmer schließlich betrat, fühlte er sich wie ein Dieb, obwohl er sich in seinem eigenen Haus befand. Du machst nichts Verbotenes, sagte er zu sich selbst. Hier geht es um die Sicherheit deiner Familie und nicht zuletzt auch um deine eigene Sicherheit.

Als Erstes öffnete Marc den Kleiderschrank und verspürte sofort wieder den Anflug eines schlechten Gewissens, als er die fremde Kleidung sah. Aber er schob die Gedanken beiseite und machte weiter. Nach weniger als einer Minute hatte er seine Inspektion abgeschlossen, wobei ihm zugutekam, dass die Polizei die meisten von Larissas Sachen mitgenommen hatte.

Anschließend nahm er sich den Schreibtisch vor. In der linken Schublade lagen seine eigenen Dinge: Papier, Kugelschreiber, Radiergummis, Gummibänder, Heftklammern und sonstiger Kleinkram. In der rechten unzählige Medikamentenpackungen. Marc studierte die Aufschriften, aber die Namen sagten ihm nichts. Dann nahm er sich die Beipackzettel vor. Offenbar handelte es sich größtenteils um starke Antidepressiva. Marc stopfte die Packungen in die Schublade zurück und klappte den Laptop auf, der auf der ansonsten leeren Tischplatte stand. Marc fuhr ihn hoch, aber dann wurde ein Passwort verlangt, das Marc trotz intensiver Suche nicht finden konnte. Offenbar gehörte Larissa zu den wenigen Menschen, die alle Kennwörter und -zahlen im Kopf hatten. Enttäuscht schaltete Marc den PC wieder aus und wandte sich dem Bett zu. Daneben lag ein Buch mit dem Titel: *Irre! Wir behandeln die Falschen. Unser Problem sind die Normalen!*

Marc ging in die Knie, um unter dem Bett nachzuschauen, und wurde dort tatsächlich fündig: Hier lag der Aktenkoffer, von dem Larissa gesagt hatte, er enthalte ihre Unterlagen für das Verfahren gegen Fabian Borchert. Marc zog den Koffer hervor. Obwohl er mit einem Zahlenschloss versehen war, schnappten die Schlösser problemlos auf.

Der Koffer war tatsächlich bis oben mit Papieren gefüllt. Aktenauszüge, Kopien, Zeitungsartikel. Rüther hatte Larissa offenbar Auszüge aus den Ermittlungsakten zugänglich gemacht, außerdem fand er Korrespondenz mit der Polizei, der Opferorganisation *Weißer Ring* und der Staatsanwaltschaft sowie zahlreiche Kopien aus dem Strafgesetzbuch und der Strafprozessordnung. Insbesondere zu einem Paragrafen hatte Larissa viele Ablichtungen gefertigt: § 177 StGB, der Vergewaltigungsparagraf.

Marc blätterte weiter und auf einmal hatte er das Gefühl, sein Herz setze ein paar Schläge aus. Er fand Zeitungsausschnitte und Internetausdrucke, die nur ein Thema hatten: ihn selbst. Es handelte sich um Artikel über seine spektakulärsten Fälle, von denen auch in der Kasseler Zeitung *HNA* berichtet worden war. Außerdem entdeckte er Zeitungsberichte über sich aus den beiden Bielefelder Lokalzeitungen. Die Internetausdrucke waren hauptsächlich Onlineversionen von Zeitungsartikeln oder Meldungen überregionaler Zeitungen. Sogar eine Homestory war dabei, die er einer Boulevardzeitung vor drei Jahren nach einem Fall, der bundesweit Aufmerksamkeit erregt hatte, blöderweise gestattet hatte. Melanie und er am Herd beim gemeinsamen Spaghettikochen, Melanie, Lizzy und er im Garten, Melanie, Lizzy und er beim Spazierengehen mit Hund. Dabei hatten sie gar keinen Hund, aber der Redakteur hatte gemeint, es sei doch eine »nette Idee«, die Familie zusammen mit einem Haustier zu zeigen. Das mache Marc sympathisch und vermittle Vertrauen. Marc war schließlich mit allem einverstanden gewesen, weil er sich eine gute Presse und neue Mandanten erhofft hatte. Also hatte er sich für die Aufnahmen den Hund von einem Nachbarn geliehen, obwohl er die Töle eigentlich auf den Tod nicht ausstehen konnte, weil die immer gegen die Reifen seines Wagens pinkelte. Aber er hatte die Fotosession tapfer durchgehalten und gute Miene zum bösen Spiel gemacht.

Allerdings war der Schuss nach hinten losgegangen: Neue Mandanten hatte es kaum gegeben, dafür Anrufe von zahlreichen Spinnern, hämische Kommentare seiner Anwaltskollegen und eine wochenlang nörgelnde Lizzy, die endlich auch einen Hund nur für sich haben wollte.

Was Marc aber am meisten verstörte, war das Datum, das unten auf den Internetausdrucken zu lesen war: Die ältesten Ausdrucke stammten von vor drei Jahren, die jüngsten von vor zwei Monaten. Marc erinnerte sich noch genau, dass Larissa ihm bei ihrer ersten Begegnung gesagt hatte, sie habe den erstbesten Anwalt aufgesucht, nachdem sie von dem Haftprüfungstermin erfahren hatte. Eine eindeutige Lüge, denn Larissa verfolgte sein Leben offenbar schon seit mehreren Jahren. Es war also kein Zufall gewesen, dass sie gerade ihn ausgewählt hatte.

Irritiert blätterte Marc weiter und fand eine Kopie eines Aufsatzes aus der Zeitschrift *Neue Kriminalistik* von vor einem Jahr, in dem darüber berichtet wurde, wie sich vermeintliche Vergewaltigungsopfer Hämatome selbst beibrachten, um ihre falschen Anzeigen zu untermauern, und wie Rechtsmediziner sie überführen konnten.

Marc spürte, wie ihm der Schweiß auf die Stirn trat. Mein Gott, was hatte das alles zu bedeuten? Konnte es wirklich sein, dass Larissa sich die Vergewaltigung nur ausgedacht hatte, um mit ihm in Kontakt zu kommen? Vielleicht war sie sogar nur aus diesem Grund nach Bielefeld gezogen. Und die Bedrohung durch Borchert hatte sie sich ausgedacht, um einen Grund zu haben, in seinem Haus unterschlüpfen zu können und ihm möglichst nahe zu sein. Und auf einmal erschien auch ihre nächtliche Aktion in seinem und Melanies Schlafzimmer in einem ganz neuen Licht.

Marc legte die Unterlagen in den Aktenkoffer zurück und schob ihn wieder unter das Bett.

Beim Aufstehen verspürte er leichten Schwindel. Den Schock musste er erst einmal verdauen, aber jetzt war es ohnehin an der Zeit zu verschwinden. Larissa konnte jede Sekunde zurückkommen. Marc wollte das Zimmer gerade verlassen, als sein Blick auf den Papierkorb neben dem Schreibtisch fiel. Dem hatte er bisher keine Beachtung geschenkt. Marc ging darauf zu, machte sich allerdings keine große Hoffnung, etwas darin zu finden. Und tatsächlich war der Eimer fast leer, bis auf ein rechteckiges, weißes Stück Papier mit einer Größe von ungefähr zehn mal fünfzehn Zentimetern. Marc drehte den Eimer um, aber das Papier klebte auf dem Boden fest. Nachdem Marc es vorsichtig abgelöst hatte, sah er, dass es sich um die Rückseite eines Fotos handelte. Er drehte das Bild um: Die Aufnahme war vor etwa drei Monaten gemacht worden. Marc erinnerte sich noch genau. Melanie, Lizzy und er waren im Osnabrücker Zoo gewesen und hatten einen anderen Besucher gebeten, sie zu fotografieren. Dazu hatten sie sich vor das Gehege mit den Erdmännchen gestellt, Marc rechts, Lizzy in der Mitte und Melanie links, und gemeinsam in die Kamera gelächelt.

Larissa musste die Aufnahme aus ihrem Fotoalbum entwendet haben. Aber das war nicht einmal das Schlimmste – was Marc am meisten schockierte, war, dass Larissa Melanies Kopf mit einer Schere ausgeschnitten hatte, sodass an der Stelle nur noch ein kreisrundes Loch zu sehen war: Larissa hatte Melanie förmlich ausgelöscht!

Kapitel 31

Mit weichen Knien stolperte Marc in sein Arbeitszimmer zurück, wo er sich in den Drehsessel fallen ließ. Was sollte er jetzt nur tun?

Der erste Gedanke, der ihm kam, war, Melanie das Foto zu zeigen. Aber wie er seine Freundin kannte, würde sie damit sofort zu Larissa gehen. Und dann lief er Gefahr, dass Larissa Melanie von dem nächtlichen Vorfall im Schlafzimmer erzählte. Marc ärgerte sich. Er hätte mit Melanie sofort darüber sprechen sollen. Wenn er jetzt damit ankam, würde er sich unangenehme Fragen gefallen lassen müssen, warum er so lange damit gewartet hatte. Ob nicht vielleicht doch mehr vorgefallen war, als er behauptete?

Nein, das Risiko wollte er nicht eingehen. Andererseits konnte er Larissa aber auch nicht weiter hier wohnen lassen. Die Frau war hochgefährlich, daran gab es spätestens jetzt keinen Zweifel mehr. Sie versuchte, Melanie aus der Familie zu drängen und sich an ihre Stelle zu setzen, genauso, wie sie es schon bei Prof. Kortlage probiert hatte. Deshalb kümmerte sie sich auch so intensiv um Lizzy und spielte sich praktisch schon als ihre Ersatzmutter auf.

Es gab nur noch eine Lösung: Larissa musste verschwinden!

Als Marc endlich einen Plan hatte, wartete er nervös auf Larissas Rückkehr. Nicht eine Minute länger wollte er diese Frau in seiner Umgebung haben. Zuerst würde er sie rausschmeißen, dann das Mandat niederlegen. Alles andere konnte er sich später noch überlegen.

Zehn Minuten später hörte er, dass sich die Haustür öffnete und Larissa hereinkam. Marc ging ihr entgegen.

»Oh, hallo Marc, nett, dass Sie mir helfen wollen.« Sie streckte ihm ihre schweren Einkaufstüten entgegen.

Marc nahm sie ihr ab und brachte die Einkäufe in die Küche, wo er sie auf dem Boden abstellte. Dann wandte er sich Larissa zu.

»Wir müssen uns unterhalten«, sagte er.

»Oh, auf einmal so förmlich?«, lächelte Larissa. »Worum geht es denn?«

»Vielleicht sollten wir dazu besser ins Wohnzimmer gehen.«

Marc setzte sich in einen Sessel, Larissa nahm auf der Couch Platz und zog die Beine unter sich. Offenbar fühlt sie sich hier schon wie zu Hause, ging es Marc durch den Kopf. Das würde kein leichtes Gespräch werden.

»Larissa!«, setzte er an. »Wie lange wohnen Sie jetzt schon hier?«

»Genau neunzehn Tage. Und ich bin Ihnen und Melanie wirklich sehr dankbar dafür, dass Sie mich aufgenommen haben.«

»Geschenkt.« Marc räusperte sich. »Andererseits waren wir uns ja alle von Anfang an darüber einig, dass es sich bei Ihrem Aufenthalt hier um eine vorübergehende Lösung handelt, nicht wahr? Jeder Gast, egal wie nett, sympathisch und angenehm er sein mag, stellt schließlich eine gewisse Beeinträchtigung des normalen Alltags dar.«

Marc machte eine Pause und wartete auf eine Reaktion Larissas.

Die machte ein erstauntes Gesicht. »Beeinträchtigung des normalen Alltags?«, fragte sie. »Ich wusste nicht, dass ich Sie störe. Im Gegenteil, ich bin davon ausgegangen, dass ich mit allen hier, insbesondere mit Lizzy, sehr gut auskomme. Lizzy ist mir wirklich ans Herz gewachsen. Ich liebe sie und kann mir gar nicht mehr vorstellen, wie es ohne sie ist. Und ich glaube, ihr geht es genauso. Und ich denke auch, dass ich Melanie Arbeit abnehme.«

»Das ist ja auch so«, versuchte Marc, sie zu beschwichtigen. »Andererseits wollen wir Ihre Hilfsbereitschaft aber auch nicht ausnutzen.«

»So habe ich das nie empfunden«, versicherte Larissa eifrig. »Ich mache das gern, wirklich! Ich habe immer von einer Familie wie Ihrer geträumt.«

Da liegt wahrscheinlich genau das Problem!, dachte Marc. Aber dabei können wir dir nicht helfen.

Laut sagte er: »Die Schwierigkeit besteht darin, dass meine Beziehung zu Melanie anfängt, unter der so langen Anwesenheit eines Dritten – damit meine ich nicht Sie persönlich, das würde auf jeden anderen genauso zutreffen – zu leiden. Wenn ein Fremder im Haus ist, geht automatisch ein Stück Privatsphäre verloren. Deshalb haben wir auch immer davon Abstand genommen, ein Au-pair-Mädchen zu holen. Und obwohl wir Sie alle mögen, sind Sie nun einmal eine Fremde für uns. Deshalb muss ich Sie bitten, sich baldmöglichst nach einer neuen Unterkunft umzusehen.«

Larissas Augen wurden glasig. »Aber wo soll ich denn hin? In meine Wohnung kann ich nicht zurück. Ich habe immer noch Angst vor Borchert.«

»Ich bin mir sicher, dass sich da eine Lösung finden lässt«, behauptete Marc. »Am Geld kann es bei Ihnen ja nicht scheitern. Vielleicht können Sie vorübergehend in ein Hotel, bis Sie etwas anderes gefunden haben.«

»Ein Hotel? Aber warum muss denn auf einmal alles so schnell gehen? Habe ich etwas falsch gemacht?«

»Nein, natürlich nicht«, versicherte Marc sofort. »Es ist nur so, dass Sie meine Mandantin sind. Nicht weniger, aber eben auch nicht mehr. Ich muss gestehen, dass es mich von Anfang an eine gewisse Überwindung gekostet hat, Sie überhaupt hier aufzunehmen.«

Larissa hatte ihm anscheinend überhaupt nicht zugehört. Alle Argumente prallten an ihr ab. »Aber ich kann nicht in ein Hotel!«, beharrte sie. »Dort ist alles so anonym und ich kann jetzt nicht allein sein.«

»Sie sollen ja auch nicht sofort hier ausziehen«, entgegnete Marc. »Ich bin bereit, Ihnen drei Tage Zeit zu geben.«

»Nur drei Tage?«, fragte Larissa entsetzt. »Aber ich habe Lizzy versprochen, nächstes Wochenende mit ihr ins Fantasialand zu fahren. Das ist mit Melanie so abgesprochen. Ich glaube, die beiden wären sehr, sehr enttäuscht, falls das nicht klappen würde. Und noch mehr wären sie enttäuscht, wenn ich dieses Haus verlassen müsste. Vielleicht würden sie Ihnen das sogar übel nehmen!« Sie hielt inne und Marc sah, dass ihre Augen auf einmal eiskalt wurden. »Und ich möchte auf keinen Fall, dass Sie wegen mir Streit mit Melanie und Lizzy bekommen!«

Marc spürte, wie ihm heiß wurde. War das wieder eine unterschwellige Drohung, Melanie von dem nächtlichen Vorfall zu erzählen? Marc hatte schon gemerkt, dass Larissa äußerst geschickt war, wenn es darum ging, andere Menschen zu manipulieren. Aber er war fest entschlossen, jetzt nicht mehr klein beizugeben.

»Sie hätten Ihre Wochenendpläne mit mir absprechen sollen«, erwiderte er kühl. »Ich habe mit Lizzy und Melanie schon etwas anderes vor. Davon habe ich bisher nichts gesagt, weil ich Lizzy überraschen wollte. Und genau das meine ich: Sobald eine weitere Person ins Spiel kommt, gerät das ganze Familienleben durcheinander und es entstehen dauernd Missverständnisse.« Er klopfte sich mit den Händen auf die Schenkel und stand auf. »Ich denke, mein Standpunkt ist klar geworden«, sagte er. »Bitte suchen Sie sich innerhalb von drei Tagen etwas Neues!«

Kapitel 32

Marc saß in seiner Kanzlei und starrte gegen die Wand. Seit seinem Gespräch mit Larissa waren drei Tage vergangen und seine Mandantin schien sich tatsächlich damit abgefunden zu haben, dass sie nicht mehr erwünscht war. Sie hatte das Thema nicht mehr erwähnt und hatte sich die meiste Zeit nicht im Haus aufgehalten. Marc konnte nur hoffen, dass sie sich indessen eine neue Bleibe suchte.

Ein Anruf Stefanies riss ihn aus seinen Gedanken. »Hier ist ein Herr Neufels, der Sie …«

Die Sekretärin unterbrach sich und Marc hörte Getuschel. Schließlich wurde der Hörer wieder aufgenommen. »Entschuldigung, ein Herr *von* Neufels …«

Erneutes Getuschel, dann wieder Stefanies zunehmend genervte Stimme. »Entschuldigung, ein *Doktor* von Neufels, der Sie sprechen möchte. Geht das in Ordnung?«

»Bitten Sie den Herrn hinein.«

Die Tür öffnete sich und ein großer, blonder Mann im dreiteiligen Anzug, den Marc auf Mitte zwanzig schätzte, betrat das Büro. Am auffälligsten an ihm waren neben seiner Popperfrisur ein Schmiss auf der rechten Wange, offenbar das Überbleibsel aus seiner Zeit bei einer schlagenden Verbindung, und ein protziger Siegelring, der an seinem kleinen Finger prangte.

Marc erhob sich und streckte seine Hand aus.

»Hagen«, sagte er.

»Dr. Richard von Neufels«, stellte sein Besucher sich mit einer zackigen Verbeugung vor.

Fehlt nur noch, dass er die Hacken zusammenknallt, dachte Marc. »Bitte, nehmen Sie doch Platz.«

Von Neufels setzte sich auf den angebotenen Freischwinger, dann ließ er seinen Blick einmal abschätzig durch den gesamten Raum wandern. Gleich verzieht er den Mund, ging es Marc durch den Kopf.

»Was kann ich für Sie tun, Herr von Neufels?«, fragte er.

Neufels beendete seine Betrachtung und nahm Marc ins Visier. »Ich bin Rechtsreferendar und stehe kurz vor dem zweiten Staatsexamen«, setzte er an. »Vorher muss ich allerdings noch meine Anwaltsstation absolvieren. Und da kommen Sie ins Spiel.« Er hielt inne und sah Marc an, als wolle er sich vergewissern, dass der ihm folgen konnte.

Marc konnte. »Verstehe«, sagte er. »Sie suchen einen Ausbilder.«

Auf von Neufels' Lippen machte sich ein süffisantes Lächeln breit. »Ausbilder?«, wiederholte er amüsiert. »Herr Hagen, bitte verstehen Sie mich nicht falsch, aber ich denke nicht, dass es irgendetwas gibt, in dem Sie mich noch ausbilden könnten.«

Marc blieb der Mund offen stehen. Auf diese Art und Weise hatte sich noch nie ein Referendar bei ihm beworben.

Von Neufels hatte inzwischen schon weitergesprochen. »Es ist nämlich so: Ich habe mich auf Wirtschaftsrecht spezialisiert und auch im kartellrechtlichen Bereich promoviert. Die ersten vier Monate meiner Anwaltsstation habe ich in einer großen Wirtschaftskanzlei absolviert. Jetzt brauche ich noch einen Anwalt für das letzte halbe Jahr bis zu den Klausuren.«

»Ich fürchte, da sind Sie bei mir an der falschen Adresse, Herr Dr. von Neufels. Mit Kartell- und Wirtschaftsrecht habe ich hier eher weniger zu tun. Ich betreibe eine Feld-, Wald- und Wiesenkanzlei, das heißt, ich übernehme praktisch alle Mandate.«

Von Neufels nickte, als habe er nichts anderes erwartet. »Herr Hagen, ich will offen zu Ihnen sein.«

»Offen ist immer gut.«

Von Neufels räusperte sich. »Ich habe bereits einen Vorvertrag mit der besagten Wirtschaftskanzlei, das heißt, ich werde dort nach meinem zweiten Staatsexamen als Anwalt beginnen. Die Station bei Ihnen möchte ich als ›Tauchstation‹ nutzen. Mit anderen Worten: Ich benötige das halbe Jahr, um mich intensiv auf die Klausuren vorzubereiten und dafür brauche ich Zeit. Viel Zeit sogar, um den gesamten Stoff zu wiederholen. Ich vermute, diese Problematik wird Ihnen aus der Zeit Ihres Examens nicht ganz fremd sein.«

Marc nickte abwartend. »Fahren Sie fort«, sagte er nur.

»Ich habe daher nicht vor, mich allzu oft hier blicken zu lassen. Ich dachte so an ein- bis zweimal pro Monat, um eine Akte abzuholen beziehungsweise wieder zurückzubringen. Wenn Sie damit nicht einverstanden sind, können Sie mir das gleich sagen, dann werde ich mich an den nächsten Anwalt wenden.«

Marc ließ sich das durch den Kopf gehen. Die Anwaltsstation zu nutzen, um zu ›tauchen‹, so lautete der in Juristenkreisen gebräuchliche Fachausdruck tatsächlich, um die Zeit zur Examensvorbereitung zu nutzen, war bei Jura-Referendaren seit Generationen beliebt. Denn was nutzte die beste Erfahrung, die man bei einem Anwalt sammeln konnte, wenn man anschließend mangels ausreichender Vorbereitung sein Examen vergeigte und auf dem überlaufenen Markt für Juristen keine Stelle fand? Deshalb hatte Marc auch grundsätzlich Verständnis für von Neufels' Anliegen. Wenn der Mann nur nicht so ein Arschloch gewesen wäre.

»Darf ich fragen, wo Sie den ersten Teil Ihrer Anwaltsstation verbracht haben?«, erkundigte sich Marc.

Von Neufels nannte ihm den Namen einer Düsseldorfer Anwaltsfabrik, der Marc aus dem Stellenteil der *Neuen Juristischen Wochenschrift* gut bekannt war. Die Kanzlei beschäftigte Hunderte Anwälte und suchte ständig neue promovierte Berufsanfänger mit Prädikatsexamen, die sie mit einem exorbitanten Anfangsgehalt lockten. Allerdings stand diesem exorbitanten Gehalt auch eine exorbitante Anzahl von Arbeitsstunden gegenüber, die die jungen Anwälte ableisten mussten.

Marc wusste, dass die meisten Anfänger diesem Druck nicht gewachsen waren und die ersten zwei Jahre nicht überstanden. Marc hatte eine Ahnung, dass von Neufels eine Ausnahme sein würde.

»Okay«, sagte Marc. »Sie leisten bei mir Ihr Referendariat ab, ich habe den ganzen Papierkram und den Ärger mit dem Justizprüfungsamt am Hals und muss am Ende auch noch Ihr Zeugnis schreiben. Wo ist da der Vorteil für mich?«

Von Neufels nickte verständnisvoll. »Ich habe mir das so gedacht: Ich bearbeite pro Monat eine Akte für Sie. Ich habe mein erstes Staatsexamen mit ›sehr gut‹ absolviert, das entsprechende Zeugnis habe ich bei mir. Sie können also davon ausgehen, dass ich gute Qualität abliefere. Ansonsten lassen Sie mich in Ruhe. Ich denke, dieses Arrangement dürfte sowohl Ihnen als auch mir zugutekommen. Eine klassische Win-win-Situation sozusagen.«

Als Marc zögerte, sprach von Neufels weiter. »Wie gesagt, wenn Sie mit meinem Angebot nicht einverstanden sind, bin ich Ihnen nicht böse. Ich gehe dann nur eine Tür weiter.«

Okay, dachte Marc, der Vorschlag hörte sich vernünftig an, zumal er eine gewisse Entlastung versprach. Marc hatte schon ein paar fiese Akten im Sinn. Und wenn er Neufels erst einmal am Haken hatte, würde er schauen, welche unangenehmen Arbeiten er ihm noch aufhalsen konnte. Denn der Wechsel einer Anwaltsstation, die man schon begonnen hatte, war nur sehr schwer und unter engen Voraussetzungen möglich.

Als Marc sich von Neufels wieder zuwandte, lächelte er. »Wann können Sie anfangen?«

Bevor der Referendar antworten konnte, schellte das Telefon. Marc warf von Neufels einen entschuldigenden Blick zu und nahm ab. »Hagen.«

»Hier ist Melanie.« Marc erkannte an ihrer gehetzt klingenden Stimme sofort, dass etwas passiert sein musste.

»Was ist los?«

Durch die Leitung kam ein lautes Schluchzen und Marc hatte Schwierigkeiten, seine Freundin zu verstehen. »Lizzy!«, sagte Melanie immer wieder. »Lizzy!«

»Was ist mit Lizzy?«

»Sie ... sie ist verschwunden und ich habe nicht die geringste Ahnung, wo sie stecken könnte.«

Kapitel 33

Marc setzte sich sofort in seinen Wagen und fuhr nach Hause. Im Wohnzimmer fand er eine vollkommen aufgelöste Melanie vor.

Er setzte sich neben sie und legte seinen Arm um ihre Schultern. »Was ist passiert?«, fragte er vorsichtig.

Melanie schien unter Schock zu stehen. Mit einer seltsam monotonen Stimme fing sie an zu berichten: »Als Lizzy heute Morgen aufgewacht ist, war ihre Stirn ganz heiß. Ich habe Fieber gemessen und sie hatte eine Temperatur von knapp neununddreißig Grad. Lizzy meinte aber, ansonsten gehe es ihr gut. Also habe ich sie ins Bett gesteckt, aber darauf verzichtet, einen Arzt zu rufen. Wie es der Teufel will, hatte ich ausgerechnet heute Nachmittag einen Termin beim Frauenarzt, den ich schon zweimal verschoben habe. Deshalb habe ich Larissa gebeten, für die Zeit meiner Abwesenheit nach Lizzy zu sehen. Larissa war auch sofort einverstanden und meinte, das mache sie gerne. Ich bin dann gefahren, obwohl ich ein ungutes Gefühl hatte. Als ich nach zwei Stunden wieder zurückkam, waren Larissa und Lizzy nicht mehr da! Und das ist jetzt schon drei Stunden her! Wir müssen die Polizei anrufen!«

Marc musste sich zwingen, ruhig zu bleiben.

»Lass uns erst einmal alle Optionen durchgehen, bevor wir die Pferde scheu machen«, sagte er. Auf einmal fiel ihm etwas ein: Vor einem Dreivierteljahr war Lizzy ebenfalls krank gewesen, hatte aber darauf bestanden, völlig gesund zu sein und zum Reiten gehen zu können. Erst nach langem Hin und Her und vielen Tränen hatte er sie davon überzeugen können, dass sie ins Bett und nicht in die Reithalle gehörte. »Heute ist Freitag«, sagte er. »Da geht sie doch immer zum Reiten.«

Melanie schüttelte verzweifelt den Kopf. »Ich habe schon im Reitverein angerufen, da ist sie nicht!«

»Okay!« Marc hakte im Geist diese Möglichkeit ab. »Was ist mit Larissa? Die war doch bisher immer so zuverlässig.«

»Ich habe schon tausendmal versucht, sie auf dem Handy zu erreichen, aber da meldet sich nur die Mailbox. Ich habe ihr zig Nachrichten hinterlassen, sie ruft einfach nicht zurück.«

Marc rieb sich nachdenklich das Kinn. »Vielleicht war es so«, mutmaßte er. »Es ging Lizzy schlechter und Larissa ist mit ihr zu Dr. Klein gefahren.« Das war Lizzys Kinderarzt. »Und in der Arztpraxis musste sie ihr Handy ausmachen.«

»Wenn Larissa mit Lizzy irgendwohin gefahren wäre, hätte sie mir ja wohl eine Nachricht hinterlassen«, widersprach Melanie.

»Außerdem habe ich Dr. Klein schon angerufen. Lizzy ist nicht bei ihm.« Melanie starrte Marc wütend an. »Was glaubst du eigentlich, was ich die letzten Stunden gemacht habe?«, fragte sie in lautem Ton. »Ich habe sämtliche Krankenhäuser angerufen und alle ihre Freundinnen. Niemand hat etwas von Lizzy gesehen oder gehört!« Sie fing wieder an zu weinen. »Verdammt, warum habe ich sie nur alleingelassen?«

Marc wartete, bis seine Freundin sich wieder einigermaßen beruhigt hatte. »Selbstvorwürfe helfen jetzt nicht weiter«, sagte er behutsam. »Wir müssen alle Möglichkeiten durchgehen. Habt ihr euch vielleicht gestritten?«

»Gestritten?«, schrie Melanie hysterisch. »Du meinst, sie ist weggelaufen? Nein, wir haben uns nicht gestritten! Außerdem sind alle ihre Sachen noch da, sogar Joe.« Joe war der Stoffbär, den Lizzy seit ihrem ersten Lebensjahr besaß. Obwohl sie sich schon lange erwachsen fühlte, gab es keinen Ausflug, bei dem Joe fehlte.

Marc nickte langsam. Wenn Joe noch da war, war Lizzy auf keinen Fall freiwillig gegangen. Also gab es tatsächlich nur noch eine denkbare Möglichkeit: Larissa hatte sie entführt! Marc lachte grimmig. Das war also ihre Rache für den Rauswurf!

»Okay«, sagte Marc. »Dann rufe ich jetzt die Polizei an.«

Im gleichen Augenblick, in dem er sich erhob, hörte er,

wie die Haustür aufgeschlossen wurde. Lizzy!, schoss es ihm durch den Kopf und er rannte zu Tür. Doch nicht Lizzy betrat den Flur, sondern Larissa.

In dem Moment brannten in Marcs Kopf sämtliche Sicherungen durch. Er packte Larissa an den Aufschlägen ihrer Jacke, wirbelte sie herum und drückte sie so heftig gegen die Wand, dass sie aufschrie.

»Du verdammte Irre!«, brüllte er sie an. »Was hast du mit Lizzy gemacht? Wo ist meine Tochter?«

Larissa brachte vor Schreck kein Wort heraus. Melanie war inzwischen ebenfalls in der Diele angekommen. Wie durch einen Nebel hörte Marc ihre Stimme. »Was tust du, Marc?«, schrie sie. »Bist du wahnsinnig geworden? Lass Larissa sofort los!«

Aber Marc dachte gar nicht daran. »Erst wenn sie sagt, was sie mit Lizzy angestellt hat!«

Im gleichen Moment spürte er, wie Melanie versuchte, ihn von Larissa wegzuziehen, was ihr nach einigen Versuchen auch gelang.

Larissa ging in die Knie. Sie hatte einen knallroten Kopf und hustete heftig, als habe sie Schwierigkeiten, Luft zu bekommen.

Melanie beugte sich zu ihr herunter. »Alles okay?«, fragte sie. Larissa nickte schwach und Melanie drehte sich zu Marc um. »Hast du den Verstand verloren?«, schrie sie ihn an. »Du hättest sie beinahe umgebracht!«

»Sie hat Lizzy entführt!«, behauptete Marc. »Ich will nur wissen, wo sie ist.«

Larissa war inzwischen wieder halbwegs zu Atem gekommen. »Lizzy ist weg?«, fragte sie Melanie mit einem ängstlichen Gesichtsausdruck. »Mein Gott, was ist passiert?«

»Das wissen wir nicht«, antwortete Melanie. »Aber was ist mit dir? Du solltest doch auf sie aufpassen!«

»Du warst gerade weg, da habe ich einen Anruf wegen einer Wohnung bekommen. Schließlich habe ich nur noch bis heute Zeit, mir etwas Neues zu suchen.«

Melanie starrte sie an. »Was geht hier eigentlich vor?«, fragte sie.

»Weißt du das gar nicht? Marc hat mir vor drei Tagen gesagt, ich könne nicht länger hierbleiben und sollte mich um eine neue Bleibe kümmern.«

Melanie warf Marc einen scharfen Blick zu. »Warum weiß ich davon nichts?«

Marc hob die Schultern. »Das ist doch jetzt egal, oder?«

»Auf jeden Fall hat mich heute jemand angerufen, der meinte, in einer WG werde ein Zimmer frei, ich müsste mich da aber sofort vorstellen«, sprach Larissa weiter. »Eine WG ist für mich ideal, weil ich jetzt auf keinen Fall allein sein kann. Also bin ich sofort los. Bevor ich gegangen bin, habe ich noch einen Blick in Lizzys Zimmer geworfen. Sie hat tief und fest geschlafen. Außerdem wolltest du ja bald zurück sein und da dachte ich, ich könnte es riskieren. Aber das war wohl ein Fehler, oder?«

»Erzählen Sie doch keinen Scheiß!«, fauchte Marc sie an. »Sie wissen doch ganz genau, wo Lizzy steckt! Sie haben sie mitgenommen, um sich an mir zu rächen!«

Er wandte sich Melanie zu. »Ich habe einiges herausgefunden«, sagte er. »Dinge über Larissa, von denen ich dir bisher noch nichts gesagt habe, um dich nicht zu beunruhigen. Larissa ist gefährlich, glaub mir! Deshalb wollte ich sie auch so schnell wie möglich loswerden.«

Melanie schüttelte irritiert den Kopf. »Ich verstehe nicht – was hast du über Larissa rausgefunden?«

»Ja, das würde mich in der Tat ebenfalls interessieren«, mischte sich jetzt auch Larissa ein.

Marc überlegte einen Moment, dann hatte er eine Entscheidung getroffen. Wenn Melanie ihm glauben sollte, musste er ihr alles zeigen, was er im Gästezimmer gefunden hatte, auch wenn das ein schlechtes Licht auf ihn warf. Und er musste das Risiko eingehen, dass Larissa über die Geschehnisse in der Nacht auspackte.

»Warte einen Moment«, sagte er. Dann rannte er die Treppe hoch, ging ins Gästezimmer und zerrte Larissas Aktenkoffer unter dem Bett hervor.

Als er wieder nach unten kam, warteten Melanie und Larissa im Wohnzimmer auf ihn. Sie saßen einträchtig nebeneinander auf der Couch und sahen ihn erwartungsvoll an. Marc ließ sich in den Sessel fallen.

»Wo haben Sie den her?«, fragte Larissa, als sie ihren Aktenkoffer erkannte.

»Aus Ihrem Zimmer«, gab Marc knapp zurück.

»Aber wie …«

»Das spielt jetzt wohl keine Rolle, oder?«

Er ließ die Schlösser aufschnappen und blätterte die Unterlagen durch, bis er die richtigen Seiten gefunden hatte. Die legte er anschließend vor Melanie auf den Glastisch. »Bitte«, sagte er. »Sieh selbst!«

Melanie warf einen Blick darauf. »Was ist das?«, fragte sie.

»Das sind Zeitungsartikel und Berichte aus dem Internet, die alle nur ein Thema zum Gegenstand haben: mich! Larissa hat sie systematisch gesammelt und das schon seit Jahren. Sie ist regelrecht besessen von mir! Und in ihrem Wahn denkt sie, dass auch ich an ihr interessiert bin. Sie will sich mit Macht in unsere Familie drängen und deinen Platz hier einnehmen!« So, jetzt war es heraus.

Aus Melanies Kehle entwich ein leises »O mein Gott.«

»Wie haben Sie mich genannt?«, fragte Larissa. »Eine Irre? Ich glaube eher, Sie sind hier derjenige, der wahnsinnig geworden ist.«

»Und was ist mit diesen Berichten?«, fragte Marc. »Fest steht, dass Sie mich angelogen haben! Sie haben behauptet,

Sie wären ganz zufällig bei mir gelandet, dabei haben Sie mich gezielt aufgesucht! Sie kannten mich schon vor Ihrer angeblichen Vergewaltigung, die Artikel beweisen es. Sie wollten in Kontakt zu mir treten. Aber dafür brauchten Sie einen Grund. Deshalb haben Sie sich die Geschichte mit der Vergewaltigung ausgedacht.«

Er suchte den Artikel aus der Kriminalistik-Zeitschrift heraus. »Aus diesem Aufsatz haben Sie erfahren, wie man Hämatome bei sich selbst verursacht.«

Larissa nahm ihm den Artikel aus der Hand und überflog ihn. »Diese Seiten habe ich erst vor einem Monat in der Bielefelder Uni kopiert«, sagte sie dann. »Das war, nachdem Rüther mir erzählt hat, ein rechtsmedizinisches Gutachten sei zu dem Schluss gekommen, dass ich mir meine Verletzungen möglicherweise selbst beigebracht habe. Er hat mir diesen Artikel empfohlen. Wenn Sie mir nicht glauben, fragen Sie ihn. Ich wollte die Aussagen in dem rechtsmedizinischen Gutachten überprüfen und verstehen, deshalb habe ich mir diesen Aufsatz besorgt. Das war aber erst *nach* der Vergewaltigung. Und was diese anderen Berichte angeht: Ja, die habe ich gesammelt. Aber nicht, weil ich von Ihnen besessen bin, sondern weil ich Sie und Ihre Fälle einfach interessant fand. Es war mir zu peinlich, das vor Ihnen zuzugeben. Deswegen habe ich etwas geflunkert und behauptet, ich hätte Sie zufällig ausgewählt. Aber es ist doch eigentlich auch egal, warum ich zu Ihnen gekommen bin. Ich brauchte dringend einen Anwalt, Sie waren der einzige Anwalt in Bielefeld, der mir zumindest dem Namen nach bekannt war. Mehr hat das nicht zu bedeuten.«

Marc schnaubte. »Sie haben auf alles eine Antwort, was? Dann bin jetzt aber mal gespannt, was Sie dazu zu sagen haben.«

Er sprang auf und rannte in sein Arbeitszimmer, wo er das Foto aus Larissas Papierkorb verwahrte. Damit kehrte er in das Wohnzimmer zurück und knallte es auf den Tisch. »Bitte!«, sagte er nur.

Larissa betrachtete das Foto, dann gab sie es an Melanie weiter, die es wieder auf den Tisch legte. »Und?«, fragte Melanie. »Was soll damit sein?«

»Ja, verstehst du denn nicht?«, fragte Marc aufgebracht. »Ich habe dieses Foto in Larissas Zimmer gefunden! Sie hat deinen Kopf herausgeschnitten!«

»Ich weiß«, erwiderte Melanie zu Marcs grenzenlosem Erstaunen. »Zu diesem Zweck habe ich ja extra die Abzüge gemacht und sie Larissa gegeben.«

»Du hast *was* gemacht?«

Melanie seufzte. »Lizzy sollte für den Kunstunterricht eine Collage zum Thema ›Meine Familie‹ basteln und Larissa hat sich freundlicherweise bereit erklärt, ihr dabei zu helfen. Ich habe Abzüge von einigen unserer Fotos anfertigen lassen und sie den beiden gegeben. Sie haben übrigens nicht nur meinen Kopf, sondern aus anderen Fotos auch deinen und den von Lizzy ausgeschnitten. Wenn du dich ein bisschen mehr für Lizzys Hausaufgaben interessieren würdest, hättest du das auch gewusst!«

Marc fiel nichts Sinnvolles ein, was er darauf sagen sollte. »Ist ja jetzt auch scheißegal«, fiel ihm schließlich nur ein. »Die Hauptsache ist doch wohl: Wo steckt Lizzy?«

In dem Moment hörte er in seinem Rücken eine dünne Stimme. »Sucht ihr mich?«

Kapitel 34

Mit einem freudigen Aufschrei sprang Melanie auf, stürzte sich auf ihre Tochter und umarmte sie, als wolle sie sie nie wieder loslassen. Tränen der Erleichterung liefen ihr über die Wangen.

Marc beobachtete die Szene. Er konnte kaum glauben, dass Lizzy einfach so wieder vor ihnen stand. Und erst jetzt merkte er, dass sie nicht allein gekommen war: Beatrice, Melanies beste Freundin, stand hinter ihr.

Nach einigen Minuten hatte sich die erste Aufregung gelegt und alle hatten sich um den Couchtisch versammelt. Lizzy saß bei Melanie auf dem Schoß. Dann begann Bea zu erzählen: »Lizzy ist vor einer halben Stunde bei mir aufgetaucht. Sie sagte, sie habe krank im Bett gelegen, aber unbedingt zum Reiten gewollt. Als sie gehört hat, dass Melanie und Larissa das Haus verlassen haben, dachte sie, das sei ihre Chance, sich davonzustehlen, zumal es ihr auch schon viel besser ging. Sie hat sich angezogen, ist in den Bus gestiegen und in Richtung Reitverein gefahren. Doch dort angekommen hat sie das schlechte Gewissen gepackt und sie ist mit dem nächsten Bus wieder zurückgekommen. Sie wollte gerade wieder in ihr Bett, doch da hat sie gesehen, dass Melanies Auto vor der Tür stand. Ihr Verschwinden war also bereits entdeckt worden. Lizzy hat deswegen entsetzliche Angst bekommen und befürchtet, dass sie nie wieder zum Reiten darf. Es gab da wohl mal vor ein paar Monaten einen Vorfall, als Lizzy auch krank zum Reiten wollte und gedroht hat, einfach ohne Erlaubnis zu gehen. Marc hat ihr daraufhin gesagt, wenn sie das mache, werde er dafür sorgen, dass sie in diesem Leben nie wieder ein Pferd zu Gesicht bekommt. Das hat Lizzy in eine solche Panik versetzt, dass sie sich nicht mehr nach Hause getraut hat.«

Marc sah, wie sich in diesem Moment alle drei Frauen ihm zuwandten und mit vorwurfsvollen Blicken geradezu durchbohrten.

Na super, dachte er, jetzt bin ich also an allem schuld.

»Lizzy wusste zuerst nicht, wo sie sonst hinsollte, und ist einfach ziellos durch die Straßen gelaufen«, sprach Bea weiter. »Irgendwann ist sie bei mir in der Nähe gelandet und hatte die glorreiche Idee, sich mir anzuvertrauen. Sie hat mir ihre Geschichte erzählt, ich habe sie sofort ins Auto gepackt und voilà, hier ist sie.«

Melanie drückte ihre Tochter an sich. »Du musst mir versprechen, so etwas nie, nie wieder zu tun! Ich habe mir solche Sorgen um dich gemacht.«

Lizzy nickte. »Versprochen«, sagte sie feierlich.

Melanie wandte sich Marc zu. »Und du versprichst mir, Lizzy nie wieder mit so einem Unsinn zu drohen!«

Marc war einen Moment lang versucht, sich zu verteidigen, doch dann schluckte er alles hinunter. »Versprochen. Ich habe das nicht so gemeint, Lizzy, wirklich nicht. Natürlich darfst du wieder reiten. Allerdings erst, wenn du ganz gesund bist.«

Aber Lizzy hatte ihm gar nicht zugehört. Sie starrte Larissa an, die ihren Koffer aus dem Abstellraum geholt hatte und Anstalten machte, ihn die Treppe in den ersten Stock hochzutragen.

»Was machst du da, Larissa?«, fragte Lizzy ängstlich.

»Ich ziehe aus«, antwortete Larissa nüchtern. »Dein Vater meint, ich würde euer Familienleben zerstören.«

Lizzy starrte zuerst Marc an, dann Larissa. »Aber das stimmt doch gar nicht. Mit dir war alles toll!«

Jetzt mischte sich auch Melanie ein. »Natürlich kannst du bleiben! Niemand hier hat etwas dagegen.«

Sie warf Marc einen scharfen Seitenblick zu. »Oder siehst du das anders?«

»Natürlich nicht«, beeilte Marc sich zu versichern. »Das Missverständnis hat sich ja nun aufgeklärt. Deshalb steht Ihrem weiteren Aufenthalt hier selbstverständlich nichts im Wege.«

Larissas Lippen verzogen sich zu einem traurigen Lächeln. »Noch vor einer Stunde hätte es keine Nachricht gegeben, über die ich mich mehr gefreut hätte«, sagte sie. »Aber dafür ist es jetzt zu spät. Zu einem Anwalt, der mich für eine ›wahnsinnige Irre‹ hält und der Überzeugung ist, ich hätte mir die Vergewaltigung nur ausgedacht, kann ich kein Vertrauen haben.«

Nach diesen Worten ging sie die Treppe hoch.

Lizzy schluchzte laut auf und Melanie warf Marc einen auffordernden Blick zu. »Tu endlich was!«, zischte sie. »Sorg dafür, dass sie bleibt!«

Marc erhob sich mühsam von der Couch und folgte Larissa in den ersten Stock. Er fand sie im Gästezimmer, wo sie gerade dabei war, ihre Sachen in den Koffer zu packen.

Er blieb im Türrahmen stehen und räusperte sich vernehmlich. »Ähm«, sagte er. »Also … ich wollte mich bei Ihnen entschuldigen. Es tut mir leid, dass ich Sie eine ›Irre‹ genannt habe. Aber wir … *ich* befand mich wegen Lizzys Verschwinden in einer emotionalen Ausnahmesituation und habe ein wenig überzogen. Vielleicht können Sie das zumindest im Ansatz nachvollziehen?«

Jetzt sah Larissa zum ersten Mal auf. »Ihre Entschuldigung für die ›Irre‹ ist akzeptiert«, sagte sie. »Trotzdem kann ich nicht hierbleiben und es wird auch keine weitere Zusammenarbeit mit Ihnen geben. Sie haben meine persönlichen Sachen durchsucht! Und zwar *bevor* Lizzy verschwunden ist! Einen derartigen Vertrauensbruch kann ich nicht tolerieren. Außerdem haben Sie behauptet, ich hätte mir die Vergewaltigung nur ausgedacht, um Sie kennenzulernen! Mein eigener Anwalt denkt, ich sei eine Lügnerin! Ich betrachte das Mandatsverhältnis daher ab dem heutigen Tag als beendet.«

Marc hob verzweifelt die Hände. »Ich weiß, dass ich einen großen Fehler begangen habe«, beteuerte er. »Ich würde alles rückgängig machen, wenn ich es könnte, aber das geht nun mal nicht. Mehr als mich entschuldigen kann ich nicht.«

»Aber das ist manchmal eben nicht genug.« Larissa drückte den Koffer zu und wuchtete ihn auf den Boden. »Ich habe von Anfang an gespürt, dass Sie mir misstrauen. Sie glauben mir nicht, dass ich vergewaltigt worden bin, Sie glauben mir nicht, dass Borchert mich bedroht hat und dass er meinen Kater getötet hat. Mein Gott, ich glaube mittlerweile sogar, Sie verdächtigen *mich*, meine eigene Katze getötet zu haben, nur um einen Vorwand zu haben, bei Ihnen unterzukommen.«

Marc wollte widersprechen, aber er zögerte eine Sekunde zu lange und auf Larissas Gesicht erschien wieder das traurige Lächeln. »Sehen Sie! Sie halten mich offenbar für ein Monster! Aber bevor sich unsere Wege trennen, können Sie noch etwas für mich tun.«

»Ja?«, fragte Marc hoffnungsvoll.

»Helfen Sie mir bitte, den Koffer die Treppe hinunterzutragen.«

Marc war versucht, noch etwas zu sagen, spürte aber, dass jedes weitere Wort verschwendet sein würde. Larissa würde ihre Meinung nicht mehr ändern.

Also nahm er den Koffer und trug ihn, gefolgt von Larissa, die Stufen hinunter. Als Lizzy sie erblickte, riss sie sich von ihrer Mutter los, stürzte auf Larissa zu und klammerte sich an ihr fest.

»Du darfst nicht gehen!«, flehte sie. »Bitte, bitte, bleib hier! Wir wollten doch am Wochenende ins Fantasialand!«

Auch in Larissas Augen glitzerten jetzt Tränen. »Wir werden das irgendwann nachholen, Lizzy. Versprochen! Aber nicht so bald. Lass uns erst mal ein bisschen Gras über die Sache wachsen. Außerdem müssen sich jetzt erst einmal alle beruhigen. Du bist ein tolles Mädchen, Lizzy. Wir bleiben in Kontakt, okay?«

Dann wandte sie sich Melanie zu. »Danke, Melanie, vielen Dank für alles. Ich weiß wirklich zu schätzen, was du für mich getan hast. Du bist eine echte Freundin.«

Sie wollte nach ihrem Koffer greifen, aber Marc kam ihr zuvor. »Ich mach das schon«, sagte er.

»Danke, aber das ist nicht nötig«, gab Larissa kühl zurück. »Ab hier schaffe ich es schon alleine.«

Mit diesen Worten nahm sie ihren Koffer und verließ mit einer heulenden Lizzy im Schlepptau das Haus.

Marc warf Melanie einen Hilfe suchenden Blick zu, bekam als Reaktion aber nur ein Schulterzucken.

Drei Minuten später kam Lizzy allein ins Wohnzimmer zurück und baute sich direkt vor Marc auf. Ihre Augen verzogen sich zu schmalen Schlitzen. »Ich werde nie wieder ein Wort mit dir reden!«, verkündete sie. »Nie wieder, solange ich lebe!«

Teil 3

Kapitel 35

Seit Larissas Auszug waren vier Tage vergangen. Vier Tage, an denen Lizzy kein Wort mit Marc gewechselt hatte und auch Melanie nur noch das Nötigste mit ihm besprochen hatte.

Marc versuchte, der eisigen Atmosphäre seines Hauses zu entkommen, indem er sich von morgens bis abends in der Kanzlei aufhielt und sich in Arbeit stürzte.

Und so saß er auch heute wieder seit halb acht Uhr in seinem Büro, wälzte eine Akte nach der anderen und diktierte unzählige Schriftsätze.

Aber seine Gedanken schweiften immer wieder ab. Einerseits fühlte Marc sich von Lizzy und Melanie ungerecht behandelt. Schließlich hatte er nur das Beste für seine Familie gewollt.

Andererseits wusste er aber auch, dass er an der Eskalation eine nicht unerhebliche Mitschuld trug. Er war derart davon überzeugt gewesen, dass Larissa seine Familie zerstören wollte, dass er nicht mehr nach rechts und links geschaut hatte. Etwas, das einem guten Juristen, und als solcher verstand er sich, nie passieren durfte.

Gestern hatte sich ein Anwalt bei Marc gemeldet, der ihm mitgeteilt hatte, er werde Larissa ab sofort vertreten. Marc hatte sich von ihm eine Vollmacht zufaxen lassen, ihn über den Stand der Dinge unterrichtet und zugesagt, alle Unterlagen zu übersenden, sobald Larissa seine Rechnung bezahlt hatte. Am Ende hatte er den Kollegen gefragt, wo Larissa untergekommen sei, als Antwort allerdings lediglich die vage Auskunft erhalten, seine Mandantin wohne derzeit in einem Hotel, er sei allerdings nicht befugt zu sagen, in welchem.

Seine Sekretärin teilte ihm mit, dass ein Herr Wellmann ihn sprechen wolle.

Marc runzelte die Stirn. Der Name kam ihm vage bekannt vor, aber er wusste nicht, wo er ihn einordnen sollte. »Hat Herr Wellmann einen Termin?«, fragte er nach.

»Nein, er ist spontan gekommen. Haben Sie Zeit?«

Marc ordnete schnell die Utensilien auf seinem Schreibtisch. »Natürlich, immer herein mit ihm.«

Ein paar Sekunden später klopfte es an seiner Tür und ein mittelgroßer Mann in den Fünfzigern, dessen Haarfarbe zu dunkel war, um echt zu sein, betrat sein Büro. Bekleidet war er mit einem dunkelblauen Nadelstreifenanzug, einer Clubkrawatte mit goldener Krawattennadel und blitzblank polierten Lackschuhen. In der Hand hielt er einen teuer aussehenden Aktenkoffer.

Marc hob eine Augenbraue. Ein Unternehmer, hoffte er. Oder ein erfolgreicher Selbstständiger. Auf jeden Fall endlich mal ein Mandant, bei dem er sich um die Begleichung seiner Rechnung keine Sorgen zu machen brauchte.

Marc erhob sich von seinem Platz, schüttelte Wellmann die Hand und deutete auf seinen Besucherstuhl. »Bitte«, sagte er. »Kann ich Ihnen etwas zu trinken anbieten?«

Wellmann setzte sich. »Nein danke, ich würde gerne gleich zur Sache kommen«, sagte er mit einer sonoren Stimme, für die jeder Gebrauchtwagenhändler seine Seele verkauft hätte.

»Das sind mir die liebsten Mandanten«, versicherte Marc. »Was kann ich für Sie tun, Herr Wellmann?«

»Nun, ich habe ein juristisches Problem, wie Sie sich denken können.« Wellmann lächelte freundlich. »Ein *kleines* juristisches Problem, um genau zu sein. Eigentlich mehr ein

Missverständnis, dennoch halte ich es für sinnvoll, anwaltlichen Beistand in Anspruch zu nehmen.«

Marc beglückwünschte Wellmann innerlich zu seinem Entschluss. »Was ist denn genau passiert?«, wollte er wissen.

»Ich hatte vor etwa einem Monat einen Termin im Amtsgericht Bielefeld. Nichts Besonderes, eine kleine Bußgeldsache. Aber als ich vor dem Saal erschienen bin, wurde mir gesagt, der Beginn meiner Verhandlung verzögere sich. Da ich nichts zu tun hatte, bin ich ein wenig im Gericht herumgelaufen. Irgendwann kam ich an einem Saal vorbei, dessen Tür offen stand. Die Parteien saßen schon auf ihren Plätzen, nur von dem Richter war weit und breit nichts zu sehen. Ich dachte noch, man kann die Leute doch nicht einfach so warten lassen. Aber dann bin ich weitergegangen, weil ich dringend zur Toilette musste. Direkt neben dem Saal befand sich eine Tür ohne Beschriftung. Ich dachte, es handele sich vielleicht um ein WC. Die Tür war nur angelehnt, also bin ich reingegangen, um kurz nachzusehen. Eine Toilette war es nicht, stattdessen stand ich auf einmal mitten in einem Beratungszimmer. An der Garderobe hing eine Richterrobe. Und … tja, da muss mich irgendwie der Teufel geritten haben.«

Das beträchtliche Honorar, das Marc im Geiste bereits für sich verbucht hatte, löste sich gerade in Luft auf. Er wusste ungefähr, wie es weiterging, schließlich hatte der Fall sich in der Gerichtskantine und auf den Fluren des Bielefelder Amts- und Landgerichts bereits herumgesprochen und für viel Gelächter gesorgt. Und somit wurde Marc klar, woher er den Namen Wellmann kannte.

Der hatte bereits weitergeredet. »Irgendwie hatte ich auf einmal die Idee, mir die Robe, nun ja … auszuleihen und selbst die Sitzung abzuhalten. Ich dachte mir, es sei nicht gut, die Leute so lange warten zu lassen.« Er warf Marc einen Blick zu, als erwarte er für sein Tun eine Bestätigung, doch der reagierte nicht. Also fuhr Wellmann mit seiner

Erzählung fort. »Ich habe mir die Robe also übergezogen und bin anschließend durch die Verbindungstür in den Saal gegangen. Zuerst hat das auch super geklappt. Alle sind von ihren Sitzen aufgesprungen, ich habe sie gebeten, wieder Platz zu nehmen, und dann habe ich mit der Verhandlung begonnen. Ich bin mir sicher, dass ich den Fall zur Zufriedenheit aller Beteiligten gelöst hätte, aber irgendwann ist dann der echte Richter erschienen und hat mich rausgeschmissen.«

Marc hatte die Geschichte etwas anders gehört. Wellmanns großes Glück war, dass die Anwälte den zuständigen Richter nicht kannten. Der Anwalt der Klägerin besaß seine Zulassung erst seit einigen Monaten, der des Beklagten war aus Osnabrück angereist. Sonst wäre Wellmann mit Sicherheit schon früher aufgeflogen. So aber hatte er zunächst mit der Verhandlung beginnen und sich von den Parteien den Sachverhalt schildern lassen können. Es ging um die Schmerzensgeldklage einer Frau, die behauptete, von ihrem Exfreund, dem Beklagten, verprügelt worden zu sein. Wellmanns Auftritt endete mitnichten, weil der Richter erschienen war, sondern nachdem er die Klägerin, von der man hörte, es habe sich um eine durchaus attraktive junge Frau gehandelt, aufgefordert hatte, sich bis auf die Unterwäsche auszuziehen und Wellmann ihre Hämatome zu zeigen. Spätestens in diesem Moment hatte es den Anwälten gedämmert, dass mit diesem Richter irgendetwas nicht stimmen konnte.

»Und was kann ich jetzt für Sie tun?«, fragte Marc.

»Ich brauche einen Verteidiger«, lautete die Antwort. »Ich bin angezeigt worden, wegen Amtsmissbrauchs. Dabei war das schlicht und einfach ein Missverständnis. Ich wollte doch nur helfen, aber der Staatsanwalt hat sich geweigert, das Verfahren einzustellen. Und wegen so einer Lappalie müssen jetzt die Gerichte bemüht werden.«

»Vielleicht hat der Staatsanwalt das Verfahren deshalb nicht eingestellt, weil Sie einschlägig vorbestraft sind. Sie sind doch Herr Klaus Wellmann, oder?«

»Sie haben schon von mir gehört?« Wellmann schien darüber hocherfreut zu sein.

Ja, das hatte Marc in der Tat. Wellmann war in Ostwestfalen bekannt wie ein bunter Hund. Er war schon mehrfach mit der Justiz in Konflikt geraten, weil er sich als Pilot, Arzt oder Rechtsanwalt ausgegeben hatte. Eine Bielefelder Lokalzeitung hatte Wellmann sogar den Titel ›König der Hochstapler‹ verliehen.

»Ich kenne Sie«, bestätigte Marc daher. »Natürlich bis jetzt nur vom Hörensagen. Auf jeden Fall dürfte es schwierig werden, eine Verurteilung abzuwenden. Dazu hat man Sie einfach schon zu oft erwischt.«

Wellmann machte ein zerknirschtes Gesicht. »Aber es muss doch berücksichtigt werden, dass die Gesellschaft es mir zu einfach macht und mich dadurch zu immer neuen Taten verleitet. Sie brauchen sich nur mit einem weißen Kittel in ein Krankenhaus zu begeben, schon werden Sie von den Leuten ganz anders wahrgenommen. Aber die Menschen glauben eben das, was sie erwarten. Und wenn Kranke meinen, einen Arzt vor sich zu haben, geht es ihnen auch schon gleich besser. Auf diese Weise konnte ich schon zahlreichen Patienten helfen.«

Bis auf die, denen du falsche Medikamente verordnet und bei denen du unzutreffende Diagnosen gestellt hast, dachte Marc. Und er wusste, dass Wellmann chronisch pleite war und schon zahlreiche Berufskollegen um ihr Honorar geprellt hatte.

»Darf ich fragen, der wievielte Anwalt ich bin, den Sie in dieser Sache konsultieren?«, erkundigte sich Marc.

Wellmann lächelte verschmitzt. »Der sechste«, gab er zu. »Ihre Kollegen wollten alle einen Kostenvorschuss, aber den kann ich momentan leider nicht leisten. Sehen Sie, ich führe derzeit einen Prozess gegen meinen ehemaligen Arbeitgeber, ein multinationales Unternehmen. Meine Anwälte haben mir versichert, dass das Verfahren kurz vor dem Abschluss steht und ich dann eine Millionenabfindung zu erwarten habe.«

Marc war sich bewusst, dass er von Wellmann nie auch nur einen Cent sehen würde. Also ein weiterer Fall, bei dem er bestenfalls die paar Euro verdienen würde, die ihm die Beratungs- und die Prozesskostenhilfe zustanden.

Andererseits mochte Marc Wellmann irgendwie. Soweit er wusste, hatten dessen Hochstapeleien bisher keinen allzu großen Schaden angerichtet. Zudem war Wellmann nur stark eingeschränkt schuldfähig, weil bei ihm Pseudologia phantastica diagnostiziert worden war, das krankhafte Verlangen zu lügen, um Geltung und Anerkennung zu erhalten. Unter derselben Krankheit hatte auch das große Idol aus Marcs Jugend, der Schriftsteller Karl May, gelitten.

»Also gut.« sagte Marc. »Ich übernehme Ihren Fall.«

»Echt?« Wellmann war sichtlich erstaunt. »Danke! Aber Sie werden es nicht bereuen. Ich bin an einem gigantischen nigerianischen Ölgeschäft beteiligt, das bald Milliarden abwerfen wird. Milliarden! Wenn Sie Ihre Sache gut machen, hole ich Sie vielleicht noch mit an Bord.«

Kapitel 36

Zwei Minuten nachdem Wellmann verschwunden war, saß Marc wieder vor einer Akte. Aber auch jetzt konnte er nur an Larissa denken. Er hatte sie vollkommen falsch eingeschätzt. Und wenn er sich in einer Hinsicht in ihr getäuscht hatte, dann möglicherweise auch in einer anderen: Wahrscheinlich hatte Larissa weder etwas mit dem Mord an

Sandra Köhler noch mit dem an Rabea Steffen zu tun. Wenn er das beweisen konnte, hatte er vielleicht noch eine Chance, dass sie ihm verzieh. Und damit würde hoffentlich auch in seiner Familie wieder Ruhe und Frieden einkehren.

Wenn Larissa Rabea Steffen nicht ermordet hatte, gab es – zumindest soweit er das beurteilen konnte – nur noch einen anderen Tatverdächtigen: Fabian Borchert! Borchert hatte ein Motiv, Rabea Steffen als potenzielle Belastungszeugin zu eliminieren. Indem er die Sache Larissa in die Schuhe schob, konnte er ihre Glaubwürdigkeit unterminieren. Er hatte sie lediglich mit einem fingierten Anruf nach Kassel locken müssen. Und aus dem gleichen Grund war der Mord an Rabea Steffen fast eine Kopie des Mordes an Sandra Köhler vor vierzehn Jahren: Beide Frauen waren mit exakt dreiundzwanzig Stichen mit einem Messer mit einer zwanzig Zentimeter langen Klinge ermordet worden. Das konnte kein Zufall sein!

Borchert konnte den Mord an Rabea Steffen wegen seiner elektronischen Fußfessel allerdings unmöglich selbst begangen haben. Aber das galt nicht für diesen Rüdiger. Im gleichen Augenblick musste Marc grinsen: War der Mörder nicht immer der Gärtner? Auf jeden Fall verfügte Borchert zweifellos über das nötige Kleingeld, um einen Killer anheuern zu können und diesen genau zu instruieren, wie er die Tat begehen sollte. Aber dazu benötigte Borchert detaillierte Informationen über den Mordfall Sandra Köhler. Aus seiner Ermittlungsakte konnten die Informationen nicht stammen, denn darin wurde der Mord an Sandra Köhler mit keinem Wort erwähnt.

Blieben die Zeitung und das Internet.

Marc rief die Homepage der *HNA*, der *Hessischen/Niedersächsischen Allgemeinen* auf, die als Lokalzeitung quasi über ein Monopol in Kassel und Nordhessen verfügte. Das Onlinearchiv der *HNA* reichte allerdings nicht bis zu der

Zeit des Mordes an Sandra Köhler vor vierzehn Jahren zurück. Außerdem bezweifelte Marc stark, dass in der Zeitung über die genaue Länge des Messers und die exakte Anzahl der Messerstiche berichtet worden war. Noch unwahrscheinlicher schien es ihm, dass in einem Artikel der Name der Tatverdächtigen Larissa Braun genannt worden war, zumal diese damals noch minderjährig gewesen war.

Anschließend gab Marc die Stichworte *Mord*, *Sandra Köhler*, *1999* und *Kassel* in einer Internetsuchmaschine ein, aber auch das brachte ihn nicht weiter.

Auf diese Weise konnte Borchert also nicht an die erforderlichen Informationen gelangt sein, um den Mord an Sandra Köhler kopieren zu können. Während er die Tatverdächtigen noch einmal im Kopf durchging, fiel ihm etwas auf: Fabian Borchert und Lars Neumann waren fast in demselben Alter! Der eine war dreiunddreißig, der andere vierunddreißig, beide stammten aus gut situierten Familien und beide waren in Kassel aufgewachsen. Vielleicht kannten die beiden sich von früher! Kassel war zwar beileibe keine Kleinstadt, aber auch keine Millionenmetropole. Und wenn die beiden sich kannten, lag es nahe, dass Borchert die Informationen von Neumann erhalten hatte. Lars Neumann mussten sämtliche Einzelheiten über den Mord an seiner damaligen Freundin bekannt sein, außerdem wusste er, dass die Polizei Larissa verdächtigt hatte, etwas mit dem Mord an Sandra Köhler zu tun gehabt zu haben. Ja, er hatte die Polizei sogar erst auf ihre Fährte gebracht.

Wie elektrisiert sprang Marc auf und ging die Kopien der Ermittlungsakten in dem Fall Fabian Borchert durch. Er hatte die Unterlagen bereits zusammengestellt, aber noch nicht an Larissas neuen Anwalt übersandt. Marc meinte, sich dunkel zu erinnern, dass sich irgendwo in den Akten ein Lebenslauf Borcherts befand. Nach fünf Minuten hatte er ihn gefunden: Borchert war auf einem anderen Kasseler

Gymnasium als Neumann gewesen und hatte auch ein Jahr früher sein Abitur abgelegt. Schulfreunde waren die beiden also nicht gewesen. Aber vielleicht gab es eine andere Verbindung. Marc googelte die Namen Lars Neumann und Fabian Borchert, aber sie schienen nicht in sozialen Netzwerken im Internet aktiv zu sein. Auch sonst fand Marc keinen Hinweis darauf, dass es einmal einen Kontakt zwischen den beiden gegeben hatte. Was allerdings nicht automatisch bedeutete, dass der nie existiert hatte. Die Frage war nur, wie er die Verbindung herausfinden konnte.

Kapitel 37

Zwei Tage später steuerte Marc den Alfa wieder einmal durch die Kasseler Innenstadt. Er hatte sich in der Murhardschen Bibliothek angemeldet, die sämtliche Exemplare der *Hessischen/Niedersächsischen Allgemeinen* in ihrem Magazin verwahrte.

Marc begab sich direkt in den Lesesaal und ließ sich den dicken Wälzer vorlegen, der die gebundenen Kasseler Ausgaben der *HNA* ab Sandra Köhlers Todestag enthielt. Von da an blätterte Marc langsam weiter. In den darauffolgenden Tagen und Wochen wurde in der *HNA* beinahe täglich groß über den Mord an der achtzehnjährigen Schülerin berichtet. Aber Marc fand seine Vermutung bestätigt: In keinem der Artikel fanden sich Angaben über die Länge der Tatwaffe und die genaue Anzahl der Messerstiche. Auch die Schmiererei *Tit for tat* an der Wand wurde nicht erwähnt. Offenbar hatte die Polizei verhindern wollen, dass Täterwissen an die Öffentlichkeit gelangte. Larissas Name tauchte nirgendwo auf.

Also konzentrierte Marc sich auf den zweiten Teil seiner Aufgabe: der Suche nach einer Verbindung zwischen Fabian

Borchert und Lars Neumann. Marc ließ sich die Ausgaben der *HNA* für die Zeit vor Sandras Tod vorlegen und ging von da an systematisch zurück.

In einer ermüdenden Prozedur blätterte er die Seiten durch und überflog sie nach möglichen Hinweisen. Und dann wurde er endlich fündig: Marc hätte das Foto beinahe übersehen, das etwa ein Dutzend junge Fußballer zeigte. Die Spieler hatten sich in zwei Reihen aufgestellt, wobei die vordere Reihe sich hingehockt hatte. Die Spieler hatten sich die Arme um die Schultern gelegt und grinsten breit in die Kamera. *Die A-Jugend des VfL Kassel hat es geschafft: Meister der Gruppenliga Kassel 1998* stand in großen Lettern über dem Bild.

Marc nahm den jungen Mann näher in Augenschein, der seine Aufmerksamkeit geweckt hatte. Kein Zweifel: Es handelte sich um die etwa fünfzehn Jahre jüngere Ausgabe von Fabian Borchert.

Unter dem Bild waren die Namen der erfolgreichen Spieler von links nach rechts aufgeführt. Zwei Spieler neben Borchert stand ein weiterer junger Mann, dessen Gesicht Marc sehr bekannt vorkam. Die Namenszeile verriet ihm, dass es sich um Lars Neumann handelte. Er hatte eine Verbindung zwischen den beiden gefunden!

Marc ging noch bis zum Anfang desselben Jahres zurück, entdeckte aber nichts mehr. Trotz des wachsenden Unmuts der Bibliotheksangestellten, die die schweren Wälzer hin- und hertransportieren mussten, ließ Marc sich die Ausgaben der nächsten zwei Jahre zeigen, wobei er sich auf Artikel über den VfL Kassel konzentrierte.

Und er wurde tatsächlich noch einmal fündig: In einem Bericht über ein Landesligaspiel der ersten Herrenmannschaft des VfL Kassel wurde berichtet, Fabian Borchert habe auf Vorlage von Lars Neumann das 2:0 gegen Marburg erzielt.

Marc ließ sich die beiden Artikel kopieren und bedankte sich überschwänglich bei den Bibliotheksangestellten für ihre Mühe und verabschiedete sich. Er hatte gefunden, wonach er gesucht hatte – die Frage war nur, ob sein Fund auch eine Bedeutung hatte.

Kapitel 38

Eine halbe Stunde später stand Marc vor dem Grundstück von Fabian Borchert. Die Schwüle lastete schwer über dem noblen Kasseler Vorort und bleierne, niedrige Wolken hatten den Tag fast zur Nacht gemacht.

Marc sah sich im Vorgarten um, aber von Rüdiger, der offenbar keinen Nachnamen besaß, war heute nichts zu sehen.

Also drückte Marc die Klingel neben der niedrigen Pforte. Sekunden später hörte er ein Rauschen in der Gegensprechanlage.

»Ja, bitte?«

Marc erkannte die Stimme sofort. »Herr Borchert?«, fragte er. »Hier ist Rechtsanwalt Hagen aus Bielefeld. Ich würde gerne noch einmal mit Ihnen sprechen.«

»Über Larissa?«

»Ja.«

»Aber wenn ich richtig informiert bin, sind Sie gar nicht mehr ihr Anwalt, oder? Zumindest hat Dr. Klenk mich gestern angerufen und mir mitgeteilt, es habe sich ein neuer Anwalt gemeldet, der ab sofort Larissas Interessen vertritt.«

Scheiße! »Das ist grundsätzlich richtig«, sagte Marc. »Es gibt einen neuen Anwalt, aber es ist auch nicht verboten, sich von mehreren Anwälten vertreten zu lassen. Also, wie sieht es aus? Haben Sie ein paar Minuten für mich?«

»Für meinen Lieblingsanwalt? Aber immer doch! Ich habe Sie schon richtig ins Herz geschlossen!«

Ein Summer ertönte und Marc drückte die Gartenpforte auf. Als er das Haus erreichte, stand Borchert schon in der Tür. Diesmal trug er ein T-Shirt, bunt gemusterte Shorts und Flip-Flops. Und natürlich den Tracker an seinem linken Bein.

»Vielleicht sollten wir uns heute besser im Haus unterhalten«, meinte er, als er Marc die Hand schüttelte. Er nickte zu dem dunklen Himmel hinauf. »Ich fürchte, ein Gewitter zieht auf.« Wie zur Bestätigung grollte in einiger Entfernung Donner.

Borchert führte Marc durch einen breiten Korridor in das Wohnzimmer, das mit viel Gold und Plüsch so kitschig eingerichtet war, dass sich Marc unwillkürlich der Verdacht aufdrängte, Harald Glööckler persönlich müsse der Innenarchitekt gewesen sein.

Borchert registrierte Marcs Blicke. »Die Möbel stammen noch von meiner Mutter«, erklärte er. »Wir lassen alles so, wie es ist. Für Demenzkranke ist es wichtig, sich in einer gewohnten Umgebung bewegen zu können. Solange es irgendwie geht, versuche ich, meine Mutter hier im Haus zu betreuen, natürlich mithilfe von professionellen Pflegekräften. Gott sei Dank verfügen wir über die notwendigen finanziellen Mittel, uns das leisten zu können. Aber jetzt nehmen Sie doch erst einmal Platz.«

Marc ließ sich auf einer üppigen Couch mit großen Blumenmustern nieder. Von hier aus hatte er durch eine große Fensterfront und die halb geöffnete Terrassentür einen Panoramablick auf den Garten. Die Luft war stickig und wie elektrisch geladen, der Himmel inzwischen kohlschwarz. Ein Donnerschlag hallte durch den Raum.

»Möchten Sie etwas trinken?«, fragte Borchert. »Rüdigers Maracujalimonade hat Ihnen doch so gut geschmeckt.«

»Danke, aber ich habe auf der Fahrt schon etwas getrunken. Es wäre mir lieb, wenn wir gleich zur Sache kommen könnten.«

Mit einem verwunderten Gesichtsausdruck nahm Borchert auf dem Sessel gegenüber von Marc Platz. »Sie machen es ja richtig spannend.«

»Eine Frage beschäftigt mich jetzt schon seit Wochen: Haben Sie Larissa in diesem Jahr zum ersten Mal gesehen oder kannten Sie sie schon von früher? Ich denke insbesondere an das Jahr 1999.«

Borchert runzelte die Stirn. Die Frage schien ihm zu denken zu geben. »1999?«, wiederholte er. »Wie kommen Sie gerade auf dieses Jahr?«

»Warum beantworten Sie nicht einfach meine Frage?«

Borchert lächelte. »Ja, warum eigentlich nicht: Nein, ich habe Larissa vor diesem Jahr noch nie gesehen. Zumindest nicht bewusst.«

»Aber Lars Neumann, den kennen Sie doch von früher, oder?«

Borcherts Augen weiteten sich. »Lars? Klar, wir waren mal im selben Fußballverein. Aber das ist lange her und wir haben seit Jahren keinen Kontakt mehr. Wieso fragen Sie? Hat Lars irgendetwas mit Larissa zu tun?«

Marc musterte Borcherts Gesicht. Der Mann schien wirklich nicht zu wissen, um was es ging.

»Lars Neumann und Larissa Braun waren Anfang 1999 für kurze Zeit zusammen«, klärte Marc ihn auf.

»Tatsächlich?«, fragte Borchert mit erhobenen Augenbrauen. »Larissa und Lars? Das ist mir neu. Allerdings war mein Verhältnis zu Lars auch nie besonders eng. Wir waren eigentlich keine Freunde, mehr Kumpel. Außer Fußball hatten wir nichts miteinander zu tun.«

Marc beschloss, alles auf eine Karte zu setzen. »Sandra Köhler«, wagte er einen Schuss ins Blaue. »Sagt Ihnen der Name etwas? Die war im selben Jahr auch mal die Freundin von Lars Neumann.«

»Ja, da klingelt was bei mir.«

Borchert seufzte. »Armes Ding. Die ist doch ermordet worden. Aber das ist auch schon Jahre her.«

»Vierzehn Jahre«, präzisierte Marc.

»Richtig!« Borchert deutete mit Daumen und ausgestrecktem Zeigefinger wie mit einer Pistole auf Marc. »Jetzt fällt mir alles wieder ein: Es war 1999, im Mai. Und wissen Sie, was komisch ist: Genau einen Tag vor ihrem Tod habe ich sie kennengelernt.«

Marc war auf einmal hellwach. Einen Tag vor Sandras Tod?, dachte er. Da war die Party im Haus der Köhlers gewesen! Auf einmal meldete sich in Marcs Kopf eine fast verschüttete Erinnerung: Lars Neumann hatte Heimo Peters erzählt, Sandra habe ihn gebeten, zu ihrer Party noch ein paar Kumpels mitzubringen, um das Haus vollzubekommen.

»Sie waren auch auf Sandras Party«, stellte Marc fest.

»Ja«, bestätigte Borchert sofort. »Wie gesagt, ich kannte Lars eigentlich nur oberflächlich, aber nach einem Spiel hat er die ganze Mannschaft zur Fete seiner Freundin eingeladen. Wir waren zwar etwas verwundert, aber einem geschenkten Gaul schaut man nichts ins Maul, oder? Wir sind dann fast mit der gesamten Truppe auf der Party erschienen. Ich war allerdings erst ziemlich spät da, nach Mitternacht. Aber ich habe es nicht bereut. Das war wirklich die Party des Jahrhunderts! Der Alkohol floss in Strömen, und dann die ganzen Mädchen! Da ging richtig was ab!«

»Wenn Sie da waren, hätten Sie aber eigentlich auch Larissa sehen müssen.«

In Borcherts Gesicht spiegelte sich blankes Erstaunen. »Larissa war auch auf der Party? Tut mir leid, aber die ist mir damals nicht aufgefallen. Auf der Fete waren Hunderte Menschen. Vielleicht war sie auch schon weg, als ich gekommen bin. Wie gesagt, ich bin erst ziemlich spät dort aufgeschlagen.«

Marc nickte langsam. Er erinnerte sich, dass es einen Streit zwischen Larissa und Sandra gegeben hatte und Larissa kurz darauf gegangen war. Im gleichen Moment prasselten die ersten schweren Regentropfen gegen die Scheiben. Fabian Borchert stand auf und zog die Terrassentür zu.

»Lars hat mir an diesem Abend seine Freundin, Sandra Köhler, vorgestellt«, fuhr Borchert fort, nachdem er sich wieder gesetzt hatte. »Und ich kann Ihnen sagen: Bei dem Anblick ist mir das Wasser im Munde zusammengelaufen. Sandra war so ziemlich das Schärfste, was damals in Kassel rumgelaufen ist.«

Auf einmal musste Marc an etwas denken, das Larissa vor Kurzem zu ihm gesagt hatte: Ein Mann fängt nicht erst mit Mitte dreißig an, Frauen Gewalt anzutun. Konnte es sein, dass Borchert seine Karriere als Sexualstraftäter schon mit Anfang zwanzig begonnen hatte? Was wäre, wenn Borchert von Sandra Köhler auf der Party so erregt gewesen war, dass er schon am nächsten Abend zurückgekehrt war, um sie sich zu nehmen? Dann war die Sache irgendwie aus dem Ruder gelaufen und ...

Als Marc Borchert wieder ins Gesicht schaute, lächelte der sardonisch. »Darf ich Ihnen einen Tipp geben, Herr Hagen?«, fragte er spöttisch. »Spielen Sie niemals Poker! Es gibt Menschen, in deren Mimik man wie in einem Buch lesen kann, und Sie gehören offensichtlich dazu. Ich weiß genau, was Ihnen gerade durch den Kopf geht: Borchert findet Sandra Köhler geil, Borchert sucht Sandra Köhler auf, um sie zu vergewaltigen, Sandra Köhler wehrt sich, also sticht Borchert sie ab. Stimmt das in etwa?«

»Wo waren Sie denn am Sonntagabend nach der Party?«, hakte Marc nach, ohne auf die Frage einzugehen.

»Herr Hagen, nun denken Sie doch mal nach«, versetzte Borchert lächelnd. »Wenn ich wirklich etwas mit Sandras Tod zu tun gehabt hätte, warum hätte ich Ihnen freiwillig erzählen sollen, dass ich auf ihrer Party war?«

»Weil Sie befürchten, dass ich Lars Neumann nach Ihnen fragen könnte und er alles ausplaudert. Und dann würde ich mich natürlich fragen, warum Sie mir das nicht schon selbst erzählt haben. Vielleicht denken Sie aber auch, dass Ihnen niemand etwas anhaben kann, weil Sie so clever sind.«

Borchert lächelte immer noch. »Ich fürchte, ich kann Ihnen momentan nicht ganz folgen, Herr Hagen«, sagte er. »Ich dachte, es geht um Larissa! Was hat der Mord an Sandra Köhler damit zu tun?«

»Sandra Köhler ist mit dreiundzwanzig Messerstichen ermordet worden. Genauso wie Rabea Steffen, die Sie vor vier Jahren wegen Vergewaltigung angezeigt hat. Larissa zählt in beiden Fällen zu den Tatverdächtigen.«

Borchert hob einen Zeigefinger. »Ah, daher weht der Wind. Die Polizei hat mich wegen des Todes von Frau Steffen befragt. Aber die waren auch ziemlich schnell wieder weg, schließlich habe ich ein wasserdichtes Alibi.« Er hob sein linkes Bein mit dem Tracker.

»Aber als Sandra Köhler ermordet wurde, haben Sie keine elektronische Fußfessel getragen.«

Borchert seufzte schwer. »Wissen Sie, was Ihr Problem ist, Herr Hagen?«, sagte er. »Sie denken immer noch, dass an Larissas Anschuldigungen irgendetwas dran ist. Aber ich kann Ihnen nur noch einmal versichern: Ich vergewaltige keine Frauen und ermorden tue ich sie schon gar nicht!«

»Dann können Sie mir ja getrost erzählen, wo Sie am Abend des Todes von Sandra Köhler waren.«

»Das tue ich gerne. Wenn Sie mir verraten, wo Sie diesen Tag verbracht haben.«

Marc hob die Hände. »Das kann ich Ihnen beim besten Willen nicht beantworten.«

Borchert grinste. »Sehen Sie? Aber ich soll es noch heute wissen! Zufällig kann ich mich noch sehr genau daran erinnern, was ich an dem Abend gemacht habe. Genauso, wie ich weiß, was ich getan habe, als ich von dem Tod von Lady Diana und dem Tod von Michael Jackson erfahren habe. Ich war damals bei der Bundeswehr, ganz einfach. Bei der Marine in Eckernförde. Wir mussten jeden Sonntagabend um Punkt zweiundzwanzig Uhr in der Kaserne sein. Am nächsten Dienstag hat mich meine Mutter in Eckernförde angerufen und mir von dem Mord an Sandra erzählt. Der war damals Tagesgespräch in Kassel.«

Und da fiel es auch Marc wieder ein. Er hatte in Borcherts Lebenslauf gelesen, dass der nach dem Abitur und einem Praktikum im elterlichen Unternehmen seinen zehnmonatigen Grundwehrdienst in Norddeutschland abgeleistet hatte.

Offenbar konnte man Marc erneut seine Gefühle am Gesicht ablesen, denn Borchert lachte schon wieder. »Und um Ihnen endgültig den Wind aus den Segeln zu nehmen: Wenn es wirklich mein Ziel gewesen wäre, Sex mit Sandra Köhler zu haben, hätte ich sie dazu nicht am nächsten Tag aufsuchen müssen, um sie zu vergewaltigen. Sandra war bei ihrer Party dermaßen sauer auf Lars, dass sie es wahrscheinlich mit jedem getrieben hätte, nur um ihm eins auszuwischen.«

Marc war auf einmal wie elektrisiert. »Sandra und Lars haben sich auf der Feier gestritten?«, fragte er.

»Nicht öffentlich. Aber ich bin ein guter Beobachter. Es war schon ziemlich früh am Morgen, da habe ich gesehen, dass Lars mit Tanja Weber in den ersten Stock hochgegangen ist. Mir war sofort klar, was die beiden vorhatten. Der erste Stock war partyfreie Zone, weil da die Schlafzimmer der Familie Köhler lagen. Das hat Sandra uns zigfach gesagt und sie hatte sogar Schilder geschrieben. Aber Lars ist einfach über die Absperrung gestiegen und mit Tanja nach oben verschwunden.«

»Wer ist Tanja Weber?«, wollte Marc wissen.

»Tanja war auch auf dem Freiherr-vom-Stein-Gymnasium, ich glaube, in derselben Jahrgangstufe wie Sandra. Ein absolut scharfes Gerät, die Frau. Vielleicht nicht ganz so scharf wie Sandra, aber immerhin. Ich konnte Lars gut verstehen, dass er hinter ihr her war.«

»Aber Lars war doch mit Sandra zusammen!«

Für diesen Kommentar erntete Marc einen fast mitleidigen Blick Borcherts. »Waren Sie nie zwanzig? Dann müssten Sie sich eigentlich daran erinnern können, wie viel Testosteron damals in Ihnen gebrodelt hat. Lars sah gut aus, und das war ihm auch bewusst. Er hat fast jede gekriegt, die er wollte, und er hat so viel mitgenommen, wie er konnte.«

»Aber doch wohl nicht auf der Party seiner eigenen Freundin.«

»Wieso nicht? Erstens war er schon ziemlich betrunken, wie fast alle auf der Feier, und zweitens dachte er wohl, dass es in dem allgemeinen Trubel nicht auffällt, wenn er mal für ein Viertelstündchen verschwindet.«

»Aber Sandra hat es gemerkt.«

»Ja, das war sein Pech. Lars war gerade ein paar Minuten mit Tanja verschwunden, als Sandra mich gefragt hat, ob ich Lars gesehen hätte, aber ich habe das verneint. Schließlich war Lars mein Kumpel und ich hatte mit Sandra nichts am Hut. Aber Sandra hat nicht aufgegeben und kurz darauf habe ich gesehen, dass sie die Treppe nach oben gegangen ist.«

»Oh, oh.«

»Genau: oh, oh. Etwa drei Minuten später war sie schon wieder unten. Außer mir ist es wahrscheinlich niemandem aufgefallen, aber ihr Gesicht war vor Wut regelrecht verzerrt. Sie hatte die Hasskappe auf, so haben wir das früher immer genannt. Sie ist an mir vorbeigestürmt, ohne nach rechts und links zu schauen.«

»Was war mit Lars und Tanja?«

»Die kamen vielleicht zwei Minuten nach Sandra die Treppe herunter. Die beiden sahen auch ziemlich mitgenommen aus, Sandra muss sie fürchterlich zusammengestaucht haben.«

»Wie ging es dann weiter?«

»Als Lars an mir vorbeiging, habe ich ihn gefragt, ob alles in Ordnung sei. Aber ich glaube, er hat mich gar nicht gehört, denn er hat nur gefragt, ob ich wüsste, wo Sandra steckt. Als ich verneint habe, ist er einfach weitergegangen. Ob er Sandra gefunden hat, weiß ich nicht.«

»Und was war mit dieser Tanja Weber?«

»Die habe ich an dem Abend auch nicht mehr gesehen. Sie war wahrscheinlich so geschockt, dass sie von Sandra bei ihrem Tête-à-Tête mit Lars erwischt worden ist, dass sie sofort das Weite gesucht hat.«

»Sie wissen nicht zufällig, was aus ihr geworden ist?«, fragte Marc ohne große Hoffnung.

»Natürlich weiß ich das«, erwiderte Borchert und grinste. »Sie ist eine Kollegin von Ihnen.«

Kapitel 39

Einige Google-Recherchen und Telefonate später hatte Marc in Erfahrung gebracht, dass Tanja Weber tatsächlich als Rechtsanwältin zugelassen war und in einer Kasseler Kanzlei arbeitete, sich zurzeit aber nach der Geburt ihres dritten Kindes in Elternzeit befand.

Marc fand ihre Adresse im Telefonbuch und gab sie in sein Navi ein. Das leitete ihn in ein großes Neubaugebiet am Rande Kassels und teilte ihm schließlich vor einem schmucken Einfamilienhaus mit, er habe sein Ziel erreicht. In dem annähernd tausend Quadratmeter großen Garten, der das Haus umgab, standen eine Schaukel, ein Trampolin, eine Rutsche und ein Sandkasten, in der Einfahrt war ein Basketballkorb angebracht.

Marc stieg aus und schellte an der Tür. Sekunden später ertönte eine weibliche Stimme aus einer Gegensprechanlage. »Wer ist da?«

Marc hatte sich auf der Fahrt überlegt, wie er am besten vorgehen sollte, und entschieden, dass ein Frontalangriff wahrscheinlich die beste Variante war. Entweder ließ Tanja Weber ihn herein oder gleich abblitzen. So oder so, eine schnelle Entscheidung.

Marc schob seinen Kopf näher an das Mikrofon heran. »Mein Name ist Hagen. Ich bin Rechtsanwalt und vertrete Frau Larissa Braun. Ich bin gekommen, um mich mit Ihnen über die Geschehnisse auf Sandra Köhlers Party vor vierzehn Jahren zu unterhalten.«

Am anderen Ende herrschte Schweigen und Marc hielt unwillkürlich die Luft an. Jetzt kam es darauf an.

Er war schon kurz davor, wieder zu gehen, als sich die Tür öffnete und eine attraktive, schlanke Mittdreißigerin mit langen, dunklen Haaren vor ihm stand, der man ihre drei Kinder beim besten Willen nicht ansah. Marc musste Borchert insgeheim recht geben: Tanja Weber war zweifelsohne immer noch ein »scharfes Gerät«.

»Kommen Sie rein«, sagte sie zur Begrüßung und ließ Marc in das Wohnzimmer vorgehen.

Dort angekommen, kickte sie einen Trecker in die Ecke und räumte eine Puppe vom Sofa. Dann deutete sie auf die frei gewordene Sitzfläche. »Bitte, nehmen Sie doch Platz. Und entschuldigen Sie die Unordnung. Aber ich habe drei Kinder und weder Zeit noch Lust, ständig hinter ihnen herzuräumen.«

»Sind Ihre Kinder zu Hause?«, erkundigte sich Marc, nachdem er sich gesetzt hatte.

»Nur die Kleinste«, antwortete Tanja Weber. »Sie schläft gerade. Die beiden Älteren sind bei Freunden. Kann ich Ihnen etwas zu trinken anbieten?«

Marc verneinte und Tanja Weber ließ sich auf einem cognacfarbenen Ledersessel nieder. »Sie kommen wegen Sandras Party?«, vergewisserte sie sich dann.

»Ja, um genau zu sein, wegen der Feier, die einen Tag vor ihrer Ermordung stattfand.«

Tanja Weber senkte den Blick. »Was habe ich damit zu tun?«, fragte sie.

»Das weiß ich nicht genau«, erwiderte Marc. Er war davon überzeugt, dass bei dieser Frau nur absolute Offenheit zum Erfolg führen konnte. Wenn sie in den Mord verwickelt war, würde sie ihm ohnehin nichts sagen. Aber wenn sie vorhatte zu schweigen, hätte sie ihn schon an der Tür abwimmeln können. Also gab es vielleicht die Chance, dass Tanja Weber reden *wollte.*

»Ich sage Ihnen einfach, was ich bereits weiß«, fuhr Marc fort. »Ich habe erfahren, dass Sie auf Sandras Party waren. Ich weiß, dass Sie sich während der Party mit Lars Neumann in ein Schlafzimmer im oberen Stock der Köhler-Villa zurückgezogen haben. Und ich weiß, dass Sie bei Ihrem Techtelmechtel mit Lars von Sandra, die damals Lars' Freundin war, überrascht worden sind. Jetzt sind Sie dran!«

Tanja Weber seufzte schwer. »Ich habe immer geahnt, dass mich jemand eines Tages darauf ansprechen wird«, sagte sie. »Einerseits habe ich mich davor gefürchtet, aber gleichzeitig habe ich auch darauf gehofft. Verstehen Sie das? Seit vierzehn Jahren liegt mir diese Sache auf der Seele und es vergeht kaum ein Tag, an dem ich nicht daran denken muss. Aber ich habe mich nie getraut, darüber zu reden.«

»Dann haben Sie jetzt die Gelegenheit, Ihr Gewissen zu erleichtern«, sagte Marc behutsam.

Tanja Weber atmete tief durch. Und dann begann sie zu erzählen.

Kapitel 40

Samstag, der 22. Mai 1999

Sandra hatte mich zu ihrer Party eingeladen, obwohl wir eigentlich nicht viel miteinander zu tun hatten. Wir kannten uns zwar aus der Schule, hatten aber sonst keine gemeinsamen Freunde oder Interessen.

Außer einer: Lars Neumann. Sandra war damals mit ihm zusammen und ich war seit über einem Jahr heimlich in ihn verliebt. Lars war der absolute Star an unserer Schule, alle Mädchen wollten etwas von ihm. Nachdem Lars mit Larissa Schluss gemacht hatte, habe ich mir Chancen bei ihm ausgerechnet, aber Sandra war schneller. Doch die Blicke, die Lars mir zuwarf, zeigten mir eindeutig, dass er an mir Interesse hatte. Und ich glaube, Sandra hat das auch die ganze Zeit geahnt. Lars' Problem war, dass er sich einfach nicht entscheiden konnte und am liebsten mit drei Mädchen gleichzeitig zusammen gewesen wäre. Er hat Mädchen als Spielzeug betrachtet.

Ich bin eigentlich nur zu Sandras Feier gegangen, weil ich gehofft habe, Lars zu sehen. Als ich gegen elf Uhr im Haus der Köhlers ankam, war die Party schon im vollen Gange. Es waren so viele Menschen da, dass man kaum von einem Zimmer ins andere gehen konnte. Lars habe ich zuerst nicht entdeckt. Ich habe mich mit meinen Freundinnen unterhalten. Und ich habe getrunken, sehr viel getrunken sogar. Und dann stand auf einmal Lars neben mir. Auch er hatte schon ganz schön einen in der Krone.

»Schau an«, sagte er lächelnd. »Jetzt habe ich endlich auch den schönsten Gast des Abends gefunden.«

»Ich dachte, das wäre Sandra«, gab ich zurück.

»Sandra ist der schönste Gast*geber*«, grinste er. »Aber ich weiß im Moment gar nicht, wo sie steckt.« Er stellte sein Glas ab und sah mir tief in die Augen. »Und ehrlich gesagt, ist mir das gerade vollkommen egal.«

Ich spürte, wie meine Knie weich wurden, und ahnte, in welche Richtung unsere Unterhaltung ging. Aber ich konnte einfach nicht widerstehen.

»Das ist dir egal?«, fragte ich gespielt naiv. »Es sollte dir aber eigentlich nicht egal sein, was deine Freundin so treibt, oder?«

»Ach, *Freundin*«, seufzte Lars theatralisch. »So toll läuft es mit uns in letzter Zeit auch nicht mehr. Sandra schreibt mir alles Mögliche vor. Tu dies, tu das, lass jenes! Langsam geht sie mir ziemlich auf die Nerven.« Er sah mich wieder mit seinen grauen Augen an. »Ich glaube, du könntest mir nie auf den Geist gehen.«

»Ich weiß nicht«, kicherte ich.

»Doch, doch«, versicherte er. »Du bist nicht so herrschsüchtig wie Sandra und immer gut drauf.« Auf einmal hielt er inne, sah sich um, als ob er sichergehen wollte, dass uns niemand zuhören konnte, und senkte die Stimme. »Apropos gut drauf: Willst du etwas, mit dem du *wirklich* gut drauf kommst?«

Eigentlich wollte ich das nicht, aber ich hatte Angst, dass Lars sauer auf mich werden und weggehen würde, wenn ich verneinte. Also sagte ich: »Klar will ich das.«

Lars machte ein geheimnisvolles Gesicht. »Dann komm mit. Ich möchte dir was zeigen.«

Er führte mich in den ersten Stock. Lars kannte sich dort gut aus. Ich folgte ihm in ein Zimmer, wo er das Licht anknipste. Und erschrak, denn es war ausgerechnet das Schlafzimmer von Sandras Eltern.

»Aber wir können doch nicht …«

»Keine Panik«, sagte er. »Sandras Eltern sind im Urlaub und hier kommt keiner hoch. Wir sind also vollkommen sicher. Setz dich doch schon mal aufs Bett, ich bin gleich wieder da.«

Mir war absolut nicht wohl in meiner Haut, aber ich war trotzdem so dämlich, alles zu tun, was er wollte.

Drei Minuten später war Lars wieder da, in der Hand hielt er eine Papiertüte. Er setzte sich neben mich und kippte die Tüte aus. Mehrere kleine Fläschchen kullerten auf die Bettdecke. Ich nahm eines der Fläschchen und studierte das Etikett. *Tildin* stand darauf.

»Was ist das?«, fragte ich.

»Das kann dir doch egal sein«, sagte er leichthin. »Wichtig ist nur, dass du damit gut drauf kommst.«

»Und wo hast du das her?«

Er grinste. »Mein Vater ist Arzt, vergessen? So, dann wollen wir mal. Mach den Mund auf.«

Ich weiß nicht genau, warum ich dann getan habe, was ich getan habe. Wahrscheinlich, weil ich so verliebt in Lars war und obendrein betrunken. Ich habe den Mund geöffnet und Lars hat mir ungefähr zehn Tropfen eingeträufelt. Das Zeug schmeckte ziemlich eklig, aber dann spürte ich schnell ein Kribbeln im ganzen Körper und auf einmal fühlte ich mich richtig euphorisch. Auch die Hemmungen waren plötzlich weg.

Lars küsste mich und fing an, mich langsam auszuziehen. Ich ließ alles mit mir geschehen. Einerseits hatte ich Angst, andererseits wollte ich es aber auch unbedingt. Als ich nackt war, zog Lars sich ebenfalls aus und legte sich neben mich. Er schlang seine Arme um mich und fing wieder an, mich zu küssen.

Und dann flog auf einmal die Tür auf und Sandra stand mitten im Zimmer. Ein oder zwei Sekunden starrte sie uns nur an, dann schrie sie auf einmal los: »Du bist ein Schwein,

Lars, ein verdammtes Schwein! Ich habe es immer gewusst. Was treibst du hier mit der Schlampe?«

Lars wusste offenbar nicht, wie er reagieren sollte. Es hatte ihm buchstäblich die Sprache verschlagen. Ich war fast wieder nüchtern und versuchte, die Decke über mich zu ziehen. Dabei fiel eines der kleinen Fläschchen auf den Boden.

Sandra hob es auf. »Ach, was haben wir denn hier?«, fragte sie. »Ihr feiert nicht zufällig eine kleine Drogenparty?«

Auf einmal kehrte das Leben in Lars zurück. »Das sind keine …«

»Halt mich nicht für blöd, Lars!«, fauchte Sandra ihn an. »Ich weiß sehr genau, was du treibst: Du klaust Rezeptvordrucke von deinem Vater, fälschst sie und besorgst dir in Apotheken Medikamente, die du dann vertickst. Und das wird bald die ganze Welt wissen. Am Montag gehe ich als allererstes zum Direx und erzähle ihm, dass du an seiner Schule dealst. Danach fahre ich zu deinem Vater und dann zeige ich dich bei der Polizei an. Dein Medizinstudium kannst du also knicken! Oder glaubst du, dass ein verurteilter Dealer als Arzt arbeiten darf?«

Lars war aschfahl geworden. Ich wusste, dass er nur einen Berufswunsch hatte: Er wollte Medizin studieren und irgendwann die Praxis seines Vaters übernehmen. Genau so, wie es mein großer Wunsch war, nach dem Abi Jura zu studieren.

»Wenn ich mit Lars fertig bin, mache ich mit dir weiter«, sagte Sandra mit hasserfüllter Stimme zu mir. »Ich werde dafür sorgen, dass du dein Jurastudium vergessen kannst! Verstoß gegen das Betäubungsmittelgesetz, so heißt das doch bei euch Juristen, nicht wahr? Mit so einer Vorstrafe wirst du nie Anwalt oder Richter werden. Ich mache euch fertig, beide!«

»Bitte, Sandra, tu das bitte nicht«, flehte ich.

»Das hättest du dir überlegen sollen, bevor du mit meinem Freund ins Bett steigst!«, keifte sie und dann war sie weg.

Ich sah Lars an. »O Gott, was machen wir denn jetzt?«, fragte ich ihn.

Er war immer noch leichenblass und rieb sich heftig die Stirn. »Scheiße«, sagte er nur. »Scheiße, Scheiße, Scheiße! Wenn sie mich verrät, ist alles aus!«

Ich versuchte noch, ihn zu beruhigen. »Ich glaube nicht, dass sie dich anzeigt. Immerhin seid ihr zusammen. Sie wird sich schon wieder abregen.«

Lars lachte bitter. »Offenbar kennst du Sandra nicht! Ich muss sofort mit ihr sprechen, sonst ist deine und meine Zukunft im Eimer. Und du verschwindest jetzt!«

Wir zogen uns hastig wieder an und gingen hinunter. Ich verließ die Feier sofort. Am Sonntagnachmittag rief ich Lars an. Er meinte, er habe mehrfach versucht, mit Sandra zu reden, aber sie habe ihn abgewimmelt. Sie habe sich absolut unversöhnlich gezeigt und sei nach wie vor fest entschlossen, uns anzuzeigen.

Lars sagte, er wolle am Abend noch einmal bei ihr vorbeigehen und versuchen, sie in einem persönlichen Gespräch von ihrem Vorhaben abzubringen.

Kapitel 41

»Ist Ihnen bekannt, ob Lars an dem Sonntagabend noch bei Sandra war?«, fragte Marc.

»Nein, das weiß ich nicht«, antwortete Tanja Weber.

»Was war Ihr erster Gedanke, als Sie von dem Mord an Sandra Köhler erfahren haben?«

Tanja Weber starrte an Marc vorbei aus dem Fenster. Als sie sich ihm wieder zuwandte, sagte sie: »Ich dachte, dass

Lars Sandra ermordet hat, um zu verhindern, dass sie ihn anzeigt.«

»Haben Sie jemandem von Ihrem Verdacht erzählt?«

Tanja schüttelte den Kopf. »Keinem Menschen! So einen Verdacht äußert man ja nicht einfach so, außerdem gab es dann ziemlich schnell das Gerücht, Larissa habe es getan.«

»Ich verstehe. Und aufgrund dieses Gerüchts haben Sie sich eingeredet, Lars habe mit dem Mord nichts zu tun und Sie müssten niemandem etwas von den Vorkommnissen in dem Schlafzimmer erzählen.«

Tanja Weber senkte den Blick. »Ja, so war es wohl.«

»Der Hauptgrund für Ihr Verhalten war doch, dass Sie Angst hatten, selbst in Schwierigkeiten zu geraten, wenn Sie sich an die Polizei wenden.«

Sie nickte. »Ich dachte, wenn ich gegen Lars aussage, könnte ich nicht Jura studieren, weil ich Drogen genommen habe. Heute weiß ich natürlich, dass Sandras Drohungen völlig aus der Luft gegriffen waren, aber damals war ich gerade achtzehn und habe ihr jedes Wort geglaubt. Lars hat mir *Tildin* gegeben, eine Modedroge, die schon seit den Siebzigerjahren auf dem Markt ist und bis heute unter Jugendlichen kursiert. Eigentlich handelt es sich um ein sehr starkes Schmerzmittel für Krebs- und Rheumapatienten, aber es macht auch euphorisch, enthemmt und putscht auf. Das Zeug ist verschreibungspflichtig und der illegale Verkauf ist strafbar, der Besitz jedoch nicht. Mir hätte also gar nichts passieren können. Aber das habe ich erst Jahre später erfahren.«

»Aber auch dann haben Sie nichts unternommen«, stellte Marc fest.

»Nein. Die Sache war damals schon lange im Sande verlaufen und niemand hat sich mehr groß für den Mord an Sandra Köhler interessiert.«

»Ich denke, das sehen Sandras Angehörige anders. Und

Larissa mit Sicherheit ebenfalls. Denn die stand damals unter dem Verdacht, Sandra aus Eifersucht ermordet zu haben, und diesen Verdacht ist sie nie ganz losgeworden, da der Mörder nie gefasst wurde.«

Tanja senkte beschämt den Blick. »Deshalb hatte ich ja die ganzen Jahre ein schlechtes Gewissen. Andererseits war das, was ich wusste, kein Beweis dafür, dass Lars der Täter war.«

»Aber Sie hätten zumindest zu Larissas Entlastung beitragen können.«

»Ja, das hätte ich. Und wenn Larissa verhaftet worden wäre, hätte ich mit Sicherheit auch ausgesagt. Aber dazu oder zu einem Gerichtsverfahren ist es ja nie gekommen. Ich habe durch mein Schweigen also niemandem geschadet.«

Marc sah Tanja Weber durchdringend an. »Vielleicht gab es ja auch einen ganz anderen Grund, warum Sie nicht zur Polizei gegangen sind.«

»Was wollen Sie damit andeuten?«, fragte Tanja Weber irritiert.

»Lars Neumann hatte ein Motiv, Sandra zu ermorden. Er wollte nicht, dass sie ihn anzeigt. Aber genau dasselbe Motiv hatten Sie schließlich auch! Oder meinten damals zumindest, es zu haben. Und nicht nur das: Sie waren verliebt in Lars Neumann, wie Sie eben selbst zugegeben haben, und hatten die Möglichkeit, eine Rivalin aus dem Weg zu räumen. Zwei Fliegen mit einer Klappe sozusagen.«

Tanja Weber schüttelte fassungslos den Kopf. »Sie glauben, ich hätte Sandra ermordet? Das kann nicht Ihr Ernst sein! Wenn ich das getan hätte, hätte ich Ihnen wohl kaum erzählt, was im Schlafzimmer vorgefallen ist. Außerdem bringe ich wegen so etwas doch keinen Menschen um! Mein Gott, ich war erst achtzehn!«

»Larissa war sogar noch ein Jahr jünger und ist trotzdem unter Verdacht geraten. Warum sagen Sie mir nicht einfach, was Sie an dem Tatabend gemacht haben?«

Tanja richtete den Blick zur Decke, als müsse sie nachdenken.

Auf einmal lächelte sie. »Ja, warum eigentlich nicht?«, sagte sie dann zu Marcs Überraschung.

Tanja Weber stand auf, verließ den Raum und kehrte kurz darauf mit einem Fotoalbum zurück. Sie setzte sich wieder und blätterte das Album durch, bis sie die richtige Stelle gefunden hatte. Schließlich sagte sie: »An dem Sonntagabend, an dem Sandra ermordet wurde, haben meine Eltern ihre silberne Hochzeit mit etwa dreißig Gästen in einem Hotel gefeiert.« Sie zeigte Marc die Fotos. Tanja Weber und verschiedene Personen, die Marc nicht kannte, in einem prunkvollen Saal. Ganz oben auf der Seite stand ein Datum: *23. Mai 1999.*

Aber Marc gab sich noch nicht geschlagen. »Auf der Feier waren viele Menschen«, sagte er. »Sie hätten das Hotel unbemerkt verlassen können.«

»Um Sandra Köhler mal kurz zu ermorden?« Tanja Weber schnaubte belustigt. »Aber um Sie vollends zu beruhigen: Die Feier fand nicht in einem Kasseler Hotel statt, sondern im *Vier Jahreszeiten* in Hamburg. Meine Eltern haben dort geheiratet. Wir haben nach der Feier im Hotel übernachtet und am Montag durfte ich die Schule schwänzen. Auf jeden Fall hätte ich aus Hamburg beim besten Willen nicht mal schnell nach Kassel fahren, Sandra dort ermorden und dann wieder zu der Feier zurückkehren können.«

Marc nickte stumm. »Okay«, sagte er. »Sie waren es offenbar nicht. Aber was ist mit Neumann? Glauben Sie immer noch, dass er es war?«

»Ich kann mir das eigentlich nicht vorstellen«, erwiderte Tanja. »Lars ist sicherlich kein perfekter Mensch, aber ein Mörder …«

Marc beschloss, das nicht weiter zu kommentieren. Er erinnerte sich daran, dass Peters ihm gesagt hatte, dass Lars an dem Sonntag nach der Party mehrfach mit Sandra telefoniert hatte. Jetzt wusste er auch, worum genau es bei diesen Gesprächen gegangen war.

»Eine letzte Frage: Haben Sie mit Lars Neumann irgendwann noch einmal über den Mord an Sandra gesprochen?«

»Nein. Das war wie ein unausgesprochener Pakt zwischen uns: Wir sind uns zwar noch einige Male über den Weg gelaufen, haben aber nie wieder auch nur ein einziges Wort über die Party und den Mord verloren.«

Kapitel 42

»Na, wieder mal ein drohender Blinddarmdurchbruch?«

Die Sprechstundenhilfe bedachte Marc mit einem bitterbösen Blick.

»Nein, diesmal geht es um eine drohende lebenslange Freiheitsstrafe. Richten Sie das Herrn Dr. Neumann bitte aus. Ich bin mir sicher, dass er dann Zeit für mich hat.«

Fünf Minuten später saß Marc dem Arzt im Behandlungszimmer gegenüber.

Lars Neumann wirkte gereizt. »Was ist denn noch, Herr Hagen?«, wollte er wissen. »Meine Zeit ist leider äußerst begrenzt. Wie Sie sehen, platzt mein Wartezimmer aus allen Nähten.«

»Das könnte sich bald ändern.«

Neumann hob eine Augenbraue. »Wie darf ich das verstehen?«

»Nun, wenn Ihre Patientinnen und Patienten erfahren, dass sie von einem Drogendealer behandelt werden, werden sich einige mit Sicherheit einen neuen Arzt suchen.«

Neumann schüttelte unwirsch den Kopf. »Was soll der Unsinn? Ich muss Sie jetzt wirklich bitten ...«

»Ich komme gerade von Tanja Weber«, fiel Marc dem

Arzt ins Wort und registrierte zu seiner Genugtuung, dass Neumann jetzt bei Weitem nicht mehr so entspannt aussah.

»Und?«, brachte der Arzt schließlich mühsam hervor.

»Und ich habe mich lange mit ihr unterhalten. Über eine Nacht vor gut vierzehn Jahren. Die Nacht vom 22. auf den 23. Mai 1999, um genau zu sein. Die Nacht, in der Ihre damalige Freundin Sandra Köhler ihre Party gefeiert hat.«

Neumanns Adamsapfel hüpfte aufgeregt auf und ab. »Ich weiß nicht, worauf Sie hinauswollen!«

»Dann muss ich deutlicher werden: Tanja Weber hat mir erzählt, dass Sie ihr in dieser Nacht Drogen verabreicht haben, um sie sexuell gefügig zu machen. Als Sie mit Tanja im Bett waren, sind Sie von Ihrer damaligen Freundin Sandra Köhler überrascht worden. Die drohte damit, Sie anzuzeigen und Ihnen einen Strich durch Ihr Medizinstudium zu machen.«

Neumann hatte sich inzwischen wieder etwas gefangen. »Ich weiß nicht, was in Tanja gefahren ist, dass sie so einen Unsinn behauptet«, sagte er. »Wahrscheinlich ist sie immer noch sauer auf mich, weil ich sie damals habe abblitzen lassen, und erfindet deshalb diese Lügengeschichten.«

»Auf mich wirkte Tanja Webers Geschichte ziemlich glaubhaft, zumal sie selbst darin auch nicht besonders gut wegkommt. Außerdem ist ihre Version von Fabian Borchert zumindest indirekt bestätigt worden. Sie erinnern sich doch an Borchert, oder?«

Neumann kniff die Augen zusammen. »Fabian Borchert, natürlich! Wir haben mal zusammen Fußball gespielt. Aber das ist eine Ewigkeit her und ich habe Fabian seit Jahren weder gesehen noch gesprochen.«

»Aber Sie haben Fabian Borchert vor vierzehn Jahren zu Sandras Party eingeladen!«

Neumann hob die Arme zu einer unbestimmten Geste. »Kann sein, dass ich das getan habe, ja. Aber ich verstehe immer noch nicht, was er mit dieser Sache zu tun hat.«

Marc beschloss, ein wenig auf den Busch zu klopfen. »Borchert hat gesehen, dass Sie auf Sandras Party mit Tanja Weber im Schlafzimmer von Sandras Eltern verschwunden sind. Und er kann bezeugen, dass Sandra Sie und Tanja dort erwischt hat.«

»Und wenn schon! Ja, kann sein, dass da was mit Tanja lief, worüber Sandra nicht so glücklich war. Aber ich war betrunken. Sandra und Tanja ebenfalls. Mein Gott, eine kleine Eifersüchtelei halt. Aber mit Drogen hatte das nicht das Geringste zu tun! Abgesehen davon: Wenn, und ich meine *wenn,* an dieser Drogengeschichte etwas dran gewesen wäre, wäre es heute mit Sicherheit verjährt.«

»Das mag strafrechtlich zutreffen«, stimmte Marc ihm zu. »Ich glaube allerdings nicht, dass die Ärztekammer das genauso locker sieht. Und selbst wenn die Betäubungsmittelsache verjährt ist, der Mord an Sandra Köhler ist es nicht. Schon merkwürdig, dass Sandra droht, Sie zu ruinieren, und nur wenige Stunden später ist sie tot.«

»Diese angeblichen Drohungen hat es nie gegeben!« Neumanns Stimme überschlug sich fast. »Das sind ...«

In diesem Moment öffnete sich die Tür zum Behandlungszimmer und eine Arzthelferin steckte den Kopf mit einem besorgten Gesichtsausdruck herein. »Herr Dr. Neumann, alles in Ordnung?«, erkundigte sie sich.

Neumann verscheuchte sie wie eine lästige Fliege. »Ja, ja.«

Er wartete, bis sie wieder unter sich waren, dann sagte er etwas ruhiger: »Das sind alles Erfindungen. Sandra hat mir nicht gedroht! Das konnte sie gar nicht, weil es eben keine Drogen gab!«

»Ich glaube kaum, dass die Polizei Ihnen das abnimmt. Welchen Grund sollte Tanja Weber haben, Ihnen zu schaden? Weil sie vor Urzeiten mal in Sie verliebt war und sich an Ihnen rächen will? Das glauben Sie doch selbst nicht! Außerdem spricht Ihr Verhalten nach der Party für Tanjas

Version. Mir kam es gleich merkwürdig vor, dass Sie sich an dem Sonntag nicht mit Sandra getroffen haben. Ein frisch verliebtes Paar verbringt doch normalerweise jede Minute zusammen. Jetzt kenne ich den wahren Grund: Sandra wollte sich nicht mit Ihnen treffen, weil sie sauer auf Sie war. Sie haben mehrfach versucht, sie telefonisch zu einem Treffen zu überreden, aber Sandra hat sofort abgeblockt. Da haben Sie gewusst, dass sie es mit ihren Drohungen ernst meint. Sie mussten Sandra zum Schweigen bringen, egal wie. Sonst hätte Sandra Sie am Montag angezeigt und das konnten Sie unter keinen Umständen zulassen. Deshalb sind Sie am Sonntagabend zu Sandra gefahren. Und bei diesem Besuch haben Sie ein Messer mitgenommen. Sie wussten, dass Sandra an dem Abend alleine sein würde. Sie hat Ihnen arglos geöffnet und im gleichen Moment sind Sie über sie hergefallen und haben sie ermordet.«

Marc hielt inne und sah Neumann erwartungsvoll an.

Der Arzt hob die Arme. »Das … das ist Wahnsinn!«, stotterte er. »Sie müssen vollkommen verrückt sein! Ich war an diesem Sonntagabend *nicht* bei Sandra.«

»Doch, das waren Sie! Tanja Weber hat mir erzählt, dass sie an dem Abend noch einmal mit ihr reden wollten.«

Neumann schien den Tränen nahe zu sein. »Das *wollte* ich vielleicht, aber ich *habe* es nicht getan!«

»Ach, Sandra droht damit, Ihr gesamtes Leben zu zerstören, und Sie lassen das einfach so geschehen?«

»Was hätte ich denn tun sollen? Ich wollte am Sonntag mit ihr reden, aber sie hat sich strikt geweigert. Ich habe daher beschlossen, einfach abzuwarten, bis Sandra sich halbwegs abreagiert hat, und wollte es dann am Montag in der Schule noch einmal versuchen. Sandra war ein äußerst impulsiver Mensch. Sie hat sich sehr schnell aufgeregt, aber dann auch immer rasch wieder beruhigt.«

»Aber wirklich sicher konnten Sie sich nicht sein.«

»Nein, das ist wahr. Aber das wäre für mich trotzdem kein Grund gewesen, sie umzubringen!«

»Es sind schon Menschen aus weitaus geringeren Motiven ermordet worden«, behauptete Marc.

»Aber nicht von mir! Ich bin doch kein Monster!«

»Kein Monster, aber ein kaltblütiger Killer! Sie haben Sandra ermordet, und zwar auf eine Art und Weise, dass der Verdacht auf Larissa fallen musste. Auf Larissa, von der jeder wusste, dass sie Sandra gehasst hat, und die sich sogar noch auf der Party mit ihr gestritten hat. Sie wussten, dass Larissa den Film *23* liebte und Bücher über Manson besaß. Deshalb haben Sie Sandra mit genau dreiundzwanzig Messerstichen ermordet und deshalb haben Sie mit Sandras Blut die Worte *Tit for tat* an die Wand geschmiert. Anschließend haben Sie die Polizei auf Larissas Fährte gesetzt. Fast hätten Sie mit Ihrem perfiden Plan Erfolg gehabt. Zumindest haben Sie es aber geschafft, selbst sauber aus dieser Sache herauszukommen.«

»Nein, nein, nein!« Neumann starrte Marc fast panisch an. »So ist es nicht gewesen! Ich habe Sandra nicht getötet!«

»Doch, das haben Sie! Und Sie haben noch mehr getan: Vor einiger Zeit hat sich Ihr alter Freund Fabian Borchert bei Ihnen gemeldet. Er hat angefangen, über die alten Zeiten zu plaudern, und irgendwann sind Sie dann bei dem Mord an Sandra Köhler gelandet und Borchert hat Sie darüber ausgehorcht. Sie haben ihm bereitwillig Auskunft erteilt. Dabei will ich Ihnen zugutehalten, dass Sie nicht wissen konnten, wofür Borchert diese Informationen benötigte. Aber jetzt kann ich es Ihnen ja sagen: Er hatte dasselbe vor wie Sie im Jahr 1999: Er wollte eine Frau ermorden und die Tat Larissa in die Schuhe schieben! Larissa, die schon mal als Sündenbock herhalten musste und die dazu heute, nach zig Psychiatrie-Aufenthalten, sogar ein noch besseres Opfer geben konnte. Mit Ihren Informationen hat Borchert eine Frau namens Rabea Steffen ermordet, oder besser gesagt: ermorden lassen, und den Verdacht auf Larissa gelenkt.« Marc hielt inne, als sei ihm gerade eine Idee gekommen. »Und wer weiß«, fuhr er dann fort, »vielleicht haben Sie Borchert nicht nur die Informationen über den Mord an Sandra Köhler geliefert. Vielleicht sind Sie noch einen Schritt weiter gegangen und haben Rabea Steffen für Ihren alten Freund umgebracht. Borchert hatte Sie in der Hand, weil er wusste, dass Sie sich einen Tag vor ihrer Ermordung mit Sandra Köhler gestritten haben. Außerdem wusste er, dass Sie Ihre illegalen Medikamente nicht nur an Mitschüler, sondern auch an Ihre Fußballkameraden verkauft haben. Damit konnte er Sie erpressen und Sie sahen sich genötigt, Ihrem alten Kumpel einen Gefallen zu tun.«

Neumann starrte Marc aus großen Augen an. »Sie müssen vollkommen verrückt sein!«, sagte er. »Das ist ja alles ein einziger Irrsinn! Ich sage es Ihnen jetzt zum letzten Mal: Ich habe mit Fabian Borchert seit Jahren nichts mehr zu tun! Und ich habe mit ihm auch nie über Larissa oder den Mord an Sandra gesprochen, weder vor Kurzem noch vor vierzehn Jahren. Und von einer Rabea Steffen habe ich in meinem ganzen Leben noch nie etwas gehört. Und jetzt raus mit Ihnen, sonst vergesse ich mich!«

Marc erhob sich von seinem Platz. »Keine Angst, ich gehe. Mich können Sie vielleicht rausschmeißen, mit der Polizei und der Staatsanwaltschaft werden Sie es nicht so leicht haben. Ich wünsche Ihnen noch einen schönen Tag!«

Kapitel 43

Sobald Marc wieder in seinem Alfa saß, zückte er sein Handy. Er rief Rüther an und erzählte ihm, was er am heutigen Tag herausgefunden hatte.

Der Staatsanwalt hörte aufmerksam zu, ohne Marc auch nur einmal zu unterbrechen.

Marc machte sich derweil auf den Rückweg nach Bielefeld und schaffte es gerade noch, pünktlich zum Abendessen wieder zu Hause einzutreffen.

Um kurz nach achtzehn Uhr versammelte sich die Familie Hagen-Schubert um den Esstisch. Allerdings wurde kaum etwas gesprochen. Marc wusste, dass Lizzy ihm Larissas Auszug noch immer nicht verziehen hatte. Und so saß seine Tochter auch heute wieder mit einem missmutigen Gesichtsausdruck auf ihrem Stuhl und stocherte lustlos in ihrem Essen herum. Sie vermittelte den Eindruck, als wäre sie an jedem anderen Ort der Welt lieber als jetzt zusammen mit ihrem Vater an diesem Tisch.

Marc suchte verzweifelt nach einem Gesprächsthema. Am liebsten hätte er Lizzy erzählt, was er heute in Kassel erfahren hatte, aber seine Tochter wusste schließlich nichts davon, dass Larissa einmal im Verdacht gestanden hatte, eine Mitschülerin ermordet zu haben. Und Marc hatte auch nicht vor, ihr davon zu berichten. Schließlich war ein grausamer Mord nicht gerade das geeignete Thema für eine Abendunterhaltung mit einer Elfjährigen. Aber dann fiel ihm etwas Besseres ein.

»Ich habe vor Kurzem etwas Lustiges in der Kanzlei erlebt«, sagte er. »Ich verteidige jetzt einen Hochstapler. Der Mann hat sich schon als Arzt, Polizist, Pilot und zuletzt als Richter ausgegeben.«

»Und wie kommt es, dass die Leute ihm auf den Leim gehen?«, wollte Melanie wissen. »Sieht er so gut aus?«

»Nein, er hat ein absolutes Dutzendgesicht. Aber er hat was Interessantes gesagt: Die Leute glauben, was sie erwarten. Wenn sie einen Mann in einem weißen Kittel sehen, denken sie automatisch, dass sie einen Arzt vor sich haben. Aber so geht es uns doch allen. Ein schmutziger Mann im schwarzen Anzug und mit einem Zylinder auf dem Kopf muss ein Schornsteinfeger sein. Dabei sind das doch alles nur Äußerlichkeiten. Jeder kann sich so verkleiden. Ach, am Ende unseres Gesprächs hat mir der Mann versprochen, mich an einem Milliardengeschäft zu beteiligen. Es kann also sein, dass wir in Kürze in Geld schwimmen wie Dagobert Duck. Was meinst du, Lizzy, könnte dir das gefallen? Dann musst du nicht mehr zum Reiterhof fahren, dann *kaufen* wir uns einen Reiterhof und leben da.«

Lizzy starrte auf ihren Teller und reagierte nicht. Doch auf einmal hob sie den Blick und sagte zu ihrer Mutter: »Ach, übrigens, in Kunst haben wir heute die Noten für unsere Collagen bekommen. Die von Larissa und mir ist mit einer Eins bewertet worden.« Dann widmete sie sich wieder ihrem Essen.

Melanie warf Marc einen auffordernden Blick zu.

»Das ist doch toll«, sagte Marc mit einem Kloß im Hals. »Hör mal, Lizzy. Ich habe dir schon tausend Mal gesagt, dass es mir leid tut, wie alles gelaufen ist.«

Plötzlich füllten Lizzys Augen sich mit Tränen. »Larissa hat niemandem etwas getan«, sagte sie. »Im Gegenteil: Ihr ist etwas angetan worden!« Jetzt weinte sie hemmungslos. »Ich vermisse sie so«, schluchzte sie. Melanie nahm ihre Tochter beschwichtigend in die Arme. »Ist schon gut, Lizzy. Ich bin mir sicher, dass Larissa uns bald mal besuchen wird.«

Lizzys Augenbrauen zogen sich wie Sturmwolken zusammen. Dann zeigte sie mit dem ausgestreckten Zeigefinger auf Marc. »Aber nicht, solange *er* da ist!«, sagte sie.

Mit diesen Worten wand sie sich aus den Armen ihrer Mutter und rannte aus dem Zimmer.

Marc hob hilflos die Hände. »Ich habe wirklich alles versucht, aber sie blockt nur ab.«

»Jetzt ist es natürlich schwer«, erwiderte Melanie. »Die Fehler hast du vorher gemacht.«

»Aber was habe ich denn falsch gemacht?«, fragte Marc verzweifelt. »Larissa hat sich bei uns einquartiert und ich wollte einfach mehr über die Person erfahren, die hier mit uns unter einem Dach lebt. Schließlich wusste ich, dass sie schwere psychische Probleme hat. Ich kann und will hier nicht in Einzelheiten gehen, aber die Geschichten, die ich dann über sie erfahren habe, haben nicht gerade dazu beigetragen, mein Misstrauen zu zerstreuen.«

»Ich kann dir erklären, was du falsch gemacht hast«, erwiderte Melanie ruhig. »Du hast es übrigens gerade selbst gesagt: Die Menschen glauben das, was sie erwarten. Als du von Larissas labiler Psyche gehört hast, war für dich klar, dass sie gemeingefährlich ist. Und dann hast du alles, was du gehört hast, nur noch in eine bestimmte Richtung gedeutet und so ausgelegt, dass dein Vorurteil bestätigt wurde. Alles, was du über sie herausgefunden hast, wurde auf einmal ein Beweis für ihren Wahnsinn.«

Marc dachte darüber nach. Vielleicht hatte Melanie recht. »Aber was soll ich denn jetzt tun? Ich kann nun mal nicht rückgängig machen, was geschehen ist.«

»Nein, das nicht. Aber vielleicht kannst du Larissa doch noch helfen.«

Marc schüttelte resigniert den Kopf. »Sie hat schon einen anderen Anwalt.«

»Dann machst du es eben umsonst. Wenn nicht Larissa zuliebe, dann eben wegen Lizzy.«

»Und wie stellst du dir das vor?«

»Nun, du könntest zum Beispiel versuchen herauszufinden, wie Borchert die elektronische Fußfessel ausgetrickst hat.«

»Darüber habe ich mir wahrlich schon oft genug den Kopf zerbrochen«, sagte Marc. »Es existiert schlicht und einfach keine Möglichkeit, wie Borchert das geschafft haben könnte. Es sei denn, er ist ein Zauberer, und zwar ein echter. Aber an Magie kann ich einfach nicht glauben.«

»Jetzt fängst du schon wieder an«, meinte Melanie.

»Womit?«

»Du denkst zu viel! Vielleicht solltest du nicht immer alles mit dem Verstand angehen, sondern auch mal auf deinen Bauch und dein Herz hören.«

»Das würde ich ja gerne tun. Aber manche Dinge muss man einfach rational betrachten. Wenn eine Mandantin behauptet, sie habe eine bestimmte Person an einem bestimmten Ort gesehen, obwohl das *objektiv* unmöglich ist, helfen mir weder mein Herz noch mein Bauch weiter. Dann kann ich nicht einfach so tun, als ob ich ihr glaube. Und wenn man nach der Überprüfung aller Alternativen zu dem Schluss kommt, dass es eben *nicht* möglich ist, muss die Mandantin sich entweder geirrt oder gelogen haben.«

»Woher willst du eigentlich so genau wissen, dass du alle Alternativen geprüft hast?«

»Eben das sagt mir mein Verstand. Larissa *kann* Borchert nicht auf ihrer Terrasse gesehen haben.«

»Und mein Bauch sagt mir, dass sie die Wahrheit erzählt hat. Und willst du auch wissen, warum? Weil ich ihr glaube. Weil ich ihr schlicht und einfach glaube. Und das ist manchmal mehr wert als der Verstand.«

Marc schüttelte den Kopf. »Aber ...«

»Nein, Marc, kein Aber. Wenn du dir selbst einen Gefallen tun willst: Geh doch einfach mal davon aus, dass Larissa die ganze Zeit die Wahrheit gesagt hat. Vertrau ihr und mir und zieh nicht gleich alles in Zweifel. Vergiss für einen Moment deine verdammte Technikgläubigkeit. Und dann denk noch einmal darüber nach, wie Borchert es geschafft haben könnte.«

Marc seufzte. »Ich tue seit Tagen und Wochen nichts anderes«, wiederholte er. »Es geht einfach nicht! Borchert kann sein Haus unmöglich verlassen haben, ohne den Alarm auszulösen!«

Melanie schüttelte ungehalten den Kopf und machte sich daran, den Tisch abzuräumen. Marc schnappte sich ein paar Teller und folgte ihr in die Küche. Für einen Moment war er versucht, Melanie gegenüber einfach zu behaupten, dass er Larissa glaubte, um die Wogen zu glätten. Aber dann wäre er sich selbst wie ein Hochstapler vorgekommen. Marc musste unwillkürlich grinsen, als er an Wellmann dachte. Und dann rastete in seinem Kopf auf einmal ein Rädchen ein. *Die Menschen glauben, was sie erwarten.* Marc schlug sich mit der flachen Hand vor die Stirn. Auf einmal sah er eine Möglichkeit, wie Borchert es angestellt haben könnte. Aber konnte die Lösung wirklich so einfach sein?

Kapitel 44

»Herr Hagen!« Fabian Borchert schüttelte in gespielter Verzweiflung den Kopf, nachdem er die Tür geöffnet und Marc erkannt hatte. »Langsam werden Sie zu einer Art Hausfreund. Oder heißt es Freund des Hauses? Egal! Was kann ich heute für Sie tun?«

»Hallo, Herr Borchert«, sagte Marc. »Ich muss noch einmal mit Ihnen reden. Aber es ist das letzte Mal, versprochen.« Er deutete auf den schwitzenden jungen Mann neben sich, der trotz der Hitze einen grauen, dreiteiligen Flanellanzug trug. »Das ist mein Referendar, Herr Dr. von Neufels. Er begleitet mich, weil er ein wenig in die Anwaltstätigkeit hineinschnuppern möchte. Nicht wahr, Herr von Neufels?«

Der Angesprochene nickte nervös. Er schien sich in seiner Haut alles andere als wohlzufühlen.

Marc wandte sich wieder Borchert zu. »Eine von Herrn von Neufels ersten Lektionen wird lauten, dass man als Anwalt auch mal eine Niederlage eingestehen muss. Dürfen wir einen Moment hereinkommen?«

Borchert lachte. »Warum nicht? Immerhin sorgen Sie jedes Mal für ein bisschen Abwechslung in meinem momentan etwas eintönigen Alltag.« Er gab den Weg mit einer einladenden Handbewegung frei.

»Wo ist eigentlich Rüdiger?«, erkundigte sich Marc, als sie auf dem Weg ins Wohnzimmer waren.

Borchert machte eine unbestimmte Handbewegung. »Irgendwo im Garten. Aber bitte, setzen Sie sich doch.«

Marc und sein Begleiter nahmen auf der Couch Platz, Borchert setzte sich auf einen Sessel ihnen gegenüber.

»Etwas zu trinken?«, fragte er.

Marc schüttelte den Kopf. »Nein, danke. Herr Borchert, es ist mir ein Bedürfnis, Ihnen mitzuteilen, dass es mir leid tut, und deshalb möchte ich mich noch einmal persönlich bei Ihnen entschuldigen. Für alles, was Sie in den letzten Wochen durchmachen mussten. Ich bin offenbar einer Lügnerin aufgesessen. Wobei mir allerdings bis heute nicht ganz klar ist, ob Frau Braun mich bewusst belogen hat oder ob sie einfach nur krank ist.«

»Aha, das sind ja ganz neue Töne.«

Borchert sah Marc zweifelnd an. »Ich bin zwar kein Jurist«, fuhr er dann fort, »aber nennt man das, was Sie gerade tun, nicht Parteiverrat?«

»Frau Braun hat mir das Mandat entzogen«, erwiderte Marc knapp. »Es ist in den letzten Wochen so viel vorgefallen … na, egal. Ich will Sie nicht mit den Einzelheiten langweilen. Auf jeden Fall bin ich froh, dass ich mit dieser Frau nichts mehr zu tun habe. Womöglich hätte ich mit ihr noch ähnliche Erfahrungen gemacht wie Sie!«

»Freuen Sie sich nicht zu früh!«, gab Borchert mit ernstem Blick zurück. »Bei Menschen wie Larissa kann man sich nie sicher sein, dass man sie los ist. Wer weiß, was sie gerade wieder ausbrütet. Die Frau ist unberechenbar. Aber ich denke, das haben Sie inzwischen am eigenen Leib erfahren.«

»Allerdings! Wollen Sie wissen, was Larissa zuletzt getan hat? Sie hat eine Prostituierte dafür bezahlt, damit die behauptet, Sie hätten sie am 26. Oktober im letzten Jahr nach einem Besuch der Diskothek *Top* in Garbsen vergewaltigt.«

Borchert nickte langsam. »Ja, das ist ihr zuzutrauen! Larissa hasst mich. Sie würde alles tun, um mir zu schaden. Und in ihrem kranken Kopf kommt sie dann eben auf solche Ideen!«

»Ja, sie ist psychisch krank«, bestätigte Marc. »Aber dumm ist sie mit Sicherheit nicht. Und deshalb habe ich mich Folgendes gefragt: Wenn sie schon eine Prostituierte für eine Falschaussage bezahlt, warum sorgt sie dann nicht dafür, dass die Geschichte auch wasserdicht ist? Was diese Prostituierte erzählt hat, war ziemlich leicht als Lüge zu entlarven.«

Borchert zuckte die Achseln. »Ich habe nicht die geringste Ahnung! Sie?«

»Ich habe zumindest eine Theorie. Haben Sie mal den Film *Zeugin der Anklage* gesehen? Es geht darum, dass eine Frau in einem Mordprozess als Belastungszeugin gegen ihren Mann auftritt. Dann wird die Frau als Lügnerin entlarvt, wodurch ihr Mann automatisch entlastet und schließlich freigesprochen wird. Eine abgekartete Sache, wie sich hinterher herausstellt: Die Frau hat sich bewusst unglaubwürdig gemacht, um ihrem Mann zu helfen. Und da hatte ich die Idee, dass es in Ihrem Fall ähnlich gewesen sein könnte. Eine Prostituierte wird auf ein Vergewaltigungsopfer angesetzt. Sie sucht in einem Internetforum gezielt den Kontakt zu dem Opfer und stellt sich als Belastungszeugin gegen den Vergewaltiger zur Verfügung. Im Prozess wird diese Belastungszeugin dann aber von der Verteidigung als Lügnerin überführt, was wiederum den Angeklagten, also Sie, entlastet. Was halten Sie davon?«

»Ich finde, Sie haben eine blühende Fantasie. Sie sollten

Kriminalromane schreiben. Oder haben Sie auch nur den Hauch eines Beweises dafür, dass ich oder mein Verteidiger diese Prostituierte für eine Falschaussage bezahlt haben?«

»Nein, *dafür* habe ich keinen Beweis«, musste Marc zugeben. »Auch wenn ich mir sicher bin, dass es so abgelaufen ist. Aber ich habe etwas anderes: Larissa behauptet, Sie sei nach der Vergewaltigung von Ihnen gefesselt worden und habe es erst nach zwei Stunden geschafft, das Seil mit einem Messer zu zerschneiden.«

»Mir ist bekannt, dass sie das *behauptet*. Aber ich kann Ihnen versichern: Nichts davon ist wahr!«

»Nun, immerhin hat die Polizei in ihrer Wohnung ein zerschnittenes Seil mit mehreren Knoten sichergestellt. Und bei diesen Knoten handelt es sich um Achtknoten und Webeleinsteke, wie ich mir habe sagen lassen. Wenn Sie mir nicht glauben: Das Seil mit den Knoten befindet sich in der Asservatenkammer der Polizei.«

Borchert zuckte gleichgültig die Schultern. »Ich habe keinen Anlass, Ihnen nicht zu glauben, begreife aber beim besten Willen nicht, was Sie damit andeuten wollen.«

»Sie werden es gleich verstehen. Mir ist nämlich etwas eingefallen. Etwas, das Sie mir bei unserem letzten Gespräch gesagt haben, dem ich aber zunächst keine Bedeutung beigemessen habe: Sie haben Ihren Wehrdienst bei der Marine abgeleistet.«

Borchert sah Marc mit ausdruckslosem Gesicht an. »Ja, und?«

»Ich bin mir sicher, dass Sie bei der Marine gelernt haben, wie man Seemannsknoten wie den Achtknoten und den Webeleinstek macht.«

Borchert brauchte ein paar Sekunden, bis die Nachricht zu ihm durchgedrungen war. Dann brach er in ein lautes Gelächter aus. »Ach, Herr Hagen! Sie meinen, die Tatsache, dass ich Seemannsknoten beherrsche, beweist, dass ich Larissa gefesselt und vergewaltigt habe? Sie sind wirklich unglaublich! Aber das muss der Neid Ihnen lassen: Sie geben nie auf!«

»Wollen Sie behaupten, es sei ein Zufall, dass Larissa mit Seemannsknoten gefesselt wurde?«

»Also zuerst einmal: Larissa ist *nicht* gefesselt worden, zumindest nicht von mir! Und selbst wenn sie gefesselt worden wäre: In diesem Land beherrschen wahrscheinlich Millionen Menschen einen Seemannsknoten.«

»Aber nicht Larissa!«

Borcherts Lächeln wurde breiter. »Das ist ein Irrglaube. Wir haben uns einige Male über unser gemeinsames Hobby unterhalten: Segeln. Larissa hat seit Jahren einen Segelschein! Und den bekommt man nur, wenn man Seemannsknoten beherrscht.«

»Das habe ich nicht gewusst!« Marc machte ein betrübtes Gesicht. »Das mit dem Segelschein, meine ich.« Er atmete tief durch, dann wagte er ein zaghaftes Lächeln. »Aber einen Versuch war's wert, das müssen Sie zugeben.«

»Nein, eigentlich war es das nicht!« Borcherts Ton wurde schärfer. »Sie scheinen mich für einen Idioten zu halten! Ich glaube, Sie wissen immer noch nicht, wen Sie vor sich haben!«

»Doch, das weiß ich sogar sehr genau: einen Vergewaltiger und einen Mörder! Sie haben Rabea Steffen erstochen!«

Borcherts Gesicht wurde starr. »Ich finde, Sie haben eine etwas merkwürdige Art, sich zu entschuldigen«, sagte er. Mit einem Ruck erhob er sich von seinem Platz. »Dieses Gespräch ist beendet! Sie werden mein Haus jetzt verlassen und nie wiederkommen! Sie haben ab sofort Hausverbot!« Er wandte sich Marcs Begleiter zu. »Und das Gleiche gilt für Ihren Adlatus.«

»Interessant, dass Sie gerade jetzt auf meinen ›Adlatus‹ zu sprechen kommen«, sagte Marc. »Kommt Ihnen der Mann nicht bekannt vor?«

Borchert kniff die Augen zusammen. »Ist das wieder einer von Ihren billigen Tricks, Hagen?«, fragte er. »Langsam ist das nicht mehr lustig!«

»Kein Trick!«, versicherte Marc. »Ich wollte von Ihnen nur wissen, ob Sie meinen Begleiter schon einmal gesehen haben. Sie hatten ja in der letzten halben Stunde ausreichend Gelegenheit, ihn zu betrachten. Aber schauen Sie ruhig noch einmal genau hin.«

»Das ist nicht nötig!«, schnauzte Borchert. »Ich habe diesen Mann noch nie in meinem Leben gesehen!«

Marc nickte. »Das habe ich mir gedacht. Und Sie?«, fragte er mit einem Seitenblick. »Haben Sie Herrn Borchert schon einmal gesehen?«

Der junge Mann schüttelte den Kopf. »Nein, noch nie!«

»Sicher?«

»Ganz sicher!«

»Was soll das hier eigentlich werden?«, ging Borchert ungehalten dazwischen. »Ein heiteres Personenraten? Ich kenne Ihren Referendar nicht, er kennt mich nicht. Wo ist das verdammte Problem?«

»Das Problem ist, dass Sie ihn eigentlich kennen müssten. Der junge Mann heißt weder Dr. von Neufels, noch ist er mein Referendar. Das ist Herr Lennart Kühl von der Firma *Stockmann*.«

Borchert nahm mit einem irritierten Gesichtsausdruck wieder Platz. »Ich verstehe nicht …«

»Das werden Sie gleich!«, fiel Marc ihm ins Wort. »Larissa hat mir versichert, Sie hätten sie auf ihrer Terrasse bedroht und anschließend ihre Katze umgebracht. Ich habe ihr nicht geglaubt, weil Sie zu dem Zeitpunkt schon die elektronische Fußfessel getragen haben.«

Borchert lupfte sein Hosenbein. »Dank Larissa noch immer«, sagte er.

Marc fuhr fort, ohne auf die Bemerkung einzugehen.

»Meine Freundin hat mir einen guten Rat gegeben: Schalte deinen Verstand ab und geh einfach mal davon aus, dass Larissa die Wahrheit gesagt hat. Und genau das habe ich getan. Wenn Larissa Sie wirklich gesehen hat, müssen Sie es irgendwie geschafft haben, die Elektronik auszutricksen. Verschiedene Personen haben mir allerdings versichert, es sei unmöglich, den Tracker nach dem Anbringen zu manipulieren. Daraufhin habe ich angefangen, mir Gedanken darüber zu machen, wie eine elektronische Fußfessel angelegt wird. Ich dachte immer, das wird von der Polizei erledigt. Meine Recherchen haben dann allerdings ergeben, dass das nicht der Fall ist: Die HZD, die Hessische Zentrale für Datenerfassung, hat die Firma *Stockmann* mit dem sogenannten ›Vor-Ort-Service‹ beauftragt. Dieser ist für das Anlegen der Fußfessel und – soweit erforderlich – für die Gerätekontrolle und den Austausch von defekten Geräten zuständig. Das Anlegen der Fußfessel geschieht also nicht durch eine Behörde, sondern durch eine Privatfirma wie die Firma *Stockmann*, genauer gesagt, durch einen Techniker wie Herrn Kühl. Und Herr Kühl ist von seinem Arbeitgeber beauftragt worden, Ihnen am 26. Juli die elektronische Fußfessel anzulegen. Herr Kühl, erzählen Sie doch mal, was an diesem Tag passiert ist.«

Lennart Kühl bekam einen knallroten Kopf. »Ja, also, das war so: Ich habe an der Gartenpforte geschellt und ein Mann hat mir geöffnet. ›Herr Borchert?‹, habe ich ihn gefragt, denn ich bin natürlich automatisch davon ausgegangen, dass es sich um den Hausherrn handelt. Der Mann hat mich nur so komisch angeguckt. ›Um was geht es?‹, wollte er wissen. Ich war total aufgeregt, weil ich vorher noch nie eine Fußfessel angelegt hatte. Eigentlich sollte das ein Kollege machen, aber der ist kurzfristig krank geworden. ›Mein Name ist Lennart Kühl‹, sagte ich. ›Ich komme von der Firma *Stockmann* und soll Herrn Fabian Borchert einen Tracker anlegen.‹ Der Mann hat mich noch eine Weile angestarrt, dann sagte er: ›Kommen Sie rein!‹ Er führte mich in dieses Zimmer hier, dann sagte er: ›Einen Moment bitte!‹ Anschließend war er zehn Minuten verschwunden und ich dachte schon: Scheiße, der ist bestimmt stiften gegangen! Doch dann ist der Mann zurückgekommen, hat sich in einen Sessel gesetzt und sein linkes Hosenbein hochgezogen. ›Walten Sie Ihres Amtes!‹, sagte er. Ich habe ihm den Tracker angelegt, seine Funktion überprüft und damit war der Auftrag für mich erledigt.«

Auf einmal sah Marc, wie sich Kühls Augen weiteten. »Das ist der Mann!«, rief Kühl aufgeregt. »Das ist der Mann, dem ich den Tracker angelegt habe!«

Marc folgte seinem Blick und erkannte Rüdiger, der gerade zur Terrassentür hereinkam und vor Schreck beinahe seinen Eimer hätte fallen lassen.

»Ah, Rüdiger«, sagte Marc. »Warum gesellen Sie sich nicht einen Moment zu uns?«

Rüdiger warf Borchert einen fragenden Blick zu, doch der winkte seinen Gärtner mit einem fröhlichen Grinsen heran. »Sieht so aus, als hätten Sie uns erwischt«, meinte Borchert.

Dann wandte er sich Marc zu. »Ein gelungener Schachzug, Herr Hagen. Gratuliere. Gut, jetzt muss ich es ja zugeben: Die Fußfessel wurde nicht mir, sondern Rüdiger angelegt. Aber die Gelegenheit war auch einfach zu günstig. Nachdem der junge Mann«, er nickte zu Kühl hin, »Rüdiger für mich hielt, kam Rüdiger zu mir. Erst haben wir über die Situation gelacht, doch dann kam ich auf einmal auf eine Idee. Wie wäre es, wenn der Techniker nicht mir, sondern Rüdiger die Fußfessel anlegt. Ich hätte weiterhin meine volle Bewegungsfreiheit und Rüdiger ist ja sowieso fast immer hier. Für seine Unannehmlichkeiten habe ich Rüdiger für jeden Monat, an dem er die Fußfessel tragen muss, zehntausend Euro angeboten. Rüdiger war sofort einverstanden.« Borchert hob die Hände zu einer entwaffnenden Geste. »Tja, das ist eigentlich die ganze Geschichte!«

»Und was tragen Sie jetzt?«

Borchert zog sein Hosenbein hoch. »Diesen Tracker habe ich über Internet direkt beim Hersteller, der Firma *Novo-Tech*, bestellt. Ging ganz einfach. Sofort nach der Lieferung habe ich die Fußfessel angelegt, aber natürlich nie aktiviert. Es ging mir nur darum, neugierige Besucher wie Sie davon zu überzeugen, dass ich den Tracker tatsächlich trage. Ihre Besuche kamen mir also sehr gelegen.«

»Wirklich clever«, lobte Marc. »Und dann haben Sie Ihre neu gewonnene Bewegungsfreiheit dazu genutzt, um Larissa einen tödlichen Schreck einzujagen und vor allem, um Rabea Steffen zu ermorden. Und für all diese Taten hatten Sie ein wasserdichtes Alibi, weil jeder davon ausgegangen ist, dass Sie eine funktionsfähige Fußfessel tragen.«

Borchert machte ein erschrockenes Gesicht. »Ich muss doch sehr bitten!«, protestierte er. »Selbstverständlich habe ich all das *nicht* getan. Sie wissen sehr genau, dass Larissa psychisch krank ist. Weiß der Geier, was sie gesehen hat oder ob sie überhaupt etwas gesehen hat. *Ich* war es auf jeden Fall nicht. Und mit diesem Mord habe ich erst recht nichts zu tun. Ich habe meine Bewegungsfreiheit lediglich für ein paar Diskobesuche genutzt. Ansonsten war ich fast immer hier.«

Marc wandte sich Rüdiger zu. »Und was sagen Sie dazu?«, fragte er.

»Ich?« Rüdiger warf Borchert einen hektischen Blick zu. »Es war alles so, wie Herr Borchert gesagt hat. Ich habe nichts Unrechtes getan, nur den Irrtum des jungen Mannes da ausgenutzt. Das war vielleicht nicht besonders nett von mir, aber ich habe mich dadurch nicht strafbar gemacht!«

»Hat Ihr Chef Ihnen das erzählt?«, wollte Marc wissen. »Sie meinen, dass Sie sich nicht strafbar gemacht haben? Wie wäre es denn mit Beihilfe zum Mord? Dadurch, dass Sie die Fußfessel angelegt haben, haben Sie Borchert den Mord an Rabea Steffen ermöglicht.«

Rüdiger starrte ihn mit weit aufgerissenem Mund an. »Beihilfe zum ...«

»Mord, genau«, ergänzte Marc. »Wenn nicht sogar Mittäterschaft. Und wenn Sie es nicht wissen, sage ich es Ihnen als Jurist: Der Mittäter wird genauso bestraft wie der eigentliche Täter, auch wenn er das Opfer nicht selbst getötet hat. Und bei Mord kennt das Gesetz nur eine Strafe: lebenslang. Sie sollten sich daher gut überlegen, ob es nicht sinnvoll ist, auszupacken.«

»Ich ...«

»Kein Wort mehr!«, schrie Borchert. »Merkst du nicht, was dieser Typ vorhat? Er will uns gegeneinander ausspielen!« Er wandte sich Marc zu. »Und Sie verschwinden jetzt auf der Stelle aus meinem Haus!«

Marc erhob sich. »Mit dem größten Vergnügen, denn ich weiß es und Sie wissen es auch: Sie haben verloren! Jetzt kommen Sie nicht mehr davon!«

Kapitel 45

»Darf ich reinkommen?«

Marc lauschte, erntete aber keine Reaktion. Also klopfte er erneut an die Tür des Kinderzimmers. Wieder nichts.

Deswegen beschloss er, seine Taktik zu ändern. »Wenn du etwas dagegen hast, dass ich dein Zimmer betrete, sag bitte Bescheid!«, rief er.

Als er nach fünf Sekunden noch nichts gehört hatte, zuckte er die Schultern und drückte die Türklinke herunter. Lizzy lag bäuchlings auf dem Bett und las ein Buch, würdigte ihn aber keines Blickes.

Marc trat näher und klopfte auf die Stelle neben sie. »Darf ich mich für einen Moment setzen?«, fragte er.

Als Antwort erhielt er ein undeutliches Gegrummel, das er großzügig als Zustimmung wertete. Marc ließ sich auf der Bettkante nieder und sah Lizzy eine Weile beim Lesen zu. Offenbar hatte sie nicht vor, es ihm leichtzumachen. Aber das hatte er auch nicht erwartet.

»Was ist das für ein Buch?«, fragte er.

Lizzy stöhnte vernehmlich, bequemte sich aber immerhin, das Buch ein wenig anzuheben und ihn den Titel lesen zu lassen.

»Ah, *Die Schatzinsel*«, sagte Marc. »Das habe ich als Kind auch gelesen. Es geht darum, dass Menschen Fehler machen, sich dafür entschuldigen und andere Menschen ihnen verzeihen.«

Endlich sah Lizzy ihn an. »Darum geht es in dem Buch überhaupt nicht!«, stellte sie kategorisch fest.

Marc war erleichtert. Immerhin sprach sie wieder mit ihm. »Nein«, gab er ihr recht. »Aber es *könnte* darum gehen, denn das ist es, was im Leben dauernd passiert. Hör zu, Lizzy, es tut mir wirklich leid, dass ich Larissa so schlecht behandelt habe. Aber auch Erwachsene irren sich manchmal. Ich hatte Larissa gegenüber Vorurteile und Vorurteile sind fast immer schlecht und falsch. Ich denke, das ist es, was ich aus dieser Geschichte gelernt habe.«

Marc musterte Lizzy, die ihm konzentriert zugehört hatte. Dann fuhr er fort: »Und deshalb habe ich Larissa heute angerufen, um mich noch einmal bei ihr zu entschuldigen.«

Lizzys Augen leuchteten auf. »Du hast mit Larissa gesprochen?«, fragte sie. »Wo ist sie?«

»Sie lebt derzeit in einem Hotel. Ich habe ihren neuen Anwalt kontaktiert und ihm gesagt, dass ich Larissa dringend sprechen müsse. Er hat bei Larissa nachgefragt und sie hatte nichts dagegen, dass ich mich bei ihr melde. Larissa geht es gut. Sie hat auch schon eine neue Wohnung, in die sie demnächst umzieht. Sie möchte nicht mehr in ihre alte Wohnung zurück, und das kann ich gut verstehen – nach allem, was dort geschehen ist.«

»Hat sie auch was über mich gesagt?«, fragte Lizzy aufgeregt.

»Ja, sie hat sich als Erstes danach erkundigt, wie es dir geht. Und ich soll dich ganz lieb von ihr grüßen. Sie meinte, wenn du Lust hast, könntet ihr doch mal wieder was zusammen unternehmen.«

»Ob ich Lust habe?«, fragte Lizzy begeistert. »Natürlich habe ich Lust! Wann kann ich sie sehen?«

»Also, erst mal treffe ich mich morgen mit ihr. Wir sind um zehn in der Kanzlei verabredet. In der letzten Woche ist nämlich einiges passiert. Und ich bin mir sicher, dass Larissa sich über die letzte Entwicklung sehr freuen wird.«

Das war Marc tatsächlich. Sein Besuch bei Borchert war sechs Tage her. Unmittelbar nach dem Gespräch hatte er Rüther angerufen und ihm alles erzählt, was er herausgefunden hatte. Rüther hatte ihm versprochen, sich der Sache anzunehmen und er hatte Wort gehalten. Heute Morgen hatte der Staatsanwalt sich bei Marc zurückgemeldet, woraufhin sich Marc ans Telefon gesetzt und die Nummer von Larissas neuem Anwalt eingetippt hatte.

»Kann ich morgen nicht mit in die Kanzlei?«, quengelte Lizzy. »Ich könnte doch danach mit Larissa in die Stadt gehen.«

»Du musst morgen in die Schule«, erwiderte Marc. »Und ihr habt noch tausend Möglichkeiten, etwas zusammen zu unternehmen. Aber um dir die Zeit bis zu einem Wiedersehen etwas zu verkürzen, habe ich etwas für dich.«

Er griff in seine Tasche und zog das iPhone, das er Lizzy abgenommen hatte, heraus. »Wenn du Lust hast, kannst du sie ja schon mal anrufen«, sagte er.

Lizzys Augen weiteten sich vor Freude. Aber dann sah sie Marc verunsichert an. »Darf ich das denn jetzt behalten?«, fragte sie.

»Klar«, entgegnete Marc. »Es war falsch von Larissa, dir das iPhone ohne Rücksprache mit uns zu schenken, aber es war genauso falsch von mir, dir das Handy einfach wieder wegzunehmen.«

»Aber du hast doch gesagt, dass ich ein so teures Geschenk nicht von Fremden annehmen darf.«

»Dabei bleibt es ja auch. Deshalb werde ich Larissa das Geld dafür zurückgeben. Ich nehme es von dem Honorar, das Larissa mir überwiesen hat. Im Ergebnis hat Larissa das iPhone also doch bezahlt. Oder besser gesagt: Es ist ein Geschenk von uns beiden.«

»Danke«, sagte Lizzy. »Und ich wollte mich auch bei dir entschuldigen. Für das, was ich alles gesagt habe. Das war nicht so gemeint.«

»Ich weiß.« Marc klopfte sich auf die Knie und erhob sich. »So, dann will ich dich jetzt mal in Ruhe lesen lassen. Vielleicht können wir ja am Wochenende zusammen ins Kino gehen, ich habe in der Zeitung gelesen, dass dieser neue Vampirfilm angelaufen ist.«

Lizzy sah ihn an. »Der ist aber erst ab zwölf!«

»Na und, du hast doch in nicht mal zwei Monaten Geburtstag. Irgendwie schmuggeln wir dich da schon rein.«

Marc wandte sich der Tür zu und wollte das Zimmer gerade verlassen, als er Lizzys Stimme noch einmal in seinem Rücken hörte. »Marc«, sagte sie.

»Hm«, gab er zurück, ohne sich umzudrehen.

»Eigentlich bist du ganz okay.«

Marc wartete ab. Er wusste, da würde noch mehr kommen, und er wurde nicht enttäuscht.

»Meistens!«, fügte Lizzy hinzu.

Er nickte zufrieden. Jetzt erkannte er seine Tochter wieder.

Kapitel 46

Zum wahrscheinlich zwanzigsten Mal an diesem Tag sah Marc auf seine Uhr. Fünf Minuten nach zehn. Larissa hatte dem Treffen zwar zugestimmt, aber er war sich keineswegs sicher, dass sie auch kommen würde. Marc hatte bei ihrem Telefonat deutlich gespürt, wie verletzt Larissa immer noch war.

In diesem Moment klingelte sein Telefon. Als Marc dranging, hörte er die Stimme von Staatsanwalt Rüther am anderen Ende der Leitung.

»Ist Frau Braun schon bei Ihnen?«, erkundigte er sich.

»Nein, aber ich rechne jede Sekunde mit ihrem Erscheinen.« Marc hielt inne. »Ist etwas passiert? Ich dachte, wir hätten uns darauf geeinigt, dass ich mich bei Ihnen melde.«

»Es gibt Neuigkeiten im Mordfall Sandra Köhler«, teilte der Staatsanwalt Marc mit. »Ich dachte, Sie würden es vielleicht vorziehen, das unter vier Augen zu erörtern.«

Marc nickte zustimmend, obwohl er wusste, dass der Staatsanwalt ihn gar nicht sehen konnte. Ja, es war ihm in der Tat lieber, über den Mord an Sandra Köhler ohne Larissa zu sprechen. Denn sonst würde sie unweigerlich erfahren, dass er hinter ihrem Rücken in einem vierzehn Jahre zurückliegenden Mordfall ermittelt hatte, weil er es zumindest für möglich gehalten hatte, dass Larissa die Täterin gewesen war. Marc konnte sich denken, dass das dem Neuaufbau seiner Beziehung zu Larissa nicht gerade zuträglich sein würde.

»Was gibt es?«, fragte er also.

»Wir, genauer gesagt, Beamte der Kasseler Kripo, haben Tanja Weber und Lars Neumann noch einmal eingehend zu den Geschehnissen auf Sandra Köhlers Party verhört. Tanja

Weber ist in vollem Umfang bei der Geschichte geblieben, die sie Ihnen erzählt hat.«

»Und was ist mit Neumann? Hat er gestanden?«

»Zum Teil. Die Beamten haben ihn stundenlang in die Mangel genommen und ihm immer wieder die Aussage von Tanja Weber vorgehalten. Schließlich hat er zugegeben, ›ab und zu‹ Rezepte seines Vaters gefälscht und mit verschreibungspflichtigen Medikamenten gedealt zu haben. Und er hat bestätigt, dass er Tanja Weber auf der Party *Tildin* verabreicht hat und dass sie danach von Sandra Köhler erwischt worden sind. Aber den Mord streitet er nach wie vor vehement ab.«

»Was zu erwarten war. Immerhin ist jetzt nachgewiesen, dass er nicht nur die Gelegenheit, sondern auch ein Motiv für den Mord hatte.«

»Ja, aber das reicht nicht aus, um einen Haftbefehl gegen Neumann zu beantragen, von einer Verurteilung wegen Mordes ganz zu schweigen. Ich fürchte, wenn nicht noch ein Wunder geschieht oder Neumann doch noch gesteht, war es das und wir sind wieder einmal in einer Sackgasse gelandet.«

»Hat Neumann zugegeben, dass er die Einzelheiten über den Mord an Sandra Köhler an Borchert weitergegeben hat?«

»Nein, auch das hat er abgestritten, und zwar glaubhaft. Wir haben inzwischen nämlich erfahren, wie Borchert an diese Informationen gelangt ist. Sein Verteidiger, Dr. Klenk, hat eine ganze Armada von Privatdetektiven auf Frau Braun angesetzt. Ziel der Aktion war es, in Frau Brauns Vergangenheit dunkle Stellen zu finden, die man in dem Vergewaltigungsprozess gegen sie verwenden konnte. Einer dieser Detektive hat jetzt ausgepackt. Er war darauf gestoßen, dass Frau Braun mal im Verdacht stand, Sandra Köhler ermordet zu haben. Über Kontakte bei der Staatsanwaltschaft ist Klenk an Kopien der alten Ermittlungsakten gelangt. Diese hat er an Borchert weitergegeben und ihn so mit allen Details über den Mord an Sandra Köhler versorgt. Wobei man Klenk natürlich zugutehalten muss, dass er nicht wusste, wofür Borchert diese Informationen benutzen würde.« Er hielt inne. »Auf jeden Fall möchte ich mich bei Ihnen noch einmal für Ihren Einsatz in dieser Sache bedanken. Aber das war es erst mal von meiner Seite. Sie melden sich dann, wenn Frau Braun so weit ist.«

Marc verabschiedete sich und legte auf. Wie aufs Stichwort klopfte es eine Sekunde später an seine Tür und Stefanie schaute herein.

»Frau Braun wäre jetzt da«, verkündete sie.

Marcs Herz machte einen kleinen Sprung. »Danke«, sagte er. »Schicken Sie sie bitte gleich zu mir rein.«

Kurz darauf erschien Larissa. Sie war noch attraktiver, als Marc sie in Erinnerung hatte.

»Guten Tag, Herr Hagen«, sagte sie in einem distanzierten Tonfall und streckte ihm die Hand so weit entgegen, als wolle sie ihn demonstrativ auf Abstand halten. »Sie wollten mich sprechen?«

Marc ergriff ihre Hand und drückte sie. »Ja. Danke, dass Sie gekommen sind. Bitte, nehmen Sie Platz.«

Larissa setzte sich auf den angebotenen Besucherstuhl und stellte ihre Handtasche auf ihrem Schoß ab, genauso, wie sie es bei ihrer ersten Begegnung vor acht Wochen getan hatte. Dann schaute sie Marc erwartungsvoll an.

»Tja«, setzte Marc zögernd an. »Unsere letzte Begegnung hat ja nicht so erfreulich geendet. Aber ich bin guter Hoffnung, dass es heute besser läuft.«

Er brachte ein Lächeln zustande, das Larissa nicht erwiderte.

»Was gibt es?«, fragte sie sachlich.

»Zunächst möchte ich mich noch einmal bei Ihnen entschuldigen. Darin habe ich in letzter Zeit wahrlich Übung bekommen. Ich hatte Sie in Verdacht, dass Sie … nun ja, nicht gut für meine Familie sind.«

»Sie hatten Angst vor mir, geben Sie es doch zu!«

»Ja, ich hatte Angst vor Ihnen. Aber ich habe inzwischen eingesehen, dass ich auf dem Holzweg war. Und ich habe Ihnen nicht geglaubt, als Sie behauptet haben, Sie hätten Fabian Borchert auf Ihrer Terrasse gesehen.«

»Ach, und jetzt glauben Sie mir?«

»Ja, das tue ich, denn in letzter Zeit hat es eine neue Entwicklung gegeben.«

Er erzählte Larissa, was er bei seinem letzten Besuch bei Borchert herausgefunden hatte. Nachdem er geendet hatte, herrschte zunächst sekundenlanges Schweigen.

»Das ist ja unglaublich«, sagte Larissa schließlich. »Dieser Techniker hat die beiden verwechselt?«

»Unglaublich, aber wahr. Die Technik mag noch so ausgefeilt sein, aber der menschliche Unsicherheitsfaktor bleibt. Als dem Techniker von einem Mann geöffnet wurde, ist er davon ausgegangen, dass es sich um den Hausherrn handeln müsse. Die Menschen glauben eben das, was sie erwarten. Auf diese Weise war es Borchert möglich, sich die ganze Zeit frei zu bewegen. Aber das konnte natürlich niemand ahnen.«

»Sie hätten mir einfach glauben können.«

»Ja, das hätte ich, aber ich habe es nicht getan. Und das war mein Fehler.«

Larissas Augen füllten sich mit Tränen der Erleichterung. »Ich habe es gewusst!«, sagte sie. »Ich habe es immer gewusst! Ich bin nicht verrückt! Es *war* Borchert!«

»Ja, Sie hatten von Anfang an recht«, bestätigte Marc. »Und er hat sie nicht nur auf Ihrer Terrasse bedroht und Ihren Kater getötet, sondern auch Rabea Steffen ermordet. Aber das kann Ihnen der Staatsanwalt bestimmt noch viel besser erklären.«

Er wählte Rüthers Nummer, der bereits nach dem ersten Schellen abnahm.

»Noch mal Hagen«, meldete sich Marc. »Frau Braun ist jetzt da. Ich schalte auf Lautsprecher.«

Marc aktivierte die entsprechende Funktion seines Telefons und gleich darauf erfüllte die Stimme des Staatsanwalts den Raum. »Hallo, Frau Braun«, sagte er. »Schön, mal wieder von Ihnen zu hören.«

»Die Freude ist ganz auf meiner Seite«, gab Larissa lächelnd zurück.

»Frau Braun, ich denke, Herr Hagen hat Sie bereits über das Wesentliche aufgeklärt?«

»Ja. Er sagte, dass Borchert den Mord an Rabea Steffen begangen hat.«

»In der Tat, allerdings war es nicht leicht, ihn zu einem Geständnis zu bewegen. Borchert ist ein harter Brocken. Deshalb haben wir uns hauptsächlich Rüdiger Born, seinen Gärtner, vorgenommen, weil der das schwächere Glied der Kette zu sein schien. Wir haben Born stundenlang verhört, letztendlich mit Erfolg. Born hatte ja bereits Herrn Hagen gegenüber zugegeben, dabei geholfen zu haben, dass Borchert keine elektronische Fußfessel tragen musste. Als wir Born damit gedroht haben, ihn auch wegen des Mordes an Rabea Steffen dranzukriegen, hat er eingesehen, dass es besser ist, auszupacken. Er hat gesungen wie ein Vögelchen. Borchert hat Born zwar ein kleines Vermögen für sein Schweigen versprochen, aber selbst eine Million Euro kann eine lebenslange Freiheitsstrafe nicht aufwiegen. Born hat uns erzählt, dass er Borchert zufällig gesehen hat, als der nach dem Mord an Rabea Steffen in sein Haus zurückgekehrt ist. Natürlich wusste Born in dem Moment von dem Mord noch nichts. Aber er hat beobachtet, dass Borchert sich anschließend ausgezogen und seine gesamten Sachen in einen blauen Plastiksack gesteckt hat. Den Sack hat Borchert anschließend in den Müllcontainer geworfen, der am nächsten Morgen abgeholt werden sollte. Das kam Born merkwürdig vor, weswegen er den Sack aus dem Container geholt und darin einen mit Blut verschmierten Pullover entdeckt hat. Den hat er an sich genommen. Er wusste wohl selbst nicht genau, was das zu bedeuten hat, dachte aber wohl, der Pullover könne ihm irgendwann noch einmal nützlich sein. Ich vermute, dass er Borchert damit erpressen wollte. Wir haben den Pullover kriminaltechnisch untersuchen lassen und daran Blut gefunden, das wir eindeutig Rabea Steffen zuordnen konnten. Die Beweislast war damit so erdrückend, dass Borchert die Tat schließlich gestanden hat. Der Typ ist ein Schwein, aber dämlich ist er nicht. Er weiß genau, dass er nur bei einem vollumfänglichen Geständnis die Chance hat, das Gefängnis irgendwann noch einmal als freier Mann zu verlassen.«

»Warum hat er sie ermordet?«, wollte Larissa wissen.

»Borchert hat zugegeben, Rabea Steffen vor vier Jahren vergewaltigt zu haben. Nachdem sie ihn angezeigt hat, hat er ihr fünfzigtausend Euro für ihr Schweigen gezahlt. Als Herr Hagen Frau Steffen aufgesucht hat, um sie doch noch zu einer Aussage gegen Borchert zu bewegen, hat sie unmittelbar danach Borchert angerufen. Sie wollte noch einmal fünfzigtausend von ihm und hat damit gedroht, anderenfalls die Wahrheit über die Vergewaltigung zu erzählen. Das war ihr Todesurteil. Borchert wollte sie für immer zum Schweigen bringen. Er meinte, das gefahrlos tun zu können, weil er aufgrund der elektronischen Fußfessel ein vermeintlich wasserdichtes Alibi hatte. Aber das war noch nicht alles: Er hat auch versucht, Ihnen den Mord in die Schuhe zu schieben, und Sie dafür mit einem fingierten Telefonanruf nach Kassel gelockt. Aus dem gleichen Grund hat er für den Mord das Messer aus Ihrer Küche benutzt. Nachdem Borchert Ihre Katze getötet hatte, hat er in Ihrer Wohnung zufällig Ihren Ersatzschlüssel gefunden und mitgenommen. Er dachte, der könne ihm vielleicht noch einmal nützlich sein. Tatsächlich hat er den Schlüssel dann dazu benutzt, um das Messer aus Ihrem Block zu holen und Rabea Steffen damit zu ermorden.«

Larissa atmete tief durch. »Gott sei Dank!«, sagte sie. »Aber ich wusste, dass sich am Ende alles aufklären wird.«

»Ja«, bestätigte der Staatsanwalt. »Mit Borcherts Geständnis hat sich natürlich auch der Verdacht gegen Sie erledigt. Ich bitte, auch im Namen der Kollegen von der Kasseler Mordkommission, um Entschuldigung, dass wir eine Weile geglaubt hatten, Sie hätten etwas damit zu tun.« Rüther machte eine dramatische Pause. »Aber es kommt noch besser«, sagte er dann. »Borchert hat nicht nur den Mord an Rabea Steffen gestanden, sondern auch, dass er Sie vergewaltigt hat.«

Larissa war für einen Moment sprachlos. »Nein!«, hauchte sie dann.

»Doch! Wenn auch nicht ganz freiwillig. Aber die Beweislage hat ihm keine andere Wahl gelassen.«

Larissa schüttelte verwirrt den Kopf. »Welche Beweislage?«, fragte sie dann. »Bis heute hat mir doch niemand geglaubt.«

»Das stimmt nicht ganz«, widersprach Rüther. »*Ich* habe Ihnen geglaubt. Allerdings wäre es zugegebenermaßen schwer geworden, eine Verurteilung Borcherts wegen Vergewaltigung zu erlangen, denn bis jetzt stand Aussage gegen Aussage. Aber der gute Rüdiger ist offenbar fest entschlossen, einen günstigen Deal für sich auszuhandeln, weil er panische Angst davor hat, ins Gefängnis zu müssen. Ich würde Ihnen gerne eine Mail schicken, bin mir aber nicht sicher, ob Sie den Inhalt verkraften.«

»Was für eine Mail?«, fragte Larissa irritiert.

»Borchert hat von seinen Opfern Fotos und Videos angefertigt, nachdem er sie vergewaltigt hat. Dieses Bildmaterial hat er auf einem USB-Stick gespeichert und aufbewahrt. Triebtäter sammeln häufig Trophäen ihrer Taten oder Opfer. Borchert hat sich die Fotos und die Videos immer wieder angesehen, um sich an der Angst der Frauen aufzugeilen.«

»Sie sprechen von Opfern und Frauen«, ging Larissa dazwischen, »waren Rabea Steffen und ich nicht die einzigen?«

»Nein, wir haben Fotos und Videos von sechs Opfern gefunden. Von Ihnen, Rabea Steffen und vier weiteren Frauen, die bis heute unbekannt sind und die Vergewaltigung wahrscheinlich nie angezeigt haben.«

»Einen Namen kann ich Ihnen liefern«, sagte Larissa. »Sabrina Haverkamp. Ich habe sie im Internet kennengelernt. Sie ist letztes Jahr im Oktober von Borchert vergewaltigt worden.« Sie wandte sich Marc zu. »Haben Sie Herrn Rüther nicht darüber informiert?«, fragte sie.

»Doch, das habe ich«, gab Marc zurück. »Wenn auch nicht sofort. Allerdings war diese Frau *kein* Opfer Borcherts. Im Gegenteil.«

»Das ist richtig«, übernahm Rüther wieder. »Wir haben uns diese Sabrina Haverkamp vorgenommen und sie hat schließlich gestanden, sich die Vergewaltigung durch Borchert nur ausgedacht zu haben. Sie ist keineswegs selbst auf die Idee gekommen, sondern wurde von einem unbekannten Mann dazu angestiftet, der ihr zehntausend Euro dafür bezahlt hat. Es ist uns bisher nicht gelungen, diesen Mann zu identifizieren, aber wir sind uns sicher, dass er zu Borcherts Verteidigungsteam gehört. Vielleicht war es einer der Privatdetektive, die Klenk auf Sie angesetzt hat.«

»Aber was sollte diese Aktion?«, fragte Larissa.

»Die Sache wurde geplant, um Sie unglaubwürdig zu machen. Sabrina Haverkamp sollte zuerst im Prozess gegen Borchert aussagen, dann aber später behaupten, Sie hätten sie für ihre Aussage bezahlt. Aus diesem Grund hat Frau Haverkamp Sie auch um Geld gebeten. Bei dieser Geldübergabe sind Sie fotografiert worden. Das wissen wir alles von Sabrina Haverkamp.«

»Stimmt«, sagte Larissa. »Sabrina hat mich gebeten, ihr zweihundert Euro zu leihen. Sie meinte, sie brauche das Geld dringend, und ich war so froh, dass ich endlich jemanden hatte, der mir glaubt, dass ich ihr, ohne zu zögern, ausgeholfen habe.«

»Wie sieht es aus?«, wechselte Rüther das Thema. »Möchten Sie die Aufnahmen sehen, die Borchert von Ihnen gemacht hat?«

Larissa dachte einen Moment darüber nach. »Ja«, sagte sie schließlich. »Ich habe allerdings gar nicht bemerkt, dass Borchert mich gefilmt hat.«

»Das glaube ich Ihnen. Sie waren nach der Tat dermaßen traumatisiert, dass Sie nichts davon mitbekommen haben, was um Sie herum geschehen ist. So, die Mail ist jetzt unterwegs. Aber wie gesagt, die Bilder könnten Sie schockieren.«

»Ich halte es schon aus. Was mich viel mehr interessiert: Wie sind Sie an den USB-Stick gekommen? Ich glaube kaum, dass Borchert Ihnen den freiwillig gegeben hat.«

Rüthers kehliges Lachen erfüllte den Raum. »Nein, das hat er bestimmt nicht getan. Borchert hat den Stick in einer Metallkiste auf seinem Grundstück vergraben und Rüdiger hat diesen ›Schatz‹ eines Tages bei Gartenarbeiten gefunden. Er hat Borchert nicht angezeigt. Zum einen wollte er seinen Job nicht verlieren und zum anderen – das ist aber nur eine Vermutung –, wollte er Borchert irgendwann damit erpressen, genauso wie mit dem blutigen Pullover. Ich denke, damit wäre das Wesentliche geklärt. Oder haben Sie im Moment noch Fragen?«

»Nein«, sagte Larissa. »Wenn mir noch etwas einfällt, kann ich mich ja bei Ihnen melden. Und vielen Dank, Herr Rüther. Vielen, vielen Dank für alles, was Sie für mich getan haben. Und dass Sie so zu mir gestanden haben.«

Ups, dachte Marc, das ging gegen mich.

»Danken Sie nicht mir, Frau Braun«, erwiderte Rüther. »Bedanken Sie sich bei Herrn Hagen. Ohne ihn wäre dieser Fall womöglich nie aufgeklärt worden.« Mit diesen Worten legte er auf.

»Wollen Sie sich die Bilder wirklich ansehen?«, fragte Marc.

Larissa nickte tapfer. »Ja, ich will sehen, was dieses Schwein getan hat.«

Marc rief Rüthers E-Mail auf und öffnete den Anhang.

»Wir können jederzeit unterbrechen«, sagte er. Dann klickte er die Datei an und startete den Film, der anscheinend mit dem Handy aufgenommen worden war. Auf dem Monitor erschien Larissa, die nackt und mit auf dem Rücken zusammengebundenen Händen auf einem Bett lag. Sie lag etwas seitlich und hatte die Augen fest verschlossen, wie ein kleines Kind, das glaubte, es könne sich dadurch unsichtbar machen. Marc hörte ihr leises Wimmern.

Das Handy wurde näher an Larissa herangeführt und schwenkte dann ihren gesamten Körper vom Kopf bis zu den Füßen ab. Anschließend ging der Filmer einmal um das Bett herum und nahm jede von Larissas Regungen auf. Danach wurde das Handy umgedreht und Borcherts feixendes Gesicht füllte den Bildschirm aus. »Das ist es, was mit Schlampen passiert«, sagte er in die Kamera und grinste breit. Damit endete der Film.

Larissa atmete schwer. »Mein Gott!«, war alles, was Sie noch sagen konnte. »Mein Gott.«

»Aber jetzt ist es vorbei«, sagte Marc behutsam. »Borchert kann Ihnen nichts mehr tun. Er wandert für mindestens zwanzig Jahre ins Gefängnis.«

Larissa nickte langsam. Erst jetzt schien sie zu begreifen was geschehen war, und alle Last fiel von ihr ab. Sie schloss die Augen und Tränen liefen ihre Wangen hinunter.

»Es ist vorbei«, schluchzte sie. »Es ist endlich vorbei!«

Sie stand auf und streckte die Hand aus. »Danke«, sagte sie. »Vielen Dank für alles.«

Marc erhob sich ebenfalls, ging um seinen Schreibtisch herum und ergriff ihre Hand. »Aber das war doch selbstverständlich. Schließlich sind, oder besser gesagt: *waren*, Sie meine Mandantin. Ich habe nur das getan, was ich für jeden meiner anderen Mandanten auch getan hätte.«

Larissa lächelte unter Tränen. »Nein, Marc. Wir wissen doch beide, dass Sie erheblich mehr getan haben.«

Schniefend zog sie die Nase hoch. Einen Augenblick standen sie einander schweigend gegenüber. Dann machte Larissa einen Schritt auf ihn zu. »Nicht, dass Sie mich falsch verstehen«, setzte sie zögernd an, »aber ... darf ich Sie zum Dank einmal umarmen?«

Marc wusste kaum, wie er reagieren sollte. »Natürlich«, sagte er. »Ich denke, die Zeit der Missverständnisse ist jetzt endgültig vorbei und ...«

Er kam nicht dazu, den Satz zu vollenden, denn im gleichen Moment war Larissa ihm schon um den Hals gefallen und drückte sich an ihn. Marc zögerte einen winzigen Moment, doch dann erwiderte er ihre Umarmung. Larissa hielt ihre Lippen dicht an sein Ohr und senkte die Stimme: »Wir haben es diesem Schwein gezeigt, oder?«

Marc nickte ernst. »Wir haben Borchert auf Heller und Pfennig zurückgezahlt, was er Ihnen angetan hat.«

Marc spürte, wie Larissa an seiner Brust tief einatmete. »Ja, das haben wir getan«, stellte sie zufrieden fest. »Er hat bekommen, war er verdient hat. *Jeder* bekommt das, was er verdient!«

Marc merkte, wie sich die feinen Härchen auf seinen Unterarmen aufstellten. Was allerdings weniger daran lag, *was* Larissa gesagt hatte, sondern *wie* sie es gesagt hatte. Ihre Stimme war viel tiefer geworden und Marc hatte plötzlich das Gefühl, als spreche er mit einem Mann. Und dann sagte die Männerstimme an seinem Ohr noch genau drei Worte: »Tit for tat.«

Mehr Krimis von Andreas Hoppert

Der Fall Helms
ISBN 978-3-89425-273-1
»Der Politthriller ist reich an Leichen, Rätseln, brenzligen Situationen und deutlichen Anspielungen, etwa was die innere Sicherheit Deutschlands angeht.« Tip Berlin – Stadtmagazin

Die Medwedew-Variante
ISBN 978-3-89425-308-0
»Binnen Kurzem befinden wir uns in einem undurchdringlichen Gewebe von Schurkereien, Vorspiegelungen und Lügen. Das liest man in einem Zug, atemlos und ungeduldig, bis zum Ende.«
Neue Westfälische

Zug um Zug
ISBN 978-3-89425-315-8
»Wie Marc Hagen versucht, seinen Mandanten gegen alle Indizien vor dem Knast zu retten, ist hervorragend und kenntnisreich geschrieben.« Brigitte

Menschenraub
ISBN 978-3-89425-340-0
»Andreas Hoppert ist ein Spezialist für ungewöhnlich konstruierte Krimis. ... Aus verschiedenen Perspektiven schildert Hoppert diesen Fall. Spannend!« Badisches Tagblatt

Der Thule-Code
E-Book 978-3-89425-837-5
»Andreas Hopperts ›Der Thule-Code‹ führt vor, dass das beschauliche Sauerland durchaus Tatort einer brisanten Politparabel sein kann.« Die Welt

Schwanengesang
ISBN 978-3-89425-397-4
E-Book 978-3-89425-863-4
»Der Autor widmet sich diesmal vorrangig einem sensiblen Thema, der gegenwärtig in Deutschland heftig diskutierten Sterbehilfe, und verpackt es in eine hochspannende Geschichte. ... Andreas Hoppert ist bekannt für seine tollen, rätselhaften Plots. Auch im ›Schwanengesang‹ stimmt alles.« OTZ Ostthüringer Zeitung

grafit

Spannend und mitten im Leben

Sebastian Stammsen

Gegen jede Regel

ISBN 978-3-89425-379-0

Der 17-jährige Tobias wird in seinem Elternhaus erstochen aufgefunden. Markus Wegener von der Krefelder Kripo muss sich mit einem Spiel vertraut machen, bei dem buchstäblich alle Regeln außer Kraft gesetzt werden.

»Man sieht diesen Krimi förmlich als nächsten ›Tatort‹-Dreh vor Augen.« Gießener Allgemeine Zeitung

Sebastian Stammsen

Kettenreaktion

ISBN 978-3-89425-388-2

Woran ist der junge Elektriker David Krusekamp gestorben? Nina Gerling und Markus Wegener sind ratlos. Als sie den letzten Einsatzort Krusekamps aufsuchen, geschieht das Unglaubliche: Das Kraftwerk wird besetzt. Was mit einem mysteriösen Todesfall beginnt, endet in einer atomaren Bedrohung für ganz Deutschland.

»Spannend und sehr aktuell.« Lübecker Nachrichten

»Ein authentischer Krimi mit einem sympathischen Ermittlerduo.« Neue Rhein Zeitung

Sebastian Stammsen

Endlich sind sie tot!

ISBN 978-3-89425-412-4

Alles ist klar: Der sechzehnjährige Marvin hat seine Familie auf bestialische Weise umgebracht. Kommissar Oliver Busch und Psychologin Daniela Ellinger sollen den Fall nur noch gerichtsfertig abschließen. Doch die beiden fördern Unglaubliches zutage – ein jeder, der die Broses kannte, hat sie gehasst ...

»Wie Stammsen es schafft, über 376 Seiten die Spannung zu halten, obwohl der Mörder bereits gefasst zu sein scheint, ist eine Kunst für sich.« Rheinische Post

»Ein packender – wenn auch harter – Psychothriller.« WDR 2

grafit